LE TAILLEUR DE PANAMA

DU MÊME AUTEUR

AUX ÉDITIONS GALLIMARD

Chandelles noires, *1963*
L'Espion qui venait du froid, *1964*
L'Appel du mort, *1973*

AUX ÉDITIONS ROBERT LAFFONT

Le Miroir aux espions, *1965*
Une petite ville en Allemagne, *1969*
Un amant naïf et sentimental, *1972*
La Taupe, *1974*
Comme un collégien, *1977*
Les Gens de Smiley, *1980*
La Petite Fille au tambour, *1983*
Un pur espion, *1986*
Le Bout du voyage (théâtre), *1987*
La Maison Russie, *1989*
Le Voyageur secret, *1991*
Une paix insoutenable (essai), *1991*
Le Directeur de nuit, *1993*

AUX ÉDITIONS DU SEUIL

Notre jeu, *1996*
et « Points », n° P330

JOHN LE CARRÉ

LE TAILLEUR DE PANAMA

roman

TRADUIT DE L'ANGLAIS
PAR MIMI ET ISABELLE PERRIN

ÉDITIONS DU SEUIL
27, rue Jacob, Paris VIe

Ce livre est édité par Anne Freyer-Mauthner

Titre original : *The Tailor of Panama*
Éditeur original : Hodder & Stoughton, Londres

ISBN original : 0-340-68478-X

ISBN 2-02-030936-X

A la mémoire de Rainer Heumann,
agent littéraire, gentleman et ami

« Quel Panama ! »

Expression répandue en France au début du siècle pour désigner une inextricable gabegie.

(Cf. l'admirable ouvrage de David McCullough, *The Path Between the Seas*)

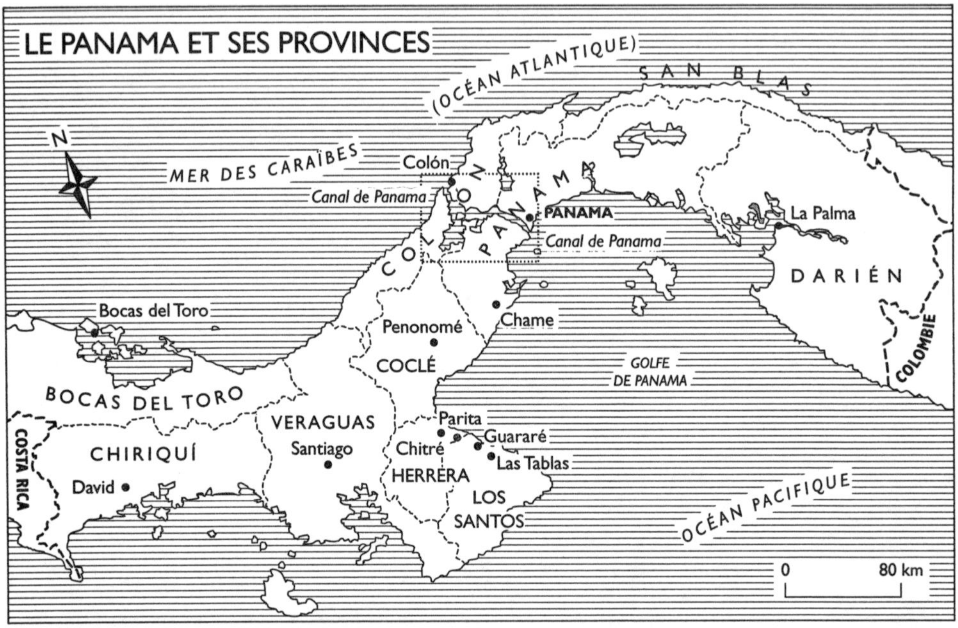
LE PANAMA ET SES PROVINCES
(OCÉAN ATLANTIQUE)
SAN BLAS
N
MER DES CARAÏBES
Colón
COLÓN
PANAMA
Canal de Panama
PANAMA
Canal de Panama
La Palma
DARIÉN
Bocas del Toro
Chame
Penonomé
COCLÉ
GOLFE DE PANAMA
COLOMBIE
BOCAS DEL TORO
COSTA RICA
VERAGUAS
Santiago
Parita
Guararé
Chitré
Las Tablas
CHIRIQUÍ
David
HERRERA
LOS SANTOS
OCÉAN PACIFIQUE
0
80 km

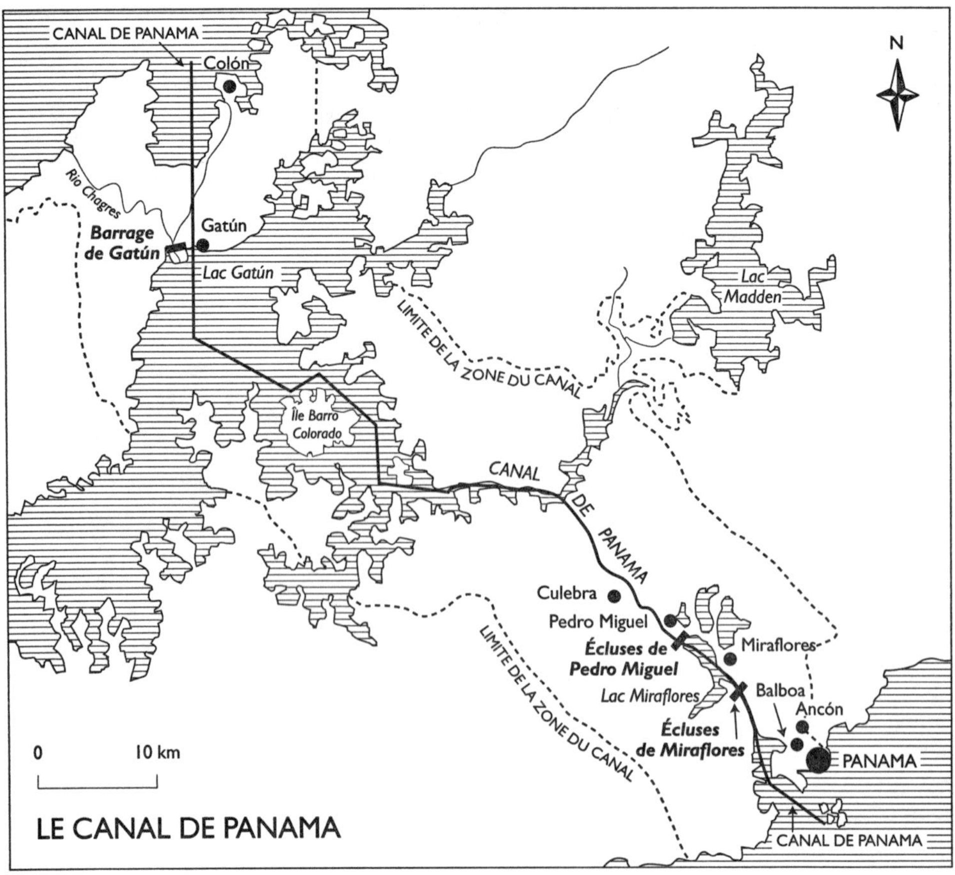
CANAL DE PANAMA
Colón
N
Rio Chagres
Gatún
Barrage de Gatún
Lac Gatún
LIMITE DE LA ZONE DU CANAL
Lac Madden
Île Barro Colorado
CANAL DE PANAMA
Culebra
Pedro Miguel
Écluses de Pedro Miguel
Miraflores
Lac Miraflores
Balboa
Ancón
Écluses de Miraflores
PANAMA
LIMITE DE LA ZONE DU CANAL
0
10 km
LE CANAL DE PANAMA
CANAL DE PANAMA

CHAPITRE I

Par un vendredi après-midi tout à fait banal, sous les cieux tropicaux du Panama, Andrew Osnard fit irruption dans la boutique de Harry Pendel pour commander un complet sur mesure. Avant son arrivée, Pendel était lui-même ; après son départ, c'était un autre homme. Durée totale de la visite : soixante-dix-sept minutes à l'horloge en bois d'acajou signée Samuel Collier, d'Eccles, l'une des nombreuses reliques historiques de la maison Pendel & Braithwaite Co., Limitada, tailleurs près la royauté, anciennement sise Savile Row à Londres, aujourd'hui Vía España à Panama.

Du moins, tout près de la Vía España. Si près que cela revenait au même. P & B pour les intimes.

*

* *

La journée commença dès 6 heures pour Pendel, réveillé en sursaut par le tintamarre des scies à ruban, des chantiers en cours, de la circulation dans la vallée et la voix virile d'Armed Forces Radio. « Moi, je n'y étais pas, Votre Honneur. Ils étaient deux. Elle m'a frappé en premier. Elle était consentante ! » plaida Pendel, en proie à la confuse appréhension d'un châtiment imminent. Puis il se rappela son rendez-vous de 8 h 30 avec son banquier et sauta du lit, tandis que son épouse Louisa hurlait « non, non, non » en rabattant le drap sur sa tête, parce que le matin était pour elle le pire moment de la journée.

« Pourquoi pas "oui, oui, oui", pour une fois ? suggéra-t-il face à la glace au-dessus du lavabo en attendant que l'eau soit assez chaude. Allons, Lou, un brin d'optimisme, que diable ! »

Le cadavre sous le drap émit un grognement, mais ne se départit pas de sa rigidité. Pour se distraire, Pendel s'amusa à donner la réplique au présentateur du journal.

Hier soir, le commandant en chef des forces américaines de l'hémisphère Sud a réaffirmé que les États-Unis honoreront dans l'esprit et dans les faits leurs engagements vis-à-vis du Panama stipulés par le traité, proclama le journaliste avec une mâle assurance.

« C'est du pipeau, mon grand ! commenta Pendel en se barbouillant de mousse à raser. Sinon tu n'insisterais pas autant, n'est-ce pas, mon général ? »

Le président panaméen est arrivé aujourd'hui à Hong Kong pour une visite officielle de deux semaines dans les capitales de l'Asie du Sud-Est.

« Tiens, on va parler de ton patron ! » lança Pendel en levant une main savonneuse pour attirer l'attention de Louisa.

Il est accompagné par une équipe d'experts économiques et commerciaux, parmi lesquels son conseiller au plan pour le canal du Panama, Ernesto Delgado.

« Bien joué, Ernie ! » approuva Pendel avec un regard en coin vers sa femme, toujours allongée.

Lundi, la délégation présidentielle se rendra à Tokyo pour entamer des pourparlers en vue d'accroître les investissements japonais au Panama.

« Et avec notre Ernie en maraude, les pauvres geishas n'auront même pas le temps de dire ouf..., murmura Pendel en se rasant la joue gauche.

– Harry, je n'aime pas t'entendre parler d'Ernesto en ces termes, même pour plaisanter ! dit Louisa, soudain bien réveillée.

– D'accord, ma chérie. Désolé, je ne le ferai plus. Plus jamais », promit-il en abordant la zone sensible sous les narines.

Cette promesse n'apaisa pas Louisa pour autant.

« Mais pourquoi ce n'est pas le Panama qui investit au Panama ? protesta-t-elle, rejetant le drap et se redressant sur son séant dans la chemise de nuit en lin blanc héritée de sa mère. Pourquoi fait-on appel aux Asiatiques ? On est bien assez riche, comme pays. Rien que dans cette ville, on a cent sept banques ! Pourquoi n'utilise-t-on pas nos narcodollars pour construire nos usines, nos écoles et nos hôpitaux ? »

Les « on » et les « nos » n'étaient pas à prendre au pied de la lettre. Louisa était une zonière, élevée dans la zone du canal à l'époque où cette langue de terre de quinze kilomètres sur soixante-quinze cernée de Panaméens honnis était une concession américaine à perpétuité aux termes d'un traité léonin. Le défunt père de Louisa, un ingénieur militaire affecté au canal, avait pris une retraite anticipée pour entrer au service de la compagnie du canal. La défunte mère de Louisa était une enseignante libertaire d'instruction religieuse dans l'une des écoles ségrégationnistes de la zone.

Pendel se rasait en artiste, et il aimait autant ses bols et ses blaireaux qu'un peintre sa palette et ses pinceaux. Il souleva le lobe d'une oreille pour raser dessous et rétorqua :

« Tu connais la chanson, chérie. Le Panama n'est pas un pays, c'est un casino. Et on sait bien qui le dirige, ce casino. Tu travailles même pour l'un d'eux, alors... »

Voilà, il avait récidivé. Quand il avait mauvaise conscience, il ne pouvait s'en empêcher, pas plus que Louisa de prendre la mouche.

« Non, Harry, ce n'est pas vrai. Je travaille pour Ernesto Delgado, et Ernesto n'est pas "l'un d'eux". C'est un homme loyal, qui a des idéaux, qui croit en l'avenir d'un Panama libre et souverain sur la scène internationale. Ce n'est pas un profiteur, lui, il ne va pas brader le patrimoine de son pays. C'est ça qui le rend très spécial, et unique en son genre. »

Secrètement honteux, Pendel ouvrit le robinet de la douche et passa la main sous le jet.

« La pression a encore baissé ! s'exclama-t-il. Ça nous apprendra à habiter sur les hauteurs. »

Louisa sortit du lit et enleva sa chemise de nuit. Elle était grande, elle avait le buste long, la poitrine haute d'une sportive, une chevelure noire et drue. Quand elle n'y pensait pas, elle était belle. Mais dès qu'elle en avait conscience, elle se voûtait et prenait un air lugubre.

« Il suffirait d'un seul homme honnête pour que ce pays fonctionne, Harry, insista-t-elle en ramenant ses cheveux sous sa charlotte. Un seul homme honnête du calibre d'Ernesto. Pas un orateur de plus, pas un égocentrique de plus, simplement un bon chrétien avec des principes. Un brave administrateur, intègre et compétent, qui saura résoudre le problème des routes, des égouts, de la pauvreté, de la criminalité, de la drogue, et protéger le canal au lieu de le vendre au plus offrant. Voilà à quoi aspire Ernesto de tout son cœur. Personne n'a le droit de dire du mal de lui. »

Pendel s'habilla rapidement, mais toujours avec soin, et se dirigea vers la cuisine. Si les Pendel avaient de nombreux domestiques, comme tous les bourgeois au Panama, un certain rigorisme tacite voulait que le chef de famille préparât le petit déjeuner. Des œufs pochés sur toast pour Mark, des bagels et du fromage blanc pour Hannah. Ce faisant, en éternel mélomane, Pendel chanta joliment quelques passages du *Mikado* de Gilbert et Sullivan. Mark, déjà habillé, faisait ses devoirs sur la table de la cuisine. Quant à Hannah, il fallut la persuader d'émerger de la salle de bains, où elle examinait avec angoisse un bouton sur son nez.

Puis tout soudain, concert de jérémiades et d'adieux : Louisa, prête mais en retard pour son travail au centre administratif de la commission du canal de Panama, saute dans sa Peugeot tandis que Pendel et les enfants, à bord de la Toyota, entament le parcours du combattant en direction de l'école, à gauche, à droite, à gauche la pente raide jusqu'à la grand-route, et Hannah mange son bagel, et Mark essaie de finir ses devoirs malgré les cahots, et Pendel s'excuse de cette panique aujourd'hui, les enfants, mais j'ai une réunion très tôt avec messieurs les gros-sous, et il regrette en lui-même ses basses critiques envers Delgado.

Puis une pointe à contresens, grâce à l'*operativo* matinal qui permet aux banlieusards en route vers la ville d'emprunter les deux voies. Puis zigzags périlleux entre les véhicules lancés à toute vitesse, pour se retrouver sur les petites routes bordées de maisons à l'américaine comme la leur, jusqu'au village de verre et de plastique avec ses Charlie Pops, McDonald's et autres Kentucky Fried Chicken, et sa fête foraine où Mark s'est cassé le bras dans un accrochage entre autos tamponneuses le 4 juillet dernier, et même qu'en arrivant à l'hôpital, il y avait des tas d'enfants qui s'étaient brûlés avec des pétards.

Puis vite vite Pendel fouille ses poches en quête d'une petite pièce pour le jeune Noir qui vend des roses au feu rouge, puis tous les trois adressent un grand bonjour de la main au vieillard posté au même coin de rue depuis six mois avec la même pancarte autour du cou offrant son rocking-chair pour 250 dollars. Emprunter de nouveau les petites routes – c'est à Mark d'être déposé le premier –, traverser l'enfer nauséabond de Manuel Espinosa Batista, passer devant l'université nationale en lorgnant les longues jambes des étudiantes en chemisier blanc avec leurs livres sous le bras, apercevoir la glorieuse pièce montée qu'est l'église del Carmen – salut à vous, mon

Dieu –, traverser la Vía España au péril de sa vie, virer avec soulagement dans l'Avenida Federico Boyd, puis Vía Israel pour aboutir dans San Francisco, suivre le flot en direction de l'aéroport Paitilla, salut messieurs mesdames les narcotrafiquants avec vos jolis jets privés garés au beau milieu des décharges sauvages, des immeubles croulants, des chiens errants et des poulets, mais là calmons-nous, attention, respirons bien fort, la vague d'attentats antisémites en Amérique latine a laissé des traces : ces jeunes gens au visage dur à la grille d'entrée de l'école Albert-Einstein ne plaisantent pas, alors tenons-nous bien. Pour une fois en avance, Mark saute à terre et Hannah lui crie : « T'as oublié ça, idiot ! » en lui lançant son cartable. Mark s'éloigne sans se permettre le moindre geste d'affection, pas même un petit signe de la main, de crainte qu'il ne soit interprété par ses pairs comme un vague regret.

Puis c'est reparti pour un tour, hurlements agacés des sirènes de police, grondements et grincements des bulldozers et des perceuses électriques, absurde cacophonie d'une ville tropicale du tiers-monde impatiente de mourir étouffée, et revoilà les mendiants, les infirmes, les vendeurs de serviettes, de fleurs, de chopes et de biscuits qui vous assaillent à chaque feu rouge – Hannah, baisse ta vitre et dis-moi où est passée notre boîte de demi-balboas –, aujourd'hui, c'est le tour du sénateur chenu qui se propulse dans sa petite charrette de cul-de-jatte, et après lui la belle Noire qui porte son joyeux bambin sur la hanche, 50 cents à la mère et un petit coucou au bébé, et ah mon Dieu, voilà le pleurnichard sur ses béquilles, avec sa jambe repliée comme une banane trop mûre, je me demande s'il pleure à longueur de journée ou seulement aux heures de pointe. Hannah lui donne aussi un demi-balboa.

Puis la voie est libre pendant un moment, on fonce à toute allure jusqu'au sommet de la colline, où les nonnes au visage cendreux de l'école María-Inmaculada s'affairent autour des cars scolaires jaunes dans l'avant-cour – *Señor Pendel, buenos días !* et *Buenos días* à vous, sœur Piedad ! Et à vous aussi, sœur Imelda ! – et Hannah, as-tu pensé à l'argent pour la quête en l'honneur du saint du jour, c'est lequel, déjà ? Non ? Une vraie tête de linotte comme son frère, alors tiens, voilà 5 dollars, ma chérie, ne t'inquiète pas tu es en avance et bonne journée. Hannah la grassouillette plaque un baiser gluant sur la joue de son père et s'éloigne, à la recherche de Sarah, son âme sœur de la semaine, sous le regard bonhomme d'un policier obèse et souriant qui porte une montre-bracelet en or.

Et personne n'y trouve rien à redire, songe Pendel avec satisfaction en regardant Hannah se perdre dans la foule. Ni les enfants, ni personne. Pas même moi. Un petit juif qui n'en est pas un, une petite catholique qui n'en est pas une, et tout le monde trouve ça normal. Désolé d'avoir été grossier envers l'incomparable Delgado, ma chérie, mais ce n'est pas mon jour de bonté, aujourd'hui.

*

* *

Après quoi, en sa seule et agréable compagnie, Pendel rejoint la nationale au son de sa petite cassette de Mozart. Comme toujours lorsqu'il se retrouve seul, cependant, il redouble de vigilance : il s'assure machinalement que les portières sont verrouillées et garde l'œil ouvert en cas de mauvaises rencontres, détrousseurs, flics et autres malfrats. Mais il n'est pas vraiment inquiet. Pendant quelques mois après l'invasion américaine, des hommes en armes ont maintenu la paix au Panama. Aujourd'hui, si quelqu'un sortait son revolver au milieu d'un embouteillage, il se trouverait aussitôt sous le tir croisé de toutes les autres voitures... sauf celle de Pendel.

Un soleil brûlant tapi jusque-là derrière un des innombrables gratte-ciel en construction l'agresse soudain, les ombres s'épaississent, le vacarme de la ville s'intensifie, et une traînée d'arc-en-ciel troue l'obscurité des édifices croulants bordant les rues étroites qu'il doit emprunter. Les visages sur les trottoirs reflètent leur origine africaine, indienne, chinoise ou métissée. Que le Panama s'enorgueillisse d'une aussi grande variété d'êtres humains que d'oiseaux réjouit chaque jour le cœur de Pendel l'hybride. Certains descendent d'esclaves, d'autres tout comme, leurs ancêtres ayant été expédiés ici par dizaines de milliers pour travailler, voire mourir, pour le canal.

La route s'élargit. Marée basse et faible lumière sur le Pacifique. Les îles grisâtres de l'autre côté de la baie ressemblent à de lointaines montagnes chinoises en suspension dans une brume ombreuse. Pendel a envie d'y trouver refuge – peut-être à cause de Louisa, dont parfois les angoisses exprimées haut et fort le minent, ou bien parce qu'il aperçoit déjà devant lui le sommet rouge sang du gratte-ciel de la banque qui semble jouer à c'est-moi-le-plus-haut avec ses voisins aussi hideux que lui. Une douzaine de bateaux flottent en une file fantomatique au-dessus de la ligne d'horizon invisible en attendant de pouvoir emprunter le canal. Dans un élan d'empathie, Pendel éprouve l'ennui de la vie à bord : il se voit transpirer sur le pont immobile, ou allongé dans une cabine puante au milieu d'étrangers et de vapeurs de mazout. Plus de temps mort pour moi, se jure-t-il avec un frisson d'horreur. Plus jamais. Jusqu'à la fin de sa vie, Harry Pendel profitera pleinement de chaque heure de chaque jour, c'est décidé. Demandez donc à l'oncle Benny – où qu'il se trouve.

En arrivant dans la majestueuse Avenida Balboa, il a le sentiment de prendre son envol. Il passe devant l'ambassade des États-Unis sur sa droite, plus impressionnante que le palais présidentiel, plus impressionnante que sa banque, mais en cet instant, pas plus impressionnante que Louisa. Mon problème, c'est de tout voir en grand, lui explique-t-il en se garant dans la cour de la banque. Sinon, je ne serais pas dans le pétrin où je me trouve, je ne me serais jamais pris pour un propriétaire terrien, je ne devrais pas une fortune que je ne possède pas, et j'arrêterais de critiquer Ernie Delgado ou tout autre qui t'apparaît comme M. Conscience-Propre. Pendel éteint son Mozart à regret, décroche d'un cintre à l'arrière son veston bleu foncé, l'enfile et ajuste sa cravate Denman & Goddard dans le rétroviseur. Un jeune homme en uniforme, qui couve son fusil à pompe d'un air sombre, garde la grande porte d'entrée en verre et salue tous les complets-veston.

« Don Eduardo, monseñor, comment allez-vous aujourd'hui ? crie Pendel en anglais avec un signe de la main au jeune garde.

– Bonjour, monsieur Pendel », répond-il, l'air ravi, avec les seuls mots d'anglais qu'il connaît.

*

*   *

Curieusement pour un tailleur, Harry Pendel a un physique imposant, et peut-être en est-il conscient, car sa démarche dénote une certaine retenue. Grand et fort, il a les cheveux grisonnants coupés court, le torse large, les épaules robustes et tombantes d'un boxeur, mais son pas est digne et mesuré. Ses mains, d'abord repliées le long de son corps, se rejoignent sagement derrière son large dos, ce qui lui donne l'allure de quelqu'un qui passerait en revue une garde d'honneur ou ferait stoïquement face à une exécution (deux situations qu'il a vécues en imagination). Il ne s'accorde qu'une seule fente dans le dos des vestons, qu'il a baptisée la Marque de Braithwaite.

Mais c'est sur son visage, qui porte bien sa quarantaine, que se reflètent le mieux son enthousiasme et sa joie de vivre. Le regard de ses yeux bleu clair brille d'une insolente innocence.

Sur sa bouche, même fermée, s'inscrit un sourire franc et chaleureux que l'on a toujours plaisir à surprendre.

*

* *

Au Panama, les grands hommes ont de superbes secrétaires noires en strict uniforme bleu de conductrice de car, et leurs bureaux ont des portes aux panneaux blindés recouverts de teck amazonien, avec des poignées en cuivre dont l'ouverture est commandée de l'intérieur pour éviter que lesdits grands hommes se fassent kidnapper. Le bureau de Ramón Rudd, au seizième étage, était immense, moderne, avec des baies aux vitres teintées du sol au plafond donnant sur le golfe, et une table de travail aux dimensions d'un court de tennis. Ramón Rudd y était agrippé à un bout comme un rat minuscule qui s'accroche à un énorme radeau. Petit et replet, il avait la mâchoire ombrée de bleu, des cheveux noirs gominés, des rouflaquettes d'un noir bleuté et des yeux brillants au regard cupide. Il tenait à parler anglais pour s'entraîner, un anglais très nasillard. Il avait payé fort cher pour faire établir son arbre généalogique et se vantait de descendre d'aventuriers écossais que la débâcle du Darién avait fait échouer là. Six semaines auparavant, il avait commandé un kilt orné du tartan des Rudd pour pouvoir prendre part aux danses écossaises du Club Unión. Ramón Rudd devait 10 000 dollars à Pendel pour cinq complets. Pendel, lui, devait 150 000 dollars à Rudd, qui ajoutait généreusement à cette somme les intérêts impayés, raison pour laquelle la dette augmentait.

« Un bonbon à la menthe ? proposa-t-il en poussant une coupelle remplie de papillotes vertes.

– Non, merci, Ramón, répondit Pendel tandis que l'autre se servait.

– Pourquoi payez-vous si cher un avocat ? demanda Rudd

après un court silence pendant lequel il suçota sa pastille et chacun d'eux se lamenta intérieurement sur les derniers comptes de la ferme rizicole.

– Il a dit qu'il achèterait le juge, Ramón, expliqua Pendel avec l'humilité d'un coupable qui se justifie. Il a dit qu'ils étaient amis et qu'il préférait que je ne m'en mêle pas.

– Mais dans ce cas, pourquoi le juge a-t-il reculé la date de l'audition ? Et pourquoi ne vous a-t-il pas accordé l'eau comme promis ?

– Parce que ce n'était plus le même juge, Ramón. Ils en ont nommé un nouveau après les élections, et le pot-de-vin n'était pas transférable de l'ancien juge au nouveau. Maintenant, le nouveau laisse traîner l'affaire, le temps de voir qui lui fera la meilleure offre. D'après le greffier, le nouveau juge est plus intègre que l'ancien, donc son tarif est plus élevé. Avoir des scrupules, ça coûte cher, au Panama, et c'est de pire en pire. »

Ramón Rudd ôta ses lunettes, souffla dessus, astiqua chacun des deux verres avec une peau de chamois sortie de la poche-poitrine de son complet Pendel & Braithwaite, puis fit repasser chacune des branches dorées derrière ses petites oreilles luisantes.

« Pourquoi ne soudoyez-vous pas quelqu'un au ministère de l'Agriculture ? suggéra-t-il avec une infinie patience.

– On a bien essayé, Ramón, mais ce sont de nobles âmes, voyez-vous. Ils disent que l'autre partie les a déjà soudoyés, et qu'il serait malhonnête de changer de camp.

– Et votre métayer ne peut pas arranger ça ? Vous lui versez un gros salaire. Pourquoi ne s'occupe-t-il pas lui-même de cette affaire ?

– Eh bien, pour être franc, Ramón, Angel est un peu frapadingo, répondit Pendel, qui savait parfois se montrer linguistiquement inventif. Sans entrer dans les détails, je pense qu'il nous sera plus utile s'il reste en dehors de tout ça. Ramón, je crois bien que je vais être obligé de vous faire une petite remarque. »

Le veston de Ramón Rudd le bridait encore aux aisselles. Tous deux s'étant postés face à face devant la grande baie vitrée, Ramón replia les bras sur sa poitrine, puis les laissa retomber le long de son corps, et enfin croisa les mains derrière le dos pendant que Pendel tiraillait les coutures du bout des doigts, tel un médecin cherchant à comprendre où ça fait mal.

« C'est juste un petit chouïa à reprendre, Ramón, et encore, finit-il par dire. Je ne vais pas découdre les manches pour rien, c'est mauvais pour le veston. Mais si vous nous le déposez à votre prochain passage, je m'en occuperai. »

Ils se rassirent.

« Est-ce que l'exploitation produit du riz ? demanda Rudd.

– Euh, oui, un peu, Ramón. On est en concurrence avec le marché mondial, paraît-il, c'est-à-dire le riz à bas prix importé de pays où le gouvernement accorde des subventions. J'ai été un peu rapide. Enfin, nous l'avons été, tous les deux.

– Vous et Louisa ?

– Plutôt vous et moi, Ramón. »

Rudd fronça les sourcils et consulta sa montre, comme toujours avec les clients insolvables.

« Dommage que vous n'ayez pas fondé une société distincte pour la ferme quand il en était temps, Harry. Hypothéquer une boutique qui marche bien comme caution sur une ferme rizicole privée d'eau, c'est absurde.

– Mais Ramón, c'est vous qui avez insisté, à l'époque, rétorqua Pendel, dont la honte étouffait déjà l'indignation. Vous avez dit qu'à moins de fusionner les deux affaires vous ne pouviez pas prendre de risque sur l'exploitation. C'était une des conditions exigées pour le prêt. D'accord, j'ai eu tort, je n'aurais jamais dû vous écouter. Mais bon, je l'ai fait. J'ai l'impression que ce jour-là vous avez plus représenté la banque que Harry Pendel. »

Ils parlèrent chevaux de course. Ramón en possédait deux. Ils parlèrent immobilier. Ramón possédait un bout de côte sur l'Atlantique. Harry viendrait peut-être y passer un week-end ? Acheter une parcelle, même s'il n'y faisait rien construire pendant un an ou deux ? La banque de Ramón avancerait les fonds. Mais Ramón ne lui proposa pas d'amener Louisa et les enfants, alors que sa fille allait elle aussi à l'école María-Inmaculada et que les deux petites étaient très amies. Au grand soulagement de Pendel, il ne jugea pas opportun non plus de mentionner les 200 000 dollars que Louisa avait hérités à la mort de son père et confiés à Pendel pour les investir dans une affaire sérieuse.

« Avez-vous cherché à transférer votre compte dans une autre banque ? demanda Ramón Rudd après que tous les sujets à éviter l'eurent soigneusement été.

– Je ne pense pas que beaucoup de banques m'accepteraient comme client en ce moment, Ramón. Pourquoi ?

– J'ai reçu un coup de fil d'une banque de commerce qui voulait tout savoir sur vous. Solvabilité, projets, chiffre d'affaires... Autant de renseignements que je ne fournis à personne, bien sûr.

– C'est absurde ! Ils doivent se tromper de client. C'était quelle banque ?

– Une banque anglaise. De Londres.

– De Londres ? Et on vous a appelé à mon sujet ? Mais qui ça ? Quelle banque ? Je croyais qu'elles étaient toutes fauchées. »

Ramón Rudd s'excusa de ne pouvoir être plus précis. Naturellement, il ne leur avait rien dit. Il n'était pas intéressé par les contreparties proposées.

« Quelles contreparties, grands dieux ? » s'écria Pendel.

Rudd semblait presque avoir oublié. Des lettres d'introduction, fit-il vaguement. Des recommandations. C'était sans importance. Harry était un ami.

« J'ai envie d'un blazer, dit Ramón Rudd au moment où ils se serraient la main. Bleu marine.

– Ce bleu-là ?

– Plus foncé. Croisé. Des boutons en cuivre. Écossais. »

Et Pendel, dans un autre élan de gratitude, lui parla de la nouvelle collection de boutons magnifiques qu'il avait reçue de la London Badge & Button Company.

« Ils pourraient nous fabriquer votre blason, Ramón. Je verrais bien un chardon. Ils pourraient aussi faire les boutons de manchettes. »

Ramón dit qu'il allait y réfléchir. Comme c'était vendredi, ils se souhaitèrent bon week-end. Pourquoi pas, après tout ? C'était encore un jour comme les autres sous le soleil du Panama. Quelques nuages à l'horizon pour Pendel, mais rien qu'il n'ait déjà résolu dans le passé. Une banque londonienne sélecte avait téléphoné à Ramón – ou peut-être pas. Ramón était un type sympathique, dans son genre, un client précieux quand il payait, et ils avaient bu quelques bons coups ensemble, mais il aurait fallu être docteur ès perceptions extrasensorielles pour deviner ce qui se passait dans cette tête d'Hispano-Écossais.

*
* *

Pour Harry, arriver dans sa petite rue était chaque fois comme rentrer au port. Certains jours, il se plaisait à imaginer que son magasin avait disparu, avait été dévalisé, détruit par une bombe, ou encore qu'il n'avait jamais existé, que c'était un fantasme, une idée implantée dans son imagination par son défunt oncle Benny. Mais aujourd'hui, quelque peu perturbé par sa visite à la banque, il cherchait à apercevoir la boutique et la couva des yeux dès qu'il arriva dans la zone ombreuse des grands arbres. Tu es une vraie maison, dit-il en direction du toit de tuiles espagnoles vieux rose qui brillaient à travers le feuillage. Tu n'es pas un magasin, non, non. Tu es la maison dont l'orphelin rêve toute sa vie. Si seulement l'oncle Benny pouvait te voir.

« Tu vois la véranda toute fleurie ? demanda Pendel à l'oncle Benny avec un petit coup de coude. Elle t'invite à entrer. Il fait frais à l'intérieur, c'est agréable, et tu seras reçu comme un pacha.

– Harry, mon garçon, c'est le nec plus ultra, affirma l'oncle Benny en touchant à deux mains le bord de son feutre noir, geste habituel chez lui quand il mijotait quelque chose. Avec un magasin pareil, tu devrais faire payer une livre rien que pour l'entrée.

– Et l'enseigne peinte, oncle Benny. Les lettres P & B entrelacées sur l'écusson. Ça fait la réputation du magasin dans toute la ville, au Club Unión, à l'Assemblée nationale, et même au palais des Hérons. "Êtes-vous allé chez P & B récemment ?" ou "Tenez, voilà le vieux Untel dans son complet P & B". Voilà ce qu'ils se disent, dans le coin, Benny.

– Je te l'ai déjà dit, mon garçon, et je le répète : tu as une sacrée platine, et tu as l'œil américain. De qui en as-tu hérité, je me le demande. »

Son courage presque retrouvé, Ernesto Delgado presque oublié, Pendel gravit les marches, prêt à attaquer sa journée.

CHAPITRE 2

L'appel téléphonique d'Osnard, aux environs de 10 h 30, ne provoqua pas le moindre remous. Selon la tradition, on passait tous les nouveaux clients au señor Harry ou, s'il était occupé, on les priait de bien vouloir laisser leur numéro pour que le señor Harry les rappelle dès que possible.

Pendel se trouvait dans son atelier de coupe, où il taillait des patrons dans du papier kraft pour un uniforme de marin, aux accents de Gustav Mahler. Cette pièce était son sanctuaire, personne n'y avait accès, et la clé dormait en permanence dans la poche de son gilet. Parfois, en un geste symbolique, il l'introduisait dans la serrure et fermait la porte au reste du monde pour prouver qu'il était son seul maître. Et parfois même il se plantait un instant devant, pieds joints et tête baissée dans une attitude de soumission, avant de la rouvrir et de reprendre son travail. Personne ne le voyait faire sauf le spectateur en lui, témoin de ses actes les plus théâtraux.

Plus loin, dans d'autres salles aussi hautes de plafond, sous des éclairages et des ventilateurs électriques flambant neufs, ses ouvriers choyés, toutes races confondues, cousaient et repassaient en bavardant avec une liberté rarement accordée aux classes laborieuses panaméennes. Mais aucun ne s'affairait avec plus de zèle que leur employeur Pendel. Après avoir saisi au vol un passage de Mahler, il referma habilement ses grands ciseaux sur la courbe tracée à la craie jaune qui marquait le contour du dos et des épaules d'un amiral colombien dont le seul souhait était de surpasser en raffinement son prédécesseur tombé en disgrâce.

L'uniforme que Pendel lui avait dessiné était particulièrement beau. Le pantalon blanc, déjà confié aux soins de ses culottiers italiens quelques portes plus loin dans le couloir, devait épouser le fessier à la perfection pour s'adapter à la position debout et non assise. La tunique que Pendel taillait était blanche et bleu marine, avec des épaulettes, des galons et des soutaches dorés, un col montant à la Nelson orné de feuilles de chêne et d'ancres entrelacées – une idée originale de Pendel qui avait plu au secrétaire personnel de l'amiral à réception du modèle envoyé par fax. Pendel n'avait jamais bien compris ce que l'oncle Benny entendait par l'œil américain, mais en contemplant son patron, il savait qu'il en était doté.

Tandis qu'il continuait sa coupe en musique, il se redressa par mimétisme et endossa le personnage de l'amiral Pendel descendant l'escalier majestueux lors du bal d'intronisation. De telles rêveries inoffensives n'altéraient en rien son habileté manuelle. Il aimait d'ailleurs affirmer – en rendant grâce à son défunt associé Braithwaite – que le tailleur idéal est un imitateur-né, dont le travail consiste à s'imaginer dans les vêtements du client et à se substituer à lui jusqu'à ce que celui-ci vienne les chercher.

*

* *

Ce fut pendant l'un de ces agréables transferts de personnalité que Pendel reçut l'appel d'Osnard. Il eut d'abord en ligne Marta, sa réceptionniste, standardiste, comptable et confectionneuse de sandwichs, une petite bonne femme austère et loyale, à moitié noire, au visage asymétrique, tout couturé, endommagé par des greffes de peau et une chirurgie plastique ratée.

« Bonjour », dit-elle en espagnol de sa belle voix.

Ni « Harry », ni « señor Pendel ». Jamais. Seulement « bonjour » de sa voix d'ange, car seuls sa voix et ses yeux restaient intacts.

« Bonjour, Marta.

– Il y a un nouveau client en ligne.

– Il vient de quel côté du pont ? demanda-t-il selon leur numéro habituel.

– Du vôtre. C'est un Osnard.

– Un quoi ?

– Señor Osnard. Il est anglais. Il fait des plaisanteries.

– Quel genre de plaisanteries ?

– A vous de voir. »

Pendel posa les ciseaux, baissa le volume de Mahler presque à zéro et fit glisser vers lui le livre de rendez-vous et un crayon. Il avait une réputation de maniaquerie quant au rangement de son établi : le tissu ici, les patrons là, les factures et le registre de commandes là-bas, chaque chose bien à sa place. Comme à son habitude pour tailler, il avait revêtu son gilet noir à dos en soie et boutonnage sous patte, un modèle de sa fabrication dont il aimait l'air de serviteur empressé qu'il lui conférait.

« Et comment l'épelez-vous, monsieur ? » demanda-t-il aimablement à Osnard, qui lui répétait son nom.

Au téléphone, la voix de Pendel se teintait d'un sourire, et de parfaits étrangers sentaient ainsi un courant de sympathie passer. Mais apparemment, Osnard avait lui aussi ce talent communicatif, et il s'ensuivit aussitôt une longue conversation joyeuse et détendue, typiquement britannique.

« C'est O-S-N au début et A-R-D à la fin, précisa Osnard, et cette façon de l'épeler parut très spirituelle à Pendel, qui inscrivit le nom comme Osnard l'avait dicté : deux groupes de trois lettres majuscules séparés par une esperluette. Et vous, à propos, vous êtes Pendel ou Braithwaite ? »

A quoi Pendel, comme souvent lorsqu'il se retrouvait confronté à cette question, répliqua avec une faconde caractéristique de ces deux personnalités :

« Eh bien, monsieur, je suis les deux en un, pour ainsi dire. Mon associé Braithwaite est malheureusement décédé depuis longtemps. Je puis toutefois vous assurer que ses principes restent à ce jour ceux de notre maison, qui les applique scrupuleusement, pour le plus grand bonheur de ceux qui l'ont connu. »

Lorsque Pendel laissait libre cours à son identité professionnelle, il insufflait à ses propos l'ardeur d'un homme qui retrouve la vie normale après un long exil, et il construisait des phrases à rallonge, avec une coda à la fin comme un motif musical dans un concert classique, quand le public s'attend en vain à ce qu'il s'achève.

« Je suis désolé, reprit Osnard après un court silence en baissant respectueusement la voix. De quoi est-il mort ? »

C'est drôle que tout le monde pose cette question, songea Pendel ; mais ça se comprend, au fond, quand on sait que cela nous attend tous un jour ou l'autre.

« On a conclu à une attaque, monsieur Osnard, répondit-il sur le ton assuré qu'emploient les gens en bonne santé dans ce genre de situation. Mais franchement, en ce qui me concerne, j'ai tendance à penser qu'il a eu le cœur brisé par la fermeture tragique de notre magasin de Savile Row, suite à des impôts prohibitifs. Puis-je me permettre de vous demander si vous êtes résident au Panama, monsieur Osnard, ou seulement de passage ?

– Je suis arrivé en ville il y a quelques jours, et je compte rester assez longtemps.

– Alors bienvenue au Panama, monsieur. Pourriez-vous me donner un numéro où vous joindre au cas où nous serions coupés, ce qui arrive souvent, par ici ? »

Comme chez tous les Anglais, la façon de parler des deux hommes stigmatisait leur milieu social. Pour un Osnard, les origines de Pendel étaient aussi évidentes que son désir profond d'y échapper. Malgré toute sa suavité, sa voix restait souillée par Leman Street, dans l'est populaire de Londres. Quand il soignait ses voyelles, le rythme et les hiatus le trahissaient ; et même quand tout semblait correct, il pouvait s'avérer un tantinet ambitieux lexicalement. A l'inverse, pour un Pendel, Osnard avait la voix traînante des grossiers privilégiés qui n'honoraient pas les factures de l'oncle Benny. Mais au fil de leur conversation, il sembla à Pendel qu'une agréable complicité s'installait entre eux, en tant qu'exilés, et que chacun s'employait à mettre de côté ses préjugés au profit d'un lien commun.

« Je suis descendu à l'El Panama en attendant que mon appartement soit prêt, expliqua Osnard. Il aurait dû l'être il y a un mois, d'ailleurs.

– C'est toujours la même histoire, monsieur Osnard. Les entrepreneurs sont comme ça dans le monde entier, je ne cesse de le répéter. Que ce soit à Tombouctou, New York, peu importe : il n'y a pas plus inefficace que les entrepreneurs.

– Dites-moi, vous êtes assez tranquille, vers 17 heures ? Ce n'est pas la grosse bousculade ?

– Non, c'est la bonne heure, pour nous, monsieur Osnard. Mes clients du déjeuner sont repartis au travail, et ceux que j'appelle mes “avant-dîner” ne sont pas encore en route pour faire la fête. Allons bon, je vous ai menti, se reprit-il aussitôt avec un petit rire honteux. Nous sommes vendredi, alors mes avant-dîner rentrent directement chez eux auprès de leur épouse. Bref, à 17 heures, je serai à votre entière disposition.

– Vous en personne ? En chair et en os ? Beaucoup de tailleurs chics emploient des larbins pour le travail fastidieux.

– Je suis de la vieille école, voyez-vous, monsieur Osnard. Pour moi, chaque client est un nouveau défi. Je prends les mesures, je taille, j'ajuste, et peu m'importe le nombre d'essayages nécessaires pour obtenir le meilleur résultat. Pas une seule partie d'un complet ne sort d'ici tant que le produit n'est pas fini, et je supervise personnellement chaque étape de la fabrication.

– Parfait. Alors, le prix ? » demanda Osnard d'un ton léger, sans agressivité.

Le sourire satisfait de Pendel s'élargit. S'il avait parlé en espagnol, aujourd'hui sa seconde nature et sa langue préférée, il aurait répondu sans mal à cette question. Au Panama, personne ne se sent gêné par les problèmes d'argent, sauf quand on en manque. Mais sur le même sujet, la réaction des Anglais aisés était totalement imprévisible, les plus riches étant souvent les plus pingres.

« Je fabrique ce qu'il y a de mieux, monsieur Osnard. Comme je le dis toujours, une Rolls-Royce coûte cher, eh bien un Pendel & Braithwaite aussi.

– Alors, combien ?

– Il faut compter 2 500 dollars pour un complet-veston classique, peut-être plus suivant le tissu et le style choisis. Une veste ou un blazer, 1 500, un gilet 600. Et comme nous utilisons de préférence des tissus légers et conseillons donc de prendre un pantalon de rechange assorti, nous faisons un prix spécial de 800 dollars pour le second. Est-ce là un silence choqué que j'entends, monsieur Osnard ?

– Je croyais que le tarif actuel, c'était 2 000 maxi.

– C'était vrai jusqu'à il y a trois ans, monsieur. Hélas, depuis la chute du dollar, étant donné que chez P & B nous sommes bien obligés de continuer à acheter les meilleurs tissus, et que nous n'employons rien d'autre, tant pis pour le prix – ai-je besoin de le préciser ? –, et beaucoup viennent d'Europe et sont… »

Il allait employer une expression sophistiquée comme « indexés sur les monnaies fortes », mais se ravisa.

« Quoi qu'il en soit, cher monsieur, j'ai cru comprendre qu'à l'heure actuelle le prêt-à-porter de luxe, disons Ralph Lauren, par exemple, frôle les 2 000 dollars, quand ce n'est pas plus. Puis-je aussi vous signaler que nous assurons le service après-vente, monsieur ? Je ne pense pas que vous retourniez chez le tailleur de base pour lui dire que vous vous sentez un peu bridé aux épaules. En tout cas, la retouche ne sera pas gratuite. Alors, qu'avons-nous en tête, exactement ?

– Oh, tout ce qu'il y a de plus banal. Deux complets de ville pour commencer, et après, s'ils me conviennent, on sort le grand jeu.

– On sort le grand jeu, s'extasia Pendel, submergé par des souvenirs de l'oncle Benny. Cela doit bien faire vingt ans que je n'ai pas entendu cette expression, monsieur Osnard. Mon Dieu ! Le grand jeu. Ça alors ! »

Là encore, un autre tailleur aurait sans doute contenu son enthousiasme et serait retourné travailler à son uniforme d'amiral. Pendel l'aurait peut-être fait en d'autres circonstances, d'ailleurs. Rendez-vous aurait été pris, la somme acceptée, les préliminaires d'usage échangés. Mais Pendel s'amusait bien. Il se sentait plutôt seul depuis sa visite à la banque. Il avait peu de clients anglais, et encore moins d'amis anglais. Louisa, obéissant à l'esprit de son défunt père, n'y était pas très favorable.

« Et vous régnez toujours en maître sur la ville, alors ? demanda Osnard. P & B, tailleur des huiles, c'est bien ça ?

– Nous aimons à le croire, monsieur, acquiesça Pendel en souriant au mot “huiles”. Sans prétention, nous sommes fiers de nos créations. Et je peux vous assurer que ça n'a pas été tout rose, ces dix dernières années. Pour être franc, les gens n'ont pas beaucoup de goût au Panama – du moins, n'en avaient pas, jusqu'à notre arrivée. Il a fallu les éduquer avant de pouvoir leur vendre notre marchandise. "Tant d'argent pour un complet ?" Ils nous croyaient fous, voire pire. Et puis, petit à petit, ça a démarré, et depuis ça n'arrête pas, je suis heureux de le dire. Ils ont fini par comprendre que nous ne nous contentons pas de leur fournir un complet et de collecter les sous. Nous assurons le suivi, les retouches, nous sommes toujours à leur disposition quand ils reviennent, nous sommes des amis, des supporters, des êtres humains. Vous ne travaillez pas dans la presse, par hasard, monsieur ? Nous avons eu le grand plaisir de lire un article dans l'édition régionale du *Miami Herald*, récemment. Je ne sais pas si vous êtes tombé dessus.

– Non, j'ai dû le rater.

– Alors permettez-moi de vous le dire, monsieur Osnard, et je suis sérieux, maintenant : nous habillons des présidents, des avocats, des banquiers, des évêques, des députés, des généraux, des amiraux. Nous habillons tous ceux qui apprécient un complet sur mesure et peuvent se l'offrir, sans préjugés de race, de religion ou de réputation. Que dites-vous de ça ?

– Impeccable. Absolument impeccable. 17 heures, donc. A la bonne heure. Osnard, vous avez noté ?

– 17 heures, monsieur Osnard. Je m'en réjouis.

– Moi de même.

– Nous avons un nouveau client très bien, Marta », annonça Pendel lorsqu'elle entra, des factures à la main.

Mais il n'arrivait jamais à lui parler de façon naturelle. Et elle avait une façon de l'écouter qui ne l'était pas non plus : son visage mutilé détourné, ses yeux sombres et profonds regardant ailleurs, et une cascade de cheveux noirs cachant l'horrible vision.

*

* *

Et voilà. Par la suite, Pendel se traiterait d'imbécile, mais pour le moment il se sentait heureux et flatté. Cet Osnard était à l'évidence un joyeux numéro, ce que Pendel appréciait autant que l'oncle Benny jadis. Et les Anglais étaient de bien plus joyeux numéros que d'autres, malgré tout ce que Louisa et son défunt père pensaient d'eux. Peut-être même qu'après avoir tourné le dos à son cher pays pendant tant d'années, il allait revenir sur son opinion. Il ne fit pas cas de la réticence d'Osnard à parler de son travail. Nombre de ses clients adoptaient la même réserve, et les autres auraient souvent mieux fait de les imiter. Il était heureux, mais pas extralucide. Après avoir raccroché le combiné, il retourna travailler à son uniforme d'amiral jusqu'à l'habituelle effervescence du vendredi midi, baptisé « le moment béni », jusqu'à ce qu'Osnard entre en scène et balaie les derniers restes d'innocence de Pendel.

*

* *

Et ce jour-là, qui arriva en tête du défilé des clients ? Le seul, l'unique Rafi Domingo, play-boy le plus en vue du Panama et cible favorite de la haine de Louisa.

« Señor Domingo ! s'écria Pendel bras ouverts. Quelle joie de vous voir ! Toujours aussi jeune, si je puis me permettre, c'est honteux ! Puis-je vous rappeler quelque chose, Rafi ? ajouta-t-il en baissant le ton. Selon notre regretté M. Braithwaite, la définition du parfait gentleman, c'est que la manchette ne dépasse pas de plus d'une phalange », dit-il en pinçant respectueusement la manche du blazer de Rafi.

Après quoi, ils passèrent à l'essayage de son nouveau smoking, étape inutile sinon pour crâner devant les autres habitués du vendredi, qui commençaient à envahir le magasin avec leur cortège de téléphones portables, de fumée de cigarette, de grivoiseries et de récits glorieux de transactions et de prouesses sexuelles. Le client suivant était Aristides le *braguetazo*, ainsi surnommé parce qu'il avait fait un mariage d'argent, ce qui lui valait d'être considéré par ses amis comme un martyr de la gent masculine. Puis Ricardo-Ricki-pour-les-intimes qui, au cours d'un bref mais gratifiant passage dans les hautes sphères du ministère des Travaux publics, s'était octroyé le droit de construire toutes les routes du Panama jusqu'à la fin des temps. Il était accompagné de Teddy, alias l'Ours, l'éditorialiste le plus détesté du Panama et assurément le plus laid, avec son chic habituel pour refroidir l'atmosphère sans toutefois que Pendel en fût affecté.

« Teddy, ô scribe légendaire, dépositaire des réputations. Accordez-vous un temps d'arrêt, cher monsieur. Laissez vos tourments de côté. »

Sur leurs talons arriva Philip, éphémère ministre de la Santé sous Noriega – ou était-ce de l'Éducation ?

« Marta, un verre pour Son Excellence, et aussi un queue-de-pie ! Un dernier essayage, et je pense que ce sera bon. Toutes mes félicitations, Philip, poursuivit-il en baissant le ton. J'ai entendu dire qu'elle est coquine, superbe et folle de vous », ajouta-t-il, plaisante allusion à la dernière *chiquilla* en date de Philip.

Ces braves et leurs pairs entraient et sortaient allègrement de l'établissement de Pendel en ce dernier moment béni de l'histoire de l'humanité. Et Pendel s'activait prestement au milieu de ses clients, plaisantait par-ci, vendait par-là, citait les sages paroles du regretté Arthur Braithwaite, faisait sien leur contentement et leur rendait grâce.

CHAPITRE 3

Par la suite, Pendel jugea tout à fait opportun que l'arrivée d'Osnard à P & B ait été accompagnée par un coup de tonnerre et ce que l'oncle Benny aurait appelé « tout le toutim ». L'après-midi avait été superbe et ensoleillé, typique de la saison humide au Panama ; deux jolies filles faisaient du lèche-vitrines à la Boutique de Sally en face, le bougainvillée dans le jardin des voisins était si beau qu'on en aurait mangé. Soudain, à 16 h 57 – Pendel n'avait jamais douté qu'Osnard serait ponctuel –, un break Ford marron à la lunette arrière ornée d'un autocollant Avis se gara sur l'emplacement réservé aux clients. Au volant, une bonne bouille coiffée d'une tignasse brune, accrochée derrière le pare-brise comme une citrouille de Halloween. Pourquoi diable Pendel songea-t-il à Halloween, il n'en avait aucune idée. Sans doute les yeux noirs et ronds, conclut-il par la suite.

Et c'est alors que le Panama fut plongé dans l'obscurité.

En fait, un gros nuage bien découpé, pas plus grand que la main de Hannah, s'était posté devant le soleil. La seconde d'après, d'énormes gouttes de pluie s'écrasaient en rebondissant sur le perron, le tonnerre et les éclairs déclenchaient les alarmes de toutes les voitures garées dans la rue, les plaques d'égout se descellaient sous l'effet du trop-plein et partaient à vau-l'eau contaminer le torrent brunâtre, les feuilles de palmiers et les poubelles se joignaient à ces agents insalubres, et les inévitables Noirs en cape qui surgissent d'on ne sait où dès qu'il y a une averse agitaient des parapluies de golf sous le nez des conducteurs ou proposaient de pousser leur véhicule sur un emplacement surélevé pour ne pas noyer le Delco, en échange d'un dollar.

L'un d'eux était déjà à l'œuvre avec M. Citrouille, assis dans sa voiture à quinze mètres du perron en attendant la fin du déluge. Mais le déluge prenait son temps, faute de vent. M. Citrouille ignorait ostensiblement le Noir, qui ne bougeait pas. M. Citrouille finit par craquer, plongea la main dans sa veste – inhabituel au Panama, d'en porter une, sauf quand on est quelqu'un, ou le garde du corps de quelqu'un –, en sortit son portefeuille dont il extirpa un billet avant de le remettre dans sa poche intérieure gauche, baissa la vitre pour prendre le parapluie au Noir, échanger quelques plaisanteries et lui donner 10 dollars, tout cela sans se faire tremper. Manœuvre réussie. Note pour mémoire : M. Citrouille parle espagnol alors qu'il vient tout juste d'arriver.

Et Pendel souriait. Oui, il souriait à l'avance, plus qu'à l'ordinaire.

« Il est plus jeune que je ne l'aurais cru », dit-il à Marta, qui lui tournait le dos dans sa cabine vitrée, occupée à vérifier ses billets de loterie pourtant jamais gagnants.

Et le ton de Pendel était approbateur. Comme s'il voyait déjà les longues années où il vendrait des costumes à Osnard et jouirait de son amitié, au lieu de l'identifier pour ce qu'il était : un client venu de l'enfer.

*

* *

Marta s'étant contentée de lever sa tête brune sans répondre à sa remarque, Pendel adopta la posture bien particulière dans laquelle il voulait que chaque nouveau client le découvre.

La vie lui ayant appris à se fier à ses premières impressions, il accordait une grande valeur à celle qu'il pouvait faire sur les autres. Ainsi, personne ne s'attend à trouver un tailleur assis. Mais, Pendel ayant décidé depuis longtemps que P & B devait être une oasis de tranquillité au milieu d'un monde agité, il mettait un point d'honneur à ce qu'on le découvre installé dans son vieux fauteuil de portier, en général avec le *Times* de l'avant-veille étalé sur les genoux.

Il ne lui déplaisait pas non plus qu'un plateau repose comme aujourd'hui sur la table devant lui, au sommet d'une pile de vieux numéros d'*Illustrated London News* et *Country Life*, avec une vraie théière en argent et de divins sandwichs au concombre sur pain extra-fin confectionnés par Marta, là-bas dans sa cuisine, où elle préférait se cantonner lors des premiers contacts délicats avec un nouveau client, de peur que la présence d'une métisse défigurée n'entame la mâle assurance du Panaméen blanc anxieux de cultiver son apparence. Et puis, elle aimait y lire ses livres – elle avait enfin repris ses études, en psychologie, histoire sociale et une troisième matière que Pendel oubliait toujours. Il aurait préféré la voir faire du droit, mais elle avait refusé tout net sous prétexte que les avocats étaient des menteurs.

« Il ne serait pas approprié, disait-elle dans son espagnol incisif et soigné, que la fille d'un charpentier noir s'avilisse pour de l'argent. »

*

* *

Il existe plusieurs façons pour un jeune homme corpulent muni d'un parapluie bleu et blanc de bookmaker de sortir d'une petite voiture sous une pluie battante. Osnard, si c'était bien lui, avait choisi une stratégie ingénieuse qui se révéla défectueuse : entrouvrir le parapluie en étant encore au volant, puis sortir fesses les premières en basculant le parapluie derrière, tout en finissant de l'ouvrir dans une botte finale triomphante. Mais soit Osnard soit le parapluie resta coincé dans la portière, si bien que tout ce que put momentanément voir Pendel fut un large arrière-train britannique recouvert d'un pantalon en gabardine marron bâillant à l'entrejambe et un veston assorti à double fente mitraillé par la pluie.

Tissu léger, 300 grammes, Tergal mélangé, beaucoup trop chaud pour le Panama, remarqua Pendel. Pas étonnant qu'il soit pressé d'avoir deux nouveaux costumes. 96 de tour de taille, au bas mot. Le parapluie s'ouvrit, ce qui n'était pas toujours donné, fut hissé comme un drapeau de reddition immédiate et retomba aussitôt sur la tête et les épaules d'Osnard. Celui-ci disparut un instant entre le parking et la porte d'entrée. Il monte les marches, songea Pendel avec satisfaction en entendant les bruits de pas malgré le déluge. Le voilà, il est sur le perron, je vois son ombre. Vas-y, gros bêta, ce n'est pas fermé à clé ! Mais Pendel s'obligea à rester assis, comme il s'était entraîné à le faire, sans quoi il aurait passé son temps à jouer les portiers. Les fragments d'un patchwork de gabardine marron trempée vinrent s'incruster dans l'arc de cercle transparent des lettres qui ornaient la vitrine dépolie : PENDEL & BRAITHWAITE, Panama et Savile Row depuis 1932. Une pause, puis toute la massive silhouette pénétra en crabe dans la boutique, parapluie en tête.

« M. Osnard, je présume ? fit Pendel, toujours bien enfoncé dans son fauteuil de portier. Entrez donc, monsieur. Je suis Harry Pendel. Désolé pour cette pluie. Voulez-vous une tasse de thé, un petit remontant ? »

Sa première pensée fut : bon vivant. Des yeux marron, vifs comme ceux d'un renard. Des déplacements lents, des membres puissants, bref, l'athlète paresseux. Prévoir une bonne réserve de tissu pour les retouches. Puis il se rappela une blague que l'oncle Benny ne se lassait pas de raconter, à la feinte horreur de tante Ruth : « De grandes mains et de grands pieds, mesdames, vous savez bien ce que ça veut dire, non ? De grands gants et de grandes chaussettes ! »

*

* *

En arrivant chez P & B, les messieurs avaient le choix : ou bien, façon pantouflard, s'asseoir, accepter un bol de la soupe de Marta ou un verre, échanger quelques potins et laisser le charme des lieux agir avant de se rendre à l'étage dans le salon d'essayage, ce qui les faisait incidemment passer devant un étalage attrayant de catalogues de patrons disposés sur une console en bois de pommier ; ou bien, façon stressé, comme souvent les nouveaux clients, foncer tout droit vers le salon d'essayage, aboyer des ordres à leur chauffeur par-dessus le paravent en bois, passer des coups de fil sur leur téléphone cellulaire à leur maîtresse ou leur courtier, bref, tout faire pour impressionner les manants par leur importance. Avec le temps, les stressés se muaient en pantouflards, et se voyaient remplacés par de nouveaux clients impétueux. Pendel attendait de voir dans quelle catégorie Osnard allait s'inscrire. Réponse : ni l'une ni l'autre.

Il ne trahissait aucun des symptômes connus de l'homme sur le point de dépenser 5 000 dollars pour sa tenue. Ni nerveux, ni rongé par le doute ou l'angoisse, ni fanfaron, ni bavard, ni trop familier, il n'avait pas non plus l'air coupable, mais il faut dire que la culpabilité est une denrée rare au Panama. Même si on l'apporte avec soi en arrivant, elle s'efface assez vite. Somme toute, il était étrangement calme.

Et que fit-il ? Il prit appui sur son parapluie dégoulinant, un pied en avant et l'autre bien planté sur le paillasson, raison pour laquelle la sonnette retentissait toujours dans le couloir du fond sans qu'il paraisse l'entendre – ou peut-être l'entendait-il mais était-il imperméable à toute gêne. Il embrassa la boutique du regard, le visage radieux, un sourire nostalgique aux lèvres, comme s'il venait de retrouver par hasard un ami depuis longtemps perdu de vue.

L'escalier à vis en acajou menant à la Boutique du luxe sur la mezzanine : bonté divine, ce cher vieil escalier... Les foulards, robes de chambre, pantoufles monogrammées : oui, bien sûr, je me souviens très bien... Les échelles à glissière habilement reconverties en porte-cravates : qui aurait pu penser qu'ils en feraient ça ? Les ventilateurs en bois tournant paresseusement au plafond moisi, les rouleaux de tissu, le comptoir, les ciseaux début de siècle, la règle en cuivre fixée sur un des côtés : de vieux amis, tous de vieux amis... Et enfin, le fauteuil de portier en cuir éraflé, réputé être celui de Braithwaite en personne, selon la légende locale. Et Pendel assis dedans, souriant d'un air bienveillant à son nouveau client.

Osnard lui rendit un regard inquisiteur, impudent, qui se posa sur le visage de Pendel, descendit le long de son gilet à boutonnage sous patte jusqu'à son pantalon bleu sombre, ses chaussettes en soie et ses souliers de ville noirs de chez Ducker à Oxford, disponibles au premier étage du 39 au 43, puis remonta, prenant tout le temps nécessaire pour un deuxième examen du visage avant d'aller explorer les recoins de la boutique. Et la sonnette qui n'en finissait pas, parce que la solide jambe d'Osnard restait plantée sur le paillasson en coco.

« Superbe, décréta-t-il. Absolument superbe. Ne changez rien, surtout.

– Asseyez-vous, monsieur, je vous en prie, proposa Pendel avec hospitalité. Vous êtes ici chez vous, monsieur Osnard. Nous espérons d'ailleurs que tous nos clients se sentent ici chez eux. Ils viennent même plus souvent pour un brin de causette que pour un costume. Vous avez un porte-parapluies juste là. Débarrassez-vous donc. »

Mais loin de s'en débarrasser, Osnard pointa sa baguette magique vers une photographie encadrée accrochée plein centre sur le mur du fond, qui représentait un digne Socrate à lunettes, en col rond et redingote noire, portant un regard sévère sur le monde actuel.

« C'est bien lui, n'est-ce pas ?

– Qui ça, lui ? Où ça ?

– Là-bas. Le grand maître. Arthur Braithwaite.

– En effet, monsieur. Vous avez l'œil, si je puis me permettre. Le grand maître, comme vous dites, et dans la force de l'âge. La photo a été prise à la demande de ses employés admiratifs, et lui a été remise à l'occasion de son soixantième anniversaire. »

Osnard s'avança d'un bond pour mieux voir, la sonnette s'arrêta enfin, et il déchiffra la plaque en cuivre montée au bas du cadre.

« "Arthur G. 1908-1981. Fondateur." Eh ben, ça alors. Je ne l'aurais pas reconnu. Le G, ça voulait dire quoi ?

– George, répondit Pendel, se demandant pourquoi Osnard aurait dû le reconnaître mais sans aller jusqu'à formuler sa question.

– D'où venait-il ?

– De Pinner.

– Non, son portrait. Vous l'avez apporté avec vous ? Où se trouvait-il ?

– Sa veuve nous en a fait don peu avant d'aller le rejoindre, monsieur Osnard, répondit Pendel, s'accordant un sourire mélancolique et un soupir. Un bien beau geste, alors qu'elle ne pouvait pas se le permettre, vu le prix du fret depuis l'Angleterre, mais elle y tenait absolument. "C'est là qu'il voudrait être", insistait-elle, et il n'y a pas eu moyen de l'en dissuader. Non que nous ayons cherché à le faire, elle y tenait tant. Personne n'en aurait eu le cœur.

– Comment s'appelait-elle ?
– Doris.
– Des enfants ?
– Pardon ?
– Mme Braithwaite, elle a eu des enfants ? Des héritiers ? Une descendance ?
– Hélas, non. Dieu n'en a pas voulu ainsi.
– Mais enfin, ça aurait dû être Braithwaite & Pendel plutôt que l'inverse, non ? Ce vieux Braithwaite, c'était l'associé principal, après tout. Il devrait venir en premier, même s'il est décédé.
– Non, monsieur, répondit Pendel en secouant la tête. Arthur Braithwaite en a exprimé le vœu de son vivant. “Harry, mon garçon, la jeunesse passe avant l'âge. Dorénavant, ce sera P & B. En plus, comme ça, on évite la confusion avec une certaine compagnie pétrolière.”
– Bon, alors, ces têtes couronnées que vous habillez, c'est qui ? Dehors, il y a écrit “tailleurs près la royauté”. Ça me démange depuis tout à l'heure.
– Eh bien, monsieur, disons les choses comme ça, et vraiment, je ne peux pas aller plus loin, sinon c'est de la lèse-majesté…, prévint Pendel dont le sourire se refroidit quelque peu. Certains messieurs très proches d'un certain trône ont jugé bon de nous honorer de leur clientèle par le passé, et encore aujourd'hui. Mais hélas, nous ne sommes pas libres de donner de plus amples détails.
– Pourquoi cela ?
– A cause du code éthique de la guilde des tailleurs, déjà, qui protège l'anonymat de tous les clients, nobles ou pas. Et aussi pour des questions de sécurité, par les temps qui courent, c'est triste à dire.
– Trône d'Angleterre ?
– Vous m'en demandez trop, monsieur Osnard.
– Alors pourquoi vous avez le blason du prince de Galles accroché dehors ? J'ai presque cru que c'était un pub.

– Merci, monsieur Osnard, vous avez remarqué ce que peu de gens remarquent, ici, au Panama, mais motus et bouche cousue. Asseyez-vous donc. Les sandwichs de Marta sont au concombre, si vous en voulez. Peut-être avez-vous eu vent de sa réputation ? Et permettez-moi de vous recommander un très bon petit vin blanc chilien, qu'un de mes clients importe et dont il a la bonté de m'envoyer une caisse de temps à autre. Qu'est-ce qui vous tenterait ? »

De fait, il devenait à présent important aux yeux de Pendel qu'Osnard se laisse tenter par quelque chose.

*

* *

Osnard ne s'était toujours pas assis, mais il accepta un sandwich. Ou plus exactement, il en prit trois sur l'assiette, un pour la faim et deux qu'il déposa sur la paume rebondie de sa main gauche, et vint se planter au côté de Pendel devant la table en bois de pommier.

« Non, celui-ci n'est vraiment pas pour nous, affirma Pendel en éliminant d'un geste des échantillons de tweed fin, selon sa procédure habituelle. Ceux-là non plus, pas pour ce que j'appelle une silhouette d'homme mûr. Ils sont parfaits pour les adolescents imberbes ou les grands échalas, mais pas pour quelqu'un comme vous ou moi, voilà tout. Ah là, en revanche, on se rapproche, dit-il en tournant une nouvelle page.

– Alpaga qualité supérieure.

– En effet, monsieur, confirma Pendel, fort étonné. Il vient du sud du Pérou, dans la cordillère des Andes. Si vous me le permettez, je citerai *Wool Record* : “On l'apprécie pour sa douceur au toucher et toutes ses nuances naturelles.” Eh bien, ma foi, vous nous en cachez, des choses, monsieur Osnard ! »

Remarque justifiée par le fait que le client moyen ne connaissait strictement rien aux tissus.

« C'était l'étoffe préférée de mon père. Il ne jurait que par ça. De l'alpaga, sinon rien.

– C'était ? Je suis désolé.

– Oui, il est décédé. Il est là-haut près de Braithwaite.

– Avec tout le respect que je vous dois, monsieur Osnard, votre estimé père savait de quoi il parlait ! s'exclama Pendel, dont c'était là un des sujets favoris. Je pense être assez bien placé pour dire que l'alpaga est, a été et restera toujours le meilleur tissu léger du monde sans exception. Tous ces mélanges en mohair et laine peignée, ils peuvent se les garder. L'alpaga est teint en laine, d'où cette variété de couleurs, cette richesse. C'est pur, c'est souple, ça respire. Même les peaux les plus sensibles le supportent, affirma-t-il, et il ajouta sur un ton de confidence en effleurant le bras d'Osnard : Avant qu'il y ait pénurie, les tailleurs de Savile Row, honte à eux, ils l'utilisaient pour quoi, monsieur Osnard, je vous le demande ?

– Je donne ma langue au chat.

– Des doublures ! s'indigna Pendel. De vulgaires doublures. Du vandalisme, voilà ce que c'est.

– Le vieux Braithwaite aurait vu rouge.

– Mais c'est bien ce qui s'est passé, et je ne vais pas me priver de le citer : "Harry", m'a-t-il dit – et il lui avait fallu neuf ans avant de m'appeler par mon prénom –, "Harry, ce qu'ils font subir à l'alpaga, je ne l'infligerais même pas à mon chien." Ce sont ses paroles, et je les entends encore.

– Moi aussi.

– Je vous demande pardon, monsieur ? »

Si Pendel était soudain sur le qui-vive, Osnard restait imperturbable. Inconscient de l'impact produit par ses paroles, il passait studieusement en revue les échantillons.

« Je ne crois pas avoir bien saisi, monsieur Osnard.

– Le vieux Braithwaite habillait mon père, dans le temps, quand j'étais tout gamin. »

Pendel sembla trop ému pour parler. Il se raidit et haussa les épaules comme un soldat en faction devant le monument aux morts de Londres. Quand il finit par retrouver sa langue, il dit avec le souffle court : « Ma foi, monsieur, pardonnez-moi. Pour une surprise, c'est une surprise. C'est une première, je dois l'avouer, enchaîna-t-il après s'être ressaisi. De père en fils, les deux générations ici, chez P & B. Nous n'avons jamais connu ça, pas depuis que nous sommes au Panama, pas depuis que nous avons quitté Savile Row.

– Je pensais bien que vous seriez surpris. »

Pendant un instant, Pendel aurait juré que les yeux marron de renard s'étaient durcis, arrondis, assombris, étrécis jusqu'à ce que la pupille se réduise à un simple rai de lumière, qu'il s'imagina par la suite plutôt rouge que dorée. Puis aussitôt, le regard retrouva son ancien éclat.

« Quelque chose ne va pas ? s'enquit Osnard.

– J'étais subjugué, monsieur Osnard. "L'état de grâce", je crois que c'est comme ça qu'on dit. Oui, je devais être en état de grâce.

– Ah, le temps passe, que voulez-vous.

– Oui, monsieur, avec le temps va, tout s'en va, comme disait le poète », acquiesça Pendel avant de se retourner vers les catalogues d'échantillons pour chercher réconfort dans le labeur.

Mais il dut attendre qu'Osnard ait mangé un autre sandwich au concombre, qu'il avala en une bouchée, puis ait fait tomber les miettes de ses mains en les tapant soigneusement l'une contre l'autre.

*

* *

Il y avait une procédure bien huilée chez P & B pour la réception des nouveaux clients : choisir l'étoffe sur catalogue, aller l'admirer sur pièce – car Pendel veillait à ne jamais proposer d'échantillon dont il n'ait pas de coupon en réserve –, se rendre dans le salon d'essayage pour une prise de mesures, inspecter la Boutique du luxe et le Coin du sportif élégant, emprunter le couloir du fond, saluer Marta, ouvrir le compte, payer les arrhes sauf arrangement contraire, revenir dix jours plus tard pour le premier essayage. Dans le cas d'Osnard, toutefois, Pendel choisit de bousculer la routine. De l'étalage des échantillons il l'entraîna dans le couloir du fond, à la consternation de Marta qui avait pris refuge dans la cuisine pour se plonger dans *L'Écologie en sursis*, traité historique sur la décimation intensive des jungles sud-américaines avec la bénédiction de la Banque mondiale.

« Je vous présente le véritable cerveau de P & B, monsieur Osnard, sauf qu'elle me tuera pour cette remarque. Marta, serre donc la main de monsieur Osnard – O-S-N au début, A-R-D à la fin. Prépare-lui une fiche et classe-la avec les clients réguliers, parce que M. Braithwaite travaillait pour son père. Votre prénom, monsieur ?

– Andrew. »

Pendel vit Marta lever les yeux vers le visage d'Osnard, l'étudier comme si elle l'avait entendu dire autre chose que son prénom, puis se tourner d'un air interrogateur vers Pendel.

« Andrew ? répéta-t-elle.

– Provisoirement domicilié à l'hôtel El Panama, Marta, s'empressa de préciser Pendel. Mais, grâce à nos célèbres entreprises en bâtiment panaméennes, il devrait bientôt emménager à...

– Punta Paitilla.

– Certainement », approuva Pendel avec un sourire respectueux, comme si Osnard venait de commander du caviar.

Ayant ostensiblement marqué sa page dans son livre, Marta le mit de côté et consigna ces détails sans enthousiasme derrière l'écran de ses cheveux noirs.

« Qu'est-ce qu'il lui est arrivé, bon sang ? demanda Osnard à voix basse dès qu'ils furent hors de portée dans le couloir.

– Un accident, malheureusement. Et des soins médicaux insuffisants par la suite.

– Je m'étonne que vous la gardiez. Ça doit foutre les clients rudement mal à l'aise.

– Bien au contraire, monsieur, répliqua Pendel avec assurance. Marta est la chouchoute de nos clients. En plus, ses sandwichs sont à tomber par terre, comme ils disent. »

Après quoi, pour éviter d'autres questions au sujet de Marta et oublier son regard désapprobateur, Pendel se lança dans sa conférence habituelle sur le corozo, cultivé dans la forêt amazonienne et, assura-t-il à Osnard, aujourd'hui jugé acceptable dans le monde civilisé comme substitut de l'ivoire.

« La question est, monsieur Osnard, quelles sont les utilisations typiques du corozo, à l'heure actuelle ? demanda-t-il d'un ton plus véhément que d'habitude. Pièces de jeux d'échecs de luxe ? Je vous l'accorde. Statuettes ? Oui, gagné. Boucles d'oreilles, bijoux fantaisie, on se rapproche, mais quoi d'autre ? Quel autre usage peut-on en faire, qui soit traditionnel, totalement oublié à notre époque, et qu'ici, à P & B, nous avons fait renaître malgré ce qu'il nous en a coûté, pour le bénéfice de nos chers clients et des générations futures ?

– Des boutons, avança Osnard.

– Bonne réponse, des boutons. Merci, dit Pendel en faisant une nouvelle halte devant une porte. Des Indiennes kunas, prévint-il en baissant la voix. Attention, elles sont très impressionnables. »

Il frappa, ouvrit la porte, entra respectueusement et fit signe à son hôte de le suivre. Trois Indiennes d'âge indéterminé cousaient des vestons à la lumière de lampes d'architecte.

« Je vous présente nos finisseuses », murmura-t-il comme pour ne pas les troubler dans leur concentration.

Mais les ouvrières, apparemment beaucoup moins impressionnables que Pendel, levèrent gaiement les yeux de leur ouvrage et accordèrent un large sourire bienveillant à Osnard.

« La boutonnière est au costume sur mesure ce que le rubis est au turban, monsieur Osnard, déclara Pendel toujours à mi-voix. C'est ce qui accroche l'œil, c'est le détail qui symbolise l'ensemble. Une bonne boutonnière ne fait pas un bon costume, mais une mauvaise boutonnière en fait un mauvais.

– Pour citer Arthur Braithwaite ? supposa Osnard sur le même ton.

– En effet, monsieur. Et le bouton de corozo qui, avant la regrettable invention du plastique, était très répandu en Amérique et en Europe, et que rien n'a jamais surpassé à mon avis, a repris du service, grâce à P & B, en tant que touche finale à notre costume sur mesure.

– C'était l'idée de Braithwaite, ça aussi ?

– Le concept était de lui, reconnut Pendel face à la porte close derrière laquelle travaillaient les giletiers chinois, en décidant sans raison, sinon sa propre panique, de ne pas les déranger. Mais tout le crédit de la mise en œuvre me revient. »

Tandis que Pendel tentait de poursuivre la visite au pas de course, Osnard semblait préférer une allure plus lente et lui barra le passage de son bras musclé.

« J'ai entendu dire que vous habilliez Noriega, dans le temps. C'est vrai ? »

Pendel hésita, et coula instinctivement un regard le long du couloir vers la cuisine de Marta.

« Et alors ? rétorqua-t-il, le visage soudain crispé par la méfiance, la voix monocorde et assourdie. Qu'est-ce que j'aurais dû faire ? Baisser le rideau ? Rentrer chez moi ?

– Vous avez fait quoi, pour lui ?

– Le général n'aimait pas le port du complet, monsieur Osnard. Les uniformes, ça il pouvait passer des jours entiers à décider des variantes. Les bottes et les casquettes aussi. Pour les costumes, en revanche, il freinait des quatre fers, mais il y avait des occasions où il ne pouvait pas ne pas en porter. »

Il se retourna, espérant obliger Osnard à continuer d'avancer dans le couloir. Osnard ne retira pas son bras.

« Quel genre d'occasions ?

– Eh bien, par exemple, quand il a été invité à prononcer ce discours mémorable à l'université de Harvard, vous vous en souvenez peut-être, monsieur, même si Harvard préférerait qu'on oublie. Oh, c'était un client difficile à habiller. Il devenait très nerveux quand on en arrivait aux essayages.

– Enfin, là où il est maintenant, il n'a plus besoin de costume, hein ?

– Ça non, monsieur Osnard, la tenue est fournie, à ce que j'ai cru comprendre. Il y a aussi eu la fois où les Français lui ont remis leur plus haute décoration, la Légion d'honneur.

– Pourquoi diable ont-ils fait ça ? »

Sous l'éclairage des plafonniers, les yeux d'Osnard ressemblaient à deux trous percés par des balles.

« On peut envisager plusieurs explications, monsieur Osnard. La plus vraisemblable est qu'en échange d'une contrepartie financière le général a permis à l'aviation française d'utiliser le Panama comme base de repli, à l'époque des essais nucléaires dans le Pacifique sud qui étaient si impopulaires.

– Vraisemblable selon qui ?

– On parlait parfois beaucoup dans l'entourage du général. Tous ses collaborateurs n'étaient pas aussi discrets que lui.

– Vous habilliez les collaborateurs aussi ?

– Et je les habille encore, monsieur, répliqua Pendel avec une bonne humeur retrouvée. Il y a eu un petit creux juste après l'invasion américaine, parce que certains des proches du général se sont sentis obligés d'aller prendre l'air à l'étranger pendant un temps. Mais ils sont vite revenus. Personne ne perd sa réputation, au Panama, en tout cas pas pour longtemps, et les messieurs panaméens ne dépensent pas beaucoup leur argent en exil. La tendance, ici, c'est plutôt de recycler les politiciens que de les faire tomber en disgrâce. Comme ça, personne ne reste sur la touche trop longtemps.

– Vous n'avez pas été traité de collabo, ou un truc du genre ?

– Franchement, monsieur, il n'y avait plus grand monde pour me jeter la pierre. D'accord, j'ai habillé le général un certain nombre de fois. Mais la plupart de mes clients étaient allés un peu plus loin que ça, alors...

– Et les grèves de protestation, vous y avez participé ? »

Nouveau regard anxieux vers la cuisine, où Marta avait sans doute repris sa lecture.

« Disons que nous avons fermé la porte d'entrée, mais que nous n'avons pas toujours fermé la porte de service.

– Subtil. »

Pendel saisit la poignée de porte la plus proche et la tourna. Deux vieux culottiers italiens en tablier blanc et lunettes à monture dorée levèrent la tête de sur leur ouvrage. Osnard leur accorda un salut princier et recula dans le couloir, suivi par Pendel.

« Vous habillez le nouveau, aussi ? demanda négligemment Osnard.

– Oui, monsieur, je suis fier de compter le président de la république du Panama parmi nos clients. Je ne connais pas personne plus agréable.

– Et vous faites ça où ?

– Pardon, monsieur ?

– Il vient ici, ou vous y allez ?

– L'invitation vient toujours du palais, fit Pendel en adoptant un ton légèrement supérieur. Les gens vont au président, ce n'est pas lui qui vient à eux.

– Alors vous êtes un habitué, en quelque sorte ?

– Eh bien, monsieur, c'est mon troisième président, ça crée des liens.

– Avec ses larbins aussi ?

– En effet.

– Et lui, le big boss ? »

Pendel marqua de nouveau une pause, comme toujours quand les lois du secret professionnel se trouvaient menacées.

« Monsieur, les grands hommes d'État subissent d'intenses pressions de nos jours. Ce sont des hommes solitaires, coupés de ce que j'appelle les petits plaisirs de la vie. Alors, quelques minutes en tête à tête avec leur tailleur peuvent représenter un répit bienvenu dans le tourbillon de leur existence.

– Vous papotez, en quelque sorte ?

– Il s'agit plutôt d'un moment de détente. Il me demande ce que racontent mes clients à son sujet. Je lui réponds, mais sans citer les noms, bien sûr. Et lui, à l'occasion, quand il a un problème, il m'honore d'une petite confidence. Il faut dire que j'ai une certaine réputation de discrétion, et je ne doute pas que ses conseillers si vigilants ont dû l'en informer. Je ne peux pas en dire plus, monsieur.

– Comment vous appelle-t-il ?

– En privé ou en présence de tierces personnes ?

– Ce qui veut dire que c'est Harry ?

– En effet.

– Et vous ?

– Je n'oserais pas, monsieur. J'ai déjà la chance d'être convié. C'est "monsieur le président", et ça le restera.

– Et Fidel ? »

Pendel éclata de rire, et il en avait bien besoin depuis un moment.

« Eh bien, monsieur, le Commandante a un petit penchant pour les costumes, depuis quelque temps. Et il n'a pas tort, vu sa corpulence actuelle. Dans la région, il n'y a pas un tailleur qui ne vendrait père et mère pour l'habiller, quoi que les *Yanquis* puissent penser de lui. Mais il reste fidèle à son tailleur cubain, comme vous n'avez pas manqué de le remarquer à la télévision. Mon Dieu, quel gâchis ! Enfin, je n'en dirai pas plus. Nous sommes là, nous sommes prêts, si le devoir nous appelle, nous répondrons présent.

– Bref, c'est un vrai petit service de renseignements que vous avez là.

– Ce monde est un véritable coupe-gorge, monsieur Osnard. La concurrence fait rage. Je serais bien bête de ne pas laisser traîner mon oreille à droite à gauche.

– Ça, c'est sûr. Vous ne voudriez pas finir comme Braithwaite. »

*

* *

Juché sur l'abattant de son escabeau alors qu'il n'allait jamais plus haut que les marches, Pendel brandissait un coupon de son plus bel alpaga gris qu'il avait tiré de sur l'étagère du haut pour qu'Osnard puisse l'examiner. Comment et pourquoi il était monté là-haut restaient un mystère qu'il ne souhaitait pas plus sonder que le chat coincé au sommet d'un arbre. Ce qui comptait, c'était de survivre.

« L'important, monsieur, comme je le dis toujours, c'est de suspendre les costumes pendant qu'ils sont encore chauds et de toujours faire un roulement, claironna-t-il, le nez à quinze centimètres d'une étagère chargée de laine peignée bleu nuit. Tenez, voilà le tissu dont je pense qu'il pourrait nous convenir, monsieur. Un excellent choix, si je puis me permettre. Un complet gris, au Panama, c'est pratiquement le must. Je vais vous descendre le rouleau, vous pourrez le voir de plus près et le toucher. Marta ! Viens à l'arrière-boutique, tu veux ?

– Un roulement, c'est quoi ? répéta Osnard d'en bas où, les mains dans les poches, il regardait des cravates.

– Il ne faut jamais porter le même costume deux jours d'affilée, et surtout pas les tissus légers, monsieur Osnard. Je suis sûr que votre père vous l'aura maintes fois rappelé.

– Il tenait ça d'Arthur, c'est ça ?

– Je ne cesse de le répéter, c'est le nettoyage industriel qui détruit un vrai costume. Une fois que la saleté et la sueur se sont incrustées, ce qui se passe quand on le porte trop souvent, on se retrouve à la teinturerie, et c'est le commencement de la fin. Un costume qui n'est pas en roulement est un costume condamné, un point c'est tout. Marta ! Mais où diable est-elle fourrée ? »

Osnard restait concentré sur les cravates.

« M. Braithwaite allait jusqu'à conseiller à ses clients de ne jamais aller chez le teinturier, poursuivit Pendel en haussant légèrement la voix. Qu'ils brossent leur costume, passent une éponge dessus si nécessaire et l'apportent au magasin une fois par an pour être lavé dans la Dee. »

Interrompant son examen des cravates, Osnard leva les yeux vers lui.

« Cette rivière est très réputée pour ses agents nettoyants, expliqua Pendel. La Dee est au costume ce que le Jourdain est au pèlerin.

– Ah, je croyais que c'était une idée de Huntsman », remarqua Osnard sans le quitter des yeux.

De fait, Pendel hésita. Et cela se voyait. Et Osnard le regardait hésiter.

« M. Huntsman est un excellent tailleur, monsieur, un des meilleurs de Savile Row. Mais en l'occurrence, il n'a fait que suivre les empreintes d'Arthur Braithwaite. »

Il aurait dû dire « suivre les traces », mais sous l'intensité du regard d'Osnard, il avait visualisé M. Huntsman en docteur Watson s'appliquant à retracer le cheminement déductif de Sherlock Braithwaite. Cherchant à rompre le charme, il attrapa son coupon, le serra contre son cœur comme un bébé et prit appui de l'autre main pour descendre à grand-peine de l'escabeau.

« Nous y voilà, monsieur. L'alpaga gris souris dans toute sa splendeur. Merci bien, Marta », lâcha-t-il alors qu'elle arrivait enfin.

Elle détourna le visage, saisit le tissu à deux mains, le déroula en reculant vers la porte, et l'inclina pour qu'Osnard le voie bien. Dans son regard, qui croisa celui de Pendel, il y avait un mélange d'interrogation et de reproche, mais Dieu merci, Osnard ne le perçut pas, car il examinait l'étoffe. Penché dessus, les mains derrière le dos comme un membre de la famille royale en visite officielle, il le renifla et en pinça un bout entre le pouce et l'index pour en sentir la texture. La lenteur de ses gestes poussa Pendel à redoubler d'efforts et Marta de méfiance.

« Le gris n'est pas à notre goût, monsieur Osnard ? Ah, je vois que vous préférez le marron ! Je dois dire que ça vous va très bien. Pour être honnête, le marron ne se porte pas beaucoup au Panama, ces temps-ci. Les Panaméens ne semblent pas trouver cette couleur très virile, je ne sais pas pourquoi. »

Il remonta à l'escabeau, laissant Marta agrippée à son bout de tissu gris dont le coupon gisait par terre à ses pieds.

« Il y a un marron moyen là-haut, pas trop rouge, dans lequel je vous verrais assez bien. Là, tenez. J'aime à croire que c'est l'excès de rouge qui tue le beau marron, je ne sais pas si j'ai raison. Alors, qu'est-ce qui vous dirait, monsieur ? »

Osnard mit très longtemps à répondre. Il s'intéressa d'abord au tissu gris, puis à Marta, qui elle-même le dévisageait avec une aversion pathologique, et enfin à Pendel en haut de son escabeau. A en juger par la totale insensibilité qu'affichait le visage levé d'Osnard, Pendel aurait aussi bien pu être un trapéziste coincé au sommet du chapiteau sans sa perche, avec le monde en contrebas à mille lieues de lui.

« Allez, mon vieux, on en reste au gris, dit-il. "Gris pour la ville, marron pour la campagne." Ce n'est pas ça qu'il disait toujours ?

– Qui ça ?

– Ben, Braithwaite, qui d'autre ? »

Pendel redescendit lentement de l'échelle. Il semblait sur le point de parler, mais ne dit rien, comme à court de paroles – Pendel, pour qui les mots étaient une sécurité et un réconfort ! Au lieu de quoi, il sourit quand Marta lui rapporta son bout d'étoffe, il sourit en réenroulant le coupon, il sourit jusqu'à en avoir mal. Et Marta fronçait les sourcils à cause d'Osnard, mais aussi parce que c'était là l'expression dans laquelle son visage s'était figé après les soins du chirurgien terrifié.

CHAPITRE 4

« Je vais prendre vos mensurations, monsieur, si vous permettez. »

Pendel aida Osnard à retirer son veston, remarquant au passage une épaisse enveloppe brune coincée entre les deux rabats de son portefeuille. Du corps massif d'Osnard émanait de la chaleur, comme d'un épagneul mouillé. Ses tétons voilés par de chastes poils apparaissaient à travers sa chemise trempée de sueur. Pendel passa derrière lui pour le mesurer du col à la taille. Aucun des deux ne parlait. D'après l'expérience de Pendel, les Panaméens appréciaient ces séances de mesures, mais pas les Anglais, sans doute par dégoût du contact physique. Du col, il reprit la longueur totale du dos, en évitant soigneusement de toucher les fesses. Toujours pas d'échange verbal. Couture centrale du dos, milieu du dos jusqu'au coude, milieu du dos jusqu'à la manchette. Se plaçant ensuite à côté d'Osnard, il lui fit lever les coudes et passa le centimètre sous les bras, par-dessus les tétons. Avec certains célibataires, il empruntait un trajet moins sensible, mais avec Osnard il n'avait pas ce genre de doute. Ils entendirent la sonnette dans la boutique en bas, puis la porte d'entrée claquer rageusement.

« C'était Marta ?

– En effet, monsieur. Elle rentre chez elle, j'imagine.

– Elle a quelque chose à vous reprocher ?

– Certainement pas. Qu'est-ce qui vous fait croire ça ?

– Les vibrations.

– Ça alors ! s'exclama Pendel, interloqué.

– J'ai même cru qu'elle avait quelque chose à me reprocher aussi.

– Mais enfin, monsieur, comment cela serait-il possible ?

– Je ne lui dois pas de fric, je ne l'ai jamais baisée... Mystère. »

Le salon d'essayage, une cellule en bois de taille réglementaire, environ 3,5 mètres sur 2,5, se situait à un bout du Coin du sportif élégant, au premier étage. Une psyché, trois miroirs muraux et une petite chaise en fer forgé en constituaient le seul mobilier, et un épais rideau vert tenait lieu de porte. De fait, le Coin du sportif élégant n'était pas un coin, mais un long couloir de combles mansardés. Dans aucun autre rayon du magasin Pendel n'avait déployé autant d'efforts pour obtenir cet effet : refuge idéal pour nostalgiques de l'enfance. Au garde-à-vous sur des rampes en cuivre le long des murs, une petite armée de costumes en cours de confection attendait la dernière sonnerie du clairon. Chaussures de golf, couvre-chefs et imperméables verts luisaient sur d'antiques étagères en acajou. Bottes d'équitation, fouets, éperons, deux excellents fusils de chasse anglais, cartouchières et clubs de golf étaient disposés dans un désordre artistique. Et, occupant la place d'honneur à l'avant-scène, un magnifique cheval en cuir comme dans les gymnases, mais avec queue et tête, que le sportif élégant pouvait monter pour éprouver le confort de ses jodhpurs sans avoir à redouter que sa monture ne le désarçonne.

Pendel se creusait la cervelle en quête d'un sujet de conversation. Au salon d'essayage, il avait pour habitude de noyer le client sous un flot de paroles pour dissiper la gêne, mais aujourd'hui, curieusement, son répertoire habituel lui échappait. Il finit par recourir au numéro « mes débuts difficiles ».

« Mon Dieu, mon Dieu, qu'est-ce qu'on se levait tôt, à l'époque ! Les petits matins glacials à Whitechapel avant l'aube, la rosée sur les pavés, j'en suis transi rien que d'y penser. Ce n'est plus pareil, maintenant, bien sûr. Il y a de moins en moins de jeunes qui choisissent ce métier, à ce qu'on me dit. Plus dans l'East End, plus dans la vraie confection. Ça serait trop dur pour eux. Ils n'ont pas tort. »

Il mesurait de nouveau la largeur du dos, mais cette fois comme pour une cape, en passant le ruban autour des deux bras d'Osnard, qui pendaient le long de son corps. Il ne prenait pas cette mesure, d'ordinaire, mais Osnard n'était pas un client ordinaire.

« De l'est populaire à l'ouest huppé, quel parcours ! remarqua Osnard.

– En effet, monsieur, et je n'ai jamais eu à le regretter. »

Ils étaient face à face, tout près l'un de l'autre. Mais alors que les yeux perçants d'Osnard semblaient suivre les moindres gestes de Pendel, le tailleur gardait les siens rivés sur la ceinture mouillée de sueur du pantalon en gabardine. Il fit passer le centimètre autour de la taille et serra.

« Alors, quelle est l'étendue des dégâts ?

– Disons un petit 91 plus, monsieur.

– Plus quoi ?

– Eh bien, plus le déjeuner, monsieur..., dit Pendel en arrachant à Osnard un éclat de rire bienvenu.

– Vous n'avez jamais le mal du pays ? s'enquit Osnard tandis que Pendel notait discrètement 97 dans son calepin.

– Pas vraiment, non, je ne crois pas. Pas tant que ça, non, ajouta-t-il en glissant le calepin dans sa poche de pantalon.

– Oh, je parierais que Savile Row vous manque, de temps en temps.

– Ah, Savile Row ! acquiesça Pendel, s'abandonnant à une vision nostalgique de lui-même mesurant queues-de-pie et culottes d'équitation dans la sécurité d'une autre époque. Oui, Savile Row, c'est autre chose. Si l'Angleterre cultivait ces valeurs-là et pas celles d'aujourd'hui, le pays irait bien mieux, je suis désolé de le dire, mais c'est un fait. »

Si Pendel croyait qu'en débitant des banalités il allait échapper à l'interrogatoire musclé d'Osnard, il se trompait.

« Racontez-moi ça.

– Quoi donc, monsieur ?

– Le vieux Braithwaite vous a engagé comme apprenti, c'est ça ?

– Oui.

– Le jeune Pendel l'attend tous les matins sur le pas de la porte, et quand le vieux arrive, il est là : “Bonjour monsieur Braithwaite, comment allez-vous aujourd'hui ? Je m'appelle Harry Pendel et je suis votre nouvel apprenti.” J'adore. J'adore les gens qui marchent au culot, comme ça.

– Vous m'en voyez ravi, répliqua Pendel, interdit et troublé d'entendre ainsi raconter une des nombreuses versions qu'il donnait lui-même de cette anecdote.

– Alors, vous l'avez à l'usure et vous devenez son apprenti préféré, comme dans le conte de fées, poursuivit Osnard sans préciser lequel, ce que ne lui demanda pas Pendel. Et, un beau jour – ça remonte à quand, déjà ? –, le vieux Braithwaite vient vous voir et vous dit : “Ça suffit, Pendel. J'en ai assez de vous avoir comme apprenti. Dorénavant, vous êtes l'héritier de la Couronne”, ou quelque chose du même ordre. Allez, racontez-moi la scène. J'en meurs d'envie. »

Le front d'ordinaire serein de Pendel refléta une expression d'intense concentration. Il se plaça à la gauche d'Osnard, lui passa le ruban autour des fesses, le fit descendre jusqu'au point le plus proéminent, et prit note dans son calepin. Il se pencha pour mesurer la longueur externe de jambe, se redressa et, tel un nageur à bout de souffle, replongea jusqu'à ce que sa tête soit à la hauteur du genou droit d'Osnard.

« Et de quel côté portons-nous, monsieur ? murmura-t-il, sentant le regard d'Osnard lui brûler la nuque. La plupart de mes clients semblent porter plutôt à gauche, ces temps-ci, mais je ne crois pas que ce soit politique ! »

C'était sa blague traditionnelle, qui faisait rire jusqu'aux plus apathiques de ses clients. Aucun succès avec Osnard.

« Je ne sais jamais où elle se trouve, elle se balade là-dedans à droite à gauche... C'était le matin ? Le soir ? A quelle heure vous a-t-il rendu sa royale visite ?

– Le soir, marmotta Pendel au bout d'une éternité avant d'ajouter, l'air de concéder une défaite : Un vendredi, comme aujourd'hui. »

Il supposa que c'était à gauche mais, pour ne courir aucun risque, approcha le bout en cuivre de son mètre du côté droit de la braguette d'Osnard en évitant soigneusement tout contact avec ce qui pouvait se trouver dedans. Puis, de la main gauche, il déroula le ruban jusqu'au-dessus de la semelle d'un brodequin souvent réparé. Ayant soustrait 2,5 centimètres et noté sa trouvaille, il se redressa courageusement pour trouver les yeux sombres fixés sur lui avec une telle intensité qu'il eut l'impression d'être tombé sous le feu de l'ennemi.

« En été ou en hiver ?

– En été, fit Pendel d'une voix atone, avant de reprendre son souffle et d'enchaîner : Nous autres, les jeunes, on n'aimait pas beaucoup travailler le vendredi soir, en été. Mais je devais être l'exception, et c'est une des qualités qui m'ont valu d'être remarqué par M. Braithwaite.

– Quelle année ?

– Quelle année ? répéta-t-il en secouant la tête et en essayant de sourire pour dissiper son malaise. Eh bien, mon Dieu, il y a un temps fou. Enfin, du passé l'on ne peut faire table rase, comme on dit, n'est-ce pas ? Descartes a essayé, et regardez où ça l'a mené », ajouta-t-il, sans trop savoir où Descartes avait échoué.

Malgré tout, il sentait son talent de bonimenteur lui revenir, ce que l'oncle Benny appelait sa « platine ».

« Il était debout dans l'embrasure de la porte, reprit-il avec lyrisme. Je devais être très concentré sur un pantalon qu'on m'avait confié – je le suis toujours quand je coupe –, parce que j'ai sursauté. J'ai levé les yeux et il était là, à me regarder sans rien dire. Il était très costaud, les gens l'oublient souvent. Une grosse tête chauve, des sourcils épais... Il en imposait. Une vraie force de la nature...

– Vous avez oublié la moustache, intervint Osnard.

– La moustache ?

– Mais oui ! Son énorme moustache broussailleuse pleine de soupe. Il avait dû la raser quand ils ont pris cette photo de lui, en bas. Moi, en tout cas, elle me fichait une peur bleue, quand j'avais cinq ans.

– Il n'avait pas de moustache à mon époque, monsieur Osnard.

– Bien sûr que si. Je la revois comme si c'était hier. »

Par instinct ou par opiniâtreté, Pendel décida de ne pas céder de terrain.

« Je crains que votre mémoire ne vous joue des tours, monsieur Osnard. Vous devez confondre Arthur Braithwaite avec un autre monsieur à moustache.

– Bravo », murmura Osnard.

Refusant de croire qu'il avait bien entendu cette remarque accompagnée d'un petit clin d'œil, Pendel fit de son mieux pour enchaîner :

« "Pendel, m'a-t-il dit, je veux que vous deveniez mon fils. Dès que vous aurez perdu votre accent prolétaire, je me propose de vous appeler par votre prénom, de vous promouvoir à la boutique et de vous désigner comme associé et héritier..."

– Vous disiez qu'il lui avait fallu neuf ans.
– De quoi ?
– Pour vous appeler par votre prénom.
– J'ai commencé comme apprenti, non ?
– Autant pour moi. Continuez.
– "Je n'ai rien d'autre à vous dire, alors retournez donc à votre pantalon et inscrivez-vous à un cours du soir pour votre élocution." »

Il s'arrêta. A sec. Il avait la gorge en feu, les yeux qui lui piquaient et des bourdonnements dans les oreilles, mais au fond de lui le sentiment d'avoir accompli sa mission. J'y suis arrivé. J'avais la jambe cassée, une fièvre de cheval, mais le spectacle a continué.

« Fabuleux ! souffla Osnard.
– Merci, monsieur.
– C'est le plus beau tissu de mensonges que j'aie jamais entendu, et vous m'avez débité votre baratin comme un pro. »

Pendel l'entendait de très loin, au milieu d'une multitude d'autres voix : les sœurs de la Charité de son orphelinat du nord de Londres lui disant que Jésus serait en colère après lui ; le rire de ses enfants dans le 4 × 4 ; Ramón lui apprenant qu'une banque d'affaires londonienne s'était renseignée sur son compte en échange de certaines contreparties ; Louisa l'assurant qu'il suffisait d'un seul homme honnête ; et puis la circulation d'heure de pointe à la sortie de la ville, qui lui fit rêver d'être coincé dans les bouchons mais libre.

« Le problème, mon vieux, c'est que je sais qui vous êtes, voyez-vous. »

Mais Pendel ne voyait rien du tout, pas même le regard pénétrant d'Osnard rivé sur lui. Il avait entouré son esprit d'un mur et Osnard se tenait de l'autre côté.

« Plus précisément, je sais qui vous n'êtes pas. Ne vous inquiétez pas, surtout, pas de panique. Ça me plaît, tout ça. Jusqu'au moindre détail, je trouve ça épatant.

– Je ne suis pas n'importe qui », Pendel s'entendit-il murmurer derrière son écran protecteur.

Il entendit ensuite le bruit du rideau du salon d'essayage que l'on tirait, et il vit de son regard volontairement vague qu'Osnard jetait un coup d'œil à l'extérieur pour s'assurer que le Coin du sportif élégant était désert, avant de reprendre la parole, mais si près de son oreille que le murmure semblait un bourdonnement.

« Vous êtes le détenu Pendel, matricule 906017, ancien délinquant juvénile, six ans pour incendie criminel, remis en liberté au bout de deux et demi. En taule, on apprend tout seul l'art de la coupe. On quitte le pays trois jours après avoir payé sa dette à la société, grâce au fric que nous a donné l'oncle paternel Benjamin, aujourd'hui décédé. On épouse Louisa, la fille d'un tâcheron du canal et d'une prof de cathé, qui sert de bonne à tout faire cinq jours sur sept au grand et bon Ernie Delgado à la commission du canal de Panama. Deux enfants, Mark, huit ans, et Hannah, dix ans. On est fauché, merci la ferme à riz. Pendel & Braithwaite, c'est du pipeau. Il n'y a jamais eu une telle enseigne à Savile Row. Le magasin n'a pas pu faire faillite, parce qu'il n'y avait pas de magasin. Arthur Braithwaite est un magnifique personnage de roman. J'adore les arnaques. Sinon, la vie serait bien triste. Ne me regardez pas avec ces yeux effarés. Je suis votre bonus, je suis la réponse à vos prières, vous m'entendez ? »

Pendel n'entendait rien. Tête baissée, pieds joints, il était paralysé, y compris des oreilles. Se reprenant, il leva le bras d'Osnard jusqu'à la perpendiculaire avec l'épaule, le replia pour que la main touche la poitrine, appliqua le bout du ruban au milieu du dos d'Osnard, et fit le tour du coude jusqu'au poignet.

« Je vous ai demandé qui d'autre est dans le coup, disait Osnard.

– Quel coup ?

– L'arnaque. Le manteau de saint Arthur tombant sur les épaules de l'enfant Pendel. P & B, tailleurs près la royauté, mille ans d'histoire, toutes ces conneries. Hormis votre épouse, bien sûr.

– Elle n'est absolument pas dans le coup ! s'écria Pendel, pris de panique.

– Elle n'est pas au courant ? »

Pendel secoua la tête sans piper mot.

« Louisa ne sait rien ? Vous l'avez baratinée, elle aussi ? »

Reste *shtoum*, mon garçon. *Shtoum* à 100 %.

« Même au sujet de notre petit problème ponctuel ?

– De quoi parlez-vous ?

– La prison. »

Pendel murmura quelque chose d'à peine audible.

« C'est encore non ?

– Oui, c'est non.

– Elle ne sait pas que vous avez été au trou ? Elle ne sait pas, pour l'oncle Arthur ? Et est-ce qu'elle sait que l'exploitation est au bord du gouffre ? »

Même mesure. Milieu du dos jusqu'au poignet, mais avec les bras le long du corps. Il passa le mètre sur l'épaule avec des gestes d'automate.

« Non plus, hein ?

– Non plus.

– Je croyais que c'était une copropriété.

– Ça l'est.

– Et pourtant, elle ne sait pas.

– C'est moi qui m'occupe des questions d'argent.

– Je veux bien le croire. Vous êtes dedans de combien ?

– Près de 100 000 dollars.

– J'ai cru comprendre que c'était plutôt 200 000 et des briquettes.

– En effet.

– Et les intérêts ?

– 2 %.

– Par trimestre ?

– Par mois.

– Composés ?

– Peut-être.

– Et avec une hypothèque sur la boutique. Mais pourquoi, enfin ?

– Je ne sais pas si vous êtes au courant, mais ici, on a connu ce qui s'appelle une récession ! répliqua Pendel, se rappelant soudain l'époque où, s'il n'avait que trois clients dans la journée, il leur donnait rendez-vous l'un après l'autre à intervalles d'une demi-heure pour créer une impression d'activité.

– Qu'est-ce qui s'est passé ? Vous avez joué en Bourse ?

– Oui, sur le conseil éclairé de mon banquier.

– Votre banquier, il se spécialise dans les procédures de faillite, ou quoi ?

– Il faut croire.

– Et c'était le pognon de Louisa, hein ?

– Celui de son père. La moitié de l'héritage. Elle a une sœur.

– Et la police ?

– Quoi, la police ?

– Les Panaméens, les flics d'ici ?

– Qu'est-ce que ça peut leur faire ? dit Pendel d'une voix enfin retrouvée. Je paie mes impôts, ma Sécurité sociale, les cotisations patronales, je n'ai pas encore fait faillite, alors, qu'est-ce qu'ils en ont à faire ?

– Je me disais qu'ils auraient pu aller déterrer votre casier et vous demander d'acheter leur silence. Ce serait ennuyeux de vous faire expulser faute d'avoir pu payer les pots-de-vin, non ? »

Pendel secoua la tête, puis posa la main dessus, comme pour prier ou s'assurer qu'elle était toujours sur ses épaules. Après quoi, il adopta l'attitude que l'oncle Benny lui avait inculquée avant qu'il aille en prison.

« Il faut te rabousiner, mon garçon, avait insisté Benny, utilisant un mot que Pendel n'entendit jamais que dans sa bouche. Te faire tout petit, te fondre dans la masse. Ne sois plus personne, ne regarde plus personne, ça les emmerderait, et le pathos aussi. Tu n'es même pas une mouche sur le mur, tu es le mur. »

Mais Pendel se lassa bientôt d'être un mur. Il leva la tête et embrassa du regard le salon d'essayage en clignant des yeux, comme s'il s'y réveillait après une première nuit de détention. Il se rappela l'une des confidences les plus cryptiques de Benny et jugea qu'il en comprenait enfin le sens : *Harry, mon garçon, le problème avec moi, c'est que, où que j'aille, j'en reviens et je gâche tout.*

« Vous faites quoi ? demanda Pendel à Osnard avec un petit retour d'agressivité.

– Je suis un espion au service de la perfide Albion. On rouvre le Panama.

– Pourquoi ?

– Je vous dirai ça au dîner. A quelle heure vous fermez, le vendredi ?

– Maintenant, si je veux. Ça m'étonne que vous ayez éprouvé le besoin de me poser la question.

– Et à la maison ? Bougies, *kiddoush*, vous faites quoi ?

– Rien. Nous sommes chrétiens. Vous savez, ceux qui souffrent.

– Vous êtes bien membre du Club Unión ?

– A peine.

– C'est-à-dire ?

– J'ai dû acheter la ferme avant de pouvoir m'inscrire. Ils n'acceptent pas les tailleurs métèques, mais les fermiers rosbifs, ça marche. Du moment qu'ils ont les 25 000 dollars de cotisation.

– Pourquoi avez-vous adhéré ? »

Pendel se surprit à sourire, bien plus qu'à l'ordinaire. Un

sourire dément que lui avaient peut-être arraché l'étonnement et la peur, mais enfin un sourire, qui lui procura le même soulagement que de se découvrir valide après un accident.

« Je vais vous dire quelque chose, monsieur Osnard, commença-t-il plaisamment. C'est un mystère que je n'ai pas encore éclairci. Je suis impétueux, et parfois je vois trop grand. C'est là mon défaut. Mon oncle Benjamin que vous venez de mentionner a toujours rêvé d'avoir une villa en Italie. Peut-être que c'était pour lui faire plaisir, ou bien pour épater Mme Porter.

– Je ne sais pas qui c'est.

– Mon agent de contrôle judiciaire. Une dame très stricte qui me considérait comme de la mauvaise graine.

– Ça vous arrive d'emmener quelqu'un dîner au Club Unión ?

– Très rarement. Pas dans ma condition financière actuelle, dirons-nous.

– Si je vous commandais dix costumes au lieu de deux et que je sois libre ce soir, vous m'y emmèneriez ? »

Osnard enfilait son veston. Il vaut mieux le laisser faire, songea Pendel en refrénant sa servilité habituelle.

« Peut-être, ça dépend, répondit-il prudemment.

– Et vous téléphoneriez à Louisa. “Ma chérie, j'ai une excellente nouvelle. J'ai casé dix costumes à un rosbif givré, et je lui offre un dîner au Club Unión.”

– Peut-être, oui.

– Quelle serait sa réaction ?

– Elle est imprévisible. »

Osnard plongea la main dans sa poche de veston, en sortit l'enveloppe brune que Pendel avait aperçue et la lui tendit.

« 5 000 dollars d'acompte sur deux costumes. Pas besoin de reçu. Et j'en ai tout un stock. Il y a 200 en plus pour le casse-croûte. »

Pendel portait toujours son gilet à boutonnage sous patte,

alors il glissa l'enveloppe dans la poche de son pantalon, avec son calepin.

« Au Panama, tout le monde connaît Harry Pendel, disait Osnard. Si on se cache, on nous repérera, mais si on va quelque part où vous êtes connu, personne ne fera attention à nous. »

Ils étaient de nouveau face à face. De plus près, le visage d'Osnard rayonnait d'une excitation contenue qui se communiqua à Pendel, toujours prompt à l'empathie. Ils descendirent pour qu'il puisse appeler Louisa depuis l'atelier de coupe tandis qu'Osnard s'appuyait de tout son poids sur un parapluie fermé orné de l'inscription « modèle utilisé par la Garde royale ».

*

* *

« Il n'y a que toi pour le savoir, Harry, dit Louisa dans l'oreille gauche de Pendel, avec la voix de sa mère, catholique socialo.

– Pour savoir quoi, Lou ? Qu'est-ce que je suis censé savoir ? plaisanta-t-il, cherchant à la faire rire. Tu me connais, Lou. Je ne sais rien sur rien. Je suis ignare. »

Au téléphone, elle marquait parfois des pauses longues comme des peines de prison.

« Tu es le seul à savoir si cela vaut la peine d'abandonner ta famille le soir pour aller à ton club t'amuser avec d'autres gens au lieu d'être là pour ceux qui t'aiment, Harry. »

Sa voix s'emplit de tendresse, et Pendel se sentit fondre. Mais, comme d'habitude, elle ne prononça pas de mots doux.

« Harry ? demanda-t-elle, comme si elle attendait qu'il se décide.

– Oui, ma chérie ?

– Oh, ne commence pas les cajoleries, Harry. »

C'était sa façon à elle de lui dire « chéri ». Elle s'abstint de tout autre commentaire.

« On a tout le week-end devant nous, Lou. Ce n'est pas comme si je faisais une fugue, quand même. »

Une pause aussi longue que la traversée du Pacifique.

« Et comment allait ce vieil Ernie, aujourd'hui ? Il est formidable, Louisa. Je ne sais pas pourquoi je te taquine toujours à son sujet. Pour moi, il est sur un piédestal, comme ton père. Je devrais me faire tout petit, à côté. »

C'est à cause de sa sœur, songea-t-il. Chaque fois qu'elle est en colère, c'est parce qu'elle est jalouse de sa sœur qui couche à droite à gauche.

« Il m'a donné 5 000 dollars d'acompte, Lou, plaida-t-il. J'ai l'argent en liquide dans ma poche. Il est seul. Il veut un peu de compagnie. Qu'est-ce que je devrais faire ? Le mettre à la rue en lui disant : "Merci de m'avoir acheté dix costumes, maintenant allez donc vous trouver une fille pour la soirée" ?

– Harry, ce n'est même pas la peine. Tu peux parfaitement l'amener ici chez nous. Si tu ne nous en juges pas dignes, alors je t'en prie, fais ce que tu as à faire et arrête de culpabiliser. »

Cette même tendresse qui pointait dans sa voix, la Louisa qu'elle aurait voulu être et non celle qui parlait pour elle.

« Pas de problème ? » demanda Osnard nonchalamment.

Il avait trouvé du whisky et deux verres. Il en tendit un à Pendel.

« Tout va pour le mieux, merci. C'est une femme unique. »

*

* *

Seul dans l'arrière-boutique, Pendel ôta sa tenue de travail et la suspendit au cintre par habitude, le pantalon bien accroché aux pinces en métal, le gilet bien en place. Il choisit un veston droit en mohair bleu pastel qu'il s'était coupé six mois plus tôt au son de Mozart et n'avait jamais porté, le trouvant trop voyant. Il fut frappé par la normalité de son reflet dans le miroir. Pourquoi n'as-tu pas changé de couleur, de forme, de taille ? Que faudrait-il qu'il se passe encore pour que tu bouges ? Tu te lèves un matin, ton banquier te confirme que la fin du monde est proche, tu vas à la boutique et voilà qu'arrive un espion anglais qui te balance ton passé dans la gueule et te dit qu'il veut te rendre riche sans rien changer à ta vie.

« C'est bien Andrew ? cria-t-il par la porte ouverte, comme à un nouvel ami.

– Andy Osnard, célibataire, gros ponte de l'ambassade britannique qui fait carrière en politique, récemment arrivé. Le vieux Braithwaite faisait les costumes de mon père et des fois vous étiez là pour tenir le mètre à ruban. Une couverture en or. »

Et je vais porter cette cravate qui m'a toujours bien plu. Avec les zigzags bleus et une touche de rose-mauve. Osnard regarda Pendel avec toute la fierté du créateur tandis que celui-ci branchait l'alarme.

CHAPITRE 5

La pluie avait cessé. Les bus à l'éclairage féerique qui les dépassaient en cahotant sur les nids-de-poule étaient vides. Le ciel bleu de cette chaude soirée s'évanouissait dans la nuit, mais restait la chaleur, toujours présente à Panama. Chaleur sèche, chaleur humide, mais chaleur toujours, de même qu'il y a toujours du bruit : circulation, perceuses électriques, échafaudages qu'on monte ou qu'on démonte, avions, climatiseurs, musique en conserve, bulldozers, hélicoptères et, avec beaucoup de chance, piaillements d'oiseaux. Osnard traînait derrière lui son parapluie de bookmaker. Pendel, quoique sur le qui-vive, n'était pas armé. Il n'arrivait pas à comprendre ses propres sentiments. On lui avait fait passer une épreuve, et il en était sorti plus fort et plus sage. Mais une épreuve dans quel but ? Plus fort et plus sage en quoi ? Et puisqu'il avait survécu, pourquoi n'était-il pas plus confiant ? En réintégrant le monde extérieur, il se sentit renaître, non toutefois sans une certaine appréhension.

« 50 000 dollars ! cria-t-il à Osnard en déverrouillant sa voiture.

– Pour quoi faire ?

– Pour repeindre ces bus à la main. Ils engagent de vrais artistes ! Ça a pris deux ans ! »

Pendel l'ignorait jusqu'alors, si tant est qu'il le sache maintenant, mais quelque chose en lui lui imposait d'en imposer. Il s'installa au volant en songeant avec quelque remords que le chiffre devait plutôt tourner autour de 1 500 et que cela avait pris deux mois, pas deux ans.

« Vous voulez que je conduise ? » demanda Osnard en coulant un regard le long de la rue.

Non, Pendel était son propre maître. Dix minutes plus tôt, il s'était persuadé qu'il ne serait plus jamais libre. A présent, il était assis à son propre volant, son geôlier à ses côtés, mais il portait son costume bleu pastel et non une tunique de jute puante avec son nom inscrit sur la poche.

« Et il n'y a pas de lézard ? demanda Osnard qui, devant l'incompréhension de Pendel, précisa : Des gens que vous préféreriez éviter ? Des types auxquels vous devez de l'argent, dont vous avez sauté la femme, des trucs comme ça ?

– Je ne dois de l'argent à personne sauf à ma banque, Andy. Et pour le reste, ce n'est pas mon style, même si je dis le contraire à mes clients, parce que les Latins sont ce qu'ils sont et qu'autrement ils me croiraient eunuque ou de la jaquette ! lança-t-il en riant aux éclats pour deux tandis qu'Osnard jetait un coup d'œil dans les rétroviseurs. D'où venez-vous, Andy ? Où c'est, chez vous ? A moins qu'il ne sorte de votre imagination, votre père tient visiblement une grande place dans votre vie. Il était célèbre ? J'en ai l'impression.

– Médecin, répondit Osnard sans hésiter une seconde.

– Spécialiste ? Grand chirurgien du cerveau ? Greffe cœur-poumons ?

– Non, généraliste.

– Où exerçait-il ? Dans un coin exotique ?

– A Birmingham.

– Et votre mère, si je puis me permettre ?

– Elle est dans le sud de la France. »

Pendel ne put s'empêcher de se demander si Osnard avait relégué son défunt père à Birmingham et sa mère sur la côte d'Azur avec autant de désinvolture que lui-même le défunt Braithwaite à Pinner.

*

* *

Le Club Unión est l'endroit où les richissimes Panaméens viennent honorer ce bas monde de leur présence. Avec le respect qui s'imposait, Pendel fit passer la voiture sous une arche rouge en forme de pagode, et manqua presque caler en freinant dans son souci de montrer aux deux gardes en uniforme que lui et son invité étaient de bons bourgeois blancs. Le vendredi, c'est soirée discothèque pour les enfants de millionnaires bien nés. Devant l'entrée illuminée, des 4 × 4 rutilants déchargeaient des princesses boudeuses de dix-sept ans et des soupirants musclés avec gourmette en or et regard vide. Le perron était délimité par de grosses cordes rouges et gardé par des gorilles en uniforme de chauffeur avec badge à la boutonnière. Accordant un sourire confiant à Osnard, ils fusillèrent Pendel du regard mais le laissèrent passer. A l'intérieur, il faisait frais dans le grand hall avec vue sur la mer. Une rampe moquettée de vert descendait vers une terrasse en encorbellement au-delà de laquelle s'étendait la baie, avec sa file infinie de bateaux alignés comme des soldats sous la chape de nuages noirs. Les dernières lueurs du jour se mouraient. L'air était lourd de fumée de cigarette, de parfums coûteux et de musique rock.

« Vous voyez la chaussée, là ? cria Pendel avec un large geste du bras tout en signant fièrement le registre de l'autre main. Elle a été construite avec tous les débris qu'on a sortis du canal. Ça empêche les rivières d'envahir le chenal. Nos ancêtres *yanquis* n'étaient pas si bêtes, déclara-t-il en s'identifiant sans doute à Louisa, car il n'avait pas d'ancêtres *yanquis*. Si vous aviez connu l'époque où nous avions des séances de cinéma en plein air... Cela paraît impossible, à la saison humide, et pourtant si. Vous savez combien de fois par an il pleut au Panama entre 18 et 20 heures, en toutes saisons ? Deux jours par an en moyenne ! Je vois que ça vous surprend.

– Où est-ce qu'on peut boire un verre ? » demanda Osnard.

Mais Pendel devait encore lui montrer la plus récente et la plus grandiose acquisition du Club : un ascenseur silencieux aux lambris superbes permettant de faire passer d'un étage à l'autre les héritières cacochymes.

« C'est pour leurs parties de cartes, Andy. Certaines de ces vieilles dames jouent nuit et jour. J'imagine qu'elles pensent pouvoir l'emporter au paradis, leur magot. »

*

* *

Au bar, c'était la fièvre du vendredi soir. A chaque table, les fêtards se saluaient, se faisaient des signes, se tapaient sur l'épaule, se disputaient, gesticulaient et parlaient plus fort les uns que les autres. Certains trouvèrent le temps de saluer Pendel, de lui serrer la main ou de faire une plaisanterie grivoise sur son costume.

« Permettez-moi de vous présenter mon cher ami Andy Osnard, un des fils prodigues de Sa Majesté qui nous arrive tout juste d'Angleterre pour redorer le blason de la diplomatie, hurla-t-il à un banquier du nom de Luis.

– Tout le monde s'en fout de toute façon, alors tenez-vous-en à Andy, la prochaine fois, dit Osnard quand Luis eut rejoint ses invitées. Il y a des gros poissons, ce soir ? Qui est présent ? Pas Delgado, ça c'est sûr. Il est au Japon en train de faire l'école buissonnière avec le big boss.

– Exact, Andy. Ernie est au Japon, et ça permet à Louisa de se reposer, en plus. Oh, ça alors ! Pour une surprise, c'est une surprise. »

Au Panama, les commérages tiennent lieu de culture nationale. Pendel venait d'apercevoir un gentleman d'allure fort digne, moustachu, la cinquantaine, en compagnie d'une très belle jeune femme. Lui portait un complet sombre et une cravate gris argent, elle une robe bustier, des tresses qui retombaient sur une épaule et une rivière de diamants assez gros pour l'entraîner par le fond. Assis côte à côte, raides comme les vieux couples sur les photos sépia, ils recevaient félicitations et poignées de main.

« C'est notre juge suprême qui est de retour parmi nous, Andy, répondit Pendel suite à sa question. Cela fait à peine une semaine que les charges retenues contre lui ont été levées. Bien joué, Miguel !

– Un client à vous ?

– Oh oui, Andy, un excellent client. J'ai quatre costumes à terminer et un smoking en stock pour lui. Jusqu'à la semaine dernière, je pensais bien devoir les fourguer dans les soldes du Nouvel An, d'ailleurs. Il y a quelques années, poursuivit-il sans encouragement d'Osnard et sur un ton docte censé dénoter un profond respect de la vérité, mon ami Miguel a cru comprendre qu'une certaine amie qu'il entretenait accordait ses faveurs à un autre homme, ledit rival étant bien sûr avocat lui aussi. Ils sont tous avocats, au Panama, et la plupart ont étudié aux États-Unis, hélas ! Bref, Miguel a fait ce que nous aurions tous fait à sa place, il a engagé un assassin qui a éliminé ce problème.

– Chapeau ! Et comment s'y est-il pris ? »

Pendel se souvint d'une expression que Mark avait dénichée dans une de ces affreuses bandes dessinées confisquée par Louisa.

« Overdose de plomb, Andy. Trois coups de feu, la signature du pro. Une balle dans la tête, deux dans le corps, et le résultat éclaboussé à la une de tous les journaux. Le meurtrier a été arrêté, ce qui est très rare au Panama. En revanche, il a tout avoué, ce qui est beaucoup moins rare, admettons-le. »

Il marqua une pause pour permettre à Osnard de sourire et se donner le temps de retrouver son inspiration de conteur. Pour mettre en valeur des détails cachés, comme aurait dit Benny. Pour lâcher la bride à sa platine. Pour corser l'histoire dans l'intérêt du grand public.

« La preuve à charge, et la cause des aveux, était un chèque de 100 000 dollars signé par Miguel en faveur de l'assassin présumé et tiré sur une banque d'ici, au Panama, puisqu'il croyait à tort que le secret bancaire le mettait à l'abri des fouineurs.

– Et c'est cette jeune dame, là ? demanda Osnard avec un regard appréciateur. Ça m'a l'air d'un sacré numéro.

– C'est bien elle, Andy. Elle est maintenant unie à Miguel par les liens sacrés du mariage, et, à ce qu'on dit, elle trouve ces liens un peu serrés. Enfin, vous assistez ce soir au retour en grâce triomphal de Miguel et Amanda.

– Mais comment diable s'en est-il sorti ?

– Eh bien, Andy, commença un Pendel tout excité d'en savoir soudain bien plus long sur cette affaire qu'en réalité, premièrement j'ai entendu parler d'un pot-de-vin de 7 millions de dollars, ce que notre éminent juge peut bien se permettre puisqu'il possède une compagnie de camionnage qui fait dans l'importation officieuse de riz et de café costaricains sans déranger nos douaniers écrasés de travail, étant donné que le frère de Miguel est très haut placé dans les Douanes.

– Et deuxièmement ? »

Pendel était aux anges : son talent, sa voix, son sentiment triomphant de résurrection, il adorait tout cela.

« La commission d'enquête chargée d'examiner les preuves contre Miguel a abouti à la sage conclusion que les accusations retenues ne tenaient pas. 100 000 dollars, c'était un prix exorbitant pour un simple assassinat. Ici, au Panama, on tourne plutôt autour des 1 000 dollars. En plus, quel juge expérimenté et sain d'esprit signerait un chèque sur son compte à un tueur à gages, je vous le demande ? Donc, la commission d'enquête a estimé que cette affaire était un coup mal monté pour compromettre l'intégrité d'un digne serviteur de son parti et de son pays. Il y a un dicton, ici au Panama : la justice est myope.

– Qu'ont-ils fait de l'assassin ?

– Eh bien, les inspecteurs lui ont fait repasser un interrogatoire, et il leur a gentiment fait d'autres aveux. Il n'avait jamais rencontré Miguel de sa vie, il avait reçu ses instructions d'un homme barbu à lunettes noires qu'il n'avait vu qu'une fois dans le hall du Caesar Park Hotel pendant une panne de courant.

– Et personne n'a protesté ?

– Ernie Delgado et quelques autres saints défenseurs des droits de l'homme ont bien essayé, fit Pendel en secouant la tête. Mais, comme d'habitude, leurs protestations sont restées lettre morte à cause de leur manque de crédibilité, ajouta-t-il avant même de savoir ce qu'il voulait dire, ce qui ne l'empêcha pas de poursuivre, comme au volant d'un camion emballé. Ernie n'est pas toujours ce qu'on dit qu'il est, et ça se sait.

– Comment ça se sait ?

– Les cercles bien informés, Andy.

– Vous insinuez qu'il palpe, comme les autres ?

– Cela s'est dit, répliqua Pendel mystérieusement en baissant les paupières pour faire plus vrai. Mais j'en resterai là, si vous voulez bien. Je ne voudrais pas risquer de révéler quelque chose qui puisse nuire aux intérêts de Louisa.

– Et le chèque, alors ? »

Pendel nota avec un certain malaise que, comme dans la boutique, les yeux d'Osnard semblaient deux petites têtes d'épingle noires.

« Une grossière imitation, Andy, comme vous le soupçonniez depuis le début..., répondit-il, le feu aux joues. Le guichetier qui a traité le chèque a été renvoyé, tant mieux, ça n'arrivera plus. Et puis il y a les hommes en blanc, qui jouent un bien plus grand rôle au Panama qu'on ne le sait.

– Qu'est-ce que ça veut dire ? » demanda Osnard sans le quitter des yeux.

Cela voulait dire que Pendel venait d'apercevoir un Hollandais d'allure grave du nom de Henk, qui donnait d'étranges poignées de main et murmurait des propos mondains.

« Les francs-maçons, Andy, répondit-il, cherchant désespérément à détourner le regard d'Osnard. Les sociétés secrètes. L'Opus Dei. Le vaudou des classes supérieures. Une deuxième garantie au cas où la religion ne suffirait pas. C'est un pays très superstitieux, le Panama. Vous devriez nous voir, avec nos billets de loterie deux fois par semaine.

– Mais comment vous savez tout ça ? demanda Osnard en baissant la voix pour qu'elle ne porte pas plus loin que leur table.

– De deux façons, Andy.

– Qui sont ?

– Eh bien, il y a le téléphone arabe, quand mes clients se réunissent le jeudi soir pour discuter et boire un verre dans ma boutique, et heureusement il se trouve qu'ils aiment bien le faire.

– Et la deuxième façon ? demanda Osnard avec à nouveau son regard pénétrant.

– Andy, si je vous disais que les murs de mon salon d'essayage entendent plus de confessions qu'un prêtre de pénitencier, je serais encore en dessous de la vérité. »

*

* *

Mais il y avait aussi une troisième façon, que Pendel passa sous silence, peut-être parce qu'il n'avait pas conscience d'être sous l'emprise de ce phénomène. Broder. Habiller les gens. Les découper et les façonner jusqu'à ce qu'ils deviennent des éléments compréhensibles de son univers intérieur. La platine. Être en avance sur les événements et attendre qu'ils le rattrapent. Grandir ou rapetisser les gens selon qu'ils embellissaient ou menaçaient son existence. Rapetisser Delgado. Grandir Miguel. Et Harry Pendel qui tirait son épingle du jeu. Ce système de survie qu'il avait mis au point en prison et perfectionné dans son mariage avait pour but de fournir à un monde hostile ce qui pourrait lui faire plaisir. Le rendre supportable. Le séduire. Lui retirer son dard.

« Et bien sûr, ce qui arrive à notre Miguel, c'est qu'il profite de son dernier printemps, si j'ose dire, continua Pendel en se dérobant au regard d'Osnard pour adresser un sourire à l'autre bout de la pièce. Je vois ça très souvent, dans mon métier. Un jour mon client est le travailleur modèle, 9 heures-17 heures, bon père, bon mari, deux costumes par an ; le lendemain, il a cinquante ans, et il débarque au magasin pour des blousons en daim bicolores et des vestes jaune poussin, et sa femme me téléphone en me demandant si je ne l'ai pas vu par hasard. »

Mais malgré tous les efforts de Pendel pour détourner son attention, Osnard n'avait cessé de l'observer. Ses yeux de renard étaient rivés sur ceux de Pendel, et son expression, si quelqu'un dans toute cette agitation avait pris la peine de l'étudier, était celle d'un homme qui a trouvé une mine d'or et ne sait s'il faut courir chercher de l'aide ou creuser tout seul.

*

* *

Un groupe de fêtards fit son entrée. Pendel les aimait tous :

Jules, mon Dieu ! Quel plaisir de vous voir, monsieur ! Je vous présente Andy, un ami à moi. *Un spéculateur français, Andy, j'ai des problèmes de factures impayées, avec lui.*

Mordi, quelle joie, monsieur ! *Un jeune affairiste de Kiev, Andy. Il est arrivé avec la nouvelle vague d'ashkénazes. Il me rappelle mon oncle Benny.* Mordi, voici mon ami Andy !

Le beau et jeune Kazuo et sa femme-enfant, du Centre commercial japonais, le plus joli couple de la ville. Je vous salue, monsieur ! Madame, mes respects ! *Trois costumes avec pantalons de rechange et je n'arrive toujours pas à prononcer son nom de famille, Andy.*

Pedro, un jeune avocat.

Fidel, un jeune banquier.

José-María, Antonio, Salvador, Paul, tout jeunes courtiers en Bourse, petits princes stupides à cul blanc surnommés *rabiblancos*, traders de vingt-trois ans aux yeux globuleux, obsédés par leur virilité et qui se saoulent à s'en rendre impuissants. Et quelque part entre les poignées de main, les claques dans le dos, les « à jeudi, Harry », Pendel murmurait ses commentaires, qui était leur père, combien gagnait Untel, et les frères et sœurs stratégiquement placés dans les différents partis politiques.

« Doux Jésus ! s'émerveilla Osnard quand ils se retrouvèrent enfin seuls.

– Que vient faire Jésus là-dedans, Andy ? demanda Pendel avec une certaine agressivité, car à la maison Louisa interdisait tout blasphème.

– C'est de vous que je parle, mon vieux Harry. »

*

* *

Avec ses trônes en teck et son argenterie à godrons, le restaurant du Club Unión était censé être le temple de l'opulence, mais le plafond étonnamment bas et l'éclairage des sorties de secours en faisaient plutôt un refuge souterrain pour banquiers en cavale. Assis près d'une fenêtre d'angle, Pendel et Osnard arrosèrent leur poisson du Pacifique de vin chilien. A l'affût derrière leurs bougeoirs, les clients jaugeaient leurs fortunes respectives d'un œil maussade : combien de millions tu as, toi ? et pourquoi ils l'ont laissé entrer, lui ? mais où est-ce qu'elle se croit celle-là, avec ses diamants ? A l'extérieur, le ciel était noir d'encre à présent. Dans la piscine éclairée en contrebas du restaurant, une petite fille de quatre ans en bikini doré avançait gravement dans le grand bain, juchée sur les épaules d'un maître nageur musclé coiffé d'un bonnet de bain, à côté duquel pataugeait un garde du corps obèse, les mains fébrilement tendues pour la rattraper si elle tombait. Au bord de la piscine, la mère de la petite, qui s'ennuyait ferme dans son tailleur chic, se faisait les ongles.

« Sans vouloir me vanter, Andy, Louisa est ce que j'appellerais le centre stratégique », disait Pendel.

Pourquoi donc parlait-il d'elle ? Osnard avait dû lui poser une question.

« C'est une excellente secrétaire comme on n'en trouve pas, avec un potentiel incroyable qui n'est pas encore totalement exploité, à mon avis. »

C'était un plaisir pour lui de pouvoir se racheter ainsi vis-à-vis d'elle après leur pénible conversation téléphonique.

« Et attention, elle est plus que factotum. Officiellement, depuis trois mois, c'est l'assistante personnelle d'Ernie Delgado, ex-associé du cabinet juridique Delgado et Woolf qui a revendu sa part pour servir le peuple. Officieusement, l'administration du canal est tellement chamboulée par la rétrocession, les Amerloques qui sortent par une porte et les Panaméens qui entrent par l'autre, que Louisa est une des rares à garder la tête assez froide pour s'y retrouver, là-dedans. Elle écoute, elle analyse, elle rebouche les fissures. Elle sait où trouver ce qu'il y a à trouver, et qui passe à la trappe si ça ne se trouve pas où ça devrait se trouver.

– A vous entendre, c'est la perle rare.

– Andy, vous n'avez pas tort, répondit Pendel, empli de fierté maritale. Et si vous voulez mon avis, Ernie Delgado a beaucoup de chance. Hop, une conférence de haut niveau sur le transport maritime à préparer, et où est donc le compte rendu de la précédente ? Hop, une délégation étrangère à briefer, et où donc sont passés ces interprètes de japonais ? »

Éprouvant une fois de plus le besoin irrésistible d'effriter le piédestal d'Ernie Delgado, il poursuivit :

« En plus, c'est la seule à pouvoir parler à Ernie quand il a la gueule de bois ou que sa femme lui a fait des reproches. Sans Louisa, le vieil Ernie serait comme un poisson hors de l'eau et sa belle auréole se ternirait vite fait.

– Des Japonais..., répéta Osnard d'une voix traînante, l'air songeur.

– Oui, euh, j'aurais aussi bien pu dire suédois, allemands ou français. Mais c'est assez souvent des Japonais.

– Quel genre de Japonais ? Du cru ? En visite ? Des commerciaux ? Des officiels ?

– Je l'ignore, Andy. Pour moi, ils se ressemblent tous un peu ! ajouta-t-il en gloussant nerveusement. Souvent des banquiers, je pense.

– Louisa le sait, elle.

– Andy, ces Japs lui mangent dans la main. Je ne sais pas comment elle fait, mais la voir avec ces délégations de Japs, saluer et sourire et venez donc par ici messieurs, c'est vraiment un plaisir.

– Elle rapporte du travail à la maison, le week-end ou le soir ?

– Seulement quand elle est charrette. Assez souvent le jeudi, comme ça elle se débarrasse pour pouvoir consacrer le week-end aux enfants pendant que je reçois mes clients. On ne lui paie jamais d'heures supplémentaires, et on l'exploite de façon éhontée. Cela dit, elle a un salaire américain, ce qui fait quand même une différence, je dois le reconnaître.

– Qu'est-ce qu'elle en fait ?

– De son travail ? Elle y travaille ! Elle le met en forme.

– Non, du magot. De l'oseille. De sa paye.

– Elle juge bon de la verser sur notre compte joint, Andy, parce que c'est une épouse et une mère exceptionnelle », rétorqua Pendel.

Il se surprit à rougir et se retrouva au bord des larmes, mais réussit à les ravaler. Osnard, lui, ne rougissait pas et ses yeux noirs en bouton de bottine restaient secs.

« La pauvre ne sait même pas qu'elle paye Ramón à la sueur de son front », se fustigea Pendel.

Mais s'il était mortifié par ce constat cruel et sans fard, son expression ne le trahissait déjà plus. Tout excité, il avait le regard dirigé vers l'autre bout de la pièce, et sur le visage un mélange de joie et d'appréhension.

*

* *

« Harry, mon ami ! Harry ! Dieu me soit témoin, je t'aime ! »

Une silhouette massive en veste d'intérieur magenta titubait dans sa direction, se heurtant aux tables, s'attirant des cris de colère et renversant des verres au passage. Il était jeune encore et les vestiges de sa beauté s'accrochaient à son visage malgré les ravages de la souffrance et de la débauche. A son approche, Pendel se leva.

« Señor Mickie, je t'aime aussi. Comment vas-tu ? Je te présente Andy Osnard, un ami à moi. Andy, voici Mickie Abraxas. Tu me sembles un peu joyeux, Mickie. Si on s'asseyait, tous les deux ? »

Mais Mickie voulait exhiber sa veste, ce qu'il ne pouvait pas faire assis. Les poings sur les hanches, il exécuta une grotesque virevolte de top model et se rattrapa de justesse à la table, qui bascula. Deux assiettes s'écrasèrent au sol.

« Ça te plaît, Harry ? Tu en es fier ? lança-t-il à pleine voix avec un accent américain très prononcé.

– Mickie, c'est une merveille, répondit gravement Pendel. Justement, je disais à Andy que je n'ai jamais coupé d'aussi belles épaules et que tu les mets vraiment en valeur, pas vrai, Andy ? Bien, si on s'asseyait pour papoter un peu ?

– Et vous, monsieur, qu'en pensez-vous ? dit Mickie sans obtempérer en se tournant vers Osnard.

– Félicitations, dit Osnard avec un large sourire. P & B à son meilleur. La couture tombe plein centre.

– Putain, mais vous êtes qui, vous ?

– C'est un client, Mickie, répondit Pendel pour calmer le jeu, comme toujours avec Mickie. Il s'appelle Andy. Je te l'ai dit, mais tu n'écoutais pas. Mickie a fait Oxford, pas vrai, Mickie ? Dis-lui dans quel collège tu étais. Et c'est un fervent anglophile, il a même été président de notre Société culturelle anglo-panaméenne, hein, Mickie ? Andy est un grand grand diplomate, n'est-ce pas Andy ? Il travaille à l'ambassade britannique. Arthur Braithwaite était le tailleur de son défunt père. »

Mickie Abraxas digéra ces informations d'un air chagrin. Il jeta un regard sombre à Osnard, visiblement sans apprécier le spectacle.

« Vous savez ce que je ferais si j'étais président du Panama, monsieur Andy ?

– Mickie, assieds-toi et tu nous raconteras ça, d'accord ?

– Je nous tuerais tous. Il n'y a pas d'espoir pour nous. On est foutus. Dieu nous a donné un vrai paradis : des terres fertiles, des plages, des montagnes, une faune incroyable, on plante un bout de bois et on se retrouve avec un arbre fruitier, les gens sont beaux à en pleurer, et nous, on fait quoi ? On triche, on conspire, on ment, on dissimule, on vole, on s'affame les uns les autres comme si on avait peur de manquer. On est si bêtes et corrompus et aveugles que la terre devrait s'ouvrir tout de suite pour nous engloutir tous. Oui, monsieur ! A Colón, on a vendu la terre à ces enfoirés d'Arabes. Vous lui direz tout ça, à votre reine ?

– Je m'y vois d'ici, rétorqua plaisamment Osnard.

– Si tu ne t'assieds pas tout de suite, je vais me fâcher, Mickie. Tu te donnes en spectacle, et c'est gênant.

– Tu m'aimes plus ?

– Mais si, tu le sais très bien. Alors maintenant, sois gentil et assieds-toi bien sagement.

– Où est Marta ?

– Chez elle, j'imagine. A El Chorillo, là où elle habite. Elle doit faire ses devoirs.

– Je l'adore, cette femme.

– J'en suis ravi, Mickie, et elle le serait aussi. Allez, assis.

– Toi aussi, tu l'adores.

– Mais oui, on l'aime tous les deux, Mickie, chacun à sa façon, je suis sûr..., répondit Pendel sans rougir, mais en s'étranglant un peu. Assieds-toi, je t'en prie.

– Dolce Vita dans la grande course, dimanche, tu m'entends ? murmura Mickie d'une voix pâteuse à l'oreille de Pendel en lui prenant la main. Rafi Domingo a acheté les jockeys, tous les jockeys. Dis-le à Marta. Elle sera riche.

– Reçu cinq sur cinq, Mickie. D'ailleurs Rafi était à la boutique, ce matin, mais pas toi, et c'est bien dommage, parce qu'il y a un beau smoking qui t'attend pour l'essayage. Par pitié, assieds-toi, tu veux bien ? »

Du coin de l'œil, Pendel vit deux armoires à glace et à badge avancer vers eux d'un air résolu en rasant les murs. Pendel entoura les larges épaules de Mickie d'un bras protecteur.

« Mickie, si tu continues à chercher les ennuis, je ne te ferai plus jamais de costume, menaça-t-il en anglais avant de dire en espagnol aux deux hommes : Tout va bien, messieurs, merci. M. Abraxas allait justement partir. Mickie ?

– Quoi ?

– Tu m'écoutes, Mickie ?

– Non.

– Est-ce que ton charmant chauffeur, Santos, est dehors avec la voiture ?

– Et alors ? »

Pendel lui prit le bras et lui fit lentement traverser le restaurant sous les miroirs du plafond jusqu'au vestibule, où Santos le chauffeur attendait fébrilement son patron.

*

* *

« Je suis désolé que vous ne l'ayez pas vu sous son meilleur jour, Andy, s'excusa timidement Pendel. Mickie est l'un des rares vrais héros du Panama. »

Avec une fierté farouche, il se lança dans une brève notice biographique de Mickie : le père, un armateur grec immigré, ami proche du général Omar Torrijos, avait accepté de sacrifier ses intérêts professionnels pour se consacrer à plein temps au trafic de drogue panaméen, et en avait fait un commerce florissant en pleine guerre anticommuniste.

« Il fait toujours ce genre de speech ?

– Eh bien, ce ne sont pas que des paroles, Andy, disons les choses comme ça. Mickie avait un immense respect pour son vieux père, il appréciait Torrijos et il n'aimait pas vous-savez-qui, expliqua-t-il en se pliant à la stricte coutume locale de ne jamais citer Noriega par son nom. Et ça, Mickie s'est senti obligé de le crier sur les toits à qui voulait bien l'entendre, jusqu'au jour où vous-savez-qui a piqué sa crise et l'a fait jeter en prison pour le réduire au silence.

– Et qu'est-ce que c'était, cette histoire avec Marta ?

– Oui, euh, eh bien, c'est une vieille histoire, Andy, ça remonte à loin, à l'époque où ils étaient tous les deux militants actifs. Marta, la fille d'un artisan noir, et Mickie, le gosse de riche pourri-gâté, ils luttaient côte à côte pour la démocratie, bredouilla Pendel tant il souhaitait clore le sujet au plus vite. Des amitiés particulières se nouaient, à l'époque, des liens se créaient. Comme il l'a dit, ils s'aimaient, et c'était bien naturel.

– Je croyais qu'il parlait de vous.

– Le problème, Andy, c'est qu'ici, la prison, c'est encore plus la prison que chez nous, continua Pendel en se forçant à maintenir le cap. Je ne dénigre pas les nôtres, loin de là, mais ce qu'ils ont fait, avec Mickie, c'est qu'ils l'ont flanqué dans une cellule avec au bas mot une douzaine de criminels endurcis qui purgeaient de longues peines, et de temps en temps ils le transféraient dans une autre, vous me suivez ? Cela n'a pas été très sain pour Mickie, vu que dans sa jeunesse, il était plutôt beau gosse..., conclut-il maladroitement, avant de ménager un moment de silence en mémoire de la beauté perdue de Mickie, qu'Osnard eut la délicatesse de ne pas interrompre. Sans compter les fois où ils l'ont battu à mort parce qu'il les avait embêtés.

– Vous lui rendiez visite ? demanda Osnard, l'air de rien.

– En prison ? Oui, bien sûr.

– Ça devait vous changer, d'être de l'autre côté des barreaux. »

Mickie, tout décharné, le visage enfoncé par un passage à tabac, le regard hanté par l'enfer qu'il vient de vivre. Mickie en haillons orange élimés, pas de tailleur disponible sur place. Des ampoules rouges suppurantes aux chevilles et aux poignets. Un homme enchaîné doit apprendre à ne pas se débattre quand il se fait frapper, mais la leçon ne rentre pas vite. Mickie lui murmure : « Harry, par pitié, donne-moi la main, Harry, je t'aime, fais-moi sortir de là. » Et Pendel de répondre : « Mickie, écoute-moi, il faut te rabousiner, mon vieux, ne les regarde pas dans les yeux. » Aucun des deux n'écoute l'autre. Il n'y a rien à dire sinon bonjour et à bientôt.

« Alors, qu'est-ce qu'il devient ? demanda Osnard, comme

si le sujet avait déjà perdu tout intérêt pour lui. En dehors de se pochetronner à mort et d'emmerder le monde ?

– Qui ça, Mickie ?

– Ben, oui, qui d'autre ? »

Soudain, le même démon qui avait poussé Pendel à faire de Delgado un voyou l'incita à dépeindre Abraxas en héros de notre temps : *Si cet Osnard pense qu'il peut faire une croix sur Mickie comme ça, il se trompe lourdement. Mickie est mon ami, mon ailier, mon sparring-partner, mon copain de cellule. Pendant que tu jouais à saute-mouton dans ta jolie petite école privée en Angleterre, Mickie, lui, il se faisait casser les doigts, écraser les couilles, et il subissait des viols collectifs par des taulards.*

Pendel lança un coup d'œil furtif alentour pour s'assurer que personne ne surprendrait leur conversation. A la table voisine, un homme à la tête en pain de sucre prit un gros téléphone portable blanc des mains du chef de rang, eut une rapide conversation, et rendit le combiné au même chef de rang, qui alla immédiatement l'apporter comme le saint Graal à un autre client en manque.

« Mickie est toujours dans le coup, Andy, murmura Pendel. Les apparences sont parfois trompeuses, surtout dans son cas, je peux vous l'assurer. »

Mais que faisait-il ? Qu'était-il en train de dire ? Il l'ignorait presque lui-même. Quelque part dans son esprit surchauffé avait germé l'idée qu'il pouvait faire un don d'amour à Mickie, le transformer en quelqu'un qu'il ne pourrait jamais être, Mickie 2 le retour, sobre, brillant, militant et courageux.

« Dans quel coup ? Je ne vous suis plus. Vous reparlez en code, là.

– Il en est toujours.

– De quoi ?

– L'opposition silencieuse, répondit Pendel à la façon d'un guerrier médiéval qui jette son étendard dans les rangs de l'ennemi avant de charger dans le tas pour le reconquérir.

– La quoi ?

– L'opposition silencieuse. Lui et son petit groupe soudé de militants, ils y croient.

– Mais à quoi, nom de Dieu ?

– C'est une mascarade, et sous le vernis, il y a la réalité, persista Pendel, pris de vertige d'atteindre ainsi des sommets d'inventivité jusque-là inconnus. Ce simulacre de démocratie, là, le nouveau Panama tout blanc tout propre, mon œil ! reprit-il en exploitant ses vagues souvenirs de récentes conversations avec Marta. Tout cela n'est qu'illusion. C'est ça qu'il essayait de vous dire. Vous l'avez bien entendu : tricheries, conspirations, mensonges, faux-semblants... Les types qui manipulaient déjà vous-savez-qui attendent en coulisse de pouvoir reprendre les rênes. »

Pendel était toujours prisonnier du noir faisceau des petits yeux d'Osnard. C'est la masse d'informations qui l'intéresse, pas leur exactitude, songea-t-il, se protégeant déjà des conséquences de son impétuosité. Peu lui importe que je sois en train de relire des notes, de réciter de mémoire ou d'improviser. Il n'écoute sans doute même pas, enfin, pas vraiment.

« Mickie est en contact avec les gens de l'autre côté du pont, enchaîna-t-il bravement en empruntant à Marta une autre expression, qui faisait allusion au pont des Amériques.

– Qui c'est, ceux-là ?

– L'armée des ombres, Andy, les combattants, les partisans qui préfèrent le progrès aux pots-de-vin, répliqua-t-il, citant Marta mot pour mot. Les fermiers et les artisans qui ont été trahis par un gouvernement corrompu. Les petits travailleurs honnêtes. La population décente du Panama dont on n'entend jamais parler et qu'on ne voit jamais. Ils s'organisent. Ils en ont assez. Et Mickie, c'est pareil.

– Marta est dans le coup ?

– Possible, Andy. Je ne le lui ai pas demandé. Ce ne sont pas mes affaires. J'ai mon idée, mais je n'en dirai pas plus. »

Longue pause.

« Ils en ont assez de quoi, au juste ? »

Pendel balaya la salle de restaurant d'un regard de conspirateur. Tel Robin des Bois, il apportait l'espoir aux opprimés, il rendait la justice. A la table voisine, une douzaine de convives bruyants attaquaient des homards arrosés de Dom Pérignon.

« De tout ça, articula-t-il à voix basse. De tous ces gens. Et de tout ce qui va avec. »

*

* *

Osnard voulait en savoir plus sur les Japonais.

« Vous venez d'en rencontrer un, c'est sans doute pour ça que vous me posez la question. Eh bien, Andy, les Japonais sont – comment dirais-je ? – très présents au Panama depuis pas mal d'années, peut-être bien vingt ans ! s'enflamma Pendel, heureux que la conversation concernant son seul ami soit terminée. Vous avez des processions japonaises pour amuser les foules, des fanfares japonaises, un marché aux poissons japonais qu'ils ont offert au pays, et même une chaîne de télévision éducative à capitaux japonais, ajouta-t-il, car c'était une des rares émissions que ses enfants avaient le droit de regarder.

– Qui est votre Japonais le plus important ?

– Dans mes clients ? Le plus important, je ne sais pas. Ils sont tous assez énigmatiques. Il faudrait que je demande à Marta. Quand il y en a un qui vient se faire prendre les mesures, il y en a six pour faire des courbettes et le photographier – j'exagère à peine. Il y a un M. Yoshio d'une de leurs missions commerciales, qui joue un peu les stars à la boutique, et il y a un Toshikazu, de l'ambassade, mais je ne sais pas si c'est son prénom ou son nom de famille, il faudrait vérifier.

– Ou demander à Marta.

– En effet. »

A nouveau conscient du regard sombre d'Osnard, Pendel lui adressa un sourire aimable pour essayer de lui faire détourner les yeux, mais en vain.

« Il vous arrive d'inviter Ernie Delgado à dîner ? demanda-t-il, alors que Pendel s'attendait à d'autres questions sur les Japonais.

– Non, Andy.

– Pourquoi ? C'est le patron de votre épouse, pourtant.

– Franchement, je ne crois pas que Louisa apprécierait.

– Pourquoi ? »

Le petit démon, de nouveau. Qui surgit pour nous rappeler que rien ne s'efface, qu'un moment de jalousie peut engendrer une vie de mensonge, et qu'un homme à terre doit être achevé.

« Ernie appartient à ce que j'appellerais la droite dure, Andy. C'était déjà le cas sous vous-savez-qui, sauf qu'il ne le disait pas. Grande gueule quand il était avec ses amis extrémistes, passez-moi l'expression, mais dès qu'ils avaient le dos tourné, hop, il allait dans le bureau voisin voir vous-savez-qui, et c'était : "Oui, monsieur, non, monsieur, et comment puis-je vous être utile, Votre Altesse ?"

– Mais ça ne se sait pas, si j'ai bien compris. La plupart des gens le croient tout blanc, notre Ernie, c'est ça ?

– C'est bien pour ça qu'il est dangereux, Andy. Demandez donc à Mickie. Ernie est un iceberg. La partie immergée est bien plus importante que le sommet de l'iceberg, dirais-je. »

Osnard grignota un petit pain, ajouta du beurre et le mangea avec de lents mouvements de mâchoire, comme un ruminant. Mais ses yeux de jais avaient faim d'autre chose que de pain beurré.

« Cette pièce que vous avez, au premier étage de la boutique, le Coin du sportif élégant...

– Vous l'aimez, hein, Andy ?

– Vous n'avez jamais pensé à la transformer en club pour vos clients ? Un endroit où ils pourraient se détendre. Ce serait mieux que le vieux sofa et le fauteuil au rez-de-chaussée, pour vos jeudis soir, non ?

– J'y ai souvent songé, Andy, laissez-moi vous le dire, et je n'en reviens pas que vous ayez eu la même idée après une seule visite. Mais je me heurte toujours à un obstacle incontournable : où est-ce que je mettrais mon Coin du sportif élégant ?

– Ça vous rapporte gros, ce truc-là ?

– Oh, oui.

– Moi, ça ne m'a pas excité des masses.

– Les articles de sport sont des produits d'appel, Andy. Si je n'en vends pas, d'autres le feront, et du coup ils me piqueront mes clients. »

Pendel remarqua avec un certain malaise qu'Osnard était économe de ses gestes. J'ai connu un policier comme toi. Il ne se tordait jamais les mains, il ne se grattait jamais la tête, il ne bougeait pas sur son siège, il restait simplement assis là à me regarder avec ces yeux…

« Andy, vous êtes en train de prendre mes mesures, là ? » plaisanta-t-il.

Mais Osnard n'eut pas à répondre, car une fois de plus le regard de Pendel s'était porté à l'autre bout de la salle, où une dizaine de nouveaux arrivants bruyants, hommes et femmes, prenaient place à une longue table.

« Et voici la deuxième partie de l'équation, pour ainsi dire ! déclara-t-il en échangeant de grands signes avec le personnage assis en bout de table. Rafi Domingo en personne, rien que ça. L'autre ami de Mickie. Ça, c'est un peu fort !

– Quelle équation ?

– Je parle de la dame assise à côté de lui, Andy…, fit Pendel en se cachant la bouche d'une main pour plus de discrétion.

– Oui, et alors ?

– C'est la femme de Mickie. »

Le regard furtif d'Osnard se porta rapidement sur la table en question pendant qu'il continuait à manger.

« Celle avec les gros seins ?

– Oui, Andy. On se demande vraiment pourquoi certaines personnes se marient, hein ?

– Racontez-moi Domingo », ordonna Osnard, comme s'il avait dit « racontez-moi Cendrillon ».

Pendel prit une profonde inspiration. La tête lui tournait, il était mentalement épuisé, mais personne n'avait sonné l'entracte, alors il continua son numéro.

« Il pilote son propre avion privé, commença-t-il grâce aux potins recueillis dans la boutique.

– Pour quoi faire ?

– Il possède une chaîne de très beaux hôtels où personne ne descend jamais, poursuivit-il en s'inspirant de sources diverses.

– Pourquoi ? »

Et, à partir de là, 100 % platine.

« Les hôtels appartiennent à un certain consortium dont le siège se trouve à Madrid, Andy.

– Et alors ?

– Alors, selon la rumeur, ce consortium appartiendrait à des Colombiens qui ne seraient pas totalement étrangers au trafic de cocaïne. Ce consortium se porte très bien, d'ailleurs. Un nouvel établissement de luxe à Chitré, un autre en construction à David, deux à Bocas del Toro, et Rafi Domingo qui fait des sauts de puce de l'un à l'autre dans son bel avion.

– Mais enfin, pourquoi ? »

Silence de conspirateurs lorsque le garçon vint remplir leurs verres d'eau, cliquetis de glaçons comme autant de clochettes, et à l'oreille de Pendel le souffle du génie.

« Ça, nous ne pouvons guère que le deviner, Andy. L'industrie hôtelière, Rafi n'y connaît absolument rien, mais, comme je vous l'ai dit, ce n'est pas un gros problème, puisque ces hôtels n'ont pas de clientèle. Aucune publicité, rien, mais si vous essayez de réserver une chambre, on vous dira poliment qu'ils sont complets.

– Je ne comprends pas. »

Pendel décida que Rafi n'y verrait pas d'inconvénient, car c'était un genre de Benny. Il dirait : « Harry, mon garçon, racontez donc à ce M. Osnard ce qu'il lui fera plaisir d'entendre, du moment que vous n'avez pas de témoin. »

« Chaque hôtel engrange 5 000 dollars cash par jour, d'accord ? Dans une ou deux années fiscales, dès que les hôtels auront bien engraissé leur batterie de comptes en banque, on les vendra au plus offrant qui, quelle coïncidence, s'avérera être Rafi Domingo avec une casquette toute neuve. Les hôtels seront impeccables de la cave au grenier, pas étonnant vu que personne n'aura jamais couché dedans et que pas le moindre sandwich n'aura été préparé en cuisine. Or, ce seront des établissements légitimes, parce que, au Panama, de l'argent d'il y a trois ans, c'est plus que respectable, c'est historique.

– Et en plus il baise la femme de Mickie.

– A ce qu'on m'a dit, oui, confirma Pendel, mais prudemment parce qu'il s'agissait là de la vérité.

– “On”, c'est Mickie ?

– Euh, peut-être, Andy, mais pas en termes aussi clairs. Avec Mickie, il faut savoir lire entre les lignes. »

De nouveau la platine. Pourquoi se comportait-il ainsi ? Qu'est-ce qui l'y poussait ? Andy. Un homme de spectacle est un homme de spectacle : si le public n'est pas avec vous, il est contre vous. Ou bien peut-être, l'histoire de sa vie étant maintenant en lambeaux, avait-il besoin d'enrichir celle des autres, de se reconstruire en reconstruisant son petit monde.

« Rafi en fait partie, comprenez-vous, Andy. C'est même l'un des plus haut placés, pour ne rien vous cacher.

– Dans quoi ?

– L'opposition silencieuse, les copains de Mickie. Ceux qui attendent dans les coulisses, comme je dis. Ceux qui ont vu les signes sur le mur. Rafi est un sang-mêlé.

– C'est-à-dire ?

– Un sang-mêlé, Andy, comme Marta, comme moi. Dans son cas, moitié indien. Il n'y a pas de racisme au Panama, Dieu merci, mais ils n'aiment pas beaucoup les bougnoules, surtout les nouveaux, et plus on monte dans l'échelle sociale, plus on trouve de visages pâles. C'est ce que j'appelle le mal des cimes. »

C'était là une blague inédite, qu'il comptait bien intégrer à son répertoire, mais Osnard ne s'en rendit pas compte – ou bien alors, il ne la trouva pas drôle. De fait, à voir son expression, Osnard aurait sans doute encore préféré regarder une exécution publique.

*

* *

« Paiement à la pièce, marmonna Osnard, la tête rentrée dans le cou. C'est comme ça et pas autrement, d'accord ?

– Andy, c'est mon principe depuis le jour où nous avons ouvert la boutique », acquiesça Pendel sans savoir à quand remontait la dernière fois où il avait payé quelqu'un aux pièces.

L'alcool ainsi que le côté surréaliste de la situation lui étaient montés à la tête, et il faillit ajouter qu'Arthur Braithwaite avait fonctionné selon le même principe mais se ravisa, car il avait assez exploité sa platine pour ce soir. Un artiste doit savoir s'économiser, même s'il a l'impression qu'il pourrait tenir la scène toute la nuit.

« La cupidité n'inspire plus de honte à personne, de nos jours. C'est même devenu la seule motivation des gens.

– Oh, je suis bien d'accord, Andy », approuva Pendel, pensant qu'Osnard se lamentait de l'état précaire de l'Angleterre.

Osnard jeta un regard alentour pour vérifier qu'on ne les écoutait pas. Peut-être la vue d'autant de conspirateurs tête contre tête aux tables voisines l'enhardit-elle, car son visage se durcit de façon inquiétante et sa voix, quoique sourde, se fit tranchante.

« Ramón vous tient par les couilles. Si vous ne le remboursez pas, vous êtes cuit. Si vous le remboursez, vous vous retrouvez avec sur les bras une rivière où l'eau ne coule pas et une ferme rizicole où le riz ne pousse pas. Sans parler du rouleau à pâtisserie de Louisa.

– J'en ai bien conscience, Andy, je ne vous le cache pas. Ça me coupe l'appétit depuis des semaines.

– Vous savez qui est votre voisin, à la ferme ?

– Un propriétaire absentéiste, Andy. Un fantôme des plus malfaisant.

– Vous connaissez son nom ?

– Mais il n'existe pas, enfin, répondit Pendel en secouant la tête. Il s'agit d'une corporation basée à Miami.

– Vous savez qui est son banquier ?

– Euh, non, Andy.

– Votre pote Ramón. C'est la compagnie de Rudd. Rudd en détient les deux tiers, M. X le troisième. Et vous savez qui est M. X ?

– Je suis sous le choc, Andy.

– Votre métayer, là, comment il s'appelle, déjà ?

– Angel ? Mais il m'aime comme un frère.

– Vous vous êtes fait entuber. C'est l'arroseur arrosé. Réfléchissez deux secondes.

– Mais je ne fais que ça, Andy. Je n'ai pas autant réfléchi depuis des lustres, ajouta Pendel alors qu'un autre pan de son monde s'effondrait et sombrait sous ses yeux.

– On ne vous aurait pas offert de vous racheter la ferme pour des nèfles ? demanda Osnard, derrière ce mur de brouillard qui s'était levé entre eux.

– Si, mon voisin. Et après, il remettra l'eau, et il aura une jolie ferme viable qui vaudra cinq fois son prix d'achat.

– Et Angel l'exploitera pour lui.

– C'est un vrai cercle vicieux, Andy.

– La ferme de votre voisin, elle est grande ?

– Il y a cent hectares.

– Qu'est-ce qu'il en fait ?

– Élevage de bovins. Frais d'entretien minimaux. Il n'en a pas besoin, de cette eau. Il m'en prive, c'est tout. »

Le prisonnier répond par de courtes phrases tandis que l'interrogateur prend des notes. Sauf qu'Osnard n'écrivait pas, mais utilisait ses yeux de renard pour tout enregistrer.

« Ce ne serait pas Rudd qui vous aurait suggéré d'acheter la ferme, au départ ?

– Il a dit que c'était une bonne affaire. Une vente forcée. Le placement parfait pour l'argent de Louisa. Qu'est-ce que j'ai pu être naïf ! »

Osnard porta son verre ballon à ses lèvres, peut-être pour les masquer, puis il inspira, baissa le ton et parla à toute vitesse.

« Vous êtes un don du ciel, Harry, une véritable antenne parabolique. Une épouse bien introduite, des contacts à se damner, un copain dans la résistance, une employée acquise au peuple, une routine de vie établie depuis plus de dix ans, une couverture inattaquable, une bonne maîtrise de la langue du cru, de l'entregent, de la vivacité... Personne ne m'a jamais embobiné avec autant de talent. Restez vous-même mais encore plus vrai que nature, et on aura tout le Panama empaqueté ficelé. En plus, en cas de pépin, on peut vous désavouer. Alors, vous marchez ? »

Pendel eut un petit sourire forcé. A la fois flatté par les compliments et effrayé par la gravité de la situation, il avait surtout conscience d'assister en simple spectateur à un grand moment de sa vie, aussi redoutable que purificateur.

« A vrai dire, Andy, on m'a désavoué toute ma vie ! confia-t-il sans accepter la proposition, tandis que son esprit vagabondait aux confins de ses souvenirs.

– Le mauvais côté, c'est que, dès le premier jour, vous serez dedans jusqu'au cou. Ça vous dérange ?

– J'y suis déjà, jusqu'au cou, pas vrai ? Entre deux maux, il faut choisir le moindre. »

Toujours ces yeux, trop avertis, trop fixes, qui écoutaient, mémorisaient, reniflaient, faisaient tout en même temps. Et, malgré eux ou à cause d'eux, Pendel eut l'imprudence de procéder à une autoévaluation.

« Cela dit, ce que vous pouvez tirer d'une antenne parabolique en faillite, ça dépasse mon entendement ! fanfaronna-t-il avec la bravoure du condamné. Moi, je ne vois pas comment on pourrait me tirer de là, sauf intervention d'un millionnaire fou. Vous en voyez un dans les parages, vous, Andy, de millionnaire fou ? demanda-t-il avec un regard superflu alentour. Attention, je ne dis pas qu'ils sont tous sains d'esprit, mais leur folie ne s'étendra sans doute pas à moi. »

Rien ne changea en Osnard, ni son regard, ni sa voix, ni ses mains puissantes posées à plat sur l'épaisse nappe blanche.

« Peut-être que mon service est assez fou pour ça », se borna-t-il à déclarer.

Cherchant désespérément une diversion, le regard de Pendel se posa sur la sinistre silhouette de l'Ours, l'éditorialiste le plus honni du Panama, qui avançait d'un air lugubre vers une table isolée dans un coin reculé de la pièce. Pendel n'avait toujours pas dit oui, et à son oreille il entendait l'oncle Benny : *Mon garçon, quand tu rencontres un arnaqueur, fais-le languir. Il n'y a rien qu'un arnaqueur déteste plus que de s'entendre dire de repasser la semaine prochaine.*

« Alors, vous marchez ou non ?

– Je réfléchis, Andy. J'hésite.

– Mais pourquoi, nom de Dieu ? »

Parce que je suis un adulte responsable qui essaie de prendre une décision, rétorqua-t-il mentalement. Parce que j'ai une volonté et un cerveau, pas des impulsions stupides, de mauvais souvenirs et une dose excessive de platine.

« Je pèse le pour et le contre, Andy, j'examine toutes les possibilités », répondit-il d'un ton hautain.

*
* *

Osnard se mit à rejeter des accusations que personne n'avait formulées à son encontre, dans un gargouillis en étrange harmonie avec son corps grassouillet. Mais Pendel ne percevait plus la continuité de ses propos. C'est une autre soirée. Je repense encore à Benny. J'ai besoin de rentrer me coucher.

« Nous ne mouchardons pas sur nos gars, Harry, pas ceux qu'on aime bien.

– Mais je n'ai jamais dit ça, Andy.

– Ce n'est pas notre genre. Quel serait l'intérêt de refiler votre casier judiciaire aux Panaméens, alors que pour nous vous êtes parfait comme ça, ou presque ?

– Aucun, Andy, et je suis content de vous l'entendre dire.

– Pourquoi on vendrait la mèche au sujet de Braithwaite ? Pourquoi on vous ridiculiserait devant votre femme et vos enfants ? Pourquoi on briserait un foyer heureux ? On a besoin de vous, Harry. Vous avez beaucoup de choses à nous vendre, et nous sommes acheteurs, voilà tout.

– Si vous arrangez le problème de la ferme, je vous donne ma tête sur un plateau, Andy, fit aimablement Pendel.

– Pas question. Ce n'est pas votre tête qu'on veut, c'est votre âme. »

A l'instar de son hôte, Pendel prit son verre de cognac à deux mains et se pencha sur la table éclairée aux bougies. Il réservait encore sa décision. Il faisait traîner, alors qu'une partie de lui brûlait de dire oui, ne fût-ce que pour mettre un terme à la gêne de ne pas répondre.

« Vous ne m'avez pas encore expliqué quel serait mon travail, Andy.

– Jouer les antennes paraboliques, je vous l'ai dit.

– Oui, mais que voulez-vous que je capte pour vous, au juste ? »

De nouveau les yeux au regard acéré et aux reflets rougeâtres, la mâchoire paresseuse qui mastiquait par réflexe tandis que l'esprit ruminait, le corps de gros bébé avachi, la voix traînante, assourdie, sortant du coin des lèvres.

« Pas grand-chose. Juste l'équilibre des forces mondiales à l'aube du XXIe siècle, l'avenir du commerce international, l'échiquier politique panaméen, les opposants silencieux, les gars de l'autre côté du pont, comme vous dites. Que va-t-il se passer quand les Amerloques se retireront – s'ils le font ? Qui va rire et qui va pleurer le 31 décembre 1999 ? Qu'arrivera-t-il quand l'une des deux plus grandes voies navigables du monde sera vendue aux enchères et que le marteau sera tenu par une bande de bluffeurs sans scrupules ? Un jeu d'enfants, répondit-il, mais sans baisser la voix, comme si le meilleur restait à venir.

– Eh bien, pas de problème, alors ? fit Pendel en souriant. Ce sera prêt et emballé quand vous viendrez le chercher demain midi. S'il faut une retouche, rapportez-le quand vous voulez.

– Plus quelques petites choses qui ne figurent pas encore au menu, ajouta Osnard d'un ton encore plus bas.

– De quoi s'agit-il, Andy ? »

Haussement d'épaules. Long, lent, complice, lourd de sous-entendus, irritant, un geste de flic qui exprimait une fausse décontraction, une puissance terrible et une immense réserve d'informations privilégiées.

« Dans ce métier, il y a trente-six façons d'arriver à ses fins. On ne peut pas tout apprendre en une fois. Vous m'avez dit oui ou vous jouez les insaisissables à la Garbo ? »

A son propre étonnement, Pendel réussit encore à faire traîner. Peut-être savait-il que cette indécision était la seule liberté dont il jouissait encore. Peut-être l'oncle Benny était-il une fois de plus en train de le tirer par la manche. Ou bien avait-il vaguement conscience que tout prisonnier qui vend son âme a droit à un délai de réflexion.

« Pas à la Garbo, Andy, à la Harry..., dit-il en se levant courageusement et en bombant le torse. Quand il s'agit de prendre une décision qui peut changer le cours de sa vie, Harry Pendel est un animal particulièrement calculateur. »

*

* *

Il était plus de 23 heures lorsque Pendel coupa le moteur de sa voiture à une vingtaine de mètres en contrebas de la maison, afin de ne pas réveiller les enfants. Il ouvrit la porte d'entrée à deux mains, une pour pousser et l'autre pour tourner la clé – ainsi la serrure marchait à merveille, sinon elle émettait un bruit de détonation. Il se rendit dans la cuisine, se rinça la bouche au Coca-Cola dans l'espoir de dissiper les vapeurs de brandy, alla se dévêtir dans l'entrée et étala ses vêtements sur le fauteuil avant d'entrer dans la chambre sur la pointe des pieds. Louisa avait ouvert les deux fenêtres pour dormir, selon son habitude. L'air marin soufflait du Pacifique. Quand Pendel tira le drap, il fut stupéfait de la trouver nue comme lui, parfaitement réveillée, les yeux braqués sur lui.

« Qu'est-ce qui ne va pas ? » souffla-t-il, redoutant une scène qui réveillerait les enfants.

Elle tendit ses longs bras et le serra fort contre elle, et il s'aperçut qu'elle avait le visage baigné de larmes.

« Harry, je suis vraiment désolée, je tiens à ce que tu le saches. Vraiment, vraiment désolée, répéta-t-elle en l'embrassant sans le laisser en faire autant. Je suis impardonnable, Harry. Tu es un homme bien, un époux parfait, tu gagnes beaucoup d'argent, et mon père avait raison, je suis vraiment une garce insensible et méchante, et je suis infoutue de dire des choses gentilles. »

C'est trop tard, songea-t-il tandis qu'elle lui faisait l'amour. Nous aurions dû nous comporter comme ça avant qu'il ne soit trop tard.

CHAPITRE 6

Harry Pendel aimait sa femme et ses enfants avec une dévotion que seuls peuvent comprendre ceux qui n'ont jamais fait partie d'une vraie famille, jamais connu ce qu'est le respect dû à un père honnête, l'amour voué à une mère heureuse, ou le sentiment tout naturel qu'ils sont notre récompense pour le simple fait d'être venu au monde.

Les Pendel habitaient le quartier de Bethania, dans une jolie maison moderne de deux étages au sommet d'une colline, avec des pelouses sur le devant et le derrière, une profusion de bougainvilliées, une très belle vue sur la mer, et au loin la vieille ville et Punta Paitilla. Pendel avait entendu dire que les collines recelaient des caches souterraines abritant bombes atomiques et bunkers américains, mais Louisa avait déclaré que c'était d'autant plus rassurant pour eux et, soucieux d'éviter toute discussion, il s'était rangé à son avis.

Les Pendel avaient une domestique chargée de l'entretien des sols de mosaïque, une autre de la lessive, une troisième de la garde des enfants et des commissions, et un Noir grisonnant avec un début de barbe blanche coiffé d'un chapeau de paille qui s'activait dans le jardin, faisait pousser tout et n'importe quoi, fumait des substances illicites et s'approvisionnait à la cuisine. Cette petite armée d'employés revenait à 140 dollars par semaine.

Dans son lit le soir, Pendel prenait un secret plaisir à se glisser dans le sommeil agité du prisonnier, genoux remontés, menton baissé, mains sur les oreilles pour ne pas entendre les gémissements des autres détenus, puis il se réveillait et s'assurait prudemment qu'il ne se trouvait pas en prison mais à Bethania, entre les mains d'une épouse loyale qui avait besoin de lui et le respectait, et d'heureux enfants qui dormaient de l'autre côté du couloir, un bonheur sans cesse renouvelé que l'oncle Benny appelait la *mitzvah* : Hannah, sa princesse catholique âgée de neuf ans, et Mark, son violoniste juif rebelle âgé de huit ans. Mais si Pendel vouait à sa famille amour, respect et dévotion, il craignait aussi pour elle et s'obligeait à considérer son bonheur comme illusoire.

Lorsqu'il restait seul dans l'obscurité de son balcon, comme il aimait à le faire après le travail, en compagnie parfois d'un des petits cigares de l'oncle Benny, lorsqu'il humait dans l'air moite les senteurs nocturnes des fleurs luxuriantes, lorsqu'il regardait les lumières noyées dans une brume humide et apercevait entre les nuages capricieux la file de bateaux ancrés à l'entrée du canal, l'immensité de son bonheur instillait en lui un sens aigu de sa fragilité : tu sais bien que ça ne peut pas durer, Harry, mon garçon, tu sais bien que le monde peut t'exploser au visage, tu l'as déjà vu d'ici même, et ce qui est arrivé une fois peut se reproduire à tout instant, alors prends garde.

Son regard se fixait sur la ville trop calme et bientôt les fusées éclairantes, les balles traçantes rouges et vertes, le crépitement rauque des mitrailleuses et le martèlement assourdissant des canons embrasaient furieusement le théâtre de sa mémoire, comme en ce soir de décembre 1989 où les collines avaient vacillé et tremblé sous le feu d'énormes hélicoptères Spectre arrivés de la mer sans rencontrer d'opposition pour infliger une correction aux taudis en bois d'El Chorillo – c'est toujours aux pauvres qu'incombent toutes les fautes –, pilonnant les masures en flammes, retournant faire le plein, et revenant continuer leur besogne. Sans doute les attaquants ne souhaitaient-ils pas pareil carnage, sans doute étaient-ils de bons pères de famille et de bons fils avec pour seule mission de détruire la *comandancia* de Noriega, et puis deux obus avaient dévié de leur trajectoire, et encore deux autres. Mais en temps de guerre, les bonnes intentions sont difficilement transmissibles aux intéressés, la modération passe inaperçue, et la présence de quelques tireurs ennemis embusqués dans un quartier pauvre ne justifie pas sa destruction totale. A quoi bon dire : « Nous avons utilisé une force de frappe minimum » à des gens terrifiés qui s'enfuient pieds nus dans les flaques de sang et les éclats de verre, traînant avec eux valises et enfants vers nulle part ? A quoi bon affirmer que les tirs ont été déclenchés par des provocateurs revanchards des Bataillons de la Dignité de Noriega ? Et même si c'est vrai, pourquoi vous croirait-on ?

Bientôt les cris montaient à l'assaut de la colline et Pendel, qui en avait pourtant entendu et poussé quelques-uns dans sa vie, n'aurait jamais imaginé qu'un seul et même hurlement humain puisse couvrir l'écœurant grondement des blindés et le martèlement de l'artillerie de pointe, mais c'était le cas, surtout qu'il était la somme de milliers de cris poussés à pleins poumons par des enfants terrorisés, et accompagné par une ignoble puanteur de chair brûlée.

« Harry, rentre. On a besoin de toi, Harry. Harry, rentre vite. Harry, je ne comprends pas ce que tu fais dehors. »

C'était Louisa qui criait, réfugiée au fond du placard à balais sous l'escalier, le dos voûté pour s'arc-bouter contre la menuiserie et mieux protéger ses enfants, Mark, bientôt deux ans, serré contre son estomac et qui l'inondait à travers sa couche-culotte – comme les soldats américains, il semblait posséder un stock inépuisable de munitions –, Hannah agenouillée à ses pieds dans sa robe de chambre et ses pantoufles ornées de nounours, adressant des prières à un certain Jovey, qui fut par la suite identifié comme un amalgame de Jésus, Jéhovah et Jupiter, cocktail divin concocté à partir des bribes de folklore religieux amassées au fil de ses trois années d'existence.

« Ils savent ce qu'ils font, ne cessait de répéter Louisa d'un ton tranchant de militaire fâcheusement évocateur de son père. Ce n'est ni leur première ni leur dernière opération. Ils ont tout calculé d'avance. Et ils ne tirent jamais, jamais sur des civils. »

Par amour pour elle, Pendel crut charitable de ne pas la détromper, tandis qu'El Chorillo gémissait, s'embrasait et se désagrégeait sous les assauts répétés d'armes que le Pentagone testait ainsi en vue d'une future occasion.

« Marta habite là-bas », dit-il.

Mais une femme qui craint pour la vie de ses enfants ne se soucie de personne d'autre. Alors, le matin venu, Pendel descendit la colline plongée dans un silence comme jamais il n'en avait entendu depuis qu'il vivait à Panama. Il comprit aussitôt que, selon les conditions du cessez-le-feu, toutes les parties avaient décidé de bannir à jamais de la surface du monde les climatiseurs, les chantiers, les excavations, les dragages, les voitures, les camions, les cars scolaires, les taxis, les bennes à ordures, les voitures de police, les ambulances et les hurlements des enfants et des mères, sous peine de mort.

Pas même la gigantesque et majestueuse colonne de fumée noire qui s'élevait de ce qui jadis avait été El Chorillo n'émettait le moindre bruit en se déversant dans le ciel matinal. Seuls quelques réfractaires – il y en a toujours – refusaient de se soumettre à l'interdit, à savoir les derniers tireurs d'élite retranchés dans l'enceinte de la *comandancia*, qui continuaient à viser les positions américaines dans les rues avoisinantes. Mais bientôt eux aussi se turent, aidés en cela par quelques tanks installés sur Ancón Hill.

La cabine publique devant le poste à essence était intacte, mais la loi du silence s'appliquait aussi au téléphone, et le numéro de Marta s'obstinait à ne pas sonner.

*

* *

Endossant farouchement son nouveau personnage, l'homme-mûr-et-solitaire-face-à-une-décision-vitale, Pendel se laissa entraîner dans son éternelle valse-hésitation entre héroïsme et pessimisme chronique, au risque d'en avoir le tournis tant son indécision était grande. Pour échapper aux accusations des voix intérieures de Bethania, il se réfugia dans le sanctuaire de son magasin, où d'autres voix accusatrices le renvoyèrent dans le sanctuaire de son foyer, tout cela en essayant de peser tranquillement le pour et le contre. Mais pas un instant, même dans ses pires moments d'autoculpabilisation, ne se permit-il de penser qu'en fait il hésitait entre deux femmes. Tu es la proie de ce triomphalisme qui s'empare de nous lorsque nos craintes les plus horribles se réalisent, songea-t-il. Tes visions grandioses se retournent contre toi. Ton monde imaginaire s'effondre sous ton nez parce que tu as été assez stupide pour bâtir un temple sans fondations. Mais à peine s'était-il ainsi flagellé à coups de prévisions apocalyptiques qu'une autre voix – celle de l'oncle Benny – volait gaiement à son secours.

« Alors, il suffit de quelques vérités bien senties et c'est le châtiment de Dieu ? Un jeune et brillant diplomate te propose de servir l'Angleterre comme un homme et tu te vois déjà gisant à la morgue ? Il joue les millionnaires fous, il te glisse un gros paquet de billets dans une enveloppe brune, t'annonce qu'il en a bien d'autres en réserve, te traite de don du ciel – ce qui est loin d'être une opinion très répandue... C'est ça, le châtiment de Dieu ? »

A ce moment-là, Hannah voulut savoir quel livre le Grand Chef lui conseillait pour le concours de lecture de l'école, puis Mark lui demanda de l'écouter jouer *Lazy Sheep* sur son violon tout neuf pour s'assurer qu'il avait bien le niveau de l'examen, enfin Louisa réclama son avis sur le dernier scandale au Centre administratif pour qu'ils puissent se prononcer sur l'avenir du canal, même si son opinion était faite depuis longtemps : l'incomparable Ernesto Delgado, le M. Propre des Américains, le protecteur du passé doré, ne pouvait être pris en défaut :

« Harry, je ne comprends pas. Il suffit qu'Ernesto quitte le pays dix jours pour accompagner le président, et son équipe approuve aussitôt la nomination de cinq jolies Panaméennes comme chargées de relations publiques à l'américaine, alors que leurs seules références sont d'être jeunes, blanches, de conduire des BMW, de s'habiller haute couture, d'avoir une poitrine opulente, des parents riches, et de snober les employés permanents.

– C'est honteux », affirma Pendel.

Puis, retour au magasin, où Marta voulait examiner avec lui des factures impayées et des commandes en souffrance pour décider qui relancer et à qui accorder un délai d'un mois.

« Toujours tes migraines ? demanda-t-il affectueusement, la trouvant encore plus pâle que d'habitude.

– Non, ça va, répondit-elle derrière l'écran de ses cheveux.

– L'ascenseur est encore en panne ?

– Définitivement, oui, fit-elle avec un sourire en biais. Il a officiellement été déclaré hors service.

– Désolé.

– Il n'y a pas de quoi, vous n'y êtes pour rien. Qui est Osnard ? »

Pendel fut horrifié. Osnard ? Osnard ? C'est un client, ma pauvre fille. Arrête de hurler son nom à la cantonade.

« Pourquoi cette question ? demanda-t-il en se calmant.

– C'est un être malfaisant.

– Pas plus que nos autres clients, si ? fit-il en flattant la préférence de Marta pour les gens de l'autre côté du pont.

– Non, mais eux l'ignorent.

– Alors qu'Osnard le sait ?

– Oui. C'est un être malfaisant. Ne faites pas ce qu'il vous demande de faire.

– Et ce serait quoi, selon toi ?

– Je l'ignore. Si je le savais, je l'en empêcherais. Je vous en prie. »

Elle faillit ajouter « Harry », il vit même ses lèvres craquelées former son nom, mais au magasin elle mettait un point d'honneur à ne jamais profiter de son indulgence, ni laisser entendre par une parole ou un geste qu'ils étaient liés l'un à l'autre pour l'éternité, et qu'à chacune de leurs rencontres ils revoyaient tous deux la même scène sous des angles différents :

Marta, en jean et chemisier blanc déchiré, gît dans le caniveau comme un sac d'ordures, tandis que trois membres des Bataillons de la Dignité de Noriega, affectueusement surnommés Batdingues, tentent à tour de rôle de gagner son cœur et son esprit à coups de batte de base-ball ensanglantée en commençant par son visage, sous le regard effaré de Pendel, les deux bras maintenus dans le dos par deux autres Batdingues, qui hurle de peur, puis de colère, qui crie pitié et les supplie de la laisser tranquille.

Mais non. Ils l'obligent à regarder. Quel intérêt y aurait-il à mater une rebelle pour l'exemple si personne n'est témoin ?

C'est une erreur, capitaine. C'est pure coïncidence si cette femme porte le chemisier blanc de l'opposition.

N'ayez crainte, señor, il ne va pas rester blanc bien longtemps.

Marta, nue, couverte de sang et de meurtrissures, allongée sur un lit dans l'hôpital de fortune où Mickie a eu le courage de les emmener, et Pendel qui inonde désespérément le médecin de dollars et de promesses pendant que Mickie fait le guet à la fenêtre.

« Nous valons mieux que ça », souffle Marta entre ses lèvres ensanglantées et ses dents brisées.

Elle veut dire qu'il existe un autre Panama, meilleur que celui-ci. Elle veut parler des gens de l'autre côté du pont.

Le lendemain, Mickie se fait arrêter.

*
* *

« Je songe à transformer le Coin du sportif élégant en une sorte de club, annonça Pendel, toujours indécis. Je verrais assez bien un bar.

– Harry, répondit Louisa, je ne vois pas pourquoi tu aurais besoin d'un bar. Tes réunions du jeudi soir sont bien assez joyeuses comme ça.

– Mais c'est pour attirer des gens, Lou. Augmenter la clientèle. Les amis amènent d'autres amis, ils mettent les pieds sous la table, ils se sentent à l'aise, et ils commencent à jeter un œil sur des échantillons. Résultat : un carnet de commandes complet.

– Et où installeras-tu le salon d'essayage ? » fit-elle remarquer.

Bonne question, songea Pendel. Même Andy n'a pas pu me donner de réponse. Décision ajournée.

*
* *

« Pour les clients, Marta, expliqua patiemment Pendel. Pour tous ceux qui viennent manger tes sandwichs. Comme ça, il y aura plus de clients et plus de commandes.

– Je voudrais qu'ils s'empoisonnent avec mes sandwichs.

– Et alors, j'habillerais qui ? Tes amis étudiants survoltés, peut-être ? Des révolutionnaires habillés sur mesure, grâce à P & B, ce serait une première mondiale. Merci beaucoup !

– Lénine se promenait bien en Rolls-Royce, alors pourquoi pas ? » répliqua-t-elle sur le même ton.

*

* *

Je ne lui ai pas demandé comment il préférait les poches, songea-t-il en taillant un smoking aux accents de Bach, tard le soir dans le magasin. Ni les revers, ni la largeur de jambes du pantalon. Et je ne lui ai pas exposé les avantages des bretelles sur les ceintures en climat humide, surtout pour les hommes qui ont un tour de taille bigrement élastique. Fort de ces prétextes, il allait décrocher le téléphone quand la sonnerie retentit, et qui donc l'appelait pour lui proposer d'aller boire un verre ? Osnard soi-même.

Ils se retrouvèrent dans le bar moderne aux murs lambrissés de l'Executive Hotel, une superbe tour blanche à deux pas du magasin. Deux jolies filles en jupe courte regardaient un match de basket-ball sur un écran de télévision géant. Pendel et Osnard s'assirent à l'écart, têtes rapprochées, dans des fauteuils en rotin qui les invitaient plutôt à s'y renfoncer.

« Alors, vous avez pris une décision ? demanda Osnard.

– Pas vraiment, Andy. Je m'y prépare, dirons-nous. Je réfléchis.

– A Londres, ils sont enthousiastes. Ils souhaitent conclure l'affaire.

– Tant mieux, Andy. Vous avez dû me faire une sacrée publicité.

– Ils veulent que vous soyez opérationnel au plus vite. Ils sont fascinés par l'opposition silencieuse. Ils veulent le nom des membres, le mode de financement, les liens avec les étudiants, le manifeste, les méthodes, les objectifs, etc.

– Ah bon, vraiment ? Parfait, dit Pendel qui, entre autres soucis, avait un peu perdu de vue Mickie Abraxas, le noble défenseur de la liberté, et Rafi Domingo, son grand argentier. Je suis content que ça les intéresse, ajouta-t-il poliment.

– Ils veulent que vous tiriez les vers du nez à Marta. Aperçus de l'activisme estudiantin, les bombes artisanales fabriquées dans les salles de classe, tout ça.

– Ah ? Très bien.

– Ils veulent que notre relation de travail ait une base structurée, et moi aussi. On vous enrôle, on vous briefe, on vous paye, on vous apprend un peu les ficelles… Ils ne voudraient pas perdre ce filon.

– Ce sera incessamment sous peu, Andy. Comme je vous l'ai dit, je ne suis pas du genre impulsif. Je réfléchis.

– Ils font monter les enchères de 10 %. Pour vous aider à mieux réfléchir. Vous voulez le topo ? »

Osnard lui donna le topo de toute façon, en marmonnant derrière sa main comme s'il se curait les dents mine de rien : tant d'avance, tant chaque mois pour rembourser votre emprunt, bonus en cash en fonction de la qualité des infos, à la discrétion exclusive de Londres, primes de tant.

« Vous serez tiré d'affaire dans trois ans maxi.

– Moins si j'ai de la chance, Andy.

– De la chance ou du talent. »

*
* *

« Harry. »

Une heure plus tard, trop désorienté pour rentrer chez lui, Pendel est de retour au magasin et travaille à son smoking en écoutant Bach.

« Harry. »

La voix qui lui parle est celle de Louisa la première fois où ils ont couché ensemble – mais vraiment couché, pas seulement les attouchements et les baisers profonds, l'oreille à l'affût d'un bruit de moteur signalant le retour du cinéma des parents de Louisa –, entièrement nus sur le lit de Harry dans son affreuse mansarde de Calidonia, où il taille des complets le soir après avoir passé la journée à vendre du prêt-à-porter pour un chemisier syrien retors nommé Alto. Leur premier essai n'a pas été couronné de succès. Tous deux sont gauches, un excès d'interdits familiaux ayant retardé leur éveil sexuel.

« Harry.

– Oui, ma chérie. »

Le mot « chéri(e) » ne leur est jamais venu naturellement à la bouche. Ni au début, ni même aujourd'hui.

« M. Braithwaite t'a donné ta première chance, il t'a engagé, il t'a envoyé aux cours du soir, il t'a arraché à ton vilain oncle Benny, alors il a ma reconnaissance éternelle.

– Je suis heureux de te l'entendre dire, chérie.

– Tu dois le vénérer et parler de lui à nos enfants quand ils seront grands, pour qu'ils sachent qu'un bon samaritain peut sauver la vie d'un petit orphelin.

– Arthur Braithwaite est le seul honnête homme que j'aie connu jusqu'à ce que je rencontre ton père, Lou », l'assure Pendel avec ferveur.

Et j'étais sincère, Lou, plaide désespérément Pendel en lui-même tout en refermant les ciseaux sur l'épaule de la manche gauche. *Tout ce qu'on invente est vrai si on y croit très fort et qu'on le fait par amour.*

« Je vais tout lui avouer », décide-t-il à voix haute, porté à des sommets de pure authenticité par la musique de Bach.

Et l'espace d'un affreux instant, il se complaît à envisager sérieusement d'oublier les sages préceptes qu'il a toujours observés et de confesser tous ses péchés à sa chère moitié. Enfin, presque tous. Le minimum.

Louisa, je dois te faire un aveu qui va être un peu dur à digérer.

Ce que tu sais de moi n'est pas franchement cascher sur certains points. Ça se rapproche plutôt de ce que j'aurais aimé être si les choses avaient un peu mieux tourné.

Je ne connais pas les mots justes, songe-t-il. De toute ma vie, je n'ai jamais fait d'aveu, sauf une fois, pour l'oncle Benny. Où m'arrêter ? Et me croira-t-elle jamais après ? Il se représente avec horreur le conseil de guerre, une des séances je-crois-en-toi-mon-Dieu de Louisa, mais vraiment dans les règles, les domestiques exclus de la maison, la cellule familiale réunie autour de la table, mains jointes, Louisa rigide sur sa chaise, la bouche pincée tant elle a peur car, au fond d'elle-même, la vérité lui fait encore plus peur qu'à moi. La dernière fois, c'était Mark, obligé d'avouer qu'il avait tagué « bande de cons » sur le portail de son école. Et la fois d'avant, c'était Hannah, qui avait versé un pot de peinture à séchage rapide dans l'évier par vengeance contre l'une des domestiques.

Mais aujourd'hui, c'est notre Harry en personne qui est sur le banc des accusés, obligé d'expliquer à ses enfants bien-aimés que leur papa, tout au long de sa vie avec maman et depuis qu'ils sont en âge de comprendre, leur a raconté d'énormes mensonges sur le grand héros de la famille et modèle exemplaire, l'inexistant M. Braithwaite, que Dieu ait son âme. Et que, bien loin d'être le fils adoptif de Braithwaite, leur mari et père a consacré neuf cent douze jours et nuits formateurs à étudier en détail les murs de brique dans une maison de correction de Sa Majesté.

Décision prise. Je vous raconterai ça plus tard. Beaucoup plus tard. Carrément dans une autre vie. Une vie sans platine.

*

* *

Pendel arrêta son 4 × 4 à quelques centimètres de la voiture devant lui et s'attendit à ce que la suivante lui enfonce l'arrière, mais le choc n'eut pas lieu. Comment suis-je arrivé ici ? se demanda-t-il. En fait, elle m'a peut-être heurté et je suis mort. J'ai dû fermer le magasin machinalement. Puis il se souvint d'avoir coupé le smoking et posé les morceaux terminés à plat sur son établi pour les étudier, comme à son habitude : l'adieu du créateur à son œuvre jusqu'au moment où elle lui reviendra assemblée sous forme humaine.

Une pluie noirâtre cinglait le capot. Un poids lourd était couché en travers de la route cinquante mètres plus loin, ses roues dans son sillage comme un semis de bouses de vache. A travers ce déluge, on n'apercevait que des files et des files de véhicules bloqués qui se dirigeaient vers la zone des combats ou tentaient de s'en échapper. Pendel alluma sa radio, mais le tonnerre de l'artillerie couvrait le son. Pluie sur un toit brûlant. Je suis ici pour toujours. Coincé. Dans les entrailles de ma mère. A purger ma peine. Couper le moteur, couper l'air conditionné. Attendre. Crever de chaleur. Transpirer. Une autre salve d'artillerie. Se planquer sous le siège.

Il ruisselait de sueur. Un gargouillis d'eau vive sous ses pieds, et il flottait vers l'amont ou vers l'aval. Tout son passé enterré six pieds sous terre resurgissait brutalement : la version de sa vie non expurgée, non aseptisée, non braithwaitisée, à commencer par le miracle de sa naissance tel que son oncle Benny le lui avait raconté en prison, pour se terminer treize ans auparavant, le Jour-Sans-Grand-Pardon, où il s'était réinventé pour Louisa sur une superbe pelouse américaine dans la zone du canal, avec la bannière étoilée qui claquait à travers la fumée du barbecue de son père, l'orchestre qui jouait *Hope and Glory*, et des Noirs qui regardaient la scène à travers le grillage.

Il revit l'orphelinat que sa mémoire avait occulté, et son oncle Benny, superbe en chapeau mou, qui l'entraîne par la main loin de ce lieu – il n'a encore jamais vu de feutre et se demande si l'oncle Benny ne serait pas le bon Dieu. Il revit les pavés disjoints de Whitechapel, gris et mouillés sous ses pieds tandis qu'il pousse des portants chargés de vêtements au milieu de la circulation et des klaxons jusqu'à l'entrepôt de l'oncle Benny. Il se vit douze ans plus tard, le même modèle en plus grand, pétrifié dans l'entrepôt entre des colonnes de fumée orange et des rangées de robes d'été telles des martyres dont les flammes lèchent les pieds.

Il entendit l'oncle Benny, les mains en porte-voix, hurler dans un tintamarre de sonneries : « Cours, mon garçon ! Cours, bougre d'andouille ! Tu rêves ou quoi ? », et ses pas précipités qui s'éloignent. Et lui, Harry, pris dans des sables mouvants, incapable de bouger. Des uniformes bleus se frayent un chemin jusqu'à lui, l'attrapent, le traînent jusqu'au fourgon, et le gentil sergent exhibe le bidon de pétrole vide, un sourire paternel aux lèvres.

« C'est à vous, ça, monsieur Shlomo, ou est-ce qu'il s'est trouvé par hasard dans votre main ?

– Je ne peux pas bouger les jambes. Elles sont bloquées. On dirait une crampe. Je devrais m'enfuir, mais je ne peux pas.

– Ne t'inquiète pas, fiston. On va vite t'arranger ça », dit le gentil sergent.

Pendel, nu, maigre, debout contre le mur en brique de la cellule du commissariat. Et la longue, l'interminable nuit où les uniformes bleus le frappent à tour de rôle, comme pour Marta mais avec plus de détermination et de bières dans l'estomac. Et le gentil sergent, le père idéal, qui les encourage. Jusqu'au moment où l'eau le recouvre et il se noie.

La pluie avait cessé de tomber. Il ne s'était rien passé. Les voitures luisaient, chacun rentrait chez soi avec plaisir. Pendel était mort de fatigue. Il mit le moteur en marche et avança au ralenti, les avant-bras posés sur le volant, guettant les débris dangereux. Et il se mit à sourire en entendant l'oncle Benny.

*

* *

« C'était une explosion, Harry, mon garçon, murmure l'oncle Benny à travers ses larmes. Une explosion de la chair. »

Sans ses visites hebdomadaires à la prison, l'oncle Benny n'aurait jamais été aussi loquace quant aux origines de Pendel. Mais la vue de son neveu assis au garde-à-vous devant lui en salopette à plis creux avec son nom inscrit sur la poche est trop dure à supporter pour la mauvaise bonne conscience de Benny, en dépit des tourtes au fromage et des manuels de remise en forme que tante Ruth lui donne à porter, et malgré le nombre de fois où il se confond en remerciements devant Pendel, qui a tenu sa promesse en toutes circonstances. Il veut dire : est resté *shtoum*.

C'était mon idée, sergent... J'ai fait ça parce que je détestais l'entrepôt, sergent... J'étais très fâché contre mon oncle Benny, parce qu'il me faisait travailler beaucoup d'heures sans me payer, sergent... Votre Honneur, je n'ai rien à dire sinon que je regrette vivement mes vilaines actions et toute la peine que j'ai causée à ceux qui m'aiment et m'ont élevé, surtout mon oncle Benny...

Benny est très vieux – vieux comme les pierres, pour un enfant. Il vient de Lvov, et avant même d'avoir dix ans, Pendel connaît Lvov aussi bien que sa ville natale. La famille de Benny, d'humbles paysans, artisans, petits commerçants et cordonniers, trouve dans les trains de la mort sa première et dernière occasion de voir le monde au-delà du *shtetl* et du ghetto. Mais pas Benny. Le Benny de cette époque, un jeune tailleur très malin et ambitieux, se débrouille pour être sorti du camp et envoyé à Berlin avec mission de tailler des uniformes d'officiers allemands, quoique son rêve soit de devenir ténor sous la férule de Gigli et d'acheter une villa sur les hauteurs de l'Ombrie.

« Tu sais, Harry, mon garçon, ce *shmattè* de la Wehrmacht était de première qualité, raconte Benny le démocrate pour qui tous les tissus sont des *shmattès*, quelle que soit la qualité. Les costumes Ascot, les culottes de cheval et les belles bottes, c'est peut-être très joli, mais on n'a jamais eu à rapiécer les uniformes, dans la Wehrmacht – enfin, jusqu'à Stalingrad, parce que, à partir de là, tout s'est écroulé. »

Après l'Allemagne, Benny s'installe à Leman Street dans l'est de Londres. Il ouvre un atelier de confection où il exploite les membres de sa famille à quatre dans une pièce, avec l'idée de prendre d'assaut l'industrie du vêtement pour ensuite aller chanter l'opéra à Vienne. Mais Benny est déjà un anachronisme vivant. Vers la fin des années 40, la plupart des tailleurs juifs ont émigré vers des quartiers plus chics, Stoke Newington, Edgware Road, et exercent des métiers moins humbles, laissant la place à des Indiens, des Chinois et des Pakistanais. Benny ne se décourage pas pour autant. L'East End devient bientôt son Lvov, et Evering Road la plus belle rue d'Europe. C'est d'ailleurs là, quelques années plus tard – selon l'histoire officielle racontée à Pendel –, que Leon, le frère aîné de Benny, rejoint la famille avec sa femme Rachel et leurs enfants, ce même Leon qui, à cause de ladite explosion, engrosse une servante irlandaise de dix-huit ans qui appelle le bâtard Harry.

*

* *

Pendel, en route pour l'éternité, suivait d'un regard las les feux rouges un peu flous devant lui qui jalonnaient son passé. Il riait presque dans son demi-sommeil. Décision reléguée dans l'oubli alors que chaque syllabe, chaque intonation du monologue angoissé de l'oncle Benny étaient précieusement gardées en mémoire.

*

* *

« Pourquoi Rachel a-t-elle laissé ta mère franchir le seuil de la maison, je me le demande encore, dit Benny en hochant sa tête coiffée du feutre. Pas besoin d'avoir fait le séminaire pour voir que c'était de la dynamite. Pure et vertueuse, là n'est pas la question. C'était une *shiksè* très bête, nubile, prête à devenir une femme, et il suffisait d'un rien pour la faire basculer. C'était écrit d'avance.

– Comment s'appelait-elle ? demande Pendel.

– Cherry, soupire son oncle comme un moribond confesse un ultime secret. C'était l'abréviation de Cherida, je crois, mais je n'ai jamais vu son certificat de baptême. Ç'aurait dû être Thérèse ou Bernadette ou Carmel, mais non, il fallait que ce soit Cherida. Son père était un maçon du comté de Mayo. Les Irlandais étaient encore plus pauvres que nous, alors on engageait des bonnes irlandaises. Nous autres youpins n'aimons pas nous sentir vieillir, mon petit Harry, ton père le premier. C'est de ne pas croire au paradis qui explique ça. On passe beaucoup de temps dans l'antichambre du bon Dieu, mais pour ce qui est de Ses grands appartements privés on attend toujours, et on est assez nombreux à penser que ça n'arrivera jamais. »

Il se penche en avant par-dessus la table en fer et saisit la main de Pendel.

« Harry, écoute-moi, mon garçon. Les juifs demandent le pardon des hommes, pas celui de Dieu. Or c'est dur pour nous parce que l'homme est un bien plus grand arnaqueur que Dieu. Harry, je l'attends de toi, le pardon. La rédemption, je l'aurai toujours sur mon lit de mort. Mais le pardon, Harry, c'est toi seul qui peux me l'accorder. »

Pendel donnerait volontiers à Benny tout ce qu'il veut à condition qu'il lui raconte l'explosion de la chair.

« D'après ton père, c'est venu de son parfum, reprend Benny. Il était assis en face de moi, comme toi maintenant mais sans l'uniforme, et il s'arrachait les cheveux de remords. "Par amour de son parfum, je me suis attiré les foudres du temple", m'a-t-il dit, et il était très croyant, Harry. "Elle était agenouillée devant l'âtre, et j'ai senti sa douce odeur de femme, pas celle du savon et de la lessive, Benny, celle de la femme au naturel. J'ai succombé à l'odeur de sa féminité." Si Rachel n'avait pas eu sa petite sauterie avec les Filles de la pureté juive à Southend Pier, ton père ne se serait jamais laissé aller.

– Mais il l'a fait, souffle Pendel.

– Harry, dans un flot de larmes mêlées de culpabilité catholique et juive, entre les Ave Maria, les *oï veï* et les que-vais-je-donc-devenir des deux côtés, ton père a ravi sa Cherry. Voir ça comme un acte divin, je ne peux pas, mais en tout cas, tu as hérité de la *khoutspè* juive et du bagout irlandais, sauf qu'il faut arriver à oublier la culpabilité.

– Comment m'as-tu sorti de l'orphelinat ? » demande Pendel, qui en crie presque d'impatience.

Quelque part, enfouie dans les souvenirs flous de son enfance avant l'arrivée providentielle de Benny, se trouve l'image d'une femme aux cheveux noirs comme Louisa, occupée à récurer à genoux un sol en pierre aussi vaste qu'un terrain de football, sous le regard d'une statue du bon pasteur vêtu de bleu à côté de son agneau.

*

* *

Pendel était presque arrivé chez lui. Tout dormait depuis longtemps dans les maisons voisines. La pluie avait lavé les étoiles, et la pleine lune brillait derrière la fenêtre de sa cellule. Enfermez-moi de nouveau, se dit-il en lui-même. La prison, c'est l'endroit rêvé pour qui veut éviter de prendre une décision.

*

* *

« J'étais superbe, Harry. Les religieuses françaises, qui étaient pourtant rudement snobs, m'ont pris pour un vrai gentleman. J'avais sorti le grand jeu, un beau costume gris exposé en vitrine, une cravate choisie par ta tante Ruth, des chaussettes assorties, des chaussures faites sur mesure par Lobb de St. James, mon seul luxe depuis toujours. Je me tenais bien droit, les bras le long du corps, bref, plus rien du socialiste. »

Car Benny, entre autres multiples activités, est un défenseur acharné de la cause des travailleurs et des droits de l'homme.

« "Mes sœurs, je vais vous faire une promesse, leur ai-je dit. Je donnerais ma vie pour que le petit Harry ait une vie heureuse. Harry sera notre *mitzvah*. Indiquez-moi les éducateurs auxquels le confier, et il sera devant eux à l'heure dite, en chemise blanche. Je vous garantis qu'il aura une éducation à l'école privée de votre choix, de la belle musique sur le gramophone et un foyer dont tous les orphelins rêvent, du saumon sur la table, des conversations élevées, sa chambre à lui, un matelas en duvet." A cette époque, j'étais en pleine ascension. Fini le *shmattè*. Les clubs de golf, les chaussures sur mesure et le palais en Ombrie étaient à portée de main. On se voyait déjà millionnaires en moins de deux.

– Et où était Cherry ?

– Partie, mon petit Harry, confie Benny d'une voix tragique. Ta mère s'était fait la malle et on ne peut pas lui en vouloir. Une lettre d'une tante du comté de Mayo nous a appris que la pauvre Cherry était épuisée par toutes les occasions que les sœurs lui fournissaient de se laver de ses péchés.

– Et mon père ?

– Sous la terre, mon garçon, dit Benny, retombant dans le désespoir et essuyant ses larmes. Ton père, mon frère. Là où je devrais être pour t'avoir obligé à faire ce que tu as fait. Mort de honte, selon moi, comme ça manque de m'arriver chaque fois que je te vois ici. C'est la faute de ces robes d'été. Il n'y a rien de plus déprimant au monde que cinq cents robes d'été invendues à l'automne, comme le sait le premier *schlemiel* venu. Chaque jour qui passait rendait la police d'assurance de plus en plus tentante. J'étais l'esclave des convenances, voilà ce que j'étais, Harry. Mais le pire, c'est que je t'ai fait porter le chapeau.

– Je suis les cours, lui dit Pendel pour lui remonter le moral au moment où la sonnerie retentit. Je serai le meilleur coupeur au monde. Tiens, regarde ça. »

Et il lui montre un morceau de tissu d'uniforme de prisonnier qu'il a chipé à la réserve et taillé sur mesure.

Lors de sa visite suivante, un Benny rongé par la honte offre à Pendel une icône de la Vierge Marie dans un cadre de métal qui, dit-il, lui rappelle les jours où, tout gamin, il se faufilait hors du ghetto de Lvov pour regarder les *goyim* prier. Elle est à Bethania aujourd'hui, au chevet de Pendel sur la table en rotin à côté du réveil, son pâle sourire d'Irlandaise aux lèvres, et le regarde enlever son uniforme de détenu trempé de sueur pour se glisser dans le lit auprès de Louisa et lui voler un peu du sommeil des innocents.

Demain, se dit-il. Je lui dirai demain.

*

* *

« Harry, c'est toi ? »

Mickie Abraxas, le grand révolutionnaire clandestin, le héros secret des étudiants, saoul mais lucide à 2 h 50, jurait ses grands dieux qu'il allait se tuer parce que sa femme l'avait chassé.

« Où es-tu ? dit Pendel en souriant dans l'obscurité, parce que Mickie, aussi fauteur de trouble pût-il être, resterait à vie un compagnon de cellule.

– Nulle part. Je suis à la rue comme un clochard.

– Mickie ?

– Quoi ?

– Où est Ana ? »

Ana était la *chiquilla* actuelle de Mickie, une amie d'enfance de Marta, une femme solide et à l'esprit pratique, originaire du Paraguay, qui semblait accepter Mickie tel qu'il était. Marta les avait présentés l'un à l'autre.

« Bonjour, Harry ! lança joyeusement Ana.

– Bonjour. Il a beaucoup bu, Ana ?

– Je ne sais pas. Il dit qu'il est allé au casino avec Rafi Domingo, qu'il a bu de la vodka et perdu de l'argent. Il a peut-être pris un peu de cocaïne aussi, mais il a oublié. Il transpire comme un bœuf. J'appelle un médecin ? »

Avant même que Pendel ait pu répondre, Mickie avait repris le combiné.

« Harry, je t'aime.

– Je sais, Mickie, ça me touche beaucoup. Moi aussi, je t'aime.

– Tu as parié sur ce cheval ?

– Oui, Mickie, je dois le dire, j'ai parié sur ce cheval.

– Je suis désolé, Harry. Tu entends ? Je suis désolé.

– Ce n'est pas grave, Mickie. Il n'y a pas de mal. Même de bons chevaux peuvent perdre.

– Je t'aime, Harry. Tu es mon meilleur ami, tu m'entends ?

– Bon, alors tu n'as pas besoin de te supprimer, Mickie, hein ? dit gentiment Pendel. Tu as Ana et tu as un ami.

– Tu sais ce qu'on va faire, Harry ? On va partir en week-end ensemble, toi, moi, Ana et Marta. On ira pêcher, on baisera...

– Allez, va te coucher, Mickie, conclut fermement Pendel. Demain matin, tu viendras pour ton essayage, tu mangeras un sandwich et on discutera tranquillement, d'accord ? Parfait. Bonne nuit.

– Qui était-ce ? demanda Louisa quand il eut raccroché.

– Mickie. Sa femme l'a encore jeté dehors.

– Pourquoi ?

– Parce qu'elle a une liaison avec Rafi Domingo, expliqua Pendel, cherchant à saisir la logique inéluctable de la vie.

– Pourquoi il ne lui donne pas une bonne beigne ?

– A qui ? demanda bêtement Pendel.

– A sa femme, Harry, enfin, à qui d'autre ?

– Il est fatigué. Noriega lui a pompé toute son énergie. »

Hannah grimpa dans leur lit, suivie de Mark et du nounours géant qu'il avait abandonné des années plus tôt.

*
* *

C'était demain, donc il lui avoua tout.

Je l'ai fait pour qu'on me prenne au sérieux, lui dit-il quand elle fut profondément endormie.

Pour te soutenir quand tu en aurais besoin.

Te donner une épaule sur laquelle pleurer, mais une épaule vraiment solide.

Faire de moi un homme meilleur pour la fille d'un ouvrier du canal qui bafouille un peu, qui prend le mors aux dents quand elle est menacée et qui oublie de marcher à petits pas alors que sa mère lui a dit pendant vingt ans que si elle ne se pliait pas à cette règle elle ne se marierait jamais comme Emily.

Et qui pense qu'elle est trop laide et trop grande alors que toutes les femmes autour d'elle ont la bonne taille et sont sexy comme Emily.

Et qui jamais, au grand jamais, pas même dans ses pires moments d'instabilité et de vulnérabilité, pas même pour se venger d'Emily, n'aurait rendu à Benny le service de mettre le feu à son entrepôt, en commençant par les robes d'été.

Pendel alla s'asseoir dans le fauteuil et se mit une couverture sur les jambes, laissant son lit aux innocents.

*
* *

« Je ne serai pas là de la journée, prévint-il Marta en arrivant à la boutique le lendemain matin. Il faudra que tu t'occupes des clients.

– Vous avez l'ambassadeur de Bolivie à 11 heures.

– Reporte le rendez-vous. J'ai besoin de te voir.

– Quand ça ?

– Ce soir. »

*

* *

Jusque-là, ils y étaient allés en famille, pour pique-niquer à l'ombre des manguiers en regardant les faucons, les orfraies et les vautours planer sur l'aile de la brise étouffante, et les cavaliers sur leurs chevaux blancs tels les derniers survivants de l'armée de Pancho Villa. D'autres fois, ils halaient le canot pneumatique à travers les rizières inondées, Louisa en short dans l'eau, ravie de jouer les Katharine Hepburn d'*African Queen* pour les beaux yeux de Pendel-Bogart, Mark les suppliant d'être prudents et Hannah lui criant de ne pas faire sa poule mouillée.

D'autres fois encore, ils prenaient le 4 × 4 et suivaient les pistes de poussière jaunâtre qui s'arrêtaient net à la lisière de la jungle ; alors, pour la plus grande joie des enfants, Pendel poussait un hurlement de désespoir façon oncle Benny en faisant croire qu'ils étaient perdus. C'était vrai, d'ailleurs, mais bientôt, à cinquante mètres de là, se dressaient les tours argentées de l'usine au milieu des palmiers.

Ou bien ils y allaient pendant la récolte, juchés à deux sur de gigantesques moissonneuses chenillées dont les fléaux à l'avant battaient le riz et soulevaient des nuages d'insectes. L'air moite, étouffant, écrasé sous la chape d'un ciel bas. Les champs uniformément plats se prolongeant en mangroves, qui elles-mêmes se fondaient dans la mer.

Mais aujourd'hui, le Grand Chef s'y rendait seul en voiture et les moindres détails lui semblaient de mauvais présages : les barbelés agressifs des dépôts de munitions américains qui lui rappelaient le père de Louisa, les pancartes moralisatrices disant « Jésus est notre Seigneur », les villages en carton des squatteurs accrochés au flanc de chaque colline : très bientôt, je serai des vôtres.

Et après ces visions sordides, dix minutes du paradis perdu de Pendel : des étendues onduleuses de cette terre rouge du Devon, souvenir des classes de vacances à Okehampton. Des vaches anglaises qui le regardaient du fond des bananeraies. Même la cassette de Haydn sur son autoradio ne pouvait effacer leur mélancolie. En s'engageant sur la route menant à la ferme, il se demanda à quand remontait la dernière fois où il avait demandé à Angel de combler ces maudits nids-de-poule. La vue d'Angel en bottes d'équitation, chapeau de paille et chaînes dorées au cou ne fit qu'aviver sa colère. Ils roulèrent jusqu'à l'endroit où le voisin travaillant pour la compagnie de Miami avait creusé sa tranchée dans la rivière de Pendel.

« Vous savez quoi, mon ami Harry ?

– Quoi ?

– Ce que ce juge a fait est immoral. Ici, au Panama, quand on achète quelqu'un on compte sur sa loyauté. Et vous savez aussi sur quoi on compte, mon ami ?

– Non.

– Un accord, c'est un accord. Pas de supplément, pas de pression, pas de revenez-y. Moi, je dis que ce type est asocial.

– Bon, alors, qu'est-ce qu'on fait ?

– Vous voulez mon avis, Harry ? fit Angel en haussant les épaules avec l'air satisfait de ceux qui adorent les mauvaises nouvelles. Vous voulez que je vous parle franchement ? En ami ? »

Ils avaient atteint la rivière. Sur l'autre berge, les gorilles du voisin s'obstinaient à ne pas remarquer la présence de Pendel.

La tranchée était devenue un canal. En contrebas, le lit de la rivière était asséché.

« Mon avis, Harry, c'est qu'il faut négocier. Réduire les pertes au minimum, conclure un accord. Vous voulez que je tâte le terrain, avec ces types ? Que j'engage le dialogue ?

– Non.

– Alors, allez voir votre banquier. Ramón est dur en affaires. Il saura leur parler pour vous.

– Comment se fait-il que vous connaissiez Ramón Rudd ?

– Tout le monde connaît Ramón. Écoutez, je ne suis pas seulement votre métayer, d'accord ? Je suis votre ami. »

Mais Pendel n'avait pas d'amis, excepté Marta et Mickie, et peut-être M. Charlie Blüthner qui habitait à quinze kilomètres de là le long de la côte et l'attendait pour une partie d'échecs.

*

* *

« Blüthner, comme les pianos ? avait demandé Pendel à Benny une éternité plus tôt, sur l'embarcadère de Tilbury balayé par la pluie, d'où ils regardaient le vieux cargo rouillé qui allait emmener le prisonnier libéré vers la prochaine étape de sa rude existence.

– Exactement, mon petit Harry, et il a une dette envers moi, répondit Benny, mêlant ses larmes à la pluie. Charlie Blüthner est le roi du *shmattè* au Panama, et il n'en serait pas là aujourd'hui si Benny n'était pas resté *shtoum* pour lui comme tu l'as fait pour moi.

– Tu as brûlé ses robes d'été ?

– Pire que ça, mon garçon, et il ne l'a jamais oublié. »

Pour la première et dernière fois, ils s'étreignirent. Pendel pleurait aussi, sans trop savoir pourquoi, car sa seule pensée en montant d'un pas allègre sur la passerelle était : je suis libre, et je ne reviendrai plus jamais.

M. Blüthner s'était montré à la hauteur des promesses de Benny. Pendel avait à peine débarqué au Panama qu'une Mercedes bordeaux avec chauffeur l'emmenait de sa minable petite chambre de Calidonia à la magnifique villa de Blüthner, au cœur d'un vaste domaine parfaitement entretenu, avec vue sur le Pacifique, sols en mosaïque, écuries climatisées, tableaux de Nolde, et diplômes encadrés et éclairés émanant d'universités américaines fictives aux noms ronflants qui rendaient hommage à M. Blüthner, leur bien-aimé professeur, maître, administrateur, etc. Sans oublier un piano droit rapporté du ghetto.

En quelques semaines, Pendel s'était senti le fils chéri de M. Blüthner, et avait pris naturellement place parmi des enfants et petits-enfants bruyants et turbulents, des tantes imposantes, des oncles grassouillets et des domestiques en livrée vert pastel. Au cours des fêtes de famille et du *kiddoush*, Pendel chantait faux, mais personne ne s'en souciait. Il jouait mal au golf sur leur terrain privé, sans même s'excuser. Il s'ébattait joyeusement à la plage avec les enfants, conduisait à tombeau ouvert les buggys familiaux dans les dunes de sable noir, jouait avec les chiens patauds auxquels il lançait des mangues tombées des arbres, regardait les escouades de pélicans se propulser au-dessus de la mer et il croyait en tout cela : leur foi, la légitimité de leur fortune, les bougainvilliées, les milliers de verts différents, et leur respectabilité qui irradiait bien plus intensément que le petit brasier allumé par l'oncle Benny au moment des difficultés matérielles de M. Blüthner.

Et la bonté de M. Blüthner s'étendait au-delà de sa demeure. Lorsque Pendel se lança dans le métier de tailleur à façon, ce fut la Blüthner Compañia Limitada qui lui accorda un crédit de six mois sur leur immense entrepôt de textile à Colón, et les recommandations de Blüthner qui lui amenèrent ses premiers clients et lui ouvrirent ses premières portes. Mais quand Pendel voulut le remercier, ce petit bonhomme tout ridé et chauve lui dit en hochant la tête : « Remercie ton oncle Benny », plus son conseil habituel : « Trouve-toi une bonne épouse juive, Harry. Ne nous quitte pas. »

Même du jour où Pendel épousa Louisa, il continua de rendre visite à M. Blüthner, mais en cachette. Le foyer des Blüthner devint son paradis secret, une sorte de lieu de pèlerinage où il se rendait seul sous un prétexte quelconque. Et M. Blüthner, en échange, préféra ignorer l'existence de Louisa.

*
* *

« J'ai un petit problème de liquidité, monsieur Blüthner, avoua Pendel une fois qu'ils furent assis devant leur échiquier sur la véranda nord (il y en avait une de chaque côté du promontoire, pour que M. Blüthner ne s'expose jamais au vent).

– A cause de la ferme rizicole ? » demanda M. Blüthner.

Il avait une mâchoire d'acier quand il ne souriait pas, et là il ne souriait pas. Son regard éteint semblait endormi, comme souvent.

« Et aussi du magasin, avoua Pendel en rougissant.

– Tu as hypothéqué le magasin pour financer la ferme, Harry ?

– Enfin, c'est une façon de parler, monsieur Blüthner. Alors, voilà, je suis en quête d'un millionnaire fou », ajouta-t-il sur le mode humoristique.

M. Blüthner réfléchissait toujours longuement quand il jouait aux échecs ou qu'on lui demandait de l'argent. Il restait immobile, presque sans respirer, rappelant à Pendel l'attitude de certains vieux taulards.

« Soit un homme est fou, soit il est millionnaire, finit par dire M. Blüthner. Harry, mon garçon, c'est la loi. On doit payer le prix de ses rêves. »

*
* *

Comme toujours quand il allait chez elle, il conduisait avec nervosité, en empruntant 4th July Avenue qui avait jadis marqué la frontière de la zone du canal. A sa gauche en contrebas le golfe, à sa droite en hauteur Ancón Hill, entre les deux El Chorillo reconstruit, avec un carré de prairie trop verte sur l'ancien emplacement de la *comandancia* et son pâté de tours d'habitation délabrées, zébrées de teintes pastel, élevées en guise de dédommagement. Marta habitait dans celle du milieu. Pendel monta d'un pas prudent l'escalier crasseux, car la dernière fois on lui avait uriné dessus du haut de la cage plongée dans une totale obscurité, et tout l'immeuble avait résonné de sifflets et de rires hystériques, comme en prison.

« Soyez le bienvenu », dit-elle d'un ton grave après avoir débloqué les quatre verrous de la porte.

Ils s'allongèrent sur le lit, comme d'habitude, tout habillés et sans se toucher, les petits doigts secs de Marta repliés au creux de la paume de Pendel. Il n'y avait pas de siège, et très peu de place. L'appartement comprenait une seule pièce minuscule séparée en deux par des tentures marron : un petit coin pour la toilette, un autre pour la cuisine, et le dernier en guise de chambre. Tout contre l'oreille gauche de Pendel, une vitrine contenait les petits animaux en porcelaine de la défunte mère de Marta, et au bout de ses pieds en chaussettes se dressait un tigre en céramique d'un mètre de haut offert à sa mère par son père pour leur vingt-cinquième anniversaire de mariage, trois jours avant qu'ils ne soient pulvérisés par l'explosion. Et si Marta était allée avec eux ce soir-là rendre visite à sa sœur mariée au lieu de rester couchée à panser ses plaies, elle aurait été pulvérisée elle aussi, car sa sœur habitait dans la première rue à avoir été touchée, une rue aujourd'hui introuvable, ainsi d'ailleurs que les parents de Marta, sa sœur, son beau-frère, sa nièce de six mois et leur chat roux, Hemingway. Les corps, les décombres et la rue entière avaient été officiellement rayés de ce monde.

« Je voudrais que tu retournes habiter dans ton ancien logement, lui dit-il comme à chaque visite.

– Impossible. »

Impossible, parce que ses parents avaient vécu sur l'emplacement de ce même immeuble.

Impossible, parce que c'était ici, son Panama.

Impossible, parce que son cœur était auprès de ses morts.

Ils parlaient peu, préférant évoquer en pensée l'horrible drame qui les liait secrètement.

Une belle et jeune employée idéaliste a pris part à une manifestation publique contre le tyran. Elle arrive hors d'haleine et effrayée sur son lieu de travail. Le soir, son patron lui propose de la ramener en voiture chez elle, sans doute parce que, soumis à la pression de ces dernières semaines, ils se sentent irrésistiblement attirés l'un vers l'autre. Le rêve d'un Panama meilleur devient comme le rêve d'une vie partagée, et même Marta reconnaît que seuls les *Yanquis* peuvent remédier à la fâcheuse situation qu'ils ont créée et qu'ils doivent agir vite. Ils sont arrêtés en route par un barrage de Batdingues qui veulent savoir pourquoi Marta porte un chemisier blanc, symbole de l'opposition à Noriega. Non satisfaits de la réponse, ils la défigurent. Pendel allonge une Marta ensanglantée sur la banquette arrière de sa voiture et conduit à tombeau ouvert, fou de panique, jusqu'à l'université – Mickie est aussi étudiant, à l'époque –, et miraculeusement, il le trouve à la bibliothèque, et c'est la seule personne dont il soit totalement sûr. Mickie connaît un médecin, l'appelle, le menace, l'achète. Mickie prend le volant du 4 × 4, Pendel s'assied à l'arrière avec la tête de Marta sur les genoux, et le sang qui s'écoule trempe son pantalon et abîme à jamais le tissu des sièges de la familiale. Le médecin fait de son pire, Pendel prévient les parents de Marta, donne de l'argent, se douche et se change au magasin, rentre chez lui en taxi retrouver Louisa, mais reste incapable pendant trois jours d'expliquer ce qui s'est passé, en proie à un sentiment de culpabilité et de crainte. Il préfère lui raconter une histoire farfelue sur un parfait imbécile qui a embouti l'aile du 4 × 4, il est bon pour la casse, Lou, il faut que j'en rachète un neuf, j'ai parlé au gars de l'assurance, apparemment il n'y aura pas de problème. Marta s'est retrouvée prise dans une bagarre d'étudiants, trouve-t-il le courage d'annoncer d'un ton réprobateur au bout de cinq jours. Visage défiguré, très abîmé. Longue convalescence. Je lui ai promis de la reprendre au magasin quand elle sera guérie.

« Ah, commente Louisa.

– Et Mickie est en prison, enchaîne-t-il sans préciser que le veule médecin l'a dénoncé, et qu'il aurait sans doute dénoncé Pendel s'il avait connu son nom.

– Ah », répète Louisa.

*

* *

« La raison ne fonctionne que si les émotions interviennent, déclara Marta, portant les doigts de Pendel à ses lèvres et les baisant l'un après l'autre.

– Qu'est-ce que ça signifie ?

– Je l'ai lu quelque part. Vous semblez perplexe au sujet de quelque chose. J'ai pensé que ça pourrait aider.

– La raison est par définition logique, fit-il remarquer.

– La logique n'existe que si les émotions sont en jeu. Vous voulez faire quelque chose, alors vous le faites. Ça, c'est logique. Vous voulez faire quelque chose et vous ne le faites pas, c'est un dysfonctionnement de la raison.

– J'imagine que c'est vrai, alors ? fit Pendel qui ne croyait à aucune abstraction sinon les siennes. Enfin, je dois reconnaître que tous ces livres te donnent le jargon. On dirait un vrai petit professeur, et tu n'as même pas passé tes examens encore. »

Elle ne le harcelait jamais, et c'est pourquoi il venait la voir sans crainte. Elle semblait savoir qu'il ne disait jamais la vérité, qu'il gardait tout pour lui par courtoisie. Alors le peu qu'il lui confiait était très précieux pour eux deux.

« Osnard est comment ? demanda-t-elle.

– Que veux-tu dire ?

– Pourquoi pense-t-il qu'il a une emprise sur vous ?

– Il sait des choses.

– Sur votre compte ?

– Oui.

– Je les connais, moi aussi ?

– Je ne crois pas.

– De vilaines choses ?

– Oui.

– Je ferai tout ce que vous voulez. Je vous aiderai, quoi qu'il advienne. Si vous voulez que je le tue, je le tuerai et j'irai en prison.

– Au nom de l'autre Panama ?

– Non, pour vous. »

*

* *

Ramón Rudd avait des parts dans un casino de la vieille ville, et aimait aller s'y détendre. Ils se perchèrent sur un banc en velours, avec vue sur des femmes aux épaules nues et des croupiers aux yeux bouffis assis à des tables de roulette désertes.

« Je vais éponger ma dette, Ramón, dit Pendel. L'emprunt, les intérêts, tout. Je vais effacer complètement l'ardoise.

– Avec quoi ?

– Disons que j'ai rencontré un millionnaire fou. »

Ramón aspira de la citronnade avec sa paille.

« Je vais aussi vous racheter votre ferme, Ramón. Elle est trop petite pour être rentable, et vous n'y êtes pas pour sa valeur agricole. Vous y êtes pour me plumer. »

Rudd se regarda dans la glace et n'eut pas l'air impressionné par son reflet.

« Vous avez un autre business à côté dont je ne connaîtrais pas l'existence ?

– Si seulement c'était vrai, Ramón.

– Un truc au noir, alors ?

– Non plus, Ramón.

– Parce que si c'est le cas, je veux être dans le coup. Je vous prête de l'argent, alors vous devez tout me dire sur vos affaires. Ça, c'est moral, c'est juste.

– Je ne suis pas d'humeur très morale, ce soir, Ramón, pour être honnête. »

Rudd y réfléchit et sembla trouver cela triste.

« Vous avez un millionnaire fou derrière vous, alors vous me payez 6 000 l'hectare », déclara-t-il, citant une autre règle morale incontournable.

Pendel négocia à 4 000 et rentra chez lui.

*

* *

Hannah avait de la fièvre.

Mark voulait faire un match de ping-pong en trois sets.

La domestique chargée de la lessive était de nouveau enceinte.

Celle chargée des sols se plaignait de ce que le jardinier lui avait fait des avances.

Le jardinier insistait sur le fait qu'à soixante-dix ans il avait bien le droit de faire des avances à qui il voulait.

Le saint Ernesto Delgado était rentré de Tokyo.

*

* *

En arrivant au magasin le lendemain matin, Harry Pendel passa ses troupes en revue d'un œil morne. D'abord ses finisseuses kunas, puis ses culottiers italiens, ses giletiers chinois et pour finir, señora Esmeralda, mulâtresse assez âgée aux cheveux roux, qui ne faisait que des gilets du matin au soir et s'en portait très bien. Tel un grand chef à la veille d'une bataille, il eut un mot d'encouragement pour chacun, sauf que c'est lui qui en avait le plus besoin, pas ses troupes. Aujourd'hui, c'était jour de paye, et tout le personnel était de fort bonne humeur. Pendel alla s'enfermer dans son atelier de coupe, déroula deux mètres de papier brun sur la table, installa son carnet sur son support en bois et, aux accents mélodieux et tristes d'Alfred Deller, entreprit minutieusement d'ébaucher les contours du premier des deux complets en alpaga d'Andrew Osnard, réalisés par MM. Pendel & Braithwaite Co., Limitada, tailleurs près la royauté, anciennement installés dans Savile Row.

L'homme d'affaires mûr, le grand adepte du pour et du contre, l'expert imperturbable des situations, allait voter par l'entremise de ses grands ciseaux.

CHAPITRE 7

L'annonce faite d'un ton navré par l'ambassadeur Maltby qu'un certain M. Andrew Osnard – on dirait un nom d'oiseau, songea-t-il – viendrait bientôt grossir les rangs de l'ambassade britannique au Panama provoqua incrédulité et appréhension chez son dévoué premier conseiller Nigel Stormont.

Tout ambassadeur normalement constitué aurait bien sûr pris son premier conseiller à part, ne serait-ce que par pure courtoisie : « Au fait, Nigel, j'ai pensé que vous deviez être le premier à l'apprendre... » Mais après une année à travailler ensemble, ils avaient dépassé le stade où la courtoisie élémentaire allait de soi. En outre, Maltby tirait gloire de faire de bonnes petites surprises. Il conserva donc la nouvelle par-devers lui jusqu'à sa réunion de travail du lundi matin, que Stormont considérait en son for intérieur comme le pire moment de la semaine.

Ses collaborateurs, une très belle femme et trois hommes dont Stormont, étaient assis sur des chaises chromées disposées en demi-cercle devant son bureau. Maltby leur faisait face tel le rejeton d'une gent physiquement et financièrement moins favorisée. Il approchait la cinquantaine, mesurait 1,90 mètre, avait une mèche rabougrie de cheveux noirs sur le front, un diplôme mention très bien dans une matière inutile, et affichait en permanence un rictus qu'il ne fallait surtout pas prendre pour un sourire. Quand il posait son regard sur sa belle assistante, on sentait qu'il aurait voulu la dévorer des yeux mais ne l'osait, et il détournait aussitôt son visage vers le mur d'un air gêné sans effacer son rictus. Le soleil matinal jouait sur les pellicules qui s'étaient déposées sur son veston, accroché au dossier de sa chaise. Il avait un goût tapageur en matière de chemises, et celle de ce matin devait bien faire dix-neuf rayures de large. C'est du moins ce que pensa Stormont, qui détestait jusqu'au sol que foulait Maltby.

*

* *

Maltby ne se conformait pas plus que son ambassade à l'apparat de la bureaucratie anglaise à l'étranger : point de grille en fer forgé, de portique doré, de grand escalier, de portraits d'hommes du XVIIIe siècle ceints d'une écharpe pour inspirer l'humilité aux barbares des races inférieures. Son petit coin d'Angleterre impériale flottait à un quart de la hauteur du gratte-ciel du plus grand cabinet d'avocats panaméen, en haut duquel trônait l'emblème d'une banque suisse.

La porte de l'ambassade, à laquelle on accédait en effleurant un bouton dans un ascenseur silencieux, était en acier blindé plaqué chêne anglais. Armoiries royales, air climatisé, silence recueilli, une atmosphère de funérarium version high-tech. Fenêtres et portes avaient été renforcées pour décourager les Irlandais et teintées pour décourager le soleil. Pas un murmure du monde réel n'y filtrait. La circulation, les grues, les bateaux, la vieille ville et la ville nouvelle, la brigade de femmes en tunique orange ramassant les feuilles sur le terre-plein central de l'Avenida Balboa étaient autant de spécimens muets derrière les vitres du laboratoire de Sa Majesté. Dès que l'on mettait un pied dans cet espace aérien anglais extra-territorial, on regardait à l'intérieur, pas à l'extérieur.

*
* *

Le conseil avait rapidement évoqué la possibilité que le Panama devienne signataire de l'ALENA (minime, d'après Stormont) ; les relations du Panama avec Cuba (alliances commerciales douteuses sur fond de trafic de drogue, selon Stormont) ; et l'impact des élections au Guatemala sur le paysage politique panaméen (nul, comme Stormont en avait déjà informé le Département). Fidèle à son habitude, Maltby s'était étendu sur le sujet fastidieux du canal, l'omniprésence des Japonais, les Chinois continentaux qui se faisaient passer pour des émissaires de Hong Kong, et d'étranges rumeurs dans la presse panaméenne selon lesquelles un consortium franco-péruvien se proposait de racheter le canal grâce au savoir-faire français et aux narcodollars colombiens. A ce stade des débats, à la fois par ennui et par souci d'autojustification, Stormont se laissa aller à un examen pénible de son parcours :

Stormont, Nigel, né il y a trop longtemps, études médiocres à Shrewsbury, puis Jesus College à Oxford. 10 en histoire comme tout le monde, divorcé comme tout le monde – sauf que mes frasques à moi ont fait les journaux du dimanche. Finalement remarié avec Patricia, Paddy pour les intimes, incomparable ex-épouse d'un cher collègue de l'ambassade d'Angleterre à Madrid, qui a bien essayé de m'immoler avec une coupe en argent pleine de vin chaud pendant le Noël du Département. Actuellement en détention pour trois ans à

Sing Sing au Panama, population locale : 2,6 millions dont un quart sans emploi et la moitié en dessous du seuil de pauvreté. Le chef du personnel ne sait pas trop quoi faire de moi ensuite, sinon me mettre au placard, confer leur réponse alambiquée d'hier à ma lettre d'il y a six semaines. Et la toux incessante de Paddy qui m'angoisse – quand diable ces foutus médecins trouveront-ils un remède ?

« Mais pourquoi pas un vilain consortium anglais, pour une fois ? se plaignait Maltby d'une petite voix nasillarde. J'adorerais me retrouver aux prises avec un diabolique complot anglais. Ça ne m'est jamais arrivé. Et vous, Fran ?

– Hélas ! répondit la belle Francesca Deane avec un sourire narquois.

– Hélas oui ?

– Hélas non. »

Maltby n'était pas le seul homme que Francesca rendait fou : la moitié du Panama lui courait après. Un corps de rêve et le cerveau assorti ; la blonde porcelaine anglaise qui faisait succomber tous les Latins. Stormont la voyait parfois à des soirées, courtisée par les plus beaux partis panaméens qui la suppliaient tous de sortir avec eux. Mais à 23 heures elle était déjà au lit chez elle avec un livre, et le lendemain matin à 9 heures elle arrivait au bureau en tailleur noir de rigueur et sans maquillage, prête pour une nouvelle journée au paradis.

« Vous ne trouveriez pas ça amusant, Gully, une manœuvre anglaise top secrète pour transformer le canal en élevage de truites ? demanda Maltby avec un humour pachydermique au lieutenant Gulliver de la Marine royale, l'intendant de l'ambassade, un tout petit homme tiré à quatre épingles. Les alevins dans les écluses de Miraflores, les truitelles dans le Pedro Miguel et les adultes dans le lac Gatún ? Moi, je trouve cette idée épatante. »

Gully partit d'un rire bruyant. L'intendance était le cadet de ses soucis. Sa mission était de caser le plus possible d'armes britanniques, notamment de mines terrestres, à quiconque avait assez de narcodollars pour se les payer.

« Épatante, monsieur l'ambassadeur, épatante ! s'esclaffa-t-il avec sa jovialité de corps de garde en tirant un mouchoir à pois de sa manche pour s'en frotter le nez. A propos, j'ai pêché un superbe saumon, ce week-end. 22 livres. J'ai dû faire deux heures de route pour trouver un bon coin, mais ça en valait la peine. »

Gulliver avait pris part à l'intervention aux Malouines, ce qui lui avait rapporté une jolie médaille. Depuis, à la connaissance de Stormont, il n'avait jamais retraversé l'Atlantique. Quand il était saoul, il lui arrivait de lever son verre à la santé « d'une petite dame bien patiente de l'autre côté de la mer » en poussant un soupir. Mais un soupir de soulagement, pas de nostalgie.

*
* *

« Conseiller politique ? » répéta Stormont.

Il avait dû parler plus fort qu'il ne le pensait. Peut-être s'était-il assoupi. Après avoir veillé Paddy toute la nuit, cela n'aurait rien eu de surprenant.

« Mais c'est moi le conseiller politique, monsieur l'ambassadeur. La chancellerie est la section politique. Pourquoi ne l'a-t-on pas affecté à la chancellerie, dans ce cas ? Dites-leur non. Et ne cédez pas.

– J'ai bien peur que ce ne soit impossible, Nigel, l'affaire est entendue, précisa Maltby de ce ton pontifiant qui horripilait Stormont. Avec les réserves d'usage, bien sûr. Nous avons faxé une vague protestation au service du personnel. C'était une ligne non protégée, donc discrétion oblige. C'est fou ce que coûte l'encodage, de nos jours. Il est vrai qu'entre les machines et les opératrices intelligentes que cela nécessite..., ajouta-t-il, son rictus se muant en un sourire penaud à l'intention de Francesca. Mais bon, nous avons défendu notre position, et leur réponse était prévisible : comprenons votre point de vue, fin de non-recevoir. C'est assez légitime, d'ailleurs. Si nous étions au service du personnel, nous aurions eu la même attitude. Ils n'ont pas plus le choix que nous, étant donné les circonstances. »

Le mot « circonstances » ainsi ajouté en post-scriptum donna à Stormont un premier soupçon, mais le jeune Simon Pitt s'exprima avant lui. Grand, blond, l'air futé, il arborait un catogan que l'autoritaire épouse de Maltby lui avait en vain ordonné de couper. Comme nouvelle recrue, il s'était vu confier toutes les tâches dont personne ne voulait : visas, renseignements au public, pannes du réseau informatique, ressortissants britanniques et autres occupations subalternes.

« Il pourrait reprendre certaines de mes affectations, monsieur, proposa-t-il effrontément en levant la main. Les "Rêves d'Albion", par exemple. »

Il s'agissait d'une collection itinérante d'aquarelles anglaises en train de croupir dans un entrepôt des douanes panaméennes, au plus grand désespoir du British Council à Londres. Maltby choisit ses mots avec encore plus de soin qu'à l'accoutumée :

« Oh non, Simon, il est hors de question qu'il se charge des "Rêves d'Albion", répliqua-t-il en prenant entre ses doigts effilés un trombone qu'il entreprit de disloquer. Osnard n'est pas à proprement parler l'un des nôtres, voyez-vous. Il serait plutôt l'un des leurs, si vous me suivez. »

Et même alors, curieusement, Stormont ne fit pas la déduction qui s'imposait.

« Pardon, monsieur l'ambassadeur, je n'ai pas bien saisi. Un des leurs ? C'est un contractuel ? Ou alors, il est détaché de l'industrie ? fit-il en frémissant d'horreur.

– Non, soupira patiemment Maltby en triturant son trombone. Non, Nigel, pour autant que je le sache, il n'est pas détaché de l'industrie. Il se peut qu'il le soit, mais je n'en sais rien. Je ne sais rien sur son passé et très peu sur son présent. Quant à son avenir, c'est le mystère complet. C'est un Ami. Pas un ami, je m'empresse de le préciser, quoique j'espère que nous ferons tous en sorte qu'il le devienne. Non, un Ami avec un grand a, vous me suivez ? fit-il avant de marquer une pause pour que les esprits plus lents le rattrapent. Il vient de l'autre côté du parc, Nigel. Enfin, de l'autre côté du fleuve, maintenant, puisqu'il paraît qu'ils ont déménagé. Ce n'est plus le parc, c'est le fleuve.

– Vous voulez dire que les Amis ouvrent une station ici, au Panama ? demanda Stormont, qui venait de retrouver sa langue. Ce n'est pas possible.

– Intéressant. Pourquoi pas ?

– Mais ils sont partis, ils se sont retirés ! A la fin de la guerre froide, ils ont fermé la boutique et laissé le champ libre aux Américains. Ils ont un accord de partage des données à condition de garder leurs distances. Je suis même membre du comité qui supervise l'échange d'informations.

– C'est vrai, Nigel, et vous y faites un excellent travail, permettez-moi de vous le dire.

– Alors, qu'est-ce qui a changé ?

– Les circonstances, il faut croire. La guerre froide finie, les Amis sont partis. Maintenant, la guerre froide recommence et les Américains s'en vont. Je ne fais que deviner, Nigel, je n'en sais rien, pas plus que vous. Ils ont redemandé leur ancien poste, et nos supérieurs ont décidé de le leur accorder.

– Combien sont-ils ?

– Un seul pour l'instant. Si ça marche, ils en réclameront certainement plus. Peut-être verrons-nous le retour de ces jours glorieux où la fonction principale du service diplomatique était de leur fournir des couvertures.

– Les Américains sont au courant ?

– Non, et il n'en est pas question. L'activité réelle d'Osnard ne doit rester connue que de nous. »

Stormont digérait encore l'information quand Francesca rompit le silence. Fran avait l'esprit pratique. Trop pratique, parfois.

« Il travaillera ici, à l'ambassade ? Enfin, concrètement, je veux dire ? »

Maltby prenait avec elle un ton et un air différents, à la fois impérieux et caressants.

« Tout à fait, Fran. Concrètement et théoriquement.

– Il aura du personnel ?

– On nous a demandé de lui fournir un assistant.

– Homme ou femme ?

– Cela reste à décider. Enfin, sans doute pas par la personne en question, quoique, de nos jours, on ne peut être sûr de rien..., ajouta-t-il en ricanant.

– Quel grade a-t-il ? demanda Simon Pitt.

– Enfin, Simon, les Amis ont-ils des grades ? Voilà qui est drôle ! Pour moi, leur position est un grade en soi, vous ne trouvez pas ? Il y a nous tous, et eux viennent après. Mais peut-être voient-ils les choses différemment. Il a fait Eton. C'est curieux, ces détails que vous donne le Foreign Office alors qu'il vous en cache d'autres. Mais, bon, pas de parti pris surtout..., dit Maltby, qui lui-même avait fait Harrow.

– Il parle espagnol ? demanda Francesca.

– Couramment paraît-il, Fran. Mais pour moi, ce n'est pas une garantie. Un homme qui se ridiculise en trois langues me semble trois fois plus crétin que celui qui se limite à la sienne.

– Quand arrive-t-il ? intervint Stormont.

– Vendredi 13, c'est de circonstance. Enfin, c'est la date que l'on m'a indiquée, en tout cas.

– Mais c'est dans huit jours ! protesta Stormont.

– Ah oui ? fit l'ambassadeur, étirant son long cou en direction d'un calendrier orné d'une photographie de la reine en chapeau à plume. Ah oui, en effet.

– Il est marié ?

– Pas que je sache, Simon.

– Ce qui veut dire non ?

– On ne m'a pas dit qu'il l'était et, comme il a demandé un logement de célibataire, j'imagine que s'il a une femme, il vient sans. »

Maltby étira les bras et les replia en joignant ses mains derrière la tête. Ses gestes, aussi incongrus fussent-ils, étaient rarement dépourvus de signification. Celui-ci suggérait que la réunion touchait à sa fin pour cause de golf.

« Au fait, Nigel, c'est un poste à durée indéterminée, pas une mission. Sauf s'il se fait foutre à la porte…, ajouta-t-il avec un sourire. Fran, ma chère, le Foreign Office réclame instamment ce projet de mémorandum dont nous avons parlé. Vous serait-il possible de faire des heures supplémentaires, ou êtes-vous déjà prise pour la soirée ? »

Et son sourire concupiscent réapparut, un sourire d'une tristesse infinie.

*

* *

« Monsieur l'ambassadeur ?

– Ah, Nigel, quelle bonne surprise ! »

C'était un quart d'heure plus tard. Maltby rangeait des documents dans son coffre-fort. Stormont l'avait surpris seul, au grand dam de Maltby.

« Qu'est-ce qu'il y a, derrière Osnard ? Ils vous l'ont forcément dit. Vous n'avez pas pu lui faire un chèque en blanc. »

Maltby referma son coffre, brouilla la combinaison, se redressa de toute sa hauteur et consulta sa montre.

« Eh bien, si, précisément. A quoi bon résister ? Ils obtiennent toujours gain de cause, de toute façon. Ce n'est pas la faute du Foreign Office. Osnard est soutenu par un puissant organisme interministériel contre lequel on ne peut pas lutter.

– Qui s'appelle comment ?

– Planification et Application. Je n'aurais jamais cru que nous avions ces capacités, d'ailleurs.

– Qui est à sa tête ?

– Personne. J'ai posé la même question, et le service du personnel m'a donné la même réponse. Je n'ai qu'à l'accueillir à bras ouverts. Alors faites-en autant. »

*
* *

Nigel Stormont se trouvait dans son bureau, à trier le courrier reçu. A une époque, il s'était fait une réputation de sang-froid en période de crise. Quand un scandale le concernant avait éclaté à Madrid, on avait bien dû reconnaître que son comportement avait été exemplaire, au point même de lui sauver la peau : il avait soumis une lettre de démission idoine, que le chef du personnel était tout disposé à accepter, mais une plus haute autorité était intervenue.

« Tiens donc, le chat à neuf vies ! avait murmuré le chef du personnel du fond de son grand palais sombre dans l'ancien India Office, en serrant longuement la main de Stormont comme pour en garder en mémoire les caractéristiques. Alors, finalement, vous n'allez pas pointer au chômage, vous partez au Panama. Pauvre de vous. Amusez-vous bien avec Maltby. Il va vous plaire. Et on reparlera de votre carrière dans un an ou deux, d'accord ? Je m'en réjouis à l'avance. »

D'après les petits malins du service, quand le chef du personnel enterrait la hache de guerre, il relevait à la boussole l'emplacement de la tombe.

*
* *

Andrew Osnard, se répétait Stormont. Un oiseau. Un vol d'osnards passe au-dessus de nos têtes. Gully vient de tirer un osnard. Très drôle. Un Ami. Un de ces Amis-là. Célibataire. Hispanisant. Prison à vie sauf remise de peine pour bonne conduite. Grade inconnu, tout le reste inconnu. Nouveau conseiller politique. Soutenu par un organisme qui n'existe pas. Affaire entendue, il débarque dans une semaine avec un assistant asexué. Pour quoi faire ? A qui ? Pour remplacer qui ? Un certain Nigel Stormont ? Non, il ne se faisait pas des idées, il était simplement réaliste, même si la toux de Paddy le stressait.

Cinq ans plus tôt, il eût été impensable qu'un arriviste anonyme venu du mauvais côté du parc, formé à battre le pavé et ouvrir le courrier à la vapeur, soit sérieusement considéré pour remplacer un diplomate pure souche de la classe de Stormont. Mais c'était avant les dégraissages et les recrutements en fanfare de cadres extérieurs pour faire entrer le Foreign Office dans le XXIe siècle à coups de pied dans le derrière.

Dieu qu'il méprisait le gouvernement en place ! SARL L'Angleterre-au-Rabais, dirigée par une équipe d'incapables et de menteurs qui n'auraient même pas pu organiser une fête foraine à Clacton-on-Sea. Des conservateurs qui iraient jusqu'à dépouiller le pays de sa dernière ampoule électrique pour amplifier leur courant, qui considéraient le service public, et en premier lieu le Foreign Office, comme un luxe aussi superflu que la survie dans le monde ou la santé du pays. Non. En cette époque de remèdes miracles et de replâtrages, il n'était pas du tout impensable que le poste de premier conseiller d'ambassade au Panama soit supprimé à l'unanimité, et Nigel Stormont avec.

Pourquoi créer un poste qui ferait double emploi ? entendait-il maugréer les parafonctionnaires de Planification et Application dans leur planque à 35 000 livres par an pour une journée par semaine. *Pourquoi confier le travail agréable à un type et le sale boulot à un autre ? Pourquoi ne pas fusionner les deux postes ?*

Envoyons l'Osnard, et dès qu'il aura pris ses marques, rappelons le Stormont. Économisons un salaire ! Rationalisons ! Et maintenant, allons déjeuner aux frais du contribuable.

Le chef du personnel applaudirait des deux mains. Et Maltby aussi.

*

* *

Stormont arpentait son bureau en cueillant des livres sur les étagères. Pas le moindre Osnard dans le *Who's Who*, ni dans le *Debrett's*, ni sans doute dans *Oiseaux d'Angleterre*. L'annuaire de Londres passait de Osmotherly à Osner sans respirer, mais il datait de quatre ans. Stormont consulta divers organigrammes du Foreign Office, espérant y trouver trace d'un avatar passé d'Osnard dans les ambassades en pays hispanophones. Tableau de chasse vide. Il chercha Planification et Application dans le répertoire des services gouvernementaux. Maltby avait raison, aucun organisme de ce nom n'existait. Il téléphona à Reg, l'officier administratif, et aborda la question épineuse des fuites dans le toit de son logement.

« Dès qu'il pleut, la pauvre Paddy doit courir dans la chambre d'amis pour installer des moules à charlotte, Reg ! se plaignit-il. Et il pleut très souvent. »

Reg avait été recruté sur place, et il vivait avec une coiffeuse panaméenne prénommée Gladys. Personne ne l'avait jamais rencontrée, et Stormont la suspectait fort d'être un jeune homme. Pour la quinzième fois, ils reparlèrent de l'entrepreneur en faillite, du procès en cours et de l'absence d'empressement du service du protocole panaméen.

« Reg, comment procède-t-on pour le bureau de M. Osnard ? On en parle ?

– Je ne sais pas si nous devons en parler ou pas, Nigel. J'ai reçu mes ordres de l'ambassadeur.

– Et quels ordres Son Excellence a-t-elle daigné émettre ?

– Le couloir est, Nigel, le couloir entier. Les nouvelles serrures pour la porte en acier ont été livrées hier, et M. Osnard apporte les clés lui-même. Plus des placards en acier pour ses archives dans l'ancienne salle d'attente. M. Osnard choisira les combinaisons à son arrivée, sans qu'on en garde trace, comme si c'était notre genre. Et je dois vérifier qu'il y a assez de prises pour brancher ses appareils. Il est cuisinier, ou quoi ?

– J'ignore ce qu'il est, Reg, mais je parie que vous, vous le savez.

– Eh bien, au téléphone il a l'air charmant, Nigel. Présentateur de la BBC en plus humain.

– Vous avez parlé de quoi ?

– D'abord, de sa voiture. Il veut un véhicule de location en attendant qu'on lui en fournisse un. Je dois m'occuper de ça, et il m'a envoyé son permis de conduire par fax.

– Il a précisé la marque ?

– Pas une Lamborghini, mais pas une voiture à trois roues, il a dit ! gloussa Reg. Assez haute de plafond pour qu'il puisse porter un chapeau melon si ça lui chante, parce qu'il est grand.

– Quoi d'autre ?

– Il voulait savoir quand son appartement serait prêt. Nous lui avons trouvé un logement de rêve, si seulement j'arrive à déloger les décorateurs à temps. Tout en haut, près du Club Unión. Comme ça, je lui ai dit, vous pourrez cracher sur leurs permanentes bleutées et leurs moumoutes quand vous voudrez. Juste un petit coup de peinture à passer. Blanc cassé de la teinte qui vous plaira, alors que préférez-vous ? je lui demande. Et il me répond, pas rose, pas jonquille... Pourquoi pas un joli marron vert caca d'oie ? Qu'est-ce qu'il m'a fait rire !

– Quel âge a-t-il, Reg ?

– Mon Dieu, je n'en ai aucune idée. Il est sans âge, à vrai dire.

– Oui, mais vous avez son permis de conduire à portée de main, non ?

– *Andrew Julian Osnard*, lut Reg tout excité. *Date et lieu de naissance : 1er octobre 1970, Watford.* Ça alors, c'est là où mes parents se sont mariés ! »

*

* *

Stormont se tenait dans le couloir devant la machine à café quand le jeune Simon Pitt s'approcha discrètement de lui et lui montra une photographie d'identité qu'il tenait dans le creux de la main avec un air de conspirateur.

« Qu'en dites-vous, Nigel ? L'espion qui venait du froid ? Mata Hari obèse et travestie ? »

La photographie, qui représentait un Osnard replet à grandes oreilles, avait été envoyée à Simon pour qu'il fasse établir à l'avance un laissez-passer diplomatique par le protocole panaméen. Quand Stormont la regarda, il sentit tout son petit monde lui échapper : la pension de son ex-femme, trop élevée mais il l'avait souhaité ainsi, les frais d'université de Claire, l'ambition d'Adrian de faire son droit, son rêve secret de trouver une ferme en pierre sur une colline de l'Algarve, avec des oliviers, le soleil en hiver et un air sec pour la toux de Paddy – et une pension de retraite complète pour faire de ce rêve une réalité.

« Il a l'air sympathique, concéda-t-il par honnêteté intrinsèque. Un regard intéressant. On va s'amuser. »

Paddy a raison, songea-t-il. Je n'aurais pas dû la veiller toute la nuit, j'aurais dû dormir un peu.

*

* *

Le lundi, pour se consoler de la messe matinale, Stormont déjeunait au Pavo Real avec Yves Legrand, son homologue à l'ambassade française, parce qu'ils aimaient tous deux les joutes oratoires et la bonne chère.

« Tiens, au fait, on a enfin un nouveau, ce n'est pas trop tôt ! dit Stormont quand Legrand lui eut fait quelques confidences qui n'en étaient pas. Un jeune type, à peu près de ton âge. Un politique.

– Tu crois que je vais l'aimer ?

– Tout le monde va l'aimer », affirma Stormont.

*

* *

Stormont était à peine de retour à son bureau que Fran l'appelait sur la ligne intérieure.

« Nigel, il arrive un truc incroyable. Devinez quoi.

– Quoi ?

– Vous connaissez mon demi-frère Miles, celui qui est bizarre ?

– Pas personnellement, mais j'en ai entendu parler.

– Bon. Vous savez qu'il a fait Eton, bien sûr.

– Non, mais maintenant je le sais.

– Eh bien c'était son anniversaire, aujourd'hui, alors je l'ai appelé. Et tenez-vous bien, il était dans le même dortoir qu'Andy Osnard ! D'après lui, Osnard est un type adorable, un peu gros, un peu secret, mais excellent en sport. Et il a été renvoyé pour actes vénériens.

– Quoi ?

– Les filles, Nigel. Vénériens, comme dans Vénus. Si ça avait été des garçons, ils auraient dit adonistes, j'imagine. Miles pense que c'était peut-être aussi parce qu'il n'avait pas payé ses frais de scolarité. Il ne se rappelle plus qui l'a eu en premier, Vénus ou l'économe. »

Dans l'ascenseur, Stormont rencontra un Gulliver fort grave qui portait un attaché-case.

« Vous passez aux choses sérieuses, ce soir, Gully ?

– Hum, c'est un peu délicat, cette fois-ci. Du genre clandestin-je-me-cache-pas-vu-pas-pris.

– Faites bien attention, surtout », recommanda Stormont avec une gravité de circonstance.

Gulliver avait récemment été repéré par une des amies bridgeuses de Phoebe Maltby au bras d'une splendide Panaméenne. Selon la bridgeuse, elle avait vingt ans au grand maximum et elle était noir cirage, ma chère. Phoebe s'était proposée d'en informer son époux au moment opportun.

*

* *

Paddy était allée se coucher. Stormont l'entendit tousser quand il monta l'escalier.

Apparemment, je vais aller chez les Schoenberg tout seul, se dit-il. Les Schoenberg étaient américains et civilisés. Elsie, une avocate de haut vol, n'arrêtait pas d'aller à Miami pour des procès à sensation. Paul appartenait à la CIA et ne devait surtout pas apprendre qu'Andrew Osnard était un Ami.

CHAPITRE 8

« Pendel, pour monsieur le président.
– Qui ça ?
– Son tailleur. Moi. »

Le palais des Hérons se dresse au cœur de la vieille ville, sur une langue de terre diamétralement opposée à Punta Paitilla par rapport à la baie. Le trajet en voiture de l'une à l'autre vous transporte de l'enfer des promoteurs à l'élégance crasseuse de l'Espagne coloniale du XVIIe siècle. Le palais est entouré de quartiers d'une effroyable pauvreté dont un choix avisé d'itinéraire permet cependant d'occulter l'existence. Ce matin-là, au pied du perron historique, une fanfare de cérémonie jouait du Strauss devant une file de voitures diplomatiques vides et de motos de police. Les musiciens étaient tout de blanc vêtus, du casque à l'uniforme en passant par les gants, et leurs instruments luisaient comme de l'or blanc. La pluie ruisselant de l'auvent trop petit au-dessus d'eux leur dégoulinait dans le cou. Les portes à double battant étaient gardées par de vilains complets anthracite.

D'autres mains gantées de blanc prirent la valise de Pendel pour la passer dans un scanner électronique. Lui-même fut prié de franchir un portique de contrôle. Une fois entre les montants, il se demanda si au Panama les espions se faisaient fusiller ou pendre. Le portique le jugea inoffensif. Le maître espion était autorisé à pénétrer dans la forteresse.

« Par ici, je vous prie, dit un grand Apollon noir.

– Je sais », rétorqua fièrement Pendel.

Au centre d'une salle dallée de marbre chantait une fontaine également de marbre dans laquelle des hérons d'un blanc laiteux se pavanaient entre les gouttelettes et picoraient au gré de leur fantaisie. Du fond de leurs cages encastrées dans le mur au ras du sol, leurs congénères fusillaient les visiteurs du regard. Et ils ont de quoi ! songea Pendel en se rappelant l'histoire que Hannah réclamait plusieurs fois par semaine : en 1977, lorsque Jimmy Carter était venu ratifier les nouveaux traités sur le canal, les hommes des services secrets avaient vaporisé dans tout le palais un désinfectant inoffensif pour les présidents mais fatal aux hérons. Au cours d'une opération d'urgence ultra-secrète, les cadavres avaient été remplacés par des sosies vivants amenés de Chitré en avion à la faveur de l'obscurité nocturne.

« Votre nom, je vous prie ?

– Pendel.

– La raison de votre visite ? »

Il patienta, retrouvant dans sa mémoire les gares de son enfance : trop de grandes personnes courant en tous sens, sa valise toujours dans le chemin. Il se tourna vers une femme très gentille qui s'adressait à lui, s'attendant à voir Marta tant sa voix lui semblait belle. Mais à la lumière, le visage n'était pas défiguré, et le badge sur l'uniforme de jeannette l'identifiait comme étant Helen, vestale présidentielle.

« Elle est lourde ? s'enquit-elle.

– Légère comme une plume », répondit-il avec courtoisie en repoussant la main virginale.

Il gravit à sa suite l'escalier majestueux où l'éclat du marbre faisait place au rouge sombre de l'acajou. D'autres vilains costumes équipés d'écouteurs le surveillaient depuis des embrasures à colonnes. La vestale lui expliqua qu'il avait choisi une journée très chargée.

« A chaque retour du président, nous sommes débordés », ajouta-t-elle en levant les yeux au ciel où elle demeurait.

Interrogez-le sur les trous dans son emploi du temps à Hong Kong, avait suggéré Osnard. *Et que diable a-t-il fait à Paris ? Il s'est envoyé en l'air ou il a mijoté un complot ?*

« Jusqu'ici, nous étions sous autorité colombienne, l'informa la vestale en désignant de sa main innocente la rangée de portraits des gouverneurs panaméens. A partir de là, nous sommes sous autorité américaine. Bientôt, nous serons sous notre propre autorité.

– Formidable, s'écria Pendel avec enthousiasme. Il est grand temps. »

Ils entrèrent dans une immense salle lambrissée qui ressemblait à une bibliothèque sans livres. Du parquet ciré montait une odeur de miel. Un bipper sonna à la ceinture de la vestale, et Pendel se retrouva seul.

Tous ces trous dans son emploi du temps, trouvez donc à quoi il les a consacrés.

*

* *

Il resta seul, droit comme un i, serrant fort sa valise. Les chaises tendues de jaune tout le long des murs étaient trop fragiles pour un ancien forçat. S'il allait en casser une ! Adieu la remise de peine... Les jours deviennent des semaines, mais s'il est une chose que Harry Pendel sait faire, c'est attendre. Au besoin, il peut rester planté là sa valise à la main jusqu'à la fin des temps, ou du moins jusqu'à ce qu'on l'appelle.

Une grande porte à double battant s'ouvrit derrière lui, et un large rayon de soleil envahit la pièce, accompagné d'un martèlement de pas pressés et de voix mâles autoritaires. Soucieux de ne pas commettre d'impair, Pendel se glissa en crabe jusqu'au portrait d'un gouverneur mafflu de l'époque « autorité colombienne », et se rabousina dessous pour n'être plus qu'un mur chargé d'une valise.

Le détachement en marche se composait d'une douzaine de membres polyglottes. Des bribes de phrases animées en espagnol, en japonais et en anglais résonnaient par-dessus le claquement impatient des talons sur le parquet. Le groupe progressait à un rythme de politicien en campagne – affairement, pompe, bavardage d'écoliers au sortir d'une retenue, ton satisfait et complet sombre de rigueur. Pendel remarqua à l'approche bruyante du commando qu'il avançait en fer de lance, avec à la pointe, comme en lévitation, l'incarnation miraculeuse du Roi-Soleil soi-même, l'omniprésence, l'astre rayonnant, le divin maître des trous de l'emploi du temps, portant un veston noir signé P & B, un pantalon rayé et des chaussures de ville en box noir et à bout renforcé de chez Ducker.

Une vive roseur dénotant la sainteté autant qu'un bon coup de fourchette teintait les joues présidentielles. La chevelure était argentée, les lèvres fines, roses et humides comme celles d'un nourrisson. Les yeux clairs d'un bleu vif brillaient de contentement après une conférence réussie. En arrivant près de Pendel, le bataillon s'arrêta dans un certain désordre et, après une légère bousculade, reforma les rangs. Sa Sublimité fit encore quelques pas, puis se retourna vers ses invités. Un assistant badgé Marco se posta au côté de son maître et une vestale en uniforme de jeannette les rejoignit – Juanita cette fois, pas Helen.

L'un après l'autre, les invités s'avancèrent pour serrer la main de l'immortel et prendre congé. Sa Radiance eut un mot d'encouragement pour chacun, et il ne manquait plus que les faveurs en paquet cadeau à rapporter à leur mère pour compléter le tableau. En attendant, le maître espion se rongeait les sangs en songeant au contenu de sa valise. Et si les finisseuses s'étaient trompées de costume ? Il se vit soulever le couvercle de la valise et découvrir le déguisement de bergère que les Indiennes kunas avaient fabriqué à Hannah pour l'anniversaire costumé de Carlita Rudd : une jupe cloche fleurie, un chapeau à fanfreluches, une culotte bleue. Il brûlait d'envie de jeter un coup d'œil pour se rassurer, mais n'osait pas. Les adieux se poursuivirent. Deux des invités, des Japonais, étaient de petite taille, contrairement au président qui leur serra donc la main de toute sa hauteur.

« Marché conclu, alors, une partie de golf samedi », promit Sa Suprématie du ton monocorde que ses enfants aimaient tant et qui fit dûment pouffer un des Japonais.

D'autres privilégiés avaient droit à un mot personnel. « Marcel, merci de votre soutien. Nous nous reverrons à Paris. Ah, Paris au printemps... Don Pablo, n'oubliez pas de saluer pour moi votre distingué président, et dites-lui bien que j'apprécierai l'opinion de la National Bank », et les portes se refermèrent enfin sur les derniers invités, le faisceau de lumière disparut et seuls restèrent dans la salle Son Immensité, le suave Marco et la pure Juanita. Sans compter le mur à valise.

Le trio fit demi-tour comme un seul homme et reprit sa progression à travers la salle, le Roi-Soleil au milieu, en destination du sanctuaire présidentiel dont les portes étaient à un mètre de Pendel. Il afficha un sourire et fit un pas en avant, sa valise à la main. La tête argentée se tourna vers lui, mais les yeux bleus ne virent qu'un mur. Le trio passa devant Pendel, les portes du sanctuaire se refermèrent. Puis Marco revint.

« Vous êtes le tailleur ?

– Oui, señor Marco, au service de Son Excellence.

– Attendez ici. »

Pendel attendit ici, comme tous ceux qui sont aux ordres. Des années s'écoulèrent. Les portes se rouvrirent.

« Faites vite », lui ordonna Marco.

Interrogez-le sur les trous dans son emploi du temps à Paris, Tokyo et Hong Kong.

*

* *

Dans un coin de la pièce avait été installé un paravent sculpté en or, aux angles chantournés décorés d'un nœud doré en plâtre et aux panneaux ornés d'une cascade de roses en or. Éclairé de dos par la fenêtre, Sa Transparence se tenait majestueusement devant, dans son veston noir et son pantalon rayé. La paume présidentielle avait la douceur de celle d'une vieille dame, mais en plus grand. Au contact de ses monts tendres, Pendel se souvint de sa tante Ruth hachant le poulet pour la soupe du dimanche tandis que Benny, assis à son piano droit, chantait *Aïda*.

« Bienvenue au pays après votre dur périple, monsieur », murmura Pendel, la gorge serrée comme dans un étau.

Mais peut-être le numéro un mondial ne perçut-il pas tout l'impact de ces salutations étranglées, car Marco venait de lui tendre un téléphone rouge sans fil et il était déjà en pleine conversation.

« Franco ? Je ne veux plus entendre parler de cette histoire. Dites-lui qu'elle prenne un avocat. Je vous vois ce soir à la réception. Vous me raconterez. »

Marco récupéra le téléphone rouge et Pendel ouvrit sa valise. Point de déguisement de bergère, mais un queue-de-pie en cours de confection, au plastron discrètement renforcé pour supporter le poids de vingt décorations, qui reposait dans son linceul de papier de soie parfumé. La vestale se retira discrètement lorsque le maître de l'univers se posta derrière le paravent en or dont les panneaux intérieurs faisaient miroir – un des trésors du palais. La tête chenue tant aimée de son peuple disparut et réapparut quand il retira son pantalon.

« Si Son Excellence veut bien se donner la peine », murmura Pendel.

Une noble main apparut derrière le paravent doré. Pendel posa le pantalon noir simplement bâti sur l'avant-bras présidentiel. Bras et pantalon disparurent. Le téléphone sonna de nouveau. *Interrogez-le sur les trous dans son emploi du temps.*

« C'est l'ambassadeur d'Espagne, Excellence, cria Marco depuis le bureau. Il désire une audience privée.

– Dites-lui demain soir, après les Taiwanais. »

Pendel se trouvait maintenant face à face avec le maître de l'univers, le seigneur de l'échiquier politique panaméen, le gardien des clés de l'une des deux plus grandes portes du monde, le détenteur de l'avenir du commerce international et de l'équilibre des forces au XXIe siècle. Pendel glissait deux doigts derrière la ceinture présidentielle lorsque Marco annonça un autre appel d'un certain Manuel.

« Dites-lui mercredi, ordonna le président par-dessus le paravent.

– Matin ou après-midi ?

– Après-midi. »

La taille présidentielle n'était pas facile à ajuster. Quand l'entrejambe allait bien, la longueur de pantalon ne convenait plus. Pendel rehaussa la ceinture, et le pantalon remonta au-dessus des chaussettes en soie du président, qui ressembla passagèrement à Charlie Chaplin.

« Manuel est d'accord pour mercredi après-midi, mais seulement neuf trous », avertit sévèrement Marco.

Et soudain, un calme plat s'abattit sur le sanctuaire, ce que Pendel avait décrit à Osnard comme l'œil du typhon. Personne ne parlait, ni Marco, ni le président, ni les nombreux téléphones. Le maître espion s'agenouilla pour épingler le bas de la jambe gauche du pantalon présidentiel, mais sans perdre sa présence d'esprit.

« Oserai-je demander à Son Excellence si elle a pu prendre un peu de repos lors de sa triomphale tournée en Extrême-Orient ? Un peu de sport, peut-être ? Une promenade ? Quelques courses, si je puis me permettre cette audace ? »

Et le téléphone restait muet, rien ne venait troubler la trêve bénie tandis que le gardien des clés du pouvoir universel songeait à sa réponse.

« Trop serré, déclara-t-il. Je suis trop serré, monsieur Braithwaite. Pourquoi ne voulez-vous donc pas que votre président respire, vous autres tailleurs ? »

*

* *

« "Harry, me dit-il, ces parcs qu'ils ont à Paris, j'en ferais d'aussi beaux au Panama demain s'il n'y avait pas les promoteurs immobiliers et les communistes."

– Minute », l'interrompit Osnard en tournant une page de son calepin, sur lequel il écrivait furieusement.

Ils se trouvaient au quatrième étage d'un hôtel borgne, le Paraiso, dans un quartier agité de la ville. En face clignotait une enseigne lumineuse Coca-Cola, qui embrasait la pièce de flammes rouges avant de la replonger aussitôt dans la pénombre. Bruits de pas des couples dans le couloir qui arrivaient ou repartaient ; gémissements de frustration ou de plaisir de l'autre côté des murs mitoyens, grincements des sommiers sous les corps déchaînés.

« Enfin, il ne l'a pas dit exactement en ces termes, précisa prudemment Pendel.

– Non, non, pas de paraphrase, la conversation mot pour mot », ordonna Osnard en se léchant le pouce pour tourner la page.

Pendel revit la maison de Samuel Johnson à Hampstead Heath, le jour où il y était allé avec la tante Ruth pour admirer les azalées.

« “Harry, me dit-il, je n’arrive pas à retrouver le nom de ce parc, à Paris, où il y avait une petite cabane avec un toit en bois. Il n’y avait que nous, les gardes du corps et les canards.” Le président adore la nature. “Et c’est là, dans cette cabane, que nous avons écrit l’histoire. Si tout se passe comme prévu, un jour il y aura une plaque sur le mur de bois pour indiquer au monde entier qu’à cet endroit même ont été scellés la prospérité, le bien-être et l’indépendance futurs de l’État naissant du Panama, plus la date.”

– Il a dit avec qui ? Des Japs, des mangeurs de grenouilles, des Chinetoques ? Il n’était quand même pas assis là tout seul à parler aux fleurs ?

– Non, Andy, mais il a fait quelques allusions.

– J’écoute, dit Osnard en se léchant de nouveau le pouce.

– “Harry, je compte sur votre discrétion, mais la puissance d’analyse des Asiatiques est une vraie révélation pour moi, et les Français n’arrivent pas très loin derrière, d’ailleurs.”

– Il a dit quel genre d’Asiatiques ?

– Pas en termes clairs.

– Japonais ? Chinois ? Malaisiens ?

– Andy, je regrette, mais vous essayez de me mettre des idées en tête. »

Pas un bruit hormis des crissements de pneus, les grincements poussifs de l’air conditionné, la musique en conserve pour couvrir les grincements poussifs, les hurlements en espagnol pour couvrir la musique, et les gribouillis fébriles du stylo d’Osnard sur les pages de son calepin.

« Et Marco ne vous aime pas ?

– Il ne m’a jamais aimé, Andy.

– Pourquoi ?

– Les courtisans détestent que les tailleurs métèques aient des petites conversations en tête à tête avec leur patron, Andy. Le genre “Marco, M. Pendel et moi n’avons pas discuté depuis des lustres, nous avons des tas de choses à nous raconter, alors soyez gentil, allez vous poster de l'autre côté de cette porte en acajou jusqu'à ce que je vous sonne", ils n'apprécient pas vraiment.

– C'est une tapette ?

– Pas que je sache, Andy, mais je ne lui ai pas posé la question et ça ne me regarde pas.

– Invitez-le à dîner, faites la tournée des grands ducs, proposez-lui un prix d'ami sur un costume. C'est le genre de type que nous devons nous mettre dans la poche. Rien sur une résurgence d'anti-américanisme primaire chez les Japs ?

– Rien, Andy.

– Le Japon, prochaine superpuissance mondiale ?

– Non, Andy.

– Leader tout désigné des États industriels émergents ? Toujours rien ? L'animosité américano-nippone ? Le Panama doit choisir entre le Diable et le Grand Bleu ? Le big boss se sent pris entre le marteau et l'enclume ? Bref, rien sur tout ça ?

– Rien de particulier, Andy, non, rien sur le Japon. Enfin, si, il y a eu une allusion, ça me revient maintenant. »

Osnard eut un sourire ravi.

« "Harry, m'a-t-il dit, je ne souhaite qu'une chose, c'est de ne plus jamais, jamais devoir m'asseoir à une table avec les Japs d'un côté et les Yankees de l'autre, parce que maintenir la paix entre eux me fait vieillir avant l'âge, comme vous pouvez le voir à mes cheveux gris." Sauf que je ne crois pas que tous ces cheveux soient vraiment les siens, pour être franc. A mon avis, il y a de l'artifice là-dessous.

– Il était d'humeur bavarde, alors ?

– Andy, je ne pouvais plus l'arrêter. Dès qu'il passe derrière le paravent, il devient intarissable. Et si jamais il se lance sur le sujet du Panama que le monde entier manipule comme un pion, c'est la matinée de partie.

– Et le trou dans son emploi du temps à Tokyo ?

– Je suis désolé, Andy, fit Pendel en secouant gravement la tête. Il nous faut jeter un voile pudique là-dessus. »

Et il se détourna vers la fenêtre en signe de refus stoïque.

*

* *

Le stylo d'Osnard s'était immobilisé en plein vol. L'enseigne Coca-Cola clignotait toujours.

« Mais enfin, qu'est-ce qui vous prend ?

– C'est mon troisième président, Andy.

– Et alors ?

– Alors, je refuse. Je ne peux pas.

– Vous pouvez pas quoi, bordel ?

– Tourmenter ma conscience. Moucharder.

– Vous êtes dingue ? Mais c'est de l'or en barre, mon vieux. Il y aura un méga mégabonus, là. Dites-moi ce que le big boss vous a raconté sur ces trous dans son emploi du temps au Japon, pendant qu'il essayait son putain de froc ! »

Pendel dut se livrer à un dur examen de conscience avant de vaincre ses réticences. Mais il y parvint, laissa tomber les épaules et reporta son regard à l'intérieur de la chambre.

« Il m'a dit : “Harry, si vos clients vous demandent un jour pourquoi j'avais un programme si léger à Tokyo, veuillez leur raconter que, pendant que mon épouse visitait une soierie avec l'impératrice, je me tapais ma première chatte japonaise”, ce qui n'est pas une expression que j'emploierais moi-même, Andy, vous me connaissez, ni à la boutique, ni chez moi, “parce que comme ça, Harry, vous redorerez mon prestige dans certains cercles panaméens, et en même temps vous enverrez sur une fausse piste ceux qui voudraient connaître la vraie nature de mes activités et les négociations ultra-secrètes que je menais en coulisse pour le bien futur de notre pays, quoi qu'on en dise”.

– Et il faisait référence à quoi ?

– A certaines menaces à l'encontre de sa personne, qui n'ont pas été rendues publiques pour ne pas alarmer la population.

– Non, je veux ses paroles exactes, Harry. Putain, on dirait un article du *Guardian* les jours où ils ont besoin de délayer !

– Il n'y a pas eu de paroles, Andy, répliqua sereinement Pendel. Les mots étaient inutiles.

– Expliquez-vous, demanda Osnard sans cesser d'écrire.

– Le président veut que j'ajoute dans le plus grand secret une poche spéciale sous le plastron gauche de tous ses complets. Marco me spécifiera la longueur du canon. “Harry, ne croyez pas que j'exagère, et surtout pas un mot à quiconque. Mais à cause de ce que je suis en train d'accomplir pour mon bien-aimé Panama, mon sang coulera un jour. Je n'en dis pas plus.” »

Dans la rue en contrebas, le rire imbécile des ivrognes s'élevait comme une moquerie à leur adresse.

« Et un mégabonus, un ! s'exclama Osnard en refermant son carnet. Bon, alors, quelles nouvelles côté Abraxas ? »

*

* *

La même scène après changement de décor. Osnard avait déniché une chaise délabrée et s'était assis à cheval dessus, ses larges cuisses grandes ouvertes et l'entrejambe calé derrière le dossier.

« Ils sont délicats à cerner, Andy, prévint Pendel en prenant son temps, les mains derrière le dos.

– Qui ça, mon vieux ?

– Ceux de l'opposition silencieuse.

– Ça, je veux bien vous croire.

– Ils cachent bien leur jeu.

– Mais pourquoi ? On est en démocratie, non ? Pourquoi tout ce secret ? Pourquoi ne montent-ils pas à la tribune haranguer les étudiants ? Bref, pourquoi sont-ils silencieux ?

– Disons simplement que Noriega leur a donné une bonne leçon, et qu'ils ne veulent plus encaisser les coups en restant au tapis. Personne ne remettra jamais Mickie en prison.

– Mickie est leur chef, c'est ça ?

– Moralement et pratiquement, oui, Mickie est leur chef, Andy, sauf qu'il ne le reconnaîtra jamais, pas plus que ses partisans silencieux, ni les étudiants avec lesquels il est en contact, ni ses hommes de l'autre côté du pont.

– Et c'est Rafi qui les finance ?

– A fond la caisse », dit Pendel en se détournant de la fenêtre.

Osnard prit son carnet de sur ses genoux, l'appuya contre le dossier de la chaise et se remit à griffonner.

« Il existe une liste de tous les membres ? Un programme ? Une déclaration d'intentions ? Qu'est-ce qui les soude ?

– Ils veulent nettoyer le pays, déjà. »

Pendel marqua une pause le temps qu'Osnard prenne note. Il réentendait Marta, il l'adorait. Il voyait Mickie sobre, un homme nouveau dans un nouveau costume. Il bombait le torse par fierté loyaliste.

« Deuxièmement, ils veulent développer l'identité du Panama comme démocratie naissante et autonome pour le jour où nos amis américains prendront leurs cliques et leurs claques, si jamais ils le font, ce qui est loin d'être sûr. Troisièmement, ils veulent offrir une éducation aux pauvres et aux miséreux, ouvrir des hôpitaux, donner des bourses aux étudiants, de meilleures conditions de vie aux petits fermiers, surtout ceux qui produisent du riz ou des crevettes, et ne pas brader les trésors de leur pays au plus offrant, et surtout pas le canal.

– Des gauchistes, quoi ? suggéra Osnard entre deux prises

de notes tout en suçotant le capuchon plastique de son stylo entre ses lèvres en cul-de-poule.

– Pas plus que ça, non, Andy. Mickie est plutôt de gauche, oui, mais très modéré. Ni lui ni Marta ne veulent entendre parler des communistes ou des castristes. »

Osnard se concentrait en grimaçant sur son carnet, et Pendel l'observait avec une appréhension croissante, se demandant comment faire pour le calmer.

« J'en ai entendu une bien bonne au sujet de Mickie, si ça vous intéresse. C'est *in vino veritas*, mais à l'envers. Plus il boit, plus il garde le silence sur l'opposition.

– Donc il vous parle beaucoup quand il est à jeun, notre Mickie ? Tout ce qu'il vous a raconté, on en pendrait pour moins que ça, non ?

– C'est un ami, Andy. Je ne fais pas pendre mes amis.

– Un bon ami. Et vous avez été un bon ami pour lui. Peut-être est-il temps que vous agissiez.

– C'est-à-dire ?

– Engagez-le. Faites-en un *Joe* honnête. Payez-lui ses informations.

– Mickie ?

– C'est simple. Dites-lui que vous avez rencontré un mécène occidental bien friqué qui respecte la cause qu'il défend et aimerait l'aider en douce. Pas besoin de dire que c'est un Anglais. Dites qu'il est américain.

– Mais enfin, Andy, Mickie ? murmura Pendel avec incrédulité. Je me vois mal aller lui dire : "Mickie, tu aimerais devenir espion ?"

– Pour de l'argent, pourquoi pas ? A grosse légume, gros salaire, déclara Osnard comme s'il s'agissait d'une loi irréfutable de l'espionnage.

– Mickie ne marcherait sûrement pas pour un Américain, fit Pendel, toujours stupéfait par l'incroyable proposition d'Osnard. L'invasion lui a tapé sur les nerfs. Il a appelé ça du terrorisme d'État, et ce n'est pas de l'État panaméen qu'il parlait. »

Osnard faisait maintenant du cheval à bascule sur sa chaise, qu'il propulsait d'avant en arrière à l'aide de son confortable fessier.

« Londres a eu le coup de foudre pour vous, Harry. Et ça n'est pas toujours le cas. Vous devez absolument penser plus grand, monter un vrai réseau, couvrir tous les secteurs. Les ministères, les étudiants, les syndicats, l'Assemblée nationale, le palais présidentiel, le canal et encore le canal. Ils vous paieront une indemnité de responsabilité, des primes, des dividendes et un plus gros salaire pour rembourser votre emprunt. Enrôlez Abraxas et son groupe, et on joue sur du velours.

– On ? »

La tête d'Osnard resta parfaitement stable alors que son derrière restait en mouvement, et sa voix résonna plus fort tant il l'étouffait.

« Moi à vos côtés. Votre guide, votre mentor, votre pote. Vous ne pouvez pas vous en sortir tout seul, personne ne le pourrait. C'est un trop gros travail.

– J'apprécie, Andy. Cela appelle le respect.

– Et ils paieront aussi les sources secondaires, cela va sans dire. Autant que vous en aurez. On pourrait vraiment faire un malheur. Enfin, vous. Du moment que c'est rentable. Vous avez un problème ?

– Non, Andy.

– Alors ? »

Alors, Mickie est mon ami, songeait-il. Mickie s'est déjà trop opposé, et il n'a pas besoin de se réopposer. Silencieusement ou pas.

« Il faut que j'y réfléchisse, Andy.

– On ne nous paie pas pour réfléchir, Harry.

– Peut-être, Andy, mais je suis comme ça. »

Il restait encore un point à l'ordre du jour, ce que Pendel ne saisit pas tout de suite, car il repensait à un maton surnommé Friendly dont la spécialité était le coup de coude dans les couilles. Voilà qui tu me rappelles, songeait-il. Friendly.

*

* *

« C'est bien le jeudi que Louisa rapporte du travail à la maison, n'est-ce pas ?

– En effet, Andy. »

Osnard descendit de son cheval à bascule une jambe après l'autre, plongea la main dans sa poche et en ressortit un magnifique briquet plaqué or.

« Un cadeau d'un riche client arabe, dit-il en le tendant à Pendel, toujours debout au milieu de la pièce. La perle de Londres. Essayez-le. »

Pendel appuya sur le poussoir et le briquet s'alluma. Il le relâcha et la flamme s'éteignit. Il répéta l'opération deux fois. Osnard reprit l'objet, tripota le dessous et le lui rendit.

« Maintenant, jetez un œil dans l'objectif ! » dit-il avec la fierté d'un prestidigitateur.

*

* *

Le minuscule appartement de Marta était devenu pour Pendel un sas de décompression entre Osnard et Bethania. Elle était allongée près de lui, visage détourné, comme parfois.

« Alors, que mijotent tes étudiants, en ce moment ? lui demanda-t-il le regard fixé sur son dos.

– Mes étudiants ?

– Les jeunes que toi et Mickie vous fréquentiez quand ça allait mal. Les poseurs de bombes que tu aimais tant.

– Ce n'est pas eux que j'aimais, c'est vous.

– Que sont-ils devenus ? Où sont-ils, maintenant ?

– Ils sont devenus riches, ils ne sont plus étudiants, ils sont entrés à la Chase Manhattan et ils sont membres du Club Unión.

– Tu les revois encore ?

– Ils me font parfois un petit signe de main dans leur voiture de luxe.

– Ils se soucient toujours du Panama ?

– Pas quand ils ont un compte en banque à l'étranger.

– Alors qui pose les bombes, en ce moment ?

– Personne.

– J'ai le sentiment qu'il y a une sorte d'opposition silencieuse qui part des plus hautes sphères et qui se répand dans le peuple. Un genre de révolution bourgeoise qui s'enflammera un beau jour et prendra le pouvoir quand personne ne s'y attendra. Un putsch sans l'armée, si tu vois ce que je veux dire.

– Non.

– Non quoi ?

– Non, il n'y a pas d'opposition silencieuse. Il y a le profit. Il y a la corruption. Il y a le pouvoir. Il y a les riches d'un côté et les désespérés de l'autre. Il y a les apathiques. »

Elle avait repris sa voix d'étudiante, son ton cultivé, travaillé et pédant d'autodidacte.

« Il y a des gens si pauvres que s'ils s'appauvrissent encore, ils meurent. Et il y a la politique. Et la politique, c'est la plus belle escroquerie de toutes. C'est pour M. Osnard, tout ça ?

– Ça le serait si c'était ça qu'il voulait entendre. »

La main de Marta trouva la sienne et la guida jusqu'à ses lèvres. Elle l'embrassa, doigt après doigt, sans rien dire.

« Il vous paie beaucoup ? demanda-t-elle.

– Je ne peux pas lui fournir ce qu'il cherche. Je n'en sais pas assez.

– Personne n'en sait assez. L'avenir du Panama se décide

entre 30 personnes. Les 2 millions et demi restants ne peuvent qu'échafauder des hypothèses.

– Bon, alors, que feraient tes anciens amis étudiants s'ils n'étaient pas entrés à la Chase Manhattan et s'ils ne conduisaient pas de belles voitures ? insista Pendel. Que feraient-ils s'ils étaient restés militants ? Qu'est-ce qui serait logique, à l'heure actuelle, s'ils voulaient toujours pour le Panama ce qu'ils désiraient à l'époque ? »

Elle réfléchit, comprenant progressivement où il voulait en venir.

« Vous voulez dire, pour faire pression sur le gouvernement ? Pour le mettre à genoux ?

– Oui.

– D'abord, le chaos. Ça vous va, le chaos ?

– Éventuellement, si c'est nécessaire.

– Ça l'est. Le chaos est un préalable à la prise de conscience démocratique. Quand les ouvriers découvriront qu'ils ne sont pas gouvernés, ils éliront des leaders dans leurs propres rangs et le gouvernement aura peur de la révolution et il démissionnera. Vous voulez que les ouvriers élisent leurs propres leaders ?

– Je voudrais surtout qu'ils élisent Mickie.

– Pas Mickie, fit-elle en secouant la tête.

– Bon, oublions-le.

– D'abord, on irait voir les pêcheurs. C'est ce qu'on avait prévu mais qu'on n'a pas fait.

– Pourquoi les pêcheurs ?

– Nous autres étudiants, on était contre les armes nucléaires. On trouvait scandaleux que des produits radioactifs transitent par le canal de Panama. On jugeait ces cargaisons dangereuses pour le Panama et insultantes pour notre souveraineté nationale.

– Et qu'auraient pu faire les pêcheurs ?

– On voulait aller voir leurs syndicats et leurs chefs

d'équipe. S'ils avaient refusé, on serait allés voir les voyous sur les docks qui sont prêts à tout pour de l'argent. Certains de nos étudiants étaient riches, à l'époque. C'étaient de riches étudiants avec une conscience.

– Comme Mickie », lui rappela Pendel.

Elle secoua de nouveau la tête.

« On leur dirait : "Sortez tous les chalutiers, les sémaques et les canots sur lesquels vous pouvez mettre la main, chargez-les d'eau et de nourriture et emmenez-les au pont des Amériques. Là, jetez l'ancre et annoncez au monde entier que vous avez l'intention d'y rester." Les gros cargos ont besoin de plus d'un kilomètre pour ralentir, en général. Au bout de trois jours, il y aura deux cents bateaux en rade faute de pouvoir passer le canal. Au bout de deux semaines, il y en aura mille. Des milliers d'autres seront déroutés avant d'atteindre le Panama, avec ordre de changer de cap ou de retourner d'où ils viennent. Il y aura une crise, toutes les Bourses vont s'affoler, les *Yanquis* s'arracheront les cheveux, l'industrie du transport maritime exigera qu'on intervienne, le balboa s'effondrera, le gouvernement aura perdu et plus jamais des produits radioactifs ne passeront par le canal.

– Je ne pensais pas aux produits radioactifs, Marta, pour être honnête.

– Écoutez, dit-elle en se redressant sur un coude, son visage défiguré tout près du sien. Aujourd'hui, le Panama essaie déjà de prouver au monde entier qu'il peut gérer le canal aussi bien que les gringos. Rien ne doit affecter le canal, pas de grèves, pas d'interruptions, pas de défaillance, pas de bourdes. Si le gouvernement panaméen n'arrive pas à le faire fonctionner proprement, comment peut-il détourner les bénéfices, augmenter les tarifs douaniers, vendre les concessions ? A la seconde où la communauté bancaire internationale commence à prendre peur, les *rabiblancos* nous donneront tout ce qu'on demande. Et précisément, nous demanderons tout. Pour nos écoles, nos routes, nos hôpitaux, nos fermiers, nos pauvres. Et s'ils essaient de dégager nos bateaux, de nous tirer dessus ou de nous acheter, nous ferons appel aux 9 000 ouvriers panaméens qui font marcher le canal au quotidien. Et nous leur demanderons : "De quel côté du pont êtes-vous ? Êtes-vous des Panaméens ou des esclaves des *Yanquis* ?" Le droit de grève est sacré au Panama. Les jaunes sont de véritables parias. A en croire certains politiciens en place aujourd'hui, les lois sociales du Panama ne devraient pas s'appliquer au canal. Eh bien ils vont voir ça. »

Elle était allongée à plat ventre sur lui, ses yeux bruns si proches des siens qu'il ne voyait plus qu'eux.

« Merci, lui dit-il en l'embrassant.

– De rien. »

CHAPITRE 9

Louisa Pendel aimait son mari avec l'ardeur que seules peuvent comprendre les femmes nées dans la prison dorée de parents sectaires, dotées d'une sœur aînée très belle, de douze centimètres plus petite que vous, qui réussit tout deux ans avant que vous n'échouiez, qui séduit vos petits amis sans forcément coucher avec eux, quoique généralement elle le fasse, et qui vous oblige donc à adopter la seule riposte possible, c'est-à-dire suivre la voie d'un noble puritanisme.

Elle aimait son mari pour son indéfectible attachement envers elle-même et les enfants, parce qu'il était travailleur comme son père à elle, parce qu'il avait redressé une vieille firme anglaise condamnée aux yeux de tous, parce qu'il faisait du bouillon de poulet et des *lokshen* le dimanche, vêtu de son tablier rayé, parce qu'il avait le sens de l'humour, parce qu'il dressait la table pour leurs repas en tête à tête avec la plus belle argenterie, la plus fine porcelaine et des nappes en tissu, pas en papier. Et parce qu'il supportait ses accès de rage déclenchés par des pulsions conflictuelles héréditaires, impossibles à contrôler sauf en les laissant s'éteindre d'eux-mêmes ou si Harry lui faisait l'amour, de loin la meilleure solution car elle avait les appétits sexuels de sa sœur sans en avoir les charmes ni l'immoralité. Elle avait honte de ne pouvoir répliquer aux plaisanteries de Harry et rire spontanément comme il le désirait tant – malgré tous les efforts de son mari pour la libérer, elle avait hérité son rire et ses prières de sa mère, et sa fureur de son père.

Elle aimait la victime en Harry, mais aussi le battant résolu qui, plutôt que de suivre la voie illégale tracée par cet escroc d'oncle Benny, avait enduré toutes les brimades jusqu'à l'arrivée de son sauveur, le noble M. Braithwaite, et l'avait ensuite sauvée à son tour de l'emprise de ses parents et de la zone du canal pour lui offrir une nouvelle vie, libre, honnête, détachée de toutes les contraintes d'antan. Elle aimait aussi en lui le décideur solitaire qui, sur les conseils avisés de Braithwaite, avait échappé aux croyances conflictuelles dont il était la proie pour s'orienter vers une éthique non confessionnelle proche du christianisme tolérant tant prôné par sa mère et prêché en chaire à l'Union Church de Balboa pendant toute l'enfance de Louisa.

Elle remerciait Dieu et Pendel de toutes ces bontés, et maudissait sa sœur Emily. Louisa croyait sincèrement aimer son mari pour le meilleur et pour le pire, mais jamais elle ne l'avait vu dans cet état, et elle en était malade de peur.

*

* *

Si seulement il l'avait frappée, au besoin, agressée, injuriée, traînée dans le jardin, hors de portée des enfants, pour lui dire : « Louisa, tout est fini entre nous, je te quitte, j'ai rencontré quelqu'un » – à supposer que ce fût le cas. Tout, vraiment tout, valait mieux que ce doucereux simulacre de vie en rose, rien n'a changé sauf que ce soir il doit sortir à 21 heures prendre les mesures d'un client important, et rentre trois heures plus tard en disant qu'il serait peut-être temps d'inviter les Delgado à dîner, et pourquoi pas les Oakley et Rafi Domingo ? Ce qui était le cocktail idéal pour unc catastrophe, comme le premier venu l'aurait aussitôt pressenti, mais le fossé qui s'était récemment creusé entre elle et Harry l'empêchait de le lui faire remarquer.

*

* *

Louisa tint donc sa langue et invita Ernesto. Un soir, comme il s'apprêtait à rentrer chez lui, elle lui glissa dans la main une enveloppe qu'il prit machinalement, pensant qu'il s'agissait d'un mémo quelconque. Ernesto était un rêveur et un comploteur, tellement absorbé dans son combat quotidien contre les lobbyistes et les intrigants qu'il ne savait parfois plus dans quel hémisphère il se trouvait, et encore moins l'heure qu'il était. Mais en arrivant le lendemain matin, il était la courtoisie même, le parfait gentleman espagnol, et oui bien sûr sa femme et lui étaient enchantés, seulement Louisa ne leur en voudrait pas de partir tôt, n'est-ce pas, car Isabel s'inquiétait pour leur petit Jorge, atteint d'une infection oculaire qui l'empêchait parfois de dormir.

Elle envoya ensuite un carton à Rafi Domingo, certaine que son épouse, comme à son habitude, ne viendrait pas tant le ménage allait mal. Et bien entendu le lendemain elle reçut une énorme gerbe de roses à 50 dollars, avec une carte ornée d'un cheval de course écrite de la main même de Rafi, disant qu'il était ravi, enchanté, ma chère Louisa, mais hélas sa femme avait déjà un autre engagement. Et Louisa n'ignorait pas la signification des fleurs, car aucune femme de moins de quatre-vingts ans n'était à l'abri des avances de Rafi. La rumeur prétendait même qu'il avait abandonné le port du caleçon pour améliorer sa rapidité d'action et sa performance. Le drame c'était que, pour être honnête avec elle-même, ce qu'elle était toujours après quelques verres de vodka, elle trouvait Rafi étrangement séduisant. Donc, pour finir, elle appela Donna Oakley, corvée qu'elle avait réservée pour la fin, et Donna lui dit : « Merde alors, Louisa, on sera ravis », ce qui reflétait sa classe. Quelle équipe !

Le jour tant redouté arriva et pour une fois Harry rentra tôt, chargé de deux chandeliers en porcelaine de chez Ludwig à 300 dollars pièce, de champagne français de chez Motta et d'un saumon fumé entier de chez un autre. Une heure plus tard, une équipe de traiteurs de luxe, dirigée par un arrogant gigolo argentin, prit possession de la cuisine de Louisa, Harry ayant estimé que leurs propres domestiques ne seraient pas à la hauteur. Après quoi, Hannah fit tout un esclandre sans raison apparente – tu seras bien gentille avec M. Delgado, hein, ma chérie ? C'est quand même le patron de maman et un ami intime du président du Panama. Il va nous sauver le canal, mais oui, et Anytime Island avec, bien sûr. Non, Mark, ce n'est pas une bonne occasion pour jouer *Lazy Sheep* au violon, M. et Mme Delgado apprécieraient peut-être, mais pas les autres invités.

A ce moment-là entre Harry, allons Louisa, laisse-le jouer, mais, inflexible, elle entame un de ces monologues qui jaillissent spontanément de sa bouche sans qu'elle puisse rien faire pour les contrôler sinon s'entendre maugréer : Harry, je ne comprendrai jamais pourquoi chaque fois que je donne un ordre à mes enfants tu éprouves le besoin d'intervenir et de me contredire juste pour bien montrer que tu es le chef de famille. Sur quoi Hannah se remet à hurler et Mark va s'enfermer dans sa chambre pour jouer *Lazy Sheep* en boucle jusqu'à ce que Louisa tambourine à sa porte en criant : « Mark, ils vont arriver d'une minute à l'autre », et elle a raison, à cet instant on sonne à la porte et entrent Rafi Domingo, son eau de toilette, son regard concupiscent, ses rouflaquettes et ses souliers en crocodile. Malgré toutes les ruses vestimentaires déployées par Harry, Rafi sera toujours l'archétype du métèque de comédie, et le père de Louisa l'aurait renvoyé à l'entrée de service rien qu'à voir sa couche de brillantine.

Sur ses talons arrivent les Delgado, suivis de près par les Oakley, preuve que la circonstance est anormale, car au Panama personne n'arrive à l'heure sauf réception ultraformelle. Et soudain tout se met en place : Ernesto est assis à la droite de Louisa, avec son air de sage et bon mandarin – juste de l'eau, merci chère Louisa, je ne bois guère. A quoi Louisa, beaucoup plus à l'aise après avoir descendu quelques verres dans l'intimité de sa salle de bains, répond que franchement elle ne boit pas non plus et trouve que l'alcool peut gâcher une charmante soirée. A l'autre bout de la table, à la droite de Harry, Mme Delgado saisit la remarque et a un drôle de petit sourire incrédule, comme si elle savait à quoi s'en tenir.

Entre-temps, Rafi Domingo, à la gauche de Louisa, s'occupe alternativement de lui faire du pied dès qu'il le peut – il a ôté une de ses chaussures en croco pour l'occasion – et de loucher sur la robe de Donna Oakley, taillée d'après le modèle de celles d'Emily, buste pigeonnant et décolleté plongeant irrésistiblement vers ce que leur père, lorsqu'il avait trop bu, surnommait la zone industrielle.

« Vous savez ce que votre épouse représente pour moi, Harry ? demande Rafi dans un exécrable sabir hispano-anglais, car en l'honneur des Oakley, l'anglais est la langue officielle de la soirée.

– Ne l'écoute pas, ordonne Louisa.

– Elle représente ma conscience ! poursuit Rafi dans un grand éclat de rire qui découvre ses dents et la nourriture dans sa bouche. Et j'ignorais que j'en avais une jusqu'à ce que je rencontre Louisa. »

Il se trouve si drôle qu'il exige un toast général à sa conscience, tout en se dévissant le cou pour replonger dans le décolleté de Donna et en titillant du bout du pied le mollet de Louisa, ce qui l'irrite et l'excite à la fois. Emily je te déteste, Rafi laisse-moi tranquille espèce de malotru, et arrête de reluquer Donna, et nom de Dieu, Harry, vas-tu enfin me baiser ce soir, oui ou non ?

*

* *

Pourquoi Harry avait invité les Oakley restait pour Louisa un mystère, lorsqu'elle se rappela soudain que Kevin, négociant en matières premières que son père aurait qualifié de putain d'escroc yankee, lançait actuellement une opération de spéculation en rapport avec le canal, pendant que sa femme Donna s'entraînait devant la vidéo de Jane Fonda, faisait du jogging en short de vinyle et tortillait des fesses au profit du premier éphèbe panaméen qui lui poussait son chariot au supermarché – et, d'après les rumeurs, pas seulement son chariot.

A la seconde où ils passèrent à table, Harry n'eut de cesse que de parler du canal. Il s'attaqua d'abord à Delgado, qui répondit dignement par des platitudes polies, puis il entraîna tout le monde dans la discussion, même ceux qui n'étaient pas concernés. Ses questions à Delgado étaient directes au point d'en gêner Louisa, que seuls le pied baladeur de Rafi et un léger engourdissement éthylique empêchaient de s'écrier : *Harry, M. Delgado est mon patron, pas le tien, nom de Dieu ! Alors pourquoi tu joues au con comme ça, enfoiré ?* Mais c'était là le langage d'Emily-la-putain, pas de Louisa-la-vertueuse qui ne jurait jamais, du moins pas devant les enfants et jamais à jeun.

Non, répliquait poliment Delgado au mitraillage de Harry, aucune décision n'avait été prise au cours du voyage présidentiel, mais on avait avancé quelques idées intéressantes dans un climat général de coopération et de bonne volonté.

Bien joué, Ernesto, pensa Louisa, remets-le à sa place.

« Tout de même, il est de notoriété publique que les Japonais lorgnent sur le canal, ou je me trompe, Ernie ? insista Harry, se lançant dans des généralités ridicules qu'il était incapable d'étayer. Maintenant, il s'agit de savoir sur quel front ils vont nous attaquer. Je me demande ce que vous en pensez, Rafi. »

Les orteils gainés de soie de Rafi étaient enfoncés dans la pliure charnue du genou de Louisa, et le décolleté plongeant de Donna s'ouvrait à lui comme une porte de garage.

« Je vais vous dire ce que je pense des Japs, Harry. Vous voulez savoir ce que je pense d'eux ? aboya Rafi de sa voix de crécelle, tel un commissaire-priseur désireux de capter l'attention du public.

– Absolument », fit Harry, mielleux.

Mais Rafi tenait à recueillir l'avis de chacun.

« Ernesto, vous voulez savoir ce que je pense des Japonais ? »

Delgado exprima de bonne grâce son intérêt pour l'opinion de Rafi sur les Japonais.

« Et vous, Donna, vous voulez savoir ce que je pense des Japonais ?

– Bon, dites-le, nom de Dieu, Rafi ! » explosa Oakley.

Mais Rafi recherchait un plébiscite.

« Louisa ? demanda-t-il, toujours occupé à lui caresser le pli du genou.

– Nous sommes tous suspendus à vos lèvres, Rafi », déclara-t-elle dans son rôle de charmante hôtesse et de sœur putain.

Alors seulement Rafi leur confia-t-il son opinion sur les Japonais.

« Je crois que ces salauds de Japs ont injecté une double dose de Valium à mon cheval Dolce Vita avant la grande course de la semaine dernière ! » s'écria-t-il dans un éclat de rire homérique qui révéla toutes ses dents en or et contraignit son public à l'accompagner, Louisa en tête, Donna bonne seconde.

Pas déconcerté pour autant, Harry se lança au contraire sur un sujet qu'il savait particulièrement traumatisant pour Louisa : la liquidation de l'ancienne zone du canal.

« Il faut voir les choses en face, Ernie, vous êtes en train de morceler un beau petit lot de terrain. Huit cents kilomètres carrés de jardin à l'américaine tondus et arrosés comme Central Park, plus de piscines que dans tout le reste du Panama, ça laisse rêveur, non ? L'idée d'une cité du savoir est encore d'actualité ou non, Ernie ? Pour ne rien vous cacher, certains de mes clients semblent penser qu'une université au milieu de la jungle, c'est le fiasco garanti, notamment parce qu'ils imaginent mal un professeur érudit considérer ce poste comme le sommet de sa carrière. Je me demande s'ils ont raison. »

Il commençait à manquer d'arguments, mais personne ne lui porta secours.

« Enfin, tout dépend du nombre de bases militaires américaines qui seront inoccupées, au bout du compte. Mais là, pas de doute, pour résoudre cette petite énigme il faut la boule de cristal, ou alors une table d'écoute sur les lignes ultra-secrètes du Pentagone.

– Foutaises ! tonna Kevin. Ces petits malins se sont partagé le terrain depuis des années, pas vrai, Ernie ? »

Un silence effroyable s'installa. Le visage avenant de Delgado pâlit et se figea. Personne ne trouvait rien à dire sauf Rafi, indifférent à l'atmosphère ambiante, qui interrogeait gaiement Donna sur son maquillage pour recommander le même à sa femme, tout en essayant de glisser son pied entre les jambes de Louisa, qu'elle avait croisées par réflexe d'autodéfense. Et tout soudain, Emily-la-mégère trouva les mots que Louisa-l'immaculée retenait vertueusement. Ils s'échappèrent en une série de déclarations au débit saccadé, puis en un flot irrépressible dû à la boisson.

« Kevin, je ne comprends pas ce que vous insinuez. M. Delgado est un tenant de la préservation du canal. Si vous l'ignorez, c'est qu'il est trop poli et modeste pour le dire. Vous, en revanche, vous êtes au Panama uniquement pour faire du fric avec le canal, ce pour quoi il n'a pas été conçu. Et le seul moyen de faire du fric avec le canal, c'est de le détruire ! » ajouta-t-elle avant d'énumérer d'une voix de plus en plus pâteuse les crimes que fomentait Kevin : « En décimant les forêts, Kevin, en coupant l'alimentation en eau, en cessant d'entretenir l'infrastructure et les machines selon les normes requises par nos ancêtres. »

Sa voix se fit dure, nasale. Elle l'entendait, mais n'y pouvait rien.

« Alors, Kevin, si votre truc c'est de faire du fric en bradant les grandes réalisations américaines, je vous suggère de retourner chez vous à San Francisco et de vendre le Golden Gate aux Japonais. Et vous Rafi, si vous n'ôtez pas votre main de ma cuisse, je vais vous planter ma fourchette dedans. »

Sur quoi chacun décida qu'il était grand temps de rentrer – à cause de l'enfant malade, de la baby-sitter, du chien, de tout et n'importe quoi pourvu que ce soit loin d'ici.

*

*   *

Et que fait Harry après avoir apaisé ses invités, les avoir raccompagnés à leur voiture et leur avoir adressé un geste d'adieu depuis le seuil ? Il fait une communication au conseil d'administration.

« Il s'agit d'expansion, Lou, explique-t-il en la serrant dans ses bras avec de petites tapes dans le dos. C'est tout simple. Il faut caresser les clients dans le sens du poil, ajoute-t-il avant de lui sécher ses larmes avec son mouchoir de lin irlandais. Par les temps qui courent, on s'agrandit ou on meurt, Lou. Regarde ce qui est arrivé à ce cher Arthur Braithwaite. Son entreprise a coulé en premier, et lui après. Tu ne voudrais pas qu'il m'arrive la même chose, n'est-ce pas ? Alors on s'agrandit. On ouvre le club, on entretient les relations et on se bouge, c'est la seule solution. D'accord, Lou ? »

Mais son attitude paternaliste finit par énerver Louisa, qui s'écarte de lui.

« Harry, il y a d'autres façons de mourir, et je voudrais que tu penses à ta famille. Nous avons vu trop de quadragénaires faire une crise cardiaque ou un truc du genre sous l'effet du stress. Je suis d'ailleurs très étonnée par ce problème d'expansion du magasin, vu tes allusions récentes à la progression des ventes et de la productivité. Mais si l'avenir t'inquiète vraiment, si ce n'est pas un simple prétexte, on a toujours la ferme à riz comme roue de secours, et nous aimerons tous mieux pratiquer l'abstinence chrétienne et avoir un train de vie plus modeste que de te voir crever à force de vouloir t'aligner sur tes riches amis sans scrupules. »

Sur quoi Pendel l'étreint passionnément et promet de rentrer très tôt demain – on pourrait emmener les enfants à la foire ou au cinéma. Louisa fond en larmes et s'écrie : « Quelle bonne idée, Harry ! Oh oui, faisons ça. » Mais la sortie tombe à l'eau, car le lendemain Harry se souvient qu'il est invité à la réception en l'honneur de la délégation commerciale du Brésil – des gens très importants, Lou, tu sais. Remettons plutôt ça à demain. Et lorsque ce demain-là arrive : « Je suis un affreux menteur, Lou, je suis allé à un club de gastronomes et j'ai été admis. Ils organisent un raout pour des grosses légumes du Mexique, et au fait ce n'est pas le dernier *Spillway* que j'ai vu sur ton bureau ? »

Spillway étant la lettre d'informations du canal.

*

* *

Le lundi arriva le coup de téléphone hebdomadaire de Naomi. A sa voix, Louisa devina que les nouvelles étaient sensationnelles et se demanda de quoi il s'agissait, cette fois. Par exemple, devine qui Pepe Kleeber a emmené en voyage d'affaires à Houston la semaine dernière ? Ou bien, es-tu au courant pour Jaqui Lopez et son professeur d'équitation ? Ou encore, sais-tu à qui Dolores Rodríguez rend visite quand elle raconte à son mari qu'elle va chez sa mère pour la réconforter après son pontage ? Aujourd'hui pourtant, Naomi n'avait pas de racontars de ce genre, et tant mieux car Louisa n'était pas d'humeur et aurait raccroché. Naomi voulait simplement prendre des nouvelles de la charmante famille Pendel, comment Mark s'en sortait pour sa préparation à l'examen, et est-ce que Harry allait acheter à Hannah son premier poney ? Ah bon, c'était donc vrai ? Louisa, Harry est l'homme le plus généreux du monde, mon affreux mari devrait prendre exemple sur lui ! Une fois brossé ce tableau idyllique de la bienheureuse famille Pendel, Louisa comprit soudain qu'en fait Naomi la plaignait.

« Je suis tellement heureuse pour toi, Louisa. Tellement heureuse que vous soyez tous en bonne santé, que les enfants fassent des progrès, que vous vous aimiez tant, que Dieu vous soit favorable et que Harry soit conscient de la chance qu'il a. Et je suis très heureuse d'avoir deviné tout de suite que ce que Letti Hortensas vient de me raconter sur Harry ne pouvait absolument pas être vrai. »

Louisa resta figée sur place, n'osant ni parler ni raccrocher. Letti Hortensas, héritière nymphomane, épouse d'Alfonso, tenancier de bordel, client de P & B, et escroc.

« Bien sûr, fit Louisa sans savoir ce qu'elle disait, sinon qu'en acquiesçant ainsi elle engageait Naomi à poursuivre.

– Enfin, ma chère Louisa, nous savons toutes les deux que Harry n'est pas le genre d'homme à aller dans un hôtel louche où l'on paye à l'heure. Alors je lui ai dit : “Letti, ma chérie, tu devrais changer de lunettes. Louisa est mon amie. D'autre part, Harry et moi entretenons depuis très longtemps une amitié platonique que Louisa n'ignore pas et a toujours comprise. Ce couple est solide comme du roc. Et peu importe que ton mari dirige l'hôtel Paraiso et que tu aies été assise dans le hall à l'attendre quand Harry est sorti de l'ascenseur avec une bande de putes. Beaucoup de Panaméennes ont l'air de putes, et beaucoup de putes exercent leur commerce au Paraiso. Harry a de nombreux clients de toutes conditions sociales." Je tiens à te dire que je t'ai défendue, Louisa. Je t'ai soutenue. J'ai stoppé les ragots. "Le regard fuyant ? je lui ai dit. Harry n'a jamais le regard fuyant. Il en serait incapable. Tu lui as déjà vu un regard fuyant ? Bien sûr que non..." »

Il se passa un bon moment avant que Louisa ne reprenne ses sens. Elle essayait de ne pas y croire. Son esclandre durant la réception l'avait terrifiée.

« Sale garce ! » hurla-t-elle à travers ses larmes.

Mais seulement après avoir raccroché et s'être versé un grand verre de vodka du bar que Harry avait récemment fait installer.

*

* *

C'était cette idée de club qui avait tout déclenché, Louisa en était persuadée. Depuis des années, l'étage du magasin P & B faisait naître chez Harry les idées les plus fantasques.

Je vais mettre la salle d'essayage sous la galerie et le Coin du sportif élégant à côté de la boutique, Lou, disait-il. Ou bien : je pourrais laisser le salon d'essayage où il est et faire installer un escalier extérieur. Ou encore : Ça y est, Lou ! Écoute bien. Je vais rajouter une aile en cantilever à l'arrière, y installer un club de sport et un sauna, et ouvrir un petit restaurant réservé aux clients de P & B, avec soupe et pêche du jour au menu. Qu'en penses-tu ?

Harry avait même fait réaliser une maquette et estimé le coût de base avant d'abandonner le projet. Ainsi donc, l'étage demeurait à ce jour un espace virtuel dont il aimait à rêver l'aménagement. D'ailleurs, où mettrait-on le salon d'essayage ? Réponse : nulle part. Il resterait là où il se trouvait. Mais le Coin du sportif élégant, la fierté de Harry, serait casé tant bien que mal dans la guérite vitrée de Marta.

« Et où ira Marta ? » demandait Louisa, honteuse d'espérer à moitié que le verbe « aller » serait pris au pied de la lettre, car elle n'avait toujours pas compris certains détails à propos des blessures de Marta. Par exemple, pourquoi Harry avait-il le sentiment d'en être responsable ? Il est vrai qu'il avait cette attitude envers tout le monde, et qu'elle l'aimait entre autres pour cette qualité. Mais il y avait aussi ces choses qu'il laissait échapper, ces choses qu'il connaissait, les étudiants radicaux et la vie des pauvres à El Chorillo. Et puis ce pouvoir que Marta exerçait sur lui, un peu trop semblable à celui de Louisa.

Je suis jalouse de tout le monde, pensa-t-elle en se préparant un bon Martini dry pour décrocher de la vodka. Je suis jalouse de Harry, jalouse de ma sœur, de mes enfants. Presque jalouse de moi-même.

*

* *

Et à présent il y avait les livres. Sur la Chine, le Japon et les Tigres, comme il disait. Neuf volumes en tout, elle avait compté. Ils avaient atterri un soir sur la table dans le petit bureau de Harry et y étaient restés, armée d'occupation silencieuse et sinistre. Le Japon à travers les âges, son économie, l'appréciation continue du yen, de l'Empire à la démocratie impériale. La Corée du Sud, sa démographie, son économie, sa constitution. La Malaisie, son rôle passé et futur dans les affaires mondiales, ses traditions, sa langue, son mode de vie, son destin, son prudent mariage de raison à but industriel avec la Chine, recueil d'essais de spécialistes. Quelle évolution pour le communisme chinois ? La corruption de l'oligarchie après le règne de Mao, les droits de l'homme, la bombe à retardement de la surpopulation, que faire ? Il est temps que je fasse mon éducation, Lou. Je me sens limité. Le vieux Braithwaite avait raison, comme toujours. J'aurais dû aller à l'université. A Kuala Lumpur ? Tokyo ? Séoul ? Ce sont des pays d'avenir, Lou. Les superpuissances du siècle prochain, tu verras. D'ici dix ans, je n'aurai plus qu'eux comme clients.

*

* *

« Harry, je te prie de m'expliquer le sens du mot "bénéfices", demanda-t-elle en rassemblant tout son courage. Qui paye pour les bières glacées, le scotch, le vin et les sandwichs, et les heures supplémentaires de Marta ? Est-ce que tes clients t'achètent des complets parce qu'ils peuvent rester avec toi à parler et à boire jusqu'à 23 heures ? Harry, je ne te comprends plus. »

Elle faillit lui envoyer l'hôtel Paraiso au visage, mais le courage lui manquait à présent, et elle avait besoin d'une vodka supplémentaire de la bouteille sur l'étagère du haut dans la salle de bains. Elle ne distinguait plus très bien Harry et soupçonnait que c'était réciproque. Elle avait un voile humide devant les yeux, et ce qu'elle voyait au lieu de Harry, c'était elle-même, vieillie par les soucis et la vodka, au milieu du salon après qu'il l'avait quittée, et les enfants qui lui disaient adieu de la main par la fenêtre du 4 × 4 – c'était au tour de Harry de les prendre pour le week-end.

« Je vais tout arranger, Lou », promit-il en lui tapotant l'épaule comme pour consoler une invalide.

Mais alors, qu'est-ce qui allait si mal qu'il faille tout arranger ? Et comment diable allait-il s'y prendre ?

*

* *

Qui le poussait ? Ou qu'est-ce qui le poussait ? Si elle ne lui suffisait pas, qui d'autre se l'appropriait en partie ? A quoi jouait-il donc ? Il faisait comme si elle n'existait pas, et l'instant d'après il la couvrait de cadeaux et ne reculait devant rien pour faire plaisir aux enfants. Et ces sorties en ville comme si sa vie en dépendait ? Et ces invitations de gens qu'il évitait jusque-là comme la peste, sauf en tant que clients – nababs répugnants comme Rafi, politiciens, entrepreneurs proches du milieu de la drogue. Pourquoi pontifiait-il à propos du canal ? Pourquoi prenait-il discrètement l'ascenseur tard le soir à l'hôtel Paraiso au milieu d'une bande de prostituées ? Mais l'épisode le plus terrible avait eu lieu la veille.

C'était un jeudi, jour où elle rapportait du travail à la maison pour être certaine d'avoir tout liquidé au bureau le vendredi et de pouvoir consacrer son week-end à sa famille. Elle avait laissé le porte-documents de son père sur la table dans son petit bureau, au cas où elle aurait une heure libre entre le coucher des enfants et la préparation du dîner, lorsqu'elle eut le pressentiment soudain que les steaks véhiculaient la maladie de la vache folle. Elle repartit donc en ville acheter un poulet et constata avec plaisir à son retour que Harry était rentré de bonne heure : son 4 × 4 était là, mal garé comme d'habitude et, faute de place dans le garage, elle laissa de bon cœur la Peugeot en bas de la côte avant de remonter à pied, chargée de ses commissions.

Elle portait des tennis. La porte d'entrée n'était pas fermée à clé. Quel étourdi, ce Harry ! Je vais le surprendre et le taquiner sur sa façon de se garer. Elle entra dans le vestibule. Par l'embrasure de son petit bureau, elle aperçut Harry de dos, et sur la table devant lui la serviette de son père ouverte, dont il avait sorti tous les papiers, qu'il feuilletait l'air de savoir ce qu'il cherchait sans le trouver. Quelques rapports confidentiels, des dossiers personnels sur des gens, un brouillon de lettre rédigé par un nouveau membre de l'équipe Delgado sur les services à proposer aux bateaux en attente de transit. Delgado craignait que son auteur n'ait récemment monté sa propre entreprise d'accastillage et ne cherche à récolter ainsi des contrats. Si Louisa voulait bien y jeter un coup d'œil et lui donner son avis...

« Harry ? » dit-elle.

Ou peut-être cria-t-elle. Mais Harry ne bondit jamais quand on lui crie après. Il laisse de côté ce qu'il est en train de faire et attend la suite. Et c'est exactement ce qu'il fit : il se figea, puis reposa très lentement, par précaution, les papiers de Louisa sur le bureau. Après quoi, il s'écarta d'un pas, laissa tomber les épaules pour plus de discrétion, fixa des yeux le sol à deux mètres devant lui, et afficha un sourire Témesta.

« Je cherche la facture, chérie, expliqua-t-il piteusement.

– Quelle facture ?

– Tu sais bien, celle que l'école Einstein nous a envoyée pour les cours de musique de Mark. Ils disent qu'on ne l'a pas honorée.

– Harry, je l'ai payée la semaine dernière.

– C'est bien ce que je leur ai dit. "Louisa l'a réglée la semaine dernière." J'ai même ajouté : "Elle n'oublie jamais rien." Mais ils n'ont rien voulu entendre.

– Harry, on a des relevés bancaires, des talons de chèque, des reçus, on peut même appeler notre banque, et on a du liquide à la maison. Je ne comprends pas pourquoi tu fouilles dans ma serviette dans mon bureau pour chercher une facture que nous avons déjà réglée.

– Bon, alors si c'est fait, je ne m'en soucie plus. Merci du renseignement. »

Jouant les offensés, ou un rôle du même genre, il sortit et se dirigea vers son propre petit bureau. Comme il traversait le patio, elle le vit glisser un objet dans la poche de son pantalon, cet horrible briquet qu'il avait toujours sur lui ces derniers temps – un cadeau d'un client, avait-il dit en le lui agitant sous le nez, l'allumant et l'éteignant, heureux comme un gosse avec un jouet tout neuf.

C'est alors que la panique s'empara d'elle. Sa vision se brouilla, ses oreilles se mirent à tinter, ses genoux à fléchir. Une odeur de brûlé, la sueur des enfants lui coulant le long du corps, toute la scène, El Chorillo en flammes, le visage de Harry revenant du balcon, une lueur rouge brillant encore dans ses yeux. Elle le vit s'approcher du placard à balais où elle s'était réfugiée, les étreindre, elle et Mark qu'elle ne lâchait pas. Puis il marmonna quelque chose qu'elle n'avait jamais compris ni analysé rationnellement jusque-là, et qu'elle avait mis au compte du délire verbal entre témoins traumatisés d'une catastrophe :

« Si j'en avais déclenché un de cette taille, c'est à vie qu'ils m'auraient mis en taule. »

Après quoi il baissa la tête, les yeux fixés sur ses pieds comme pour prier, la même posture que tout à l'heure en pire.

« Je ne pouvais plus bouger. J'avais les jambes paralysées, comme par une crampe. J'aurais dû courir, mais je n'y arrivais pas. »

Et puis il s'était inquiété du sort de Marta.

Harry allait foutre le feu à la maison ! hurla-t-elle intérieurement avec un frisson d'horreur, tout en sirotant sa vodka au son des bribes de musique classique qui lui parvenaient de l'autre côté du patio. *Il a acheté un briquet et il va immoler toute sa famille !* Il vint se coucher, elle le viola et il sembla apprécier. Le lendemain matin, rien de tout cela ne s'était produit. C'était toujours pareil les lendemains matin, pour Harry et pour Louisa, ainsi survivait leur couple. Le 4 × 4 tomba en panne. Harry dut emprunter la Peugeot pour conduire les enfants à l'école. Louisa se rendit à son travail en taxi. La domestique chargée du ménage trouva un serpent dans le garde-manger et piqua une crise d'hystérie. Hannah perça une nouvelle dent. La pluie se mit à tomber. Harry ne fut pas envoyé en prison à vie et il ne mit pas le feu à la maison avec son nouveau briquet. Mais il rentra tard, à cause d'un nouveau client noctambule.

*
* *

« Osnard ? répéta Louisa sans en croire ses oreilles. Andrew Osnard ? Qui diable est ce M. Osnard, et pourquoi l'as-tu invité à notre pique-nique du dimanche sur l'île ?

– Il est anglais, Lou, je te l'ai dit. Il travaille à l'ambassade depuis deux mois. C'est celui qui m'a commandé dix costumes, tu te souviens ? Il est tout seul ici. Il a habité à l'hôtel quelques semaines en attendant d'emménager dans son appartement.

– A quel hôtel ? demanda-t-elle en priant Dieu que ce fût le Paraiso.

– L'El Panama. Il veut rencontrer une vraie famille. Tu peux bien comprendre ça, non ? »

Le chien battu, toujours fidèle, toujours incompris. Comme elle ne trouvait rien à dire, il enchaîna :

« Il est très sympathique, Lou, tu verras. Plein d'allant. Tout feu tout flamme, les enfants vont l'adorer ! l'assura-t-il en faisant suivre le choix malheureux de cette expression de son nouveau petit rire forcé. Ce sont mes racines anglaises qui se réveillent, je crois bien. Mon patriotisme. Il paraît que ça arrive à tous, y compris toi d'ailleurs.

– Harry, je ne vois pas le rapport entre ton amour de ton pays ou mon amour du mien, et inviter M. Osnard à notre petite excursion familiale pour l'anniversaire de Hannah alors que tu n'as déjà pas trop de temps à consacrer à tes enfants, comme nous l'avons tous remarqué. »

A ces mots, Harry baissa la tête d'un air contrit et supplia Louisa comme un vieux mendiant sur le pas de la porte.

« Arthur Braithwaite taillait des complets pour le père d'Andy, Lou, et moi je tenais le mètre à ruban. »

*

* *

Hannah voulait fêter son anniversaire à la ferme rizicole. Et Louisa aussi souhaitait y aller, mais pour des raisons différentes. N'arrivant pas à comprendre pourquoi l'endroit ne revenait plus jamais dans la conversation de Harry, elle s'était persuadée au plus fort de sa déprime qu'il y avait installé une femme – avec ce fourbe d'Angel comme parfait maquereau. Dès qu'elle suggéra l'excursion, Harry prit un air hautain pour expliquer que de grands changements étaient en cours et qu'il valait mieux laisser les avocats tranquilles jusqu'à ce que l'affaire soit réglée.

Ils partirent donc en 4 × 4 pour Anytime, une maison en bois sans murs perchée comme un kiosque à musique sur une île brumeuse de soixante mètres de diamètre, dans la touffeur d'une grande vallée inondée, le lac Gatún, à trente kilomètres de la côte atlantique vers l'intérieur des terres, en haut du tracé du canal que délimite un couloir courbe de balises colorées s'enfonçant deux par deux dans la brume humide. L'île était située du côté ouest du lac, au milieu d'un dédale de baies, d'anses, de mangroves et d'autres îles à la jungle étouffante, dont la plus grande était Barro Colorado et la plus insignifiante Anytime – ainsi baptisée par les enfants Pendel en souvenir de la marmelade de l'ours Paddington –, louée chaque année par le père de Louisa à ses employeurs pour une poignée dc dollars oubliés, et aujourd'hui léguée à Louisa en héritage.

Au-dessus du canal fumant sur leur gauche s'enroulaient des écharpes de vapeur comme une éternelle rosée, des pélicans plongeaient dans la brume, l'air confiné de la voiture sentait le carburant de bateau, et rien n'avait changé ni ne changerait jamais, amen. Les navires qui passaient en ce lieu lorsque Louisa avait l'âge de Hannah étaient toujours les mêmes, ainsi que les silhouettes sombres aux coudes nus appuyés sur le bastingage poisseux et les pavillons humides qui pendillaient au mât et dont personne au monde ne savait ce qu'ils représentaient – comme son père s'amusait à le souligner –, sauf un vieux pirate aveugle de Portobelo. Inexplicablement mal à l'aise en présence de M. Osnard, Pendel conduisait dans un silence obstiné, Louisa installée à ses côtés comme l'avait exigé Osnard, affirmant qu'il préférait être à l'arrière.

M. Osnard, se répétait-elle à demi somnolente. Le corpulent M. Osnard. De dix ans mon cadet au moins, mais que je ne pourrai jamais appeler Andy. Elle avait oublié, si tant est qu'elle l'ait jamais su, à quel point un gentleman anglais pouvait être d'une courtoisie désarmante si son esprit fourbe s'y appliquait. Humour et courtoisie réunis confèrent un charme fou mais dangereux, l'avait avertie sa mère. Et la même chose s'applique à qui sait écouter, songeait Louisa, la tête renversée en arrière, souriant intérieurement en entendant Hannah décrire à M. Osnard les sites touristiques comme si elle en était la propriétaire – et Mark qui la laissait faire parce que c'était l'anniversaire de la petite et qu'il était aussi subjugué qu'elle par leur invité.

Un des anciens phares apparut à l'horizon.

« Voyons, comment peut-on être assez bête pour peindre un phare en noir d'un côté et en blanc de l'autre ? demanda M. Osnard après avoir écouté l'interminable conférence de Hannah sur l'appétit terrible des alligators.

– Hannah, ne manque pas de respect à M. Osnard ! gronda Louisa à la petite, qui avait pouffé de rire en le traitant d'andouille.

– Andy, parlez donc à Louisa du vieux Braithwaite, ronchonna Harry. Racontez-lui les souvenirs d'enfance que vous en gardez, ça va lui plaire. »

Il veut le mettre en valeur à mes yeux, songea-t-elle. Pourquoi donc ?

Mais elle s'enfonçait déjà dans les brumes de sa propre enfance, se désincarnait comme chaque fois qu'ils se rendaient à Anytime : retour à la pesante routine quotidienne de la vie dans la zone du canal, à la mortelle quiétude léguée par nos brillants utopistes d'ancêtres, rien d'autre à faire que de nous promener au milieu des parterres de fleurs que la Compagnie fait pousser pour nous à longueur d'année et des pelouses toujours vertes tondues pour nous par la Compagnie, nager dans les piscines de la Compagnie, haïr notre ravissante sœur, lire les journaux de la Compagnie, nous prendre pour une société parfaite de socialistes américains précurseurs, à la fois colons, colonisateurs et pasteurs prêchant la bonne parole aux païens nés en dehors de la zone, alors que nous sommes incapables de nous élever au-dessus des mesquines querelles et des jalousies typiques des garnisons étrangères, incapables de remettre en question les préjugés ethniques, sociaux ou sexuels de la Compagnie, incapables de songer à sortir du périmètre qu'on nous a alloué, préférant au contraire avancer docilement et inexorablement, étape par étape, le long de l'étroite avenue immuable qu'est l'ornière toute tracée de notre vie, conscients que chaque écluse, lac ou rigole, chaque tunnel, robot ou barrage, chaque remblai aménagé si proprement de part et d'autre incarne l'inaltérable réussite des morts, et que notre devoir impérieux ici-bas est de chanter les louanges de Dieu et de la Compagnie, de tenir le cap en ligne droite entre les deux murs, d'entretenir notre foi et notre chasteté au mépris de notre sœur lascive, de nous branler à mort et d'astiquer la plaque de cuivre dédiée à la huitième merveille du monde actuel.

*
* *

Qui aura les maisons, Louisa ? Qui aura les terrains, les piscines, les courts de tennis, les haies taillées à la main et l'attelage de rennes du père Noël en plastique, avec les compliments de la Compagnie ? Louisa, Louisa, explique-nous comment augmenter les revenus, réduire les dépenses, traire la vache à lait des gringos ! On veut le savoir tout de suite, Louisa. Tant que nous sommes au pouvoir, tant que les investisseurs étrangers nous font la cour, et avant que ces naïfs d'écologistes ne se mettent à nous chapitrer à propos de leurs précieuses forêts tropicales.

Des rumeurs de pots-de-vin, de manœuvres, de tractations secrètes circulent dans les couloirs. Le canal sera modernisé, élargi pour permettre le passage de plus gros navires... On prévoit de nouvelles écluses... Des entrepreneurs d'envergure internationale offrent de grosses sommes pour de l'assistance technique, des appuis politiques, des commissions, des contrats... Et toujours de nouveaux dossiers dont Louisa n'a pas le droit de s'occuper, de nouveaux patrons qui s'arrêtent de parler dès qu'elle entre dans la pièce, sauf chez Delgado, son pauvre, brave et honnête Ernesto qui tente en vain de balayer toute leur insatiable avidité.

« Je suis trop jeune ! hurla-t-elle. Trop jeune et trop pleine de vie pour voir mon enfance spoliée sous mes yeux ! »

Elle se redressa brusquement sur son siège. Sa tête avait dû rouler sur l'épaule peu accueillante de Pendel.

« Qu'est-ce que j'ai dit ? » demanda-t-elle, anxieuse.

Elle n'avait rien dit. C'était l'habile M. Osnard à l'arrière qui avait parlé. Avec son infinie politesse, il demandait à Louisa si cela lui plaisait de voir les Panaméens s'approprier le canal.

*
* *

Dans le port de Gamboa, Mark montra à M. Osnard comment retirer tout seul la bâche du canot et mettre le moteur en marche. Harry prit la barre le temps de sortir de la circulation dans le canal, mais ce fut Mark qui échoua le bateau, l'amarra, débarqua les bagages et, avec l'aide du gentil M. Osnard, alluma le barbecue.

*

* *

Qui est donc ce brillant jeune homme, si jeune, d'une beauté si ingrate, si sensuel, si amusant, si courtois ? Qu'est-ce que cet homme sensuel représente pour mon mari, et qu'est mon mari pour lui ? Pourquoi cet homme sensuel semble-t-il nous redonner vie – bien que Harry, après nous l'avoir imposé, ait maintenant l'air de le regretter ? Comment se fait-il qu'il sache tant de choses sur nous, soit si à l'aise avec nous, comme s'il faisait partie de la famille, qu'il soit si bien renseigné sur la boutique, Marta, Abraxas, Delgado et toutes nos relations, pour la seule raison que son père était un ami de M. Braithwaite ?

Et pourquoi me plaît-il bien plus qu'à Harry ? Après tout, c'est son ami, pas le mien. Pourquoi mes enfants l'accaparent-ils alors que Harry se renfrogne, tourne le dos et ne veut pas rire aux nombreuses plaisanteries de M. Osnard ?

La première pensée de Louisa fut que Harry était jaloux, et elle s'en réjouit. La seconde, à la fois cauchemardesque et honteusement jubilatoire, fut : *Doux Jésus, maman, papa, Harry veut que je tombe amoureuse de M. Osnard, pour que nous soyons quittes.*

*

* *

Pendel et Hannah faisaient cuire des côtelettes. Mark préparait les cannes à pêche. Louisa distribuait bière et jus de pomme tout en regardant son enfance s'éloigner entre les bouées flottantes. M. Osnard l'interrogeait sur les étudiants panaméens – en connaissait-elle ? étaient-ils militants ? – et sur les gens de l'autre côté du pont.

« Eh bien, nous avons l'exploitation de riz, dit Louisa d'un ton engageant. Mais je ne crois pas que nous connaissions des gens qui habitent là-bas ! »

Harry et Mark étaient assis dos à dos dans le bateau. Les poissons, selon l'expression de M. Osnard, se rendaient dans un vif désir d'euthanasie. Hannah, allongée sur le ventre à l'ombre de la maison d'Anytime, feuilletait avec ostentation le livre luxueux sur les poneys que M. Osnard lui avait offert pour son anniversaire. Et Louisa, encouragée par M. Osnard et un coup de vodka en douce, lui racontait l'histoire de sa vie sur le ton badin de sa dépravée-de-sœur-Emily jouant les Scarlett O'Hara avant de passer à l'horizontale.

« Mon problème – je suis bien obligée de le reconnaître – au fait, puis-je vous appeler Andy ? Moi, c'est Lou. Mon problème, donc – et Dieu merci je n'ai que celui-là, presque toutes les femmes que je connais au Panama ont un problème par jour – bref, mon problème, ça doit être mon père. »

CHAPITRE 10

Louisa préparait son mari pour le pèlerinage chez le général comme les enfants pour le catéchisme, mais avec encore plus d'enthousiasme. Le rose aux joues, le verbe haut et une allégresse puisée en partie au fond d'une bouteille.

« Harry, il faut laver le 4 × 4. Tu es sur le point d'habiller un héros vivant de notre temps, qui a plus de médailles que tout autre général américain de rang et d'âge similaires. Mark, tu portes les seaux d'eau chaude. Toi, Hannah, tu voudras bien t'occuper de l'éponge, du détergent et arrêter tout de suite de dire des gros mots. »

Pendel aurait fort bien pu recourir à la laverie automatique du garage voisin mais, en ce jour de visite au général, Louisa avait décidé que la vraie propreté passait par la pénitence. Ne cessant de répéter qu'elle n'avait jamais été aussi fière d'être américaine, elle trébucha dans son excitation et manqua tomber. Une fois la voiture nettoyée, elle examina la cravate de Pendel façon tante Ruth jadis – d'abord de près puis de loin, comme pour estimer un tableau – et n'eut de cesse qu'il en choisît une moins voyante. La forte odeur de dentifrice sur son haleine fit se demander à Pendel pourquoi elle se brossait les dents si souvent, ces temps-ci.

« Harry, autant que je le sache, tu n'es pas un époux adultérin en procédure de divorce aux torts exclusifs, alors il n'est guère opportun que tu en aies l'air quand tu rends visite au commandant en chef des forces américaines de l'hémisphère Sud. »

Sur quoi, de sa plus belle voix de secrétaire d'Ernie Delgado, elle téléphona au coiffeur pour fixer un rendez-vous à 10 heures : « Attention, José, pas de rouflaquettes ni de rebiquettes. Ce sera une brosse bien nette aujourd'hui pour M. Pendel. Il rend visite au commandant en chef des forces américaines de l'hémisphère Sud. »

Ensuite, elle expliqua son personnage à Pendel : « Pas de petites plaisanteries ni d'impertinence, Harry, recommanda-t-elle en lui rajustant affectueusement les épaules de son veston à la tombée pourtant parfaite. Tu transmettras mes respects au général, et surtout, tu n'oublieras pas de lui dire que tous les Pendel, et pas seulement la fille de Milton Jenning, seront ravis d'assister comme chaque année au barbecue - feu d'artifice de Thanksgiving pour les familles américaines. Et avant de quitter le magasin, redonne un coup de cirage à tes chaussures. Il n'y a pas un soldat qui ne juge un homme à ce détail, et le commandant en chef des forces américaines de l'hémisphère Sud ne fait pas exception. Sois bien prudent au volant, Harry. »

Recommandation inutile puisque, à son habitude, Pendel respecta scrupuleusement la limite de vitesse en remontant la piste sinueuse vers Ancón Hill. Au poste de contrôle américain, il se raidit par une sorte d'atavisme militaire et afficha un sourire crispé à l'intention de la sentinelle. A mesure qu'il progressait entre les villas d'un blanc immaculé, le rang des occupants indiqué au pochoir s'élevait, ce qui lui donna l'impression de monter en grade par procuration sur la route du paradis. Pour gravir avec sa valise l'imposant perron du numéro 1 Quarry Heights, il adopta la démarche typique du soldat américain, qui actionne hanches et genoux indépendamment du buste et garde un port altier.

Dès son entrée dans la demeure et comme à chaque nouvelle visite, Harry Pendel eut le coup de foudre.

*

* *

Ce n'était pas le pouvoir, mais les privilèges du pouvoir : un palais de proconsul sur les hauteurs d'une terre conquise, défendu par une garde prétorienne fort courtoise.

« Le général vous attend, monsieur », l'informa le sergent en le débarrassant de sa valise d'un seul geste automatique.

Dans le vestibule d'un blanc étincelant, Pendel salua comme autant de vieilles connaissances les plaques en cuivre à la mémoire des généraux successifs en poste ici, tout en redoutant de repérer des signes fâcheux de changement. Crainte bien futile. Hormis des vitrages inesthétiques dans la véranda, des climatiseurs disgracieux et quelques tapis de trop – dans sa carrière passée, le général avait assujetti l'Orient –, l'intérieur était à peu près tel qu'aurait pu le trouver Teddy Roosevelt lors de sa tournée d'inspection des grands travaux de l'époque. Soudain léger dans son insignifiance, Pendel suivit le sergent à travers une enfilade de couloirs, de salons, de bibliothèques et de galeries. Chaque fenêtre ouvrait sur un univers différent : tantôt les méandres majestueux du canal congestionné serti dans la vallée, tantôt les mauves terrasses de forêt drapées d'une brume chaude, tantôt les arches du pont des Amériques enjambant la baie telle la queue annelée d'un immense monstre marin, et les trois lointaines îles coniques suspendues dans le ciel.

Et les oiseaux, les animaux ! Cette seule colline abritait plus d'espèces que toute l'Europe réunie, avait appris Pendel dans l'un des livres du père de Louisa. Sur les branches d'un énorme chêne, de grands iguanes contemplatifs se doraient au soleil du matin. Des ouistitis brun et blanc se laissaient glisser en vrille le long d'un tronc d'arbre pour attraper un morceau de mangue déposé là par la charmante épouse du général, puis remontaient une main après l'autre vers leur îlot de sécurité dans une joyeuse bousculade. Sur le gazon anglais, des ñeques marron, sortes de gros hamsters, vaquaient à leurs occupations. C'était là encore une maison dans laquelle Pendel avait toujours voulu habiter.

*
*   *

Portant la valise à bâbord, le sergent précéda Pendel dans l'escalier. Vieux portraits de guerriers en uniforme à la moustache conquérante, affiches de recrutement exhortant à s'engager dans des conflits oubliés et, dans le bureau du général, table de travail en teck si vigoureusement astiquée qu'on aurait pu voir à travers – mais c'était le salon d'essayage qui transportait Pendel au nirvana. Quatre-vingt-dix ans auparavant, les plus brillants esprits architecturaux et militaires d'Amérique avaient collaboré pour créer le premier sanctuaire panaméen de l'élégance. A l'époque, les tropiques n'étaient guère cléments envers la garde-robe des messieurs et les complets les mieux coupés moisissaient du jour au lendemain, voire moins encore en espace clos. Au lieu de penderies classiques, les concepteurs de ce dressing-room avaient donc dessiné une vaste chapelle aérée par des fenêtres ingénieusement disposées en hauteur pour piéger la moindre brise, et avaient eu le génie d'y installer une immense barre en acajou montée sur poulies que même la main d'une faible femme suffisait à hisser au plafond ou descendre au ras du sol. Ils y avaient accroché les nombreux costumes de ville, queues-de-pie, smokings, habits, uniformes et tenues de cérémonie du premier général en poste, qui pendaient librement, tournoyaient et flottaient au souffle des zéphyrs capturés par les fenêtres. Pendel ne connaissait aucun hommage à son art plus flatteur au monde.

« Et vous le préservez, mon général, vous l'utilisez ! s'enflamma-t-il. Oserai-je avouer, sauf votre respect, que ce n'est pas là le genre d'attitude qu'on prête à nos bons amis américains, nous autres Anglais ?

– Eh bien, Harry, les apparences sont parfois trompeuses, n'est-ce pas ? dit le général avec une satisfaction sincère en s'étudiant dans le miroir.

– Certes, monsieur. Mais qu'adviendra-t-il de tout ça quand ce bâtiment tombera entre les mains de nos vaillants hôtes panaméens, mystère, ajouta-t-il finement dans son rôle d'antenne parabolique. Si j'en crois mes clients alarmistes, ce sera l'anarchie et pire encore. »

Resté jeune d'esprit, le général se refusait à parler la langue de bois.

« Harry, c'est girouette et compagnie. Hier, ils voulaient qu'on parte parce qu'on est de vilains rapaces colonialistes et qu'on les empêche de respirer. Aujourd'hui, ils veulent qu'on reste parce qu'on est le plus gros employeur du pays et que, si l'oncle Sam les laisse tomber, ils subiront une grosse crise de confiance sur les marchés financiers internationaux. Alors un jour on fait les valises et le lendemain on les redéfait. Je ne vous dis pas comme c'est agréable, Harry. Comment va Louisa ?

– Très bien, je vous remercie, mon général. Elle sera enchantée de savoir que vous avez demandé de ses nouvelles.

– Milton Jenning était un excellent ingénieur et un bon Américain. C'est une perte terrible pour nous tous. »

Ils essayaient un costume trois-pièces en alpaga anthracite à veston droit qui serait facturé 500 dollars, le même prix que pour le premier général de Pendel neuf ans auparavant. Il reprit un peu de tissu à la taille, car le général avait un corps d'athlète, sans une once de graisse.

« Après ça, il ne manquerait plus qu'on ait un Japonais qui débarque ici avec famille, serviteurs et cuisinier, se lamenta l'antenne parabolique, face à la glace, en repliant le bras du général au niveau du coude. A croire qu'ils n'ont jamais entendu parler de Pearl Harbor ! Moi, franchement, ce changement de l'ordre établi, ça me déprime, mon général, je suis désolé de le dire. »

A supposer que le général ait envisagé une réponse, elle fut balayée par la joyeuse intervention de son épouse.

« Harry Pendel, laissez mon mari tranquille immédiatement ! l'admonesta-t-elle en entrant à l'improviste avec un grand vase de lys dans les bras. Il est tout à moi, et surtout n'allez pas changer ce sublime costume d'un pouce, c'est le plus sexy que j'aie jamais vu. Je l'épouserais tout de suite, cet homme, si ce n'était déjà fait. Comment va Louisa ? »

*

* *

Ils se rencontrèrent sous les néons d'un café ouvert vingt-quatre heures sur vingt-quatre, à côté du terminus délabré de l'ancien train côtier, aujourd'hui reconverti en embarcadère pour les excursions d'un jour sur le canal. Coiffé d'un panama, Osnard était avachi à une table d'angle devant un verre vide. Depuis une semaine que Pendel ne l'avait pas vu, il avait pris du poids et un coup de vieux.

« Du thé, ou un remontant, comme moi ?

– Plutôt du thé, Andy, si c'est possible.

– Un thé, commanda sèchement Osnard à la serveuse en se passant la main dans les cheveux. Et remettez-moi ça.

– Rude soirée, Andy ?

– Boulot boulot. »

La vitrine leur offrait une vue sur les infrastructures pourrissantes de l'âge d'or du Panama : vieux wagons de voyageurs aux banquettes éventrées par les rats et les vagabonds mais aux lampes en cuivre intactes, locomotives à vapeur rouillées, plaques tournantes, fourgons, tenders abandonnés là comme les jouets d'un enfant gâté. Sur le trottoir, des randonneurs se serraient sous des auvents, repoussaient les mendiants, comptaient leurs dollars humides et essayaient de déchiffrer les panneaux en espagnol. Il avait plu la majeure partie de la matinée, et il pleuvait encore. Le restaurant puait l'essence chaude. Les sirènes des bateaux mugissaient par-dessus le vacarme.

« Nous nous sommes rencontrés par hasard, dit Osnard en étouffant un renvoi. Vous faisiez des courses, et moi je venais consulter les horaires des bateaux.

– Et j'achetais quoi ? demanda Pendel, mystifié.

– Qu'est-ce que ça peut me foutre ? » répondit Osnard avant de boire son brandy tandis que Pendel sirotait son thé.

*

* *

Pendel prit le volant du 4 × 4. Ils en avaient décidé ainsi à cause des plaques diplomatiques sur la voiture d'Osnard. Le long de la route, des calvaires marquaient les emplacements où espions et autres automobilistes avaient trouvé la mort. Balluchon sur la tête, des familles indiennes conduisaient patiemment des poneys nerveux qui ployaient sous leur lourd fardeau. Un essaim de vautours noirs se disputait les meilleurs morceaux d'une vache morte qui gisait à un croisement. Une détonation assourdissante annonça un pneu arrière crevé. Pendel changea la roue tandis qu'Osnard, toujours en panama, restait boudeusement accroupi sur le bas-côté. Puis ce fut le Restoroute à l'écart de la ville, les tables en bois brut sous les auvents en plastique, le poulet qui rôtissait au barbecue. La pluie s'arrêta, et un soleil agressif vint frapper la pelouse émeraude. Des perroquets hurlaient comme si on les égorgeait dans leur volière en forme de cloche. Pendel et Osnard étaient seuls, hormis deux hommes imposants en chemise bleue à une table de l'autre côté du ponton en bois.

« Vous les connaissez ?

– Non, Andy. Tant mieux. »

Et deux verres de vin blanc de la maison pour faire descendre le poulet – non, attendez, donnez-nous plutôt une bouteille, et après, barrez-vous et laissez-nous tranquilles.

*

* *

« Ils sont nerveux, c'est évident », commença Pendel.

Osnard prenait des notes d'une main et soutenait sa tête de l'autre.

« Ils sont en permanence cinq ou six autour du général, impossible de le voir seul. Il y avait un colonel, un grand type, qui n'arrêtait pas de le prendre à part pour lui faire signer des papiers ou lui dire un mot à l'oreille.

– Vous avez pu voir ce qu'il signait ? demanda Osnard en bougeant légèrement la tête pour atténuer la douleur.

– J'étais en plein essayage, Andy.

– Vous avez saisi ce qu'ils se disaient ?

– Non, et à genoux par terre comme ça, vous n'auriez sans doute pas fait mieux que moi, rétorqua-t-il avant d'avaler une gorgée de vin. “Mon général, ai-je dit, si je tombe mal, si je risque d'entendre des propos qui ne me sont pas destinés, surtout dites-le-moi, et je repasserai un autre jour, sans rancune.” Mais il a refusé tout net. “Harry, vous allez me faire le plaisir de rester là où vous êtes. Vous êtes un radeau de bon sens sur une mer déchaînée.” Je lui ai répondu : “Parfait, je reste.” Et puis sa femme est entrée, et plus personne n'a rien dit. Mais il y a des regards qui valent des millions de mots, Andy, et celui-là, c'en était un. Un regard lourd de sous-entendus, très expressif, entre deux personnes qui se connaissent bien.

– "Le commandant en chef des forces américaines de l'hémisphère Sud a échangé un regard expressif avec son épouse", nota lentement Osnard. Ça, ça va déclencher l'alerte rouge à Londres ! ironisa-t-il. Le général n'aurait pas déblatéré sur le Département d'État, par hasard ?

– Non, Andy.

– Il ne les a pas traités de pédés d'intellos efféminés ? Il n'a pas vanné les blancs-becs de la CIA avec leur col boutonné et leur joli diplôme de Yale ? »

Pendel rassembla ses souvenirs. Fort à propos.

« Si, un peu, Andy. Enfin, disons que c'était dans l'air.

– Il s'est lamenté sur la perte de pouvoir des Américains, il a émis des hypothèses sur les futurs propriétaires du canal ? suggéra Osnard en écrivant avec un peu plus d'enthousiasme.

– Il y avait une certaine tension, Andy. Il a été fait mention des étudiants, et pas en termes respectueux.

– Mot pour mot, vieux. Vous me rapportez ses propos, et moi je fais l'enrobage.

– "Harry", s'exécuta Pendel. Et il m'a dit ça tout bas, pendant que j'étais face à lui pour reprendre son col. "Harry, je vais vous donner un bon conseil. Vendez la boutique, vendez la maison, et emmenez femme et enfants loin de ce pays infernal tant qu'il en est temps. Milton Jenning était un excellent ingénieur. Sa fille mérite mieux." J'étais pétrifié, muet d'émotion. Il m'a demandé l'âge de nos enfants, et visiblement ça l'a soulagé d'apprendre qu'ils n'étaient pas en âge d'être à l'université, parce qu'il n'aurait pas vu d'un bon œil les petits-enfants de Milton Jenning descendre dans la rue avec une bande de communistes hirsutes.

– Attendez. »

Pendel attendit.

« C'est bon, continuez.

– Ensuite il a dit qu'il fallait que je m'occupe de Louisa, et qu'elle était bien la digne fille de son père pour supporter cet enfoiré de traître d'Ernesto Delgado de la commission du canal, Dieu le savonne. Et le général n'est pas un homme grossier, Andy. J'étais secoué. Vous l'auriez été aussi.

– Delgado, un enfoiré ?

– Tout juste, Andy, répondit Pendel en se rappelant l'attitude peu coopérative de ce monsieur lors du dîner chez lui, et toutes ces années où il s'était fait rebattre les oreilles avec ce Braithwaite nouvelle version.

– Et pourquoi traître, alors ?

– Le général ne me l'a pas expliqué, Andy, et j'étais mal placé pour le lui demander.

– Il a dit si les bases militaires américaines allaient rester ouvertes ou fermer ?

– Non, pas franchement, Andy.

– Ce qui veut dire ?

– Il a fait des plaisanteries, de l'humour noir, des remarques du style les toilettes vont commencer à refluer sous peu.

– La sécurité de la navigation ? Des terroristes arabes qui menaceraient de paralyser le canal ? Les Yankees doivent absolument rester et poursuivre la guerre contre la drogue, mettre au pas les marchands d'armes, maintenir la paix ? »

Pendel secoua la tête avec modestie à chacune de ces suggestions.

« Andy, Andy, je ne suis que tailleur, ne l'oubliez pas. »

Et il eut un sourire angélique en regardant une plume de balbuzard tournoyer dans l'azur.

« Bon, c'est l'heure de confesse. Qu'a dit Mickie ? Il marche dans le coup ou pas ? »

*

* *

Mais Pendel refusait de se laisser bousculer, concernant Mickie. C'était lui qui racontait l'histoire, à son propre rythme, sur son ami à lui. Il maudissait sa platine et regrettait amèrement que Mickie ait fait une apparition au Club Unión ce soir-là.

« S'il entre dans le coup, ce qui est possible, ce sera à certaines conditions, Andy. Il faut qu'il y réfléchisse un peu. »

Osnard s'était remis à écrire. Sa sueur dégoulinait sur la toile cirée.

« Où l'avez-vous vu ?

– Au Caesar Park, Andy, dans ce grand couloir assez large à l'extérieur du casino. C'est là que Mickie tient sa cour quand il est d'humeur sociable. »

La vérité avait refait surface l'espace d'un dangereux instant. La veille encore, à cet endroit précis, Mickie épanchait son amour pour sa femme, tous ses griefs contre elle et sa compassion à l'égard de ses enfants, tandis que Pendel, son fidèle compagnon de cellule, s'apitoyait en veillant à ne rien dire qui risquerait de faire pencher la balance.

« Vous lui avez servi l'histoire du millionnaire fou et philanthrope ?

– Oui, Andy, et il en a pris bonne note.

– Nationalité ?

– J'ai esquivé la question, sur vos instructions. "Mon ami vient d'une grande démocratie occidentale qui n'est pas l'Amérique, un point c'est tout", lui ai-je dit. "Harry, mon grand" – c'est comme ça qu'il m'appelle, "Harry, mon grand" –, "s'il est anglais, je me laisserai convaincre. Tu sais bien que j'ai fait Oxford, et que j'ai été membre actif de la Société culturelle anglo-panaméenne". "Mickie, crois-moi, je ne peux pas en dire plus. Mon ami excentrique dispose d'une certaine quantité d'argent qu'il est prêt à mettre à ta disposition à condition d'être persuadé de la noblesse de ta cause… et pas des clopinettes. Si le canal est vendu au plus offrant et le

Panama avec, si c'est le retour du pas de l'oie et des saluts fascistes, si on compromet les chances d'une belle, jeune et vertueuse nation d'entreprendre son premier voyage vers la démocratie, alors mon ami excentrique est là pour vous aider au maximum avec ses millions."

– Il a pris ça comment ?

– "Harry, mon grand, je vais jouer franc-jeu. Cet argent m'intéresse, parce que les caisses sont presque vides. Ce ne sont pas les casinos qui m'ont ruiné, ni ce que je donne à mes chers étudiants et aux gens qui vivent de l'autre côté du pont. Non, ce sont mes sources si fiables, les pots-de-vin que je leur paye de mes propres deniers. Au Panama, mais aussi à Kuala Lumpur, T'ai-pei, Tokyo et Dieu sait où. Je suis raide fauché, voilà la vérité."

– A qui doit-il payer des pots-de-vin ? Et pour obtenir quoi ? Je ne comprends pas.

– Il ne me l'a pas dit, Andy, et je ne le lui ai pas demandé. Il a pris la tangente, comme d'habitude, il est parti sur les profiteurs qui sont à nos portes et les politiciens qui se remplissent les poches avec ce qui revient de droit au peuple panaméen.

– Et Rafi Domingo, alors ? demanda Osnard avec cette irritabilité a posteriori de ceux qui ont proposé de l'argent et voient leur offre acceptée. Je croyais que Domingo le finançait.

– Plus maintenant, Andy.

– Ben, pourquoi ? »

Une fois de plus, une petite dose de vérité vint à l'aide de Pendel.

« Depuis quelques jours, le señor Domingo n'est plus ce que l'on pourrait appeler un invité bienvenu à la table de Mickie. Ce qui était flagrant aux yeux de tous a fini par le devenir pour Mickie.

– Vous voulez dire qu'il a pigé, pour sa vieille et Rafi ?

– En effet, Andy.

– Qu'est-ce qu'ils me fatiguent, tous ces cons ! se plaignit Osnard après avoir digéré l'information. Des complots par-ci, des complots par-là, des rumeurs de haute trahison, des putschs imminents, des oppositions silencieuses, des étudiants en marche. Mais ils s'opposent à quoi, bordel ? Et pourquoi ? Pourquoi ils ne le révèlent pas au grand jour ?

– C'est exactement ce que je lui ai dit, Andy. "Mon ami n'investira pas dans une énigme, Mickie. Tant qu'il y a un gros gros secret que tu connais et pas lui, son argent restera au fond de sa poche." J'ai été très ferme, Andy. Avec Mickie, il le faut, parce qu'il a une volonté de fer. "Toi tu nous donnes ton complot, Mickie, et nous on te donnera notre philanthropie." Voilà exactement mes paroles, ajouta-t-il tandis qu'Osnard haletait, écrivait et dégoulinait de sueur.

– Comment a-t-il réagi ?

– Il s'est rabousiné, Andy.

– Quoi ?

– Il est rentré dans sa coquille, et j'ai dû lui tirer les vers du nez comme un inquisiteur. "Harry, mon grand, a-t-il fini par dire, nous sommes des hommes d'honneur, toi et moi, alors je ne vais pas mâcher mes mots non plus." Il était remonté, je peux vous le dire. "Si tu me demandes quand, je te répondrai jamais. Jamais, jamais !" »

La voix de Pendel vibrait avec un tel réalisme qu'on ne pouvait douter qu'il ait assisté à la scène et ressenti toute la passion d'Abraxas.

« "Parce que jamais je ne divulguerai le moindre détail que m'auront transmis mes sources ultra-secrètes tant que je n'en aurai pas reçu l'autorisation de chacune d'elles, à tous les niveaux. Et alors seulement, a-t-il promis en baissant la voix, je fournirai à ton ami un ordre de bataille de mon mouvement, plus une déclaration d'intention et d'idéaux, plus un manifeste au cas où nous gagnerions le premier prix dans la grande loterie de la vie, plus tous les détails voulus sur les diaboliques machinations secrètes du gouvernement actuel, mais à condition que j'obtienne des assurances en béton."

– Par exemple ?

– "Je veux que mon organisation soit traitée délicatement, avec le plus grand respect. Je veux qu'on me soumette *via* Harry Pendel tous les détails, aussi minimes soient-ils, ayant trait à ma sécurité et à celle de tous ceux dont je suis responsable sans exception." Point final. »

Il y eut un silence. Il y eut le regard d'Osnard, fixe et sombre. Et il y eut l'air renfrogné d'un Harry Pendel désemparé qui cherchait tant bien que mal à protéger Mickie des conséquences de son cadeau empoisonné.

*

* *

Ce fut Osnard qui reprit la parole.

« Harry, mon vieux.

– Oui, Andy ?

– Vous ne seriez pas en train de me cacher quelque chose, par hasard ?

– Je vous raconte les choses comme elles se sont passées. Je vous rapporte les paroles de Mickie et les miennes.

– C'est un très gros coup, Harry.

– J'en suis conscient, Andy, merci.

– C'est énorme. C'est pour ça qu'on est venus au monde, vous et moi. C'est le rêve de Londres : un mouvement local de libération mis en place par une classe moyenne extrémiste pure et dure, déjà sur les rails, prêt à s'enflammer pour la démocratie du jour au lendemain.

– Euh, je ne vois pas vraiment où ça nous mène, tout ça, Andy.

– Ce n'est pas le moment de mener votre barque tout seul sur le canal, vous voyez ce que je veux dire ?

– Justement, non, Andy.

– On est sur le même bateau, tous les deux. Séparés, on l'a dans l'os. Vous me donnez Mickie, je vous donne Londres, c'est tout simple. »

Pendel eut une idée. Une idée épatante.

« Il a également formulé une autre exigence dont il faut que je vous dise un mot, Andy.

– Oui, de quoi s'agit-il ?

– C'était tellement ridicule que, franchement, je ne voyais pas l'intérêt de vous la transmettre. Je lui ai dit : “Mickie, ça n'est même pas la peine d'y penser. Tu présumes de tes forces. Je ne pense pas que mon ami te recontactera de sitôt.”

– Continuez. »

Pendel riait intérieurement. Il venait d'entrevoir son issue de secours, une porte vers la liberté large de deux mètres. Sa platine se transmettait à tout son corps, lui démangeait les épaules, lui battait aux tempes et chantait à ses oreilles. Après une profonde inspiration, il débita un nouveau paragraphe :

« “Cela concerne le mode de paiement de l'argent liquide que ton millionnaire fou propose de verser à mon opposition silencieuse pour la renflouer et en faire un digne instrument de démocratie pour une petite nation proche de l'autodétermination, avec tout ce qui s'ensuit.”

– Oui, bon, alors ?

– Il veut l'argent d'avance, Andy, et en liquide ou en or, répondit Pendel à contrecœur. Pas de crédit, pas de chèques, pas de banques dans le coup à aucun moment, par sécurité. A la discrétion exclusive de son mouvement d'étudiants et de pêcheurs, réglo, cascher, avec reçus et tout le tralala », conclut-il en rendant grâce à son oncle Benny.

Mais Osnard n'eut pas la réaction escomptée. Au contraire, ses traits bouffis semblèrent s'éclairer à ces propos.

« Ça se défend, concéda-t-il après avoir accordé à cette intéressante proposition toute la considération qu'elle méritait. Et

Londres devrait pouvoir le comprendre. Je vais leur soumettre le problème, voir ce que ça donne et ce qu'ils proposent. Ils sont raisonnables, dans l'ensemble. Sérieux, flexibles quand il le faut. On ne peut pas donner des chèques à des pêcheurs, ce serait absurde. Je peux faire autre chose pour vous ?

– Ça me paraît déjà beaucoup, merci, Andy », rétorqua Pendel en cachant sa surprise.

*

* *

Marta était debout devant sa cuisinière à préparer du café turc qu'il aimait tant. Allongé sur son lit, Pendel étudiait un schéma complexe fait de lignes, de bulles et de majuscules suivies de numéros.

« C'est un ordre de bataille comme on en faisait quand on était étudiants, expliqua-t-elle. Des noms de code, des cellules, des lignes de communication et un groupe de liaison spécial pour parler aux syndicats.

– Où se trouve Mickie, là-dedans ?

– Nulle part. Mickie est notre ami. Ce ne serait pas convenable. »

Le café monta à la surface puis retomba. Elle en remplit deux tasses.

« Au fait, l'Ours a téléphoné.

– Que voulait-il ?

– Il a dit qu'il pensait écrire un article à votre sujet.

– C'est plutôt sympathique.

– Il voulait savoir combien le nouveau club va vous coûter.

– Mais qu'est-ce que ça peut lui faire ?

– Lui aussi est maléfique. »

Elle lui reprit des mains l'ordre de bataille et lui tendit son café, puis s'assit près de lui sur le lit.

« Et Mickie voudrait un autre costume. De l'alpaga pied-de-poule, comme pour Rafi. Je lui ai répondu non, tant qu'il n'aurait pas payé le dernier. J'ai eu tort ? »

Pendel sirota son café. Il avait peur, sans savoir pourquoi.

« Tout ce qui pourra lui faire plaisir, dit-il en évitant son regard. Il l'a bien mérité. »

CHAPITRE 11

Tout le monde était ravi de la façon dont le jeune Andy s'intégrait. Même l'ambassadeur Maltby, que d'aucuns pensaient imperméable au ravissement, estima qu'un jeune homme qui avait un handicap huit et ne parlait pas entre chaque coup ne pouvait être entièrement mauvais. En l'espace de quelques jours, les appréhensions de Nigel Stormont s'étaient envolées. Osnard ne briguait pas son poste de premier conseiller, mettait un point d'honneur à ménager les susceptibilités de ses collègues et brillait, mais sans excès, dans le cercle des cocktails et dîners mondains.

« Comment suis-je censé expliquer votre présence en ville, d'après vous ? lui avait demandé un Stormont peu amène lors de leur premier entretien. Et même ici, à l'ambassade ?

– Que pensez-vous d'analyste du canal ? avait proposé Osnard. Les routes commerciales de la Grande-Bretagne dans l'ère post-coloniale, tout ça. En plus, ce n'est pas si loin de la réalité... même s'il y a analyse et analyse. »

Stormont n'avait rien trouvé à y redire. Toutes les grandes

ambassades au Panama avaient un expert ès canal sauf l'Angleterre. Mais Osnard connaissait-il le dossier ?

« Bon, alors, où en est-on sur la question des bases américaines ? avait demandé Stormont afin de tester les compétences de l'impétrant.

– Je ne vous suis pas.

– Les soldats américains vont rester ou pas ?

– C'est fifty-fifty. Beaucoup de Panaméens veulent qu'ils restent pour assurer la sécurité des investisseurs étrangers. Mais à court terme, sur une période de transition.

– Et les autres ?

– Par ici la sortie ! Ces enfoirés jouent les puissances coloniales au Panama depuis 1904, c'est la honte de la région, qu'ils se barrent ! Les marines américains basés ici ont attaqué le Mexique et le Nicaragua dans les années 20, ils ont réprimé les grèves panaméennes en 1925, ils sont là depuis la construction du canal, et ça ne plaît à personne sauf aux banquiers. Aujourd'hui, le Panama est leur point d'appui pour attaquer les barons de la drogue dans les Andes et en Amérique centrale et entraîner des troufions sud-américains à l'action civique contre des ennemis non identifiés. Les bases américaines emploient 4 000 Panaméens et fournissent du travail à 11 000 autres. Les troupes se montent officiellement à 7 000, plus les forces secrètes cachées dans des grottes-bunkers pleines de joujoux. La présence militaire américaine représenterait 4,5 % du produit national brut, mais vu les rentrées occultes du Panama c'est de la connerie.

– Et les traités ? avait poursuivi Stormont, secrètement impressionné.

– Celui de 1904 cède la zone du canal aux Yankees à perpétuité, le traité Torrijos-Carter de 1977 stipule la rétrocession du canal et de ses infrastructures au Panama avant la fin du siècle sans contrepartie financière, ce que la droite américaine considère toujours comme une trahison. Le protocole permet aux soldats américains de rester si les deux parties sont d'accord. La question de savoir qui paye combien à qui pour quoi et quand n'a pas été soulevée. J'ai mon diplôme ? »

Avec mention. Le spécialiste officiel du canal emménagea bientôt dans son appartement, organisa des pendaisons de crémaillère, serra des mains, devint en quelques semaines une figure mineure bien acceptée du paysage diplomatique panaméen, puis en quelques semaines de plus un atout maître. S'il pratiquait le golf avec l'ambassadeur, il jouait aussi au tennis avec Simon Pitt, allait aux joyeuses parties de plage du petit personnel et se jetait à corps perdu avec ses collègues diplomates dans de frénétiques opérations humanitaires de collectes de fonds destinés aux Panaméens défavorisés, dont le stock semblait heureusement inépuisable. Le rôle principal du spectacle de fin d'année organisé par l'ambassade lui fut attribué à l'unanimité.

« Je peux vous poser une question ? lui demanda Stormont maintenant qu'ils se connaissaient mieux. C'est quoi au juste le comité Planification et Application ? »

Osnard resta vague – volontairement, d'après Stormont.

« Je ne sais pas trop, à vrai dire. C'est dirigé par le Trésor, et ça regroupe tout un tas de gens très différents, par cooptation, dans tous les milieux. Ils sont censés apporter un peu d'air frais, balayer les toiles d'araignée. Des membres d'organismes semi-publics, des élus de Dieu...

– Quels milieux en particulier ?

– Le Parlement, la presse, un peu de tout. Mon patron en fait grand cas mais n'en parle pas beaucoup. C'est présidé par un certain Cavendish.

– Cavendish ?

– Geoff de son prénom.

– Geoffrey Cavendish ?

– Un franc-tireur qui magouille en coulisse. Bureau en Arabie Saoudite, maisons à Paris et dans le West End de Londres, manoir en Écosse, membre du club Boodles. »

Éberlué, Stormont dévisageait Osnard. Cavendish et ses trafics d'influence, songeait-il. Cavendish et son lobby de l'armement. Cavendish et ses prétendus amis en place. Cavendish et ses 10 %, du temps où Stormont travaillait au Foreign Office à Londres. Boum-boum Cavendish, marchand d'armes. Geoff-la-pommade. Quiconque se trouve en contact avec le susmentionné doit le signaler au service du personnel toutes affaires cessantes.

« Qui d'autre ? demanda Stormont.

– Un type prénommé Tug, je ne connais pas son nom de famille.

– Ce ne serait pas Kirby ?

– Juste Tug, dit Osnard avec une indifférence qui plut à Stormont. J'ai entendu mon patron lui téléphoner pour l'inviter à déjeuner avant la réunion. Apparemment, ce n'était pas une première. »

Stormont se mordit la lèvre et ne posa plus de questions. Il en savait déjà plus qu'il ne l'aurait voulu et sans doute plus qu'il n'aurait dû. Au déjeuner, il aborda l'épineuse question des informations futures d'Osnard, dont ils discutèrent en conclave restreint dans un nouveau restaurant suisse où l'on servait du kirsch avec le café. Osnard, qui avait déniché l'endroit, tenait à payer l'addition sur ce qu'il appela sa caisse noire. Il suggéra un steak cordon-bleu avec des gnocchi arrosé de rouge chilien avant le kirsch.

Quand l'ambassade aurait-elle accès aux informations d'Osnard ? demanda Stormont. Avant Londres ? Après ? Jamais ?

« Mon patron a dit : pas de partage local sauf s'il donne son feu vert, répliqua Osnard la bouche pleine. Il a une trouille bleue de Washington, alors il préfère contrôler lui-même la distribution.

– Ça vous paraît bien, comme système ?

– Faut refuser, répondit Osnard en secouant la tête après avoir bu une gorgée de vin. Montez un groupe de travail interne à l'ambassade. Vous, l'ambassadeur, Fran et moi. Gully est de la défense, donc il ne fait pas partie de la famille, et Pitt est stagiaire. Vous rédigez une liste d'incorporation, tout le monde signe, et on se réunit en dehors des heures de bureau.

– Votre mystérieux patron marchera ?

– Vous poussez, je tire. Et il s'appelle Luxmore, c'est connu comme le loup blanc. Dites à l'ambassadeur de taper du poing sur la table. "Le canal est une bombe à retardement, une réaction locale immédiate est essentielle...", ce genre de conneries. Il cédera.

– L'ambassadeur ne tape jamais du poing sur la table. »

Maltby dut pourtant taper sur quelque chose, car après un tir de barrage nourri entre les services respectifs sous forme de télégrammes nocturnes à décoder manuellement, Osnard et Stormont furent autorisés du bout des lèvres à faire cause commune dans un « groupe d'étude de l'isthme » au nom de baptême bien anodin. Un trio de techniciens moroses arriva en avion de Washington, sonda les murs pendant trois jours et déclara qu'ils n'avaient pas d'oreilles. Au terme d'un vendredi chargé, à 19 heures, les quatre conspirateurs prirent donc place à la table de réunion en teck de l'ambassade, sous la lumière rasante d'une lampe du ministère de l'Équipement, et signèrent une reconnaissance de détention d'informations BOUCAN, fournies par la source BOUCAN dans le cadre d'une opération au nom de code BOUCAN. La solennité du moment fut dissipée par une saillie humoristique de Maltby, attribuée par la suite au départ de son épouse pour l'Angleterre :

« BOUCAN va sans doute speeder, monsieur, déclara Osnard avec désinvolture en ramassant les formulaires signés tel un croupier les plaques. Ses informations arrivent déjà à un rythme impressionnant. Une réunion hebdomadaire ne suffira peut-être pas.

– BOUCAN va quoi, Andrew ? demanda Maltby en posant son stylo sur la table.

– Speeder.

– Speeder ?

– C'est bien ça, monsieur l'ambassadeur. Speeder.

– Parfait, parfait. Bon, à dater d'aujourd'hui, Andrew, votre BOUCAN, là, il me fera le plaisir de ne pas speeder. Il peut passer la vitesse supérieure, il peut augmenter le rythme, il peut accélérer, voire au pire mettre le turbo ou écraser le champignon, mais tant que je serai ambassadeur il ne speedera pas, compris ? Ce serait trop affreux. »

Après quoi, ô miracle, Maltby convia toute l'équipe à venir manger des œufs au bacon et faire trempette à la résidence. Ayant porté avec humour un toast aux « BOUCANIERS », il entraîna ses invités dans le jardin pour y admirer ses crapauds, dont il hurlait les noms pour couvrir le vacarme de la circulation. « Allez, Hercule, saute, saute ! Mais ne la dévisage pas comme ça, Galilée, tu n'as donc jamais vu de jolie fille ? » Quand ils se baignèrent dans la semi-obscurité, Maltby surprit à nouveau son monde en s'exclamant au sujet de Fran : « Dieu qu'elle est belle ! » Enfin, pour achever la soirée, il se mit en tête de passer de la musique de danse et fit rouler les tapis par ses domestiques. Stormont ne put s'empêcher de remarquer que Fran dansait avec tous les hommes sauf Osnard, qui préférait ostensiblement passer en revue les livres de l'ambassadeur, les mains dans le dos comme un petit prince anglais inspecte une garde d'honneur.

« Tu ne penses pas qu'Andy serait un peu de la jaquette ? demanda-t-il à Paddy en buvant un dernier verre avec elle. On n'entend jamais dire qu'il sort avec des filles, et il traite Fran comme une lépreuse. »

Il crut d'abord qu'elle se remettait à tousser, mais en fait elle éclata de rire.

« Enfin, mon chéri ! murmura Paddy en levant les yeux au ciel. Andy Osnard ? »

Opinion à laquelle Francesca Deane aurait volontiers souscrit si elle avait pu l'entendre, allongée comme elle l'était sur le lit d'Osnard dans son appartement de Paitilla.

*

* *

Comment elle était arrivée là restait un mystère pour elle, et pourtant cela faisait déjà dix semaines.

« Il n'y a que deux façons de se la jouer, ma fille, lui avait expliqué Osnard avec son assurance habituelle lors d'un dîner pantagruélique de poulet grillé arrosé de bière fraîche près de la piscine de l'El Panama. Méthode A : on résiste péniblement pendant six mois, et puis on se tombe dans les bras et on s'envoie en l'air, genre : "Oh oui, chéri, encore ! Pourquoi n'a-t-on pas fait ça plus tôt ?" Méthode B, qui me semble meilleure : on baise tout de suite, motus et bouche cousue, et on voit si ça nous plaît. Si oui, on s'éclate. Si non, on arrête et personne n'en aura jamais rien su. "J'ai testé, bof, merci du voyage, la vie continue, et basta !"

– Il y a aussi la méthode C, quand même.

– C'est-à-dire ?

– L'abstinence.

– Je me la serre avec un garrot et toi tu prends le voile, c'est ça ? Mais ma fille, on est sur une île déserte, ici ! dit-il en tendant sa main potelée vers le bord de la piscine, où des beautés en tout genre flirtaient avec leur soupirant au son d'un orchestre. L'homme blanc le plus proche est à des milliers de kilomètres. Il n'y a que toi et moi et notre devoir envers notre mère patrie, jusqu'à ce que ma femme débarque le mois prochain.

– Ta femme ! s'écria Francesca, déjà à moitié debout.

– Mais non, c'est une blague, la rassura Osnard en se levant lui aussi. Je n'ai jamais été marié et je ne me marierai jamais.

Maintenant que cet obstacle à notre bonheur est détruit, pourquoi refuser ? »

Ils dansèrent en totale harmonie tandis qu'elle cherchait une réponse. Elle n'aurait jamais cru qu'une personne si corpulente puisse se mouvoir avec tant de légèreté. Elle n'aurait jamais cru que des yeux si petits puissent être aussi envoûtants. Pour être honnête, elle n'aurait jamais cru qu'un homme qui n'avait rien d'un apollon puisse l'attirer ainsi.

« Il ne t'est jamais venu à l'idée que je puisse te préférer nettement quelqu'un d'autre ?

– Au Panama ? Impossible, ma fille. Je me suis renseigné. Les gars d'ici t'ont surnommée l'iceberg anglais. »

Ils étaient tout près l'un de l'autre, et cela paraissait naturel.

« Je n'en crois pas un mot !

– Tu paries ? »

Ils se rapprochèrent encore.

« Et en Angleterre ? insista-t-elle. Comment sais-tu que je n'ai pas trouvé l'âme sœur dans le Shropshire, ou même à Londres ? »

Il lui embrassait la tempe, mais il aurait pu l'embrasser n'importe où. Sa main reposait bien à plat sur son dos, et son dos était nu.

« Ça te ferait une belle jambe, ici. Pour moi, ça ne doit pas être très jouissif à huit mille kilomètres de distance, si ? »

En le regardant somnoler à côté d'elle dans le lit, rassasié, elle se dit que ce n'étaient pas ses arguments qui l'avaient convaincue, ni ses talents exceptionnels de danseur, ni son humour, et pourtant elle avait ri plus fort et plus longtemps qu'avec aucun autre homme. Non, c'était simplement qu'elle ne s'imaginait pas lui résister plus d'un jour, encore moins trois ans.

Avant d'être mutée au Panama six mois plus tôt, elle avait passé ses week-ends à Londres avec un agent de change féru de chasse et terriblement beau prénommé Edgar. Ils avaient décidé d'un commun accord que leur aventure touchait à sa fin quand elle avait obtenu son affectation. Avec Edgar, tout se faisait d'un commun accord.

*
* *

Mais qui était donc Andy ?

Fervente adepte de la documentation bien informée, Fran ne couchait jamais avec un homme sans s'être renseignée sur son compte.

Elle savait qu'il était passé par Eton – uniquement parce que Miles le lui avait appris. Osnard, qui semblait détester son ancienne école, répugnait à y faire référence, et encore était-ce toujours en disant « le bahut » ou « la pension du coin ». Ses connaissances étaient vastes mais éparses – logique, pour quelqu'un dont le parcours scolaire avait été brutalement interrompu. Quand il était saoul, il aimait à citer Pasteur : « Le hasard ne favorise que les esprits préparés. »

Il était riche, ou bien alors soit très dépensier soit très généreux. Toutes les poches de ses coûteux costumes panaméens – on pouvait lui faire confiance pour se trouver le meilleur tailleur de la ville dès son arrivée – semblaient bourrées de billets de 20 et 50 dollars. Elle lui en fit la remarque, mais il lui dit avec un haussement d'épaules que c'étaient les avantages du métier. Quand il l'emmenait dîner ou passer un week-end en amoureux à la campagne, il dépensait de l'argent sans compter.

Fut un temps, il avait possédé un lévrier qu'il faisait courir à White City jusqu'au jour où, selon ses propres termes, une bande de types lui avait conseillé d'emmener son toutou ailleurs. Son ambitieux projet d'ouvrir un circuit de karting à Oman s'étant heurté à des difficultés similaires, il avait pris la gérance d'un stand d'argenterie à Shepherd Market. Aucun de ces interludes n'avait pu durer bien longtemps, puisqu'il n'avait que vingt-sept ans.

Il se refusait à tout commentaire sur sa famille – sauf pour imputer son charme et sa fortune immenses à une tante éloignée – ou sur ses précédentes conquêtes, alors que Fran avait de bonnes raisons de les supposer nombreuses et variées. Fidèle à sa promesse d'*omertá*, il ne trahissait rien de leur liaison en public, ce qu'elle trouvait excitant : une minute après avoir atteint le summum de l'extase entre ses bras experts, elle se retrouvait sagement assise en face de lui à une réunion d'ambassade comme s'ils se connaissaient à peine.

Et il était espion. Et il agissait en tant qu'officier traitant d'un autre espion du nom de BOUCAN – ou de plusieurs, car les informations collectées par BOUCAN semblaient trop hétéroclites et sensationnelles pour un seul homme.

*

* *

Et BOUCAN avait l'oreille du président et du commandant en chef des forces américaines de l'hémisphère Sud. Et BOUCAN frayait avec des escrocs et des affairistes comme Andy à l'époque du lévrier qui, Fran venait de l'apprendre, s'appelait Revanche – un nom hautement révélateur, selon elle : Andy savait où il allait dans la vie.

Et BOUCAN était en contact avec une opposition démocratique secrète qui attendait que les vieux fascistes panaméens tombent le masque. Il parlait à des militants du mouvement estudiantin, à des pêcheurs, à des activistes clandestins dans les syndicats, complotait à leurs côtés en prévision du jour J, et les appelait avec une certaine grandiloquence les gens de l'autre côté du pont. BOUCAN fréquentait aussi Ernie Delgado, l'éminence grise du canal, et Rafi Domingo, qui blanchissait de l'argent pour les cartels. BOUCAN connaissait des députés, beaucoup de députés, et des avocats, et des banquiers, bref quiconque méritait d'être connu au Panama. Fran trouvait incroyable, voire inquiétant, qu'Andy ait réussi à atteindre si vite le cœur même d'un Panama dont elle ignorait jusqu'à l'existence. Cela dit, il avait bien atteint son cœur à elle en deux temps trois mouvements.

Et BOUCAN flairait un grand complot dont personne n'arrivait à comprendre au juste la nature, sinon qu'il impliquait les Français, et peut-être, à plus ou moins longue échéance, les Japonais, les Chinois, les Tigres de l'Asie du Sud-Est et les cartels de la drogue en Amérique centrale et du Sud. Un complot visant à vendre le canal au marché noir, comme disait Andy. Mais comment ? Et comment, à l'insu des Américains qui, après tout, dirigeaient de fait le pays quasiment depuis le début du siècle, et disposaient des systèmes d'écoute et de surveillance les plus sophistiqués de l'isthme et de l'Amérique centrale.

Pourtant, aussi étonnant et excitant que cela puisse paraître, les Américains ne savaient rien de cette intrigue. Ou bien ils savaient mais ne nous le disaient pas. Ou encore ils savaient mais ne se le disaient même pas entre eux, parce que, aujourd'hui, quand on parlait de la politique étrangère des USA, il fallait préciser quelle politique et quel ambassadeur, celui de l'ambassade ou celui d'Ancón Hill, l'armée américaine ne s'étant toujours pas faite à l'idée qu'elle ne pouvait plus jouer les gros bras au Panama.

Et Londres dénichait frénétiquement des corroborants dans tous les coins possibles et imaginables, y compris des dossiers remontant à des années, et s'aventurait à en déduire quel pays aurait plus d'ambitions hégémoniques que les autres ; comme disait BOUCAN, tous les vautours du monde se préparaient à fondre sur le pauvre petit Panama et le jeu consistait à deviner qui allait décrocher la timbale. Et Londres ne cessait de réclamer plus, encore plus, toujours plus, ce qui exaspérait

Andy parce qu'un réseau c'est comme un lévrier : si on l'épuise, le maître et son champion finissent par le payer tous les deux. Mais en dehors de ces rares confidences, il était la discrétion même, ce qu'elle admirait.

Et tout cela en dix petites semaines, comme leur liaison. Tel un magicien, Andy touchait des choses qui étaient là depuis des années et les rendait passionnantes, vivantes… Fran y compris. Mais qui était BOUCAN ? Si BOUCAN se cachait derrière Andy, qui se cachait derrière BOUCAN ?

*

* *

Pourquoi les amis de BOUCAN s'ouvraient-ils ainsi à lui ou elle ? Était-il psychiatre, médecin ? Ou bien était-ce une garce calculatrice qui arrachait des secrets à ses amants sur l'oreiller ? Qui donc téléphonait à Andy en quinze secondes chrono et raccrochait presque avant qu'il ait eu le temps de dire « j'y serai » ? Était-ce BOUCAN en personne, ou un intermédiaire, un étudiant, un pêcheur, un coupe-circuit, un agent de liaison du réseau ? Où allait Andy quand, tel un robot obéissant à une voix venue d'ailleurs, il se levait au beau milieu de la nuit, enfilait ses vêtements, sortait une liasse de billets du coffre-fort caché dans le mur derrière le lit et la laissait allongée là sans même un au revoir, puis revenait se coucher à l'aube, contrarié ou euphorique, puant la fumée de cigare et le parfum de femme, avant de la prendre sans un mot, interminablement, divinement, infatigablement, pendant des heures, des années, son corps pourtant massif la frôlant avec la légèreté d'une plume, un orgasme après l'autre, ce qu'elle n'avait jamais connu sinon dans ses fantasmes de collégienne ?

Et à quel grand œuvre travaillait donc Andy quand, à réception d'une enveloppe brune ordinaire, il allait s'enfermer dans la salle de bains pendant une demi-heure, laissant derrière lui des relents de camphre ou de formol ? Que voyait-il donc quand il émergeait du placard à balais avec un ruban de pellicule mouillée pas plus large qu'un ver solitaire, puis s'asseyait à son bureau et le faisait défiler sur une minuscule table de montage ?

« Tu ne devrais pas plutôt faire ça à l'ambassade ? lui demanda-t-elle.

– Il n'y a ni chambre noire ni toi, là-bas », répliqua-t-il pensivement d'un ton sans appel qu'elle trouvait irrésistible.

Quel parfait goujat, comparé à Edgar ! Si fuyant, si autonome, si courageux ! Elle l'observait pendant les réunions BOUCAN : notre boucanier-chef, présidant la longue table avec autorité et désinvolture, une mèche langoureuse lui effleurant l'œil droit quand il distribuait ses dossiers aux rayures criardes et regardait dans le vide tandis que les autres découvraient le Panama selon BOUCAN, pris sur le vif :

Antonio Untel, du ministère des Affaires étrangères, s'est récemment déclaré si entiché de sa maîtresse cubaine qu'il veut s'employer à améliorer les relations panaméo-cubaines au mépris des objections américaines...

S'était déclaré à qui ? A sa maîtresse cubaine, qui l'avait rapporté à BOUCAN ? Ou bien directement à Andy, au lit ? Elle se rappela le parfum et s'imagina qu'il s'était imprimé sur son corps au contact d'une autre. Andy était-il BOUCAN ? Rien n'était impossible.

Untel est également à la solde de la mafia libanaise de Colón, qui aurait acheté 20 millions de dollars un « statut de nation favorisée » au sein de la communauté criminelle de Colón...

Et après la maîtresse cubaine et les escrocs libanais, BOUCAN piquait une tête dans le canal :

Au sein de la toute récente « autorité du canal », la situation empire de jour en jour à mesure que les anciens sont remplacés par des employés non qualifiés uniquement nommés par népotisme, au grand désespoir d'Ernesto Delgado. L'exemple le plus flagrant en est la nomination de José-María Fernandez comme directeur des services généraux après sa prise de participation de 30 % dans la chaîne de fast-food chinois Lee Lotus, détenue à 40 % par des compagnies appartenant au cartel brésilien de la cocaïne Rodríguez...

« C'est le Fernandez qui m'a draguée à la réception le jour de la fête nationale ? » demanda Fran impassible à Andy lors d'une réunion tardive des boucaniers dans le bureau de Maltby.

Elle avait déjeuné chez Osnard et lui avait fait l'amour tout l'après-midi, et le souvenir de sa jouissance inspirait autant sa question que la curiosité.

« Un chauve aux jambes arquées, répliqua Andy d'un air détaché. Lunettes, boutons, transpiration, mauvaise haleine.

– C'est bien lui. Il voulait m'emmener en avion à un festival à David.

– Quand partez-vous ?

– Andy, vous exagérez », intervint Nigel Stormont sans lever le nez du dossier, et Fran eut bien du mal à ne pas pouffer.

A la fin des réunions, elle regardait du coin de l'œil Andy empiler ses dossiers et les emporter dans son royaume secret derrière la nouvelle porte blindée du couloir est, suivi par Shepherd, son inquiétant secrétaire qui portait des gilets jacquards de couleurs vives, se gominait les cheveux et tenait toujours quelque chose à la main, clé à molette, tournevis ou morceau de câble.

« Mais que diable fait Shepherd pour toi ?

– Il nettoie les vitres.

– Il n'est pas assez grand.

– Je lui fais la courte échelle. »

Ce fut avec aussi peu d'espoir qu'elle demandait maintenant à Osnard pourquoi il s'habillait une fois de plus quand tout le monde essayait de dormir.

*

* *

« J'ai une course à faire, répliqua-t-il d'un ton abrupt, ayant été sur les nerfs toute la soirée.

– Une course de lévriers, peut-être ? demanda-t-elle sans obtenir de réponse. En tout cas, ils sont noctambules, tes lévriers, ajouta-t-elle, espérant en vain le sortir de son introspection. J'imagine que cette même course faisait l'objet du télégramme à décrypter toi-même que tu as reçu cet après-midi. »

Osnard, qui était en train d'enfiler sa chemise par le col, s'immobilisa.

« D'où tu sors ça, toi ? lança-t-il d'un ton désagréable.

– Je suis tombée sur Shepherd en prenant l'ascenseur pour rentrer. Il m'a demandé si tu étais encore là, je lui ai demandé pourquoi, bien sûr, et il m'a dit qu'il avait un truc assez chaud pour toi mais que tu devais le déboutonner toi-même. J'ai rougi, et puis j'ai compris qu'il parlait d'un message urgent. Tu n'emportes pas ton Beretta à crosse de nacre ? fit-elle sans succès. Tu la retrouves où ?

– Dans un bordel, rétorqua-t-il en se dirigeant vers la porte.

– Je t'ai offensé, ou quoi ?

– Pas encore, mais ça ne saurait tarder.

– Et toi, tu ne m'as pas offensée, peut-être ? Je crois que je vais rentrer chez moi. J'ai vraiment besoin de dormir. »

Mais elle resta, encore baignée de l'odeur virile de son corps puissant, avec son empreinte sur les draps et le souvenir de son regard pénétrant et brûlant dans la pénombre. Même ses crises de colère l'excitaient. Et aussi ce côté sombre en lui qu'il laissait si rarement affleurer, quand ils jouaient à des jeux de vilains en faisant l'amour, qu'elle l'amenait au bord de la violence et qu'il relevait sa tête en sueur comme pour frapper mais se retenait juste à temps. Ou bien lorsque Maltby, avec sa perversité coutumière, décidait de l'asticoter sur un rapport pendant une réunion BOUCAN – « Votre source serait-elle aussi illettrée qu'omnisciente, Andrew, ou bien est-ce à vous que nous devons les accords du participe ? » Alors ses traits souples se durcissaient, une lueur dangereuse brillait au fond de ses yeux, et Fran comprenait pourquoi il avait baptisé son lévrier Revanche.

Je perds le contrôle, songea-t-elle. Pas de lui, ça je ne l'ai jamais eu, mais de moi. Plus inquiétant encore pour la fille d'un juge désespérément pompeux et l'ancienne maîtresse de l'irréprochable Edgar, elle se découvrait un appétit marqué pour la débauche.

CHAPITRE 12

Osnard gara sa voiture diplomatique devant le centre commercial au pied du grand bâtiment, salua les gardes en faction et monta au quatrième étage. Sous un éclairage blafard au néon, le lion et la licorne continuaient leur éternel combat. Osnard tapota le code, entra dans le hall de l'ambassade, déverrouilla une porte en verre blindée, monta un escalier intérieur, suivit un couloir, franchit une grille fermée et pénétra dans son royaume privé. Une dernière porte, en acier, restait fermée. Du trousseau dans sa poche, il choisit une longue clé en cuivre à tige creuse, l'introduisit dans le mauvais sens, s'écria « merde ! », la retira et l'enfonça dans le bon sens, cette fois. Lorsque personne ne l'observait, il avait un comportement différent. Il paraissait plus impatient, plus hardi. La tête rentrée dans les épaules, le regard aux aguets, le front bas, il semblait s'attaquer à un ennemi invisible.

La chambre forte occupait les deux derniers mètres du couloir reconverti en remise. A sa droite, des casiers ; à sa gauche, au milieu d'un assortiment hétéroclite d'objets tels que de l'insecticide en aérosol et du papier hygiénique, un coffre-fort mural vert ; devant lui, un énorme téléphone rouge sur un tas de boîtiers électriques que le jargon de l'ambassade surnommait son lien digital avec Dieu. Une affichette sur le socle indiquait : « 50 £ la minute de communication », et en dessous Osnard avait écrit de sa main : « Profitez-en ! » C'est dans cet esprit qu'il souleva le combiné et, sans se soucier de la voix enregistrée qui lui ordonnait d'appuyer sur certaines touches et de se conformer aux instructions, appela son bookmaker à Londres pour qu'il mise 500 livres sur différents lévriers dont il semblait connaître le nom et la cote aussi bien qu'il connaissait le bookmaker.

« Mais non, imbécile, gagnant, pas placé ! » s'écria Osnard, qui n'était pas du genre à miser sur les deux tableaux.

Après quoi, il se soumit aux exigences de son métier. Il sortit un dossier d'un casier TOP SECRET BOUCAN, l'emporta dans son bureau, alluma la lumière, s'assit à sa table, éructa et, la tête dans les mains, entreprit de lire les quatre pages d'instructions qu'il avait reçues l'après-midi même de Luxmore, son directeur régional à Londres, et décodées au prix d'un grand effort de patience. Imitant passablement l'accent traînant de Luxmore l'Écossais, Osnard lut le texte à haute voix :

« Vous retiendrez par cœur les ordres suivants... », bruit de succion. « Ce message n'est pas – je répète : n'est pas – destiné aux archives de la station, et devra être détruit dans les soixante-douze heures suivant réception, mon jeune Osnard... Vous informerez immédiatement BOUCAN de ce qui suit... », bruit de succion, « et vous lui confierez seulement les missions suivantes... Vous lui transmettrez aussi l'avertissement suivant... Eh oui ! »

Il replia le télégramme avec un grognement exaspéré, le glissa dans une simple enveloppe blanche sortie d'un tiroir de son bureau et mit le tout dans la poche droite de son pantalon

Pendel & Braithwaite, dont il avait expédié la facture à Londres – frais opérationnels indispensables. Il retourna dans la chambre forte, où il prit une serviette en cuir élimée choisie pour n'avoir rien d'officiel, la posa sur l'étagère et, avec une autre clé de son trousseau, ouvrit le coffre-fort vert qui contenait un livre de comptes cartonné et de gros rouleaux de billets de 50 dollars, ceux de 100 étant trop difficiles à négocier sans attirer l'attention, comme il en avait formellement averti Londres.

A la lumière du plafonnier, il ouvrit le registre à la page en cours, divisée en trois colonnes de chiffres manuscrits, sous les en-têtes « H » comme Harry à gauche, « A » comme Andy à droite, et « bénéfices » au milieu, celle qui comportait les plus grosses entrées, ventilées dans les deux autres par des bulles et des flèches bien nettes du genre très apprécié des sexologues. Après avoir examiné les trois colonnes d'un air chagrin, il prit un crayon dans sa poche, inscrivit à regret un 7 dans la colonne centrale et l'entoura d'un cercle dont il fit partir un trait vers la gauche pour l'affecter à « H » comme Harry. Il écrivit ensuite un 3 qu'il attribua plus joyeusement à la colonne « A » comme Andy. Tout en chantonnant, il sortit 7 000 dollars du coffre-fort et les rangea dans la serviette, où il jeta aussi d'un air sincèrement dégoûté la bombe insecticide et d'autres bricoles de l'étagère. Il referma la mallette, puis verrouilla le coffre, la chambre forte et la porte d'entrée.

Dans la rue, la pleine lune l'accueillit, et dans la voûte étoilée au-dessus du golfe se miraient les lumières des bateaux en attente qui se profilaient sur l'horizon ténébreux. Il héla un vieux taxi Pontiac, donna une adresse au chauffeur, et se retrouva bientôt bringuebalé sur la route de l'aéroport, guettant avec impatience un cupidon en néon mauve, la flèche phallique pointée vers les bungalows de l'amour. Éclairé par les phares d'un véhicule venant en sens inverse, le visage d'Osnard semblait plus dur, et ses petits yeux sombres, fixés sur les rétroviseurs, brillaient d'une vive lueur au passage de chaque voiture. *Le hasard ne favorise que les esprits préparés*, se répéta-t-il, selon le dicton préféré de son prof de sciences à l'école primaire qui, après l'avoir violemment flagellé, avait suggéré qu'ils se réconcilient en ôtant leurs vêtements.

*
* *

Quelque part près de Watford, au nord de Londres, se trouve un manoir Osnard que l'on atteint après avoir emprunté une rocade encombrée et viré brusquement pour traverser un lotissement délabré appelé La Clairière aux Ormes, où jadis se dressaient ces arbres. Le manoir a rempli plus de fonctions ces cinquante dernières années que durant ses quatre siècles d'existence : maison de retraite, institution pour jeunes délinquants, écurie pour lévriers de course et, plus récemment, sous la direction du sinistre frère aîné d'Osnard, Lindsay, sanctuaire de méditation d'une secte orientale.

Au cours de ces avatars successifs, les Osnard disséminés jusqu'en Inde ou en Argentine s'étaient partagé le loyer, disputés quant aux frais d'entretien et à la pension de leur vieille gouvernante, mais peu à peu, à l'image de cette maison qui les avait vus naître, ils avaient décliné ou simplement renoncé à survivre. Un des oncles emporta sa part au Kenya et perdit tout son bien. Un des cousins se mit en tête de jouer les grands seigneurs en Australie, acheta un élevage d'autruches et le paya chèrement. Un Osnard avocat dépouilla le fidéicommis familial de ce qu'il n'avait pas déjà dilapidé en mauvais placements et se logea une balle dans la tête. Les Osnard qui n'avaient pas coulé dans le naufrage sombrèrent avec la Lloyd's. Le sinistre Lindsay, qui avait horreur des demi-mesures, endossa les habits jaune safran des moines bouddhistes et se pendit à l'unique cerisier encore sain du jardin clos de murs.

Seuls les parents de notre Osnard, complètement ruinés, s'obstinèrent à survivre. Son père faisait durer ses dernières ressources en vivant aux crochets des membres espagnols de la famille sur un domaine familial hypothéqué en Espagne, sa mère partageait dignement sa misère à Brighton avec un chihuahua et une bouteille de gin.

*

*   *

Face à des perspectives aussi cosmopolites, d'aucuns auraient pu rechercher des horizons nouveaux ou au moins le soleil d'Espagne. Mais le jeune Andrew avait décidé très tôt qu'il était fait pour l'Angleterre et surtout qu'elle était faite pour lui. A vingt ans, marqué à vie par une enfance de privations et les horreurs de la pension, il estima qu'il avait payé à l'Angleterre un prix qu'aucun autre pays ne pouvait exiger de lui, et que dorénavant il méritait un retour sur investissements.

Mais comment ? Sans profession ni diplôme, sans talents reconnus hors le terrain de golf et l'alcôve, son point fort était sa parfaite connaissance du pourrissement de l'Angleterre. Il lui fallait donc trouver une institution anglaise décadente qui lui restituerait ce que d'autres institutions décadentes lui avaient pris. Sa première idée fut la presse. Il avait quelques lettres, aucun scrupule et des comptes à régler – à première vue, le profil parfait pour intégrer la jeune et riche médiacratie. Mais après deux années prometteuses en tant que pigiste au *Loughborough Evening Messenger*, sa carrière prit brutalement fin quand il s'avéra qu'un de ses articles sulfureux intitulé « Les galipettes des ténors de la politique » avait eu pour source les confidences sur l'oreiller de l'épouse du rédacteur en chef.

Une célèbre fondation pour animaux l'embaucha, et il crut un temps avoir trouvé sa véritable vocation. Dans des locaux somptueux à proximité des théâtres et des restaurants, on débattait avec passion des besoins de la gent animale anglaise. Pas une grande première, pas un banquet en tenue de soirée, pas un voyage d'études à l'étranger ne semblaient trop chers aux yeux des cadres grassement payés de l'association. Et tous les projets auraient pu se réaliser : le Fonds d'urgence pour les ânes (organisateur : A. Osnard) et le Séjour pour lévriers de course en retraite (trésorier : A. Osnard) avaient été plébiscités, lorsque deux de ses supérieurs furent invités à venir s'expliquer devant le service de la répression des fraudes.

Après quoi, pendant une semaine enfiévrée, il envisagea d'entrer dans l'Église anglicane, qui par tradition offrait une promotion rapide aux agnostiques hâbleurs, coureurs et cupides. Mais sa foi s'envola quand son enquête personnelle lui révéla que des investissements calamiteux avaient fait sombrer l'Église dans un dépouillement chrétien des plus fâcheux. Au comble du désespoir, il s'embarqua dans une série d'aventures mal préparées, fort risquées et de courte durée, qui toutes se soldèrent par un échec. Plus que jamais, il lui fallait trouver un emploi.

« Et la BBC ? demanda-t-il au secrétaire de la cellule emploi de son université, où il revenait pour la énième fois.

– Pas question, se rebiffa le secrétaire grisonnant, vieux avant l'âge.

– La Caisse nationale des monuments historiques ?

– Vous aimez les vieilles pierres ? demanda le secrétaire comme s'il craignait qu'Osnard les fasse sauter.

– J'adore. C'est ma passion.

– Sûrement, commenta le secrétaire en soulevant d'un doigt tremblant la couverture d'un dossier dans lequel il jeta un coup d'œil. Eux seraient sans doute d'accord pour vous prendre. Un passé trouble, ça peut être un atout, et vous êtes bilingue, si l'espagnol les intéresse. Mm-oui, vous pouvez toujours tenter le coup.

– Quoi, les monuments historiques ?

– Non, non, les barbouzes. Tenez, prenez ce formulaire, trouvez-vous un coin sombre et remplissez-le à l'encre sympathique. »

*

* *

Osnard avait enfin trouvé son graal, sa véritable Église anglicane : un service pourri doté d'un budget coquet, un musée consacré à la préservation des espoirs les plus secrets de la nation, un ramassis de sceptiques, d'utopistes, de zélateurs et d'illuminés. Plus l'argent pour leur donner vie.

Non que son recrutement fût joué d'avance. Il s'agissait d'un Service nouvelle façon, dégraissé, libéré par les conservateurs des entraves du passé et de toute considération de classe, c'est-à-dire assuré par des hommes et femmes démocratiquement triés sur le volet parmi les petits-bourgeois blancs sortis d'écoles privées. Osnard dut lui aussi se soumettre au triage sur le volet.

« Cette malheureuse affaire du suicide de votre frère Lindsay, comment vous a-t-elle affecté ? lui demanda un espiocrate aux yeux caves avec une grimace dégoûtée, assis derrière son bureau bien ciré.

– Ça a été très douloureux, avoua Osnard en faisant bonne contenance, lui qui avait toujours détesté Lindsay.

– Comment cela ?

– On se pose des questions sur la valeur des choses, ce à quoi on tient, ce pour quoi on nous a mis sur terre.

– Et dans votre cas, si vous aviez le choix, ce serait ce Service ?

– Sans hésitation.

– Et vous ne pensez pas que, globe-trotter comme vous l'êtes, avec de la famille à droite à gauche et une double nationalité, vous n'êtes pas assez typiquement anglais pour ce

Service ? Que vous êtes un citoyen du monde plutôt qu'un des nôtres ? »

Comment Osnard allait-il traiter du patriotisme, sujet épineux entre tous ? Allait-il se montrer agressif, insolent ou, pire encore, sentimental ? Leurs inquiétudes étaient vaines. Tout ce qu'il leur demandait, c'était un refuge pour son amoralité.

« L'Angleterre est le pays où je laisse ma brosse à dents », répliqua-t-il à son public, qui partit d'un rire soulagé.

Osnard commençait à percer leur jeu. Ce n'était pas ce qu'il disait qui importait, mais la façon de le dire. Ce type sait-il réfléchir vite, ne pas se laisser démonter, finasser, oublier sa peur, convaincre ? Est-il capable de forger un mensonge et de dire la vérité ? Est-il capable de forger un mensonge et de le débiter ?

« Nous avons examiné la liste de vos fréquentations galantes de ces cinq dernières années, monsieur Osnard, dit un Écossais barbu, plissant les yeux pour faire preuve d'une plus grande perspicacité. Et c'est une liste plutôt longue », petit bruit de succion, « compte tenu de votre jeune âge ».

Rire général auquel Osnard se joignit modérément.

« Pour moi, on juge une liaison à la façon dont elle se termine, répliqua-t-il avec une modestie touchante. Les miennes se sont bien terminées, dans l'ensemble.

– Et les autres ?

– Écoutez, quoi, ça nous est tous arrivé de nous réveiller dans le mauvais lit, non ? »

Mais comme à l'évidence ce n'était pas le genre des six personnes réunies autour de la table, et en particulier de son interrogateur barbu, cette remarque déclencha à nouveau un rire circonspect.

« Au fait, vous êtes de la famille, vous le saviez ? lui dit le chef du personnel en lui accordant une poignée de main tremblotante en guise de félicitations.

– Euh, j'imagine que oui, maintenant.

– Non, non, depuis longtemps. Une tante et un cousin. Vous l'ignoriez ? »

Osnard l'ignorait, à la plus grande satisfaction du chef du personnel. En apprenant de qui il s'agissait, il sentit un énorme éclat de rire monter en lui, qu'il réussit in extremis à transformer en un charmant sourire désarmé.

« Je m'appelle Luxmore, lui dit l'Écossais barbu avec une poignée de main étrangement semblable à celle du chef du personnel. Je dirige la péninsule Ibérique, l'Amérique du Sud et deux ou trois autres zones. Vous risquez aussi d'entendre parler de moi en rapport avec une petite histoire dans les Malouines... Je compte sur vous dès que vous aurez mis à profit votre entraînement de base, mon jeune ami.

– J'ai hâte d'y être, monsieur », dit Osnard avec enthousiasme.

*
* *

Et c'était vrai. Il avait remarqué que les espions de l'après-guerre froide vivaient la meilleure et la pire des époques. Le Service avait de l'argent à flamber, mais pour quel incendie ? Relégué dans ce qu'on appelait l'auberge espagnole, qui aurait pu servir de bureau de rédaction pour l'annuaire téléphonique de Madrid, côte à côte avec des débutantes d'âge moyen portant bandeau et fumant cigarette sur cigarette, le jeune novice griffonna une estimation caustique de la valeur marchande de ses employeurs sur le marché gouvernemental :

Priorité irlandaise : Rentrées régulières, excellentes perspectives à long terme, mais petits profits quand partage entre agences rivales.
Militants islamistes : Coups de chauffe occasionnels, mais rentabilité médiocre. Comme substitut du péril rouge, zéro.

Armes contre drogues S. A. R. L. : Fiasco total. Le Service ne sait pas s'il doit jouer les gardes-chasse ou les braconniers.

Quant à l'espionnage industriel, produit vedette des temps modernes, Osnard estima qu'après avoir brisé quelques codes taiwanais et soudoyé quelques secrétaires coréennes on ne pouvait guère plus pour l'industrie britannique que compatir. C'est du moins ce dont il était persuadé jusqu'à ce que Scottie Luxmore l'appelle à ses côtés.

*

* *

« Le Panama, monsieur Osnard ! fit Luxmore tout excité, claquant des doigts, agitant les bras, arpentant sa moquette bleue. C'est l'endroit rêvé pour un jeune officier talentueux comme vous. Et pour nous tous, d'ailleurs, si seulement ces imbéciles des Finances voyaient plus loin que le bout de leur nez. Nous avons eu le même problème avec l'affaire des Malouines, je peux vous le dire. Ils ont fait la sourde oreille jusqu'à la dernière seconde. »

Luxmore avait un vaste bureau aux portes du paradis. Derrière ses fenêtres blindées et teintées, sur l'autre rive de la Tamise, se dressait fièrement le palais de Westminster. Luxmore était petit. Sa barbe en pointe et son pas alerte ne le rendaient pas plus imposant. C'était un vieux monsieur dans un monde de jeunes, il lui fallait courir vite pour rester dans la course. Du moins c'est ce que pensait Osnard. Luxmore l'Écossais émettait de petits bruits de succion contre ses dents de devant, comme s'il suçotait un bonbon en permanence.

« Cela dit, nous progressons. Le ministère du Commerce et la banque d'Angleterre frappent à toutes les portes. Le Foreign Office, bien que peu enclin à l'hystérie, est allé jusqu'à exprimer un intérêt mesuré, un peu comme quand j'ai eu le plaisir de les informer des intentions du général Galtieri au sujet de nos Malouines. »

Osnard eut un instant de découragement.

« Mais monsieur..., objecta-t-il sur le ton très étudié du néophyte pantelant qu'il avait adopté.

– Oui, Andrew ?

– Peut-être ma question est-elle stupide, mais quels sont les intérêts de la Grande-Bretagne au Panama ? »

Luxmore se réjouissait de l'innocence du jeune homme. Former des jeunes au service sur le terrain avait toujours été une de ses plus grandes joies.

« Il n'y en a pas, Andrew, répliqua-t-il avec un sourire en coin. Au Panama en tant que tel, il n'y a absolument aucun intérêt britannique d'aucune sorte. Quelques marins en rade, quelques centaines de millions de livres investies, quelques vieux Britanniques intégrés mais de moins en moins, un ou deux comités consultatifs moribonds, voilà nos seuls intérêts dans la république du Panama.

– Mais alors... »

D'un geste, Luxmore lui imposa le silence avant de s'adresser à son propre reflet dans les vitres blindées.

« Formulez votre question un peu différemment, mon jeune ami, et vous aurez une réponse tout à fait différente, je vous l'assure.

– Comment cela, monsieur ?

– Quel est notre intérêt géopolitique au Panama ? Voilà ce que vous devriez vous demander. »

Il était lancé.

« Quel est notre intérêt vital ? Où le nerf de notre grande nation commerçante est-il le plus menacé ? Lorsque nous pointons notre longue-vue vers le bien-être futur de nos îles, dans quelle direction voyons-nous les nuages les plus noirs s'amonceler, monsieur Osnard ? »

Il s'emballait, à présent.

« Dans quel coin du globe sentons-nous arriver le prochain Hong Kong en sursis, le prochain désastre imminent ? »

De l'autre côté du fleuve, semblait-il, où se portait son regard visionnaire.

« Les barbares sont à notre porte, mon jeune ami. Des prédateurs venus de tous les coins du globe fondent sur la petite république du Panama. La grande horloge du temps égrène les minutes qui nous séparent encore de l'Armageddon. Et que font-ils, au ministère des Finances ? Pensez donc ! Ils se bouchent les oreilles, une fois de plus. Qui va gagner le gros lot du nouveau millénaire : les Arabes ? Les Japonais sont-ils en train d'aiguiser leurs *katanas* ? Mais oui, bien sûr ! Ou alors les Chinois, les Tigres, un consortium latino-américain étayé par des milliards de narcodollars ? L'Europe entière sans nous ? Les Allemands une fois encore, ou ces rusés de Français ? En tout cas, Andrew, ce ne sera pas l'Angleterre, c'est une certitude absolue. Non, non. Ce n'est pas notre hémisphère, ce n'est pas notre canal, nous n'avons pas d'intérêts au Panama, le Panama est un trou perdu, le Panama c'est quatre pelés et un tondu, et allons donc ensemble faire un bon repas !

– Ils sont fous, murmura Osnard.

– Non, ils ont raison. Ce n'est pas notre juridiction. C'est le jardin. »

Osnard ne saisit pas d'emblée, puis tout s'éclaira. Le Jardin ! Combien de fois n'en avait-il pas entendu parler pendant sa période d'entraînement ? Le Jardin ! L'Eldorado de tout espiocrate britannique ! Pouvoir et influence dans le Jardin des USA ! La renaissance des liens privilégiés ! Le retour tant désiré à l'âge d'or où des diplômés de Yale et d'Oxford, assis côte à côte en veston de tweed dans les mêmes salles lambrissées, unissaient leurs ambitions impérialistes ! Luxmore avait de nouveau oublié la présence d'Osnard et s'adressait à lui-même :

« Les Américains ont remis ça. Eh oui ! Une preuve stupéfiante de leur immaturité politique, de leur veulerie face à leurs responsabilités internationales, des effets pervers d'un libéralisme de mauvais aloi dans les affaires étrangères. Nous avons connu le même problème avec l'épisode des Malouines, je vous le dis en confidence. Eh oui ! »

Il eut un vilain rictus, croisa les mains derrière le dos et se dressa sur la pointe des pieds avant de poursuivre :

« Non seulement les Américains ont signé un traité illégitime avec les Panaméens – cadeau bonus, merci beaucoup M. Carter ! –, mais en plus ils ont l'intention de l'honorer. En conséquence de quoi, ils se retrouvent avec un grand vide, et pire encore leurs alliés aussi. Notre mission sera de combler ce vide. De les persuader, eux, de le combler. De leur montrer leur erreur tactique. De retrouver notre place dans la cour des grands. C'est la plus vieille histoire du monde, Andrew. Nous sommes les derniers des Romains. Nous avons le savoir, mais ils ont le pouvoir. »

Il jeta un regard entendu à Osnard, mais scruta aussi les recoins de la pièce au cas où un barbare s'y serait introduit en catimini.

« Notre mission – votre mission, monsieur Osnard – sera de fournir les faits, les arguments, les preuves nécessaires pour ramener nos alliés américains à la raison. Vous me suivez ?

– Pas vraiment, monsieur.

– Parce que vous n'avez pas encore une vue d'ensemble. Mais vous allez l'acquérir, croyez-moi.

– Oui, monsieur.

– Certains composants sont indispensables à une vue d'ensemble, entre autres des informations de bonne source locale. L'officier de renseignements-né est un homme qui sait ce qu'il cherche avant de le trouver. Souvenez-vous-en, jeune homme.

– Promis, monsieur.

– Il a de l'intuition. Il choisit. Il goûte. Il dit “oui” ou “non”, mais il n'est pas omnivore. Il fait même volontairement le difficile. Me fais-je bien comprendre ?

– Pas vraiment, monsieur.

– Parfait. Quand l'heure sera venue, tout – ou plutôt une petite partie du tout – vous sera révélé.

– J'ai hâte d'y être.

– Calmez-vous. La patience est une autre des qualités de l'officier de renseignements-né. Vous devez avoir la patience d'un Indien. Et son sixième sens. Vous devez apprendre à voir par-delà l'horizon. »

Pour appuyer sa déclaration, Luxmore dirigea à nouveau son regard vers la massive forteresse de Whitehall sur l'autre rive, et fronça les sourcils. En fait, sa désapprobation visait l'Amérique.

« Une frilosité inquiétante, monsieur Osnard, voilà ce que c'est. La seule superpuissance du monde est freinée par des principes puritains, que Dieu nous vienne en aide ! N'ont-ils donc pas entendu parler de Suez ? Il y en a quelques-uns qui doivent se retourner dans leur tombe, là-bas ! Mon jeune ami, il n'y a pas de plus grand criminel en politique que celui qui répugne à faire un usage légitime de sa force. L'Amérique doit brandir l'épée, ou périr et nous entraîner dans la mort. Allons-nous rester simples spectateurs alors qu'on sert sur un plateau notre précieux patrimoine occidental à des sauvages ? Laisser le fluide vital de notre commerce, de notre puissance marchande, nous filer entre les doigts pendant que les zéros du Soleil levant nous attaquent en piqué et que les Tigres de l'Asie du Sud-Est nous dépècent ? En sommes-nous là ? Est-ce là l'esprit de la génération actuelle, jeune homme ? Peut-être, après tout. Peut-être perdons-nous notre temps. Éclairez-moi, je vous prie. Je ne plaisante pas, Andrew.

– En tout cas, moi, je n'ai pas cet esprit-là, monsieur, l'assura Osnard.

– C'est bien, mon garçon. Moi non plus, moi non plus. »

Luxmore marqua une pause et jaugea Osnard du regard en se demandant jusqu'à quel point il pouvait l'affranchir.

« Andrew.

– Monsieur ?

– Dieu merci, nous ne sommes pas seuls.

– Tant mieux, monsieur.

– Vous avez dit tant mieux. Que savez-vous au juste ?

– Simplement ce que vous êtes en train de m'apprendre, et ce que je ressens depuis un certain temps.

– Ils ne vous en ont pas parlé pendant l'instruction ? »

De quoi ? se demanda Osnard.

« Non, monsieur, répondit-il.

– Ils n'ont jamais fait mention d'un organisme très secret appelé comité de Planification et d'Application ?

– Non, monsieur.

– Sous la présidence d'un certain Geoff Cavendish, un homme remarquable par son esprit brillant, passé maître dans l'art de l'influence et de la persuasion en douceur ?

– Non, monsieur.

– Qui connaît les Américains comme personne ?

– Non, monsieur.

– On ne vous a pas dit qu'un nouveau réalisme souffle dans les couloirs du monde secret ? Que la base décisionnaire secrète s'élargit ? Que des hommes et femmes d'honneur de tous horizons se rallient au drapeau du secret ?

– Non.

– Que ceux qui ont fait la puissance de notre nation vont pouvoir participer à son sauvetage, ministres de la Couronne, capitaines d'industrie, barons de la presse, banquiers, armateurs, hommes et femmes du monde ?

– Non.

– Qu'ensemble nous allons planifier, et qu'ayant planifié nous allons appliquer nos plans ? Que dorénavant, grâce au recrutement soigné d'esprits extérieurs qualifiés, nous allons mettre nos scrupules de côté quand l'action peut enrayer la décadence ? Rien ?

– Rien du tout.

– Alors il me faut rester coi, monsieur Osnard, et vous de même. Dorénavant, il ne suffira pas à ce Service de connaître la longueur et l'épaisseur de la corde qui nous pendra. Avec l'aide de Dieu, nous forgerons l'épée qui nous permettra de couper cette corde. Oubliez tout ce que je viens de dire.

– Bien, monsieur. »

Le sermon apparemment terminé, Luxmore revint avec une rigueur accrue à son sujet initial, un instant oublié.

« Croyez-vous que notre vaillant Foreign Office ou les nobles libéraux du Congrès américain s'inquiètent ne serait-ce qu'une seconde de ce que les Panaméens soient infoutus de gérer une buvette, sans parler de la plus grande voie commerciale du monde, qu'ils soient corrompus, dépravés, vénaux jusqu'à l'immobilisme ? »

Il fit volte-face, comme pour réfuter une objection au fond de la salle.

« A qui se vendront-ils, Andrew ? Qui va les acheter ? Dans quel but ? Avec quelles conséquences pour nos intérêts vitaux ? C'est catastrophique, et je n'emploie pas ce mot à la légère, Andrew.

– Criminel, même ! » suggéra obligeamment Osnard.

Luxmore secoua la tête – il n'était pas encore né celui qui se permettrait de corriger impunément ses adjectifs. Mais le soi-disant mentor et conseiller d'Osnard avait une dernière carte dans sa manche, et Osnard devait bien attendre qu'il l'abatte, car presque rien de ce que faisait Luxmore n'existait sans le regard des autres. Il décrocha le téléphone vert qui le reliait aux autres immortels de l'Olympe gouvernemental, et son visage revêtit une expression enjouée et suffisante.

« Tug ! » s'exclama-t-il, ravi.

L'espace d'un instant, Osnard eut peine à comprendre qu'il s'agissait d'un surnom.

« Dites-moi, Tug, ai-je raison de croire que les planificateurs-applicateurs ont une petite réunion jeudi prochain chez une certaine personne ? Oui ? Parfait. Il arrive parfois à mes espions de se tromper, hé hé. Tug, me feriez-vous l'honneur d'accepter que je vous invite à déjeuner ce jour-là, pour une petite mise en jambes avant l'épreuve ? Et si l'ami Geoff pouvait se joindre à nous, puis-je espérer que vous n'y seriez pas opposé ? Non, non, c'est moi qui invite, Tug, j'insiste. Dites-moi, qu'est-ce qui serait sympathique, comme lieu ? Plutôt en dehors des sentiers battus. Éliminons les bistrots connus. Je songe à un petit restaurant italien tout près des quais. Vous avez de quoi noter, Tug ? »

En attendant, il pivota sur un talon, se dressa sur la pointe des pieds et leva les genoux, marquant le pas pour éviter de trébucher sur le fil du téléphone.

*

* *

« Le Panama ? s'écria jovialement le chef du personnel. Comme première affectation ? Vous ? Perdu là-bas tout seul, si jeune ? Avec toutes ces superbes Panaméennes pour vous tenter ? La drogue, le péché, les espions, les escrocs ? Scottie a perdu la tête ! »

Après s'être ainsi gaussé, il prit la décision à laquelle s'attendait Osnard et l'envoya en poste au Panama malgré son inexpérience. Ses instructeurs attestaient de sa précocité dans les arts du secret, il était bilingue et, du point de vue opérationnel, vierge.

« Il va falloir vous trouver un *Joe* principal, se lamenta le chef après réflexion. Il semblerait qu'on n'ait personne sur nos listes, là-bas. On a laissé le terrain aux Américains, ça nous apprendra. Vous ferez directement vos rapports à Luxmore, compris ? Laissez les analystes en dehors jusqu'à plus ample information. »

*

* *

Trouvez-nous un banquier qui a de l'entregent, mon jeune ami ! – bruit de succion derrière la barbe. *Les banquiers actuels mangent à tous les râteliers, contrairement à leurs aînés. Je me souviens que nous en avons utilisé quelques-uns à Buenos Aires pendant l'incident des Malouines.*

Sur un ordinateur central dont le Parlement et le gouvernement niaient solennellement jusqu'à l'existence, Osnard rechercha les fiches de tous les banquiers anglais du Panama, mais n'en trouva qu'une poignée dont aucun, après examen, ne semblait susceptible d'avoir de l'entregent.

Alors dégottez-nous un de ces magnats dernier cri, jeune homme – clin d'œil entendu de l'Écossais – *quelqu'un qui joue sur tous les tableaux !*

Osnard consulta les données sur tous les hommes d'affaires anglais du Panama, mais malgré leurs ambitions et la jeunesse de certains, aucun ne jouait sur tous les tableaux.

Alors trouvez-nous un écrivaillon, monsieur Osnard. Ils peuvent poser des questions sans éveiller l'attention, aller partout, prendre des risques ! Il doit bien y en avoir un de valable. Trouvez-le et amenez-le-moi sur-le-champ, je vous prie.

Osnard collecta les informations sur tous les journalistes anglais hispanophones qui séjournaient parfois au Panama. L'un d'entre eux était jugé susceptible d'accepter une proposition. Moustachu corpulent portant nœud papillon, Hector Pride écrivait pour un mensuel anglophone inconnu fabriqué au Costa Rica, *The Latino*, et son père était exportateur de vin à Tolède.

C'est exactement le type qu'il nous faut, mon jeune ami ! s'écria Luxmore en arpentant fiévreusement sa moquette. *Engagez-le. Achetez-le. Ne regardez pas à la dépense. Si ces radins des Finances bouclent leurs coffres, les grosses banques nous ouvriront les leurs, on me l'a assuré en haut lieu. Monsieur Osnard, nous vivons dans un drôle de pays, je vous l'accorde, où les industriels se voient obligés de financer les services secrets, mais c'est la dure loi de notre monde économe.*

Sous un nom d'emprunt, Osnard se fit passer pour un enquêteur du Foreign Office et invita Hector Pride à déjeuner chez Simpson, où il dépensa le double de ce que Luxmore lui avait alloué pour l'occasion. Comme bon nombre de ses collègues, Pride parlait, mangeait et buvait beaucoup mais n'écoutait pas ce qu'on lui disait. Osnard attendit jusqu'au gorgonzola pour lui poser la question, puis jusqu'au dessert. Mais la patience de Pride devait être à bout car, au grand désarroi d'Osnard, il interrompit son monologue sur l'héritage de la culture inca dans la pensée péruvienne contemporaine et partit d'un rire gras.

« Pourquoi vous ne me draguez pas ? dit-il d'une voix tonitruante qui fit sursauter les clients des tables voisines. Qu'est-ce qui ne vous plaît pas chez moi ? Vous avez fait monter la greluche dans le taxi, alors qu'est-ce que vous attendez pour la peloter ? »

Pride, s'avéra-t-il, était employé par un service anglais rival, également propriétaire de son journal.

« Il y a bien ce Pendel dont je vous ai parlé, rappela Osnard à Luxmore en profitant de sa déception. Celui dont la femme travaille à la commission du canal. Je persiste à penser qu'ils seraient parfaits. »

*

* *

Cela faisait des jours et des nuits qu'il le pensait, et qu'il ne pensait à personne d'autre. *Le hasard ne favorise que les esprits préparés.* Osnard avait étudié le casier judiciaire de Pendel, ses photos de face et de profil, ses déclarations à la police visiblement fabriquées par ses interlocuteurs, les rapports des psychiatres et des assistantes sociales, le compte rendu de son comportement en prison, tous les renseignements disponibles sur Louisa et le microcosme fermé des zoniers. Tel un spirite, il avait ouvert son esprit aux vibrations et aux ondes psychiques de Pendel, il l'avait étudié aussi minutieusement qu'un médium la carte de la jungle impénétrable où un avion est porté disparu : j'arrive, je viens te chercher, je sais qui tu es, attends-moi, *le hasard ne favorise que les esprits préparés.*

*

* *

Luxmore réfléchissait. A peine une semaine auparavant, il avait jugé le même Pendel indigne de la haute mission qu'il avait en tête : *Comme* Joe *principal, Andrew ? Le mien ? Le vôtre ? Dans une poudrière ? Un tailleur ? Mais nous serions la risée du dernier Étage !*

Quand Osnard avait à nouveau insisté après un déjeuner, moment où Luxmore était généralement de meilleure humeur : *Je n'ai pas de préjugés, mon jeune ami, et je respecte votre jugement. Mais ces prolétaires finissent toujours par vous poignarder dans le dos. Ils ont ça dans le sang. Grand Dieu, nous n'en sommes pas encore à recruter des taulards !*

Cependant une semaine avait passé, et le compte à rebours panaméen se faisait plus pressant.

« Vous savez, je crois qu'on pourrait bien avoir tiré le bon numéro, dit Luxmore avec un bruit de succion en feuilletant pour la seconde fois l'énorme dossier de Pendel. Il était prudent de notre part de suivre d'abord d'autres pistes. Eh oui. Le dernier Étage nous en saura sûrement gré. »

Les déclarations douteuses du jeune Pendel à la police passèrent devant ses yeux, aveux complets, aucun complice.

« Si on gratte le vernis, cet homme est une excellente recrue, juste le genre qu'il nous faut pour un petit pays criminel », bruit de succion. « D'ailleurs, on avait un type du même acabit qui travaillait dans les docks de Buenos Aires pendant l'affaire des Malouines. »

Son regard se posa un instant sur Osnard, mais sans indiquer pour autant qu'il le considérait lui aussi comme adapté à la vie dans une société criminelle.

« Il faudra lui serrer la vis, Andy. Ils sont têtus comme des mules, ces merciers des quartiers populaires. Vous vous en sentez capable ?

– Je le crois, monsieur, si vous me donnez un coup de pouce de temps en temps.

– Dans ce métier, un filou c'est idéal, du moment qu'il travaille pour nous. » Papiers d'immigration du père que Pendel n'a jamais connu. « Et l'épouse est sans conteste un atout », bruit de succion. « Déjà un pied dans la commission du canal, c'est excellent. En plus, c'est la fille d'un ingénieur américain, Andrew, j'y vois un élément d'équilibre. Et catholique, pardessus le marché. Notre ami prolétaire s'est bien débrouillé. Pas de barrières religieuses pour le freiner, semble-t-il. La réussite personnelle avant tout, c'est typique », bruit de succion. « Andrew, je commence à voir se dessiner quelque chose, là. Il vous faudra vérifier sa comptabilité trois fois, ça, je peux vous le dire tout de suite. Il est capable de bosser dur, il a du flair, il est malin, mais pourrez-vous le manœuvrer ? Qui dirigera qui ? Le problème est là. »

Un petit coup d'œil à l'extrait de naissance de Pendel, portant le nom de la mère qui s'était enfuie.

« Eh oui ! Ces oiseaux-là savent s'introduire dans les salons des messieurs, ça c'est sûr, et ils sont impitoyables en affaires. On va vous jeter directement dans le grand bain, j'en ai peur. Vous vous sentez d'attaque ?

– Je le crois, oui, vraiment.

– Bien, Andrew. Moi aussi. Un dur à cuire, oui, mais notre

dur à cuire à nous, c'est ça qui compte. Un type qui sait s'intégrer, qui a fait ses classes en prison, qui connaît la galère », bruit de succion, « et les faiblesses de l'esprit humain. C'est un jeu risqué, et j'aime ça. Le dernier Étage appréciera aussi ».

Il referma le dossier d'un geste sec et se remit à arpenter sa moquette, cette fois dans le sens de la largeur.

« Si on n'arrive pas à jouer sur sa fibre patriotique, on pourra toujours lui flanquer les jetons et flatter sa cupidité. Je vais vous parler des *Joe* principaux, Andy.

– Je vous en prie, monsieur. »

Le « monsieur », réservé d'ordinaire au chef du Service, était le tribut d'Osnard à l'ascension autopropulsée de Luxmore.

« Jeune homme, un mauvais *Joe* principal, vous le mettez devant le coffre-fort de l'ennemi en lui hurlant la combinaison dans les oreilles, il revient bredouille. Je le sais par expérience, on en avait un de cet acabit pendant le conflit des Malouines. Mais un bon *Joe* principal, vous pouvez le larguer en plein désert les yeux bandés, et il repère sa cible en une semaine grâce à son flair. Pourquoi ? Parce qu'il a l'instinct de la cambriole », bruit de succion, « je l'ai constaté maintes fois. Ne l'oubliez jamais, Andy. Si un homme n'a pas l'instinct de la cambriole, il n'est rien.

– Je m'en souviendrai, monsieur. »

Luxmore passa une autre vitesse. Il s'assit à son bureau, tendit la main vers le téléphone et interrompit son geste.

« Appelez le Fichier central, ordonna-t-il à Osnard. Demandez-leur de nous choisir au hasard un nom de code. Quand il y a un nom de code, il y a un projet. Rédigez-moi un mémo, une page maximum. Ils sont débordés, là-haut. »

Finalement, il souleva le combiné et composa un numéro.

« Entre-temps, je vais passer quelques coups de fil privés à des personnes d'influence qui ont fait vœu de silence et resteront à jamais anonymes », bruit de succion. « Sinon ces amateurs des Finances nous mettront des bâtons dans les roues, comme toujours. Pensez canal, Andrew. Tout repose sur le canal. »

Il s'arrêta net et raccrocha. Son regard se tourna vers la vitre fumée derrière laquelle des nuages noirs menaçaient le Parlement fondateur. Une pause.

« Je leur dirai ça, Andrew, murmura-t-il. Tout repose sur le canal. Ce sera notre slogan dans nos relations avec les gens de tous les horizons. »

Mais Osnard avait des pensées bassement matérielles.

« On va devoir mettre au point un système de salaire assez compliqué pour lui, monsieur, n'est-ce pas ?

– Pourquoi ? C'est ridicule. Le règlement est fait pour être enfreint. On ne vous l'a pas appris ? Non, bien sûr. Ces instructeurs sont tous des vieux croûtons. Je vois que vous avez une question qui vous tracasse. N'hésitez pas.

– C'est-à-dire que...

– Allez-y, Andrew.

– J'aimerais avoir un relevé de sa situation financière actuelle au Panama. Imaginons qu'il gagne gros...

– Oui ?

– Alors il faudra lui proposer gros, non ? Si un type se fait 250 000 dollars net par an et qu'on lui en offre 25 000 de plus, on a peu de chances de le tenter, vous me suivez ?

– Et alors ? l'incita-t-il à poursuivre sur un ton taquin.

– Alors, monsieur, je me demandais si l'un de vos amis dans la City ne pourrait pas entrer en rapport avec la banque de Pendel sous un prétexte quelconque et nous dire ce qu'il en est. »

Luxmore était déjà au téléphone, sa main libre sur la couture de son pantalon.

« Miriam, très chère, trouvez-moi Geoff Cavendish. A défaut, appelez Tug. Et Miriam... c'est urgent. »

*

* *

Quatre jours passèrent avant qu'Osnard ne soit de nouveau convoqué chez son mentor. Les relevés bancaires affligeants de Pendel s'étalaient sur le bureau, merci Ramón Rudd. Immobile devant sa fenêtre, Luxmore savourait ce grand moment d'histoire.

« Il s'est approprié toutes les économies de sa femme, Andrew, jusqu'au moindre sou. L'usure, pour ces gens-là, c'est irrésistible. On le tient par les couilles. »

Il marqua une pause, le temps qu'Osnard étudie les chiffres.

« Dans ce cas, un salaire ne lui conviendra pas, dit Osnard, dont les connaissances en matière de finance étaient bien plus pointues que celles de son mentor.

– Ah bon, pourquoi ?

– Ça irait droit dans la poche de son banquier. Il va falloir le payer cash dès le début.

– Combien ? »

Osnard avait déjà un chiffre en tête. Il le doubla, conscient de l'avantage de commencer dès maintenant sur la pente qu'il envisageait de suivre par la suite.

« Mon Dieu, Andrew ! Tant que ça ?

– Peut-être plus, monsieur, dit Osnard d'un ton sinistre. Il est dans la merde jusqu'au cou.

– Andrew ? fit Luxmore en tournant son regard vers la Tamise pour se réconforter.

– Oui, monsieur ?

– Je vous ai déjà dit qu'une vue d'ensemble est faite de certains éléments.

– En effet, monsieur.

– L'un d'entre eux est l'ampleur. Ne m'envoyez pas des broutilles, pas de petit plomb. Pas de “tenez, Scottie, prenez ce vieux sac d'os et voyez ce que les analystes peuvent en faire”. Vous me suivez ?

– Pas vraiment, monsieur.

– Nos analystes sont des imbéciles. Ils ne font pas les liens.

Ils ne voient pas les nuages se former à l'horizon. On ne récolte que ce qu'on a semé, vous me comprenez ? Un bon officier de renseignements saisit l'histoire au vol. On ne peut pas s'attendre à ce qu'un petit fonctionnaire du troisième étage obsédé par son remboursement de crédit saisisse l'histoire au vol, n'est-ce pas ? Il faut un homme de vision pour saisir l'histoire au vol, vous n'êtes pas d'accord ?

– Je ferai de mon mieux, monsieur.

– Ne me décevez pas, Andrew.

– J'essaierai, monsieur. »

*

* *

Si Luxmore s'était retourné à ce moment-là, il aurait eu la surprise de ne pas trouver la mine d'Osnard en adéquation avec son humilité de ton. Un sourire de triomphe illuminait son visage ingénu et la convoitise brillait dans ses yeux. En plus de faire les bagages, vendre la voiture, jurer fidélité à une demi-douzaine de petites amies et régler quelques autres problèmes liés à son départ, Andrew Osnard prit une décision surprenante pour un jeune Anglais qui part sous des cieux lointains au service de Sa Majesté. Par l'intermédiaire d'un parent éloigné aux Antilles, il ouvrit un compte numéroté à la Grande Caïman après s'être assuré que cette banque accommodante avait une succursale à Panama.

CHAPITRE 13

Osnard paya le chauffeur de la Pontiac délabrée et s'enfonça dans la nuit. Calme suspect, pénombre, il se serait cru à l'école d'entraînement. Comme souvent dans ce climat pourri, il transpirait, son slip l'irritait, sa chemise était à tordre, et il détestait ça. Des voitures le dépassaient tous phares éteints dans un léger crissement sur la chaussée humide. De hautes haies taillées ajoutaient à la discrétion du lieu. Il avait plu, mais c'était fini. Sacoche en main, il traversa une cour bitumée. Une Vénus en plastique haute de presque deux mètres, éclairée de l'intérieur au niveau de la vulve, diffusait une lueur blafarde. Il se cogna le pied contre un bac à fleurs, lâcha un juron en espagnol et atteignit une rangée de garages avec des rideaux de lanières plastique en guise de porte et une ampoule flamme de faible puissance pour éclairer chaque numéro. Arrivé au 8, il écarta les rubans, chercha à tâtons le témoin lumineux rouge sur le mur du fond – le fameux bouton-poussoir – et appuya. Une voix sépulcrale et ascxuée lui souhaita la bienvenue.

« Je m'appelle Colombo. J'ai réservé.

– Vous avez une préférence de chambre, señor Colombo ?

– Celle que j'ai réservée, oui. C'est combien pour trois heures ?

– Vous ne préférez pas une chambre spéciale, señor Colombo ? Far West ? Mille et une nuits ? Tahiti ? C'est 50 dollars de plus.

– Non.

– Alors 105 dollars, s'il vous plaît. Je vous souhaite un agréable séjour.

– Donnez-moi un reçu pour 300. »

Une sonnerie électrique retentit et la gueule rouge d'une boîte aux lettres éclairée s'ouvrit près de lui. Il y inséra 120 dollars et elle se referma aussitôt. Une pause, le temps que les billets passent au détecteur, que le pourboire soit enregistré et le faux reçu établi, puis : « Au plaisir, señor Colombo. »

A la lumière aveuglante d'un spot au plafond un paillasson rouge apparut à ses pieds. Une porte style Tudor s'ouvrit sur un déclic électrique, une odeur de renfermé et de désinfectant l'assaillit comme la chaleur d'un four et un orchestre invisible attaqua *O Sole Mio*. Trempé de sueur, Osnard chercha des yeux les climatiseurs, qui s'enclenchèrent au même instant. Dans les miroirs rosés aux murs et au plafond, des Osnard à l'infini se fusillaient du regard. Tête de lit en glaces, dessus-de-lit cramoisi en chenille ondulée, éclairage hideux, trousse de toilette gratis contenant un peigne, une brosse à dents, trois capotes anglaises et deux barres de chocolat au lait américain. Sur l'écran de télévision, deux matrones et un Latino de quarante-cinq ans au cul poilu s'ébattaient tout nus dans un salon. Osnard chercha un interrupteur pour éteindre, mais le cordon allait droit dans le mur.

Nom de Dieu. Le coup classique.

Il s'assit sur le lit, ouvrit sa vieille mallette et disposa son matériel sur la courtepointe : une ramette de carbones neufs conditionnés comme du papier machine de fabrication locale, six pellicules de microfilms dissimulées dans un aérosol d'insecticide – pourquoi les gadgets du bureau central semblaient-ils toujours avoir été achetés dans un surplus soviétique ? –, un magnétophone miniaturisé non camouflé, une bouteillc de scotch à l'usage du *Joe* principal et de son officier traitant, et 7 000 dollars en coupures de 20 et de 50. Dommage de devoir les lâcher, mais il fallait prendre cela comme une mise de fonds.

Il sortit ensuite de sa poche le télégramme de Luxmore, parfaitement intact, dont il étala les quatre pages une par une pour en faciliter la lecture. Sourcils froncés, bouche bée, il sélectionna des passages à mémoriser ou à omettre, façon comédien de l'Actor's Studio apprenant son rôle : ça je vais le dire, mais pas comme c'est écrit, ça je ne vais pas le dire du tout, et ça je vais le faire, mais à ma manière. Au bruit d'une voiture qui entrait dans le garage numéro 8, il se leva, fourra le télégramme dans sa poche et se posta au centre de la pièce. Il entendit le claquement métallique d'une portière et songea « 4 × 4 ». Il entendit des bruits de pas et songea « il marche comme un putain de serveur ». Mais il essayait aussi de capter d'autres sons plus menaçants. Harry s'est-il fait acheter ? A-t-il parlé ? A-t-il amené une bande de gorilles pour m'arrêter ? Bien sûr que non, enfin, mais comme les instructeurs disaient toujours qu'il fallait se poser des questions, je m'en pose. On frappa six coups – trois longs, trois brefs. Osnard déverrouilla la porte et l'entrebâilla. Debout sur le seuil, Pendel tenait un sac à l'enseigne du magasin.

« Mais qu'est-ce qu'ils fabriquent, ceux-là, Andy ? Ça me rappelle les Trois Tolinos du cirque Bertram Mills où m'emmenait mon oncle Benny.

– Nom de Dieu ! siffla Osnard en le tirant précipitamment à l'intérieur. Bravo pour le sac P & B, plus discret il n'y a pas ! »

*

* *

Faute de siège, ils s'installèrent sur le lit. Pendel portait un *panabrisa*. Une semaine plus tôt, il avait confié à Osnard que les *panabrisas* causeraient sa perte : légers, élégants, confortables, 50 dollars seulement, Andy, je ne sais même pas pourquoi je me fatigue. Osnard entama la procédure, car ce n'était plus une rencontre fortuite entre un tailleur et son client. Prestation assurance multirisques, dans les règles classiques du manuel de l'école d'espionnage.

« Ça vous pose un problème d'être ici ?

– Non, Andy, tout va très bien. Et vous ?

– Vous avez des objets qui seraient mieux entre mes mains qu'entre les vôtres ? »

Pendel plongea la main dans une poche de son *panabrisa*, en sortit le briquet décoré, puis une pièce de monnaie pour en dévisser la base, le secoua et en fit sortir un cylindre noir qu'il tendit à Osnard.

« Il n'y en a que douze, Andy, mais j'ai quand même pensé qu'il valait mieux que vous les ayez. De mon temps, on aurait attendu que la pellicule soit finie pour aller la faire développer.

– Personne ne vous a suivi ? Personne ne vous a reconnu ? Une moto ? Une voiture ? Rien de suspect ? »

Pendel secoua la tête.

« Que faites-vous si nous sommes interrompus ?

– Je vous laisse fournir les explications, Andy. Je prends congé dès que possible, je dis à mes sources secondaires de se planquer ou de partir en vacances à l'étranger, et vous attendez que je vous recontacte quand tout est rentré dans l'ordre.

– Comment ?

– La procédure d'urgence. Cabine téléphonique à cabine téléphonique aux horaires prévus. »

Osnard l'obligea à réciter les horaires prévus.

« Et si ça ne marche pas ?

– Eh bien, pourquoi pas la boutique, Andy ? L'essayage du veston en tweed n'a que trop attendu, alors voilà l'excuse rêvée. C'est un bijou, d'ailleurs. Je ne m'y trompe jamais quand je trouve une de mes créations réussies.

– Combien de lettres m'avez-vous envoyées depuis notre dernière rencontre ?

– Juste trois, Andy. Le temps m'a manqué. Les affaires marchent comme ce n'est pas permis. A mon avis, le nouveau club a vraiment fait la différence.

– C'était quoi, ces courriers ?

– Deux factures et une invitation à une avant-première des nouveautés de la boutique. C'est bien ressorti ? Parce que des fois, je m'inquiète.

– Vous n'appuyez pas assez fort. Votre écriture se perd dans les caractères imprimés. Vous utilisez un bic ou un crayon ?

– Un crayon, Andy, comme vous me l'avez dit.

– Essayez avec ça, la prochaine fois, dit Osnard en pêchant un crayon de bois ordinaire dans le soufflet de sa mallette. C'est du 2H. Plus dur. »

Sur l'écran, les deux femmes avaient délaissé leur homme et se consolaient mutuellement.

*

* *

Les fournitures. Osnard remit à Pendel l'aérosol d'insecticide qui dissimulait les cassettes de pellicule. Pendel le secoua, appuya sur le bouton et sourit en le voyant fonctionner. Mais il s'inquiétait de la durée de vie de ses carbones, peut-être avaient-ils perdu de leur fraîcheur, Andy ? Osnard lui en fournit un nouveau lot à tout hasard, et lui dit de jeter les anciens.

Le réseau. Osnard voulait le rapport d'activités de chaque source secondaire pour archivage dans son calepin. Sabina, le chef-d'œuvre de Marta et son *alter ego*, étudiante en sciences politiques, dissidente responsable de la cellule de maoïstes clandestins d'El Chorillo, souhaitait remplacer son ancienne presse à imprimer. Coût prévu : 5 000 dollars, mais peut-être Andy savait-il où en trouver une d'occasion ?

« Qu'elle fasse l'achat elle-même, décréta Osnard en notant "presse d'imprimerie : 10 000 dollars". Gardons nos distances durant toute l'opération. Elle croit toujours qu'elle vend ses renseignements aux Yankees ?

– Oui, Andy, jusqu'au jour où Sebastian lui dira le contraire. »

Lui aussi créé par Marta, Sebastian, l'amant de Sabina, était un ancien activiste anti-Noriega. Avocat aigri, il récoltait auprès de sa clientèle populaire des informations en tout genre sur des curiosités telles que la vie difficile de la communauté musulmane du Panama.

« Qu'est-ce qui se passe avec Alpha Bêta ? » demanda Osnard.

La source secondaire Bêta était du cru de Pendel : membre du comité consultatif sur le canal à l'Assemblée nationale, fournisseur occasionnel de comptes bancaires cherchant domiciliation légitime. Sa tante Alpha était secrétaire à la chambre de commerce panaméenne. Au Panama, tout le monde a une tante qui travaille dans un endroit utile.

« Bêta est en province pour s'attirer les faveurs de ses électeurs, d'où le silence radio. Mais il a une petite réunion à la chambre de commerce et d'industrie panaméenne jeudi, et vendredi il dîne avec le vice-président, alors le bout du tunnel est proche. Ses dernières infos ont bien plu à Londres, non ? Il lui arrive de croire qu'on ne l'apprécie pas à sa juste valeur.

– Bonne qualité, mais la quantité…

– Oui, bref, Bêta se demandait si une petite prime était à l'ordre du jour. »

Osnard sembla se le demander aussi, car il prit note, inscrivit un chiffre et l'entoura d'un trait de crayon.

« Je vous le dirai la prochaine fois. Et Marco ?

– Ça se présente bien, avec lui, Andy. Nous avons passé une soirée en ville, j'ai rencontré sa femme, nous avons promené le chien ensemble et nous sommes allés au cinéma.

– C'est pour quand, la proposition ?

– La semaine prochaine, Andy, si je me sens d'humeur.

– Eh bien, sentez-vous d'humeur. Salaire de base, 500 par semaine, révisable au bout de trois mois, payable d'avance. Prime de 5 000 cash quand il signe le contrat.

– Pour Marco ?

– Pour vous, imbécile », lâcha Osnard en lui tendant un verre de scotch dans tous les miroirs rosés à la fois.

*

* *

Osnard afficha le genre d'expression qu'affichent les gens haut placés sur le point d'annoncer une nouvelle déplaisante : une moue renfrognée se peignit sur ses traits épais et il regarda d'un œil noir les acrobates en folie sur l'écran de télévision.

« Vous semblez de bien belle humeur, aujourd'hui, lui reprocha-t-il.

– Merci, Andy, c'est grâce à vous et à Londres.

– C'est une chance d'avoir obtenu ce prêt, hein ? Hein ?

– Andy, je remercie chaque jour mon créateur. L'idée que je suis en train de rembourser me fait sauter de joie. Quelque chose ne va pas ? »

Osnard prit ce ton de surveillant de lycée qu'il avait entendu si souvent avant de recevoir une correction.

« Oui, quelque chose ne va pas, vraiment pas.

– Aïe.

– J'ai bien peur que Londres ne soit pas aussi satisfait de vous que vous semblez l'être.

– Pourquoi donc, Andy ?

– Oh, pour rien, pour rien. Ils trouvent simplement que le

maître espion H. Pendel est un escroc surpayé, déloyal, corrompu et hypocrite. »

*

* *

Le sourire de Pendel amorça une éclipse lente mais totale. Ses épaules tombèrent, ses mains jusqu'alors posées sur le lit vinrent se placer sagement devant lui pour prouver au policier qu'il ne cherchait pas la bagarre.

« Une raison particulière, Andy, ou c'était d'ordre général ?

– Et en plus, ils ne sont pas du tout contents de ce connard de Mickie Abraxas.

– Pourquoi, qu'est-ce qu'il a fait, Mickie ? s'enquit Pendel en levant vivement la tête, avec une énergie dont il ne se serait pas cru capable. Mickie n'a rien à voir là-dedans, ajouta-t-il agressivement.

– Dans quoi ?

– Mickie n'a rien fait.

– Non, il n'a rien fait, justement. Et depuis bien trop longtemps. Hormis recevoir gracieusement 10 000 dollars cash d'avance en signe de bonne foi. Et vous, vous avez fait quoi ? Que dalle. Si, vous avez regardé Mickie se regarder le nombril ! ajouta-t-il, sur le ton railleur d'un collégien. Et moi, qu'est-ce que j'ai fait, moi ? Je vous ai donné une jolie petite prime de productivité – quelle blague ! – c'est-à-dire, en clair, un bonus pour le recrutement d'une source secondaire fabuleusement non productive, à savoir M. Abraxas, pourfendeur de tyrans et champion du bon peuple. Ah, Londres se gondole, avec ça. Ils se demandent si l'officier sur le terrain – c'est moi – ne serait pas un peu trop vert, un peu trop crédule pour frayer avec des requins oisifs et cupides comme M. Abraxas et vous. »

La tirade d'Osnard était tombée dans l'oreille d'un sourd. Loin de se rabousiner, tout le corps de Pendel sembla se détendre : envolées ses craintes, quelles qu'elles fussent, le contentieux actuel n'étant que petite bière comparé à ses cauchemars. Ses mains retombèrent de chaque côté, et il croisa les jambes avant de s'appuyer contre la tête de lit.

« Et que suggère Londres pour régler le problème, Andy ? » demanda-t-il avec compassion.

*

* *

L'autoritarisme d'Osnard fit place à une indignation outrée.

« Il nous pompe, avec ses dettes d'honneur. Et sa dette d'honneur envers nous, alors ? Il nous mène par le bout du nez – "je ne peux pas vous répondre aujourd'hui, je vous dirai ça le mois prochain" –, il nous excite comme des malades avec son complot à la noix, ses groupes d'étudiants qui ne parleront qu'à lui, ses groupes de pêcheurs qui ne parleront qu'aux étudiants, et patati et patata. Mais enfin, pour qui se prend-il, nom de Dieu ? Et nous, il nous prend pour des cons, ou quoi ?

– C'est par loyauté, Andy. Lui aussi a des sources sensibles, comme vous, et il doit obtenir les autorisations de tout le monde.

– Mais j'en ai rien à secouer, de sa loyauté ! Ça fait trois semaines qu'il nous fait traîner avec ça, bordel ! S'il est si loyal, il n'aurait jamais dû cafter sur son mouvement, et pourtant il l'a fait. Alors, vous le tenez par les couilles. Et dans notre métier, quand on tient quelqu'un par les couilles, on serre. On ne laisse pas tout le monde attendre une explication aux mystères de l'univers parce qu'un ivrogne altruiste a besoin de trois semaines pour obtenir la permission de ses amis avant de parler.

– Bon alors, Andy, on fait quoi ? » demanda calmement Pendel.

Si Osnard avait eu des oreilles ou un cœur, il aurait reconnu dans la voix de Pendel les mêmes inflexions que lorsqu'ils avaient envisagé pour la première fois le recrutement de l'opposition silencieuse de Mickie, au cours d'un déjeuner quelques semaines auparavant.

« Je vais vous dire exactement ce que vous allez faire, lâcha-t-il en reprenant son personnage de pion. Vous allez voir cet enfoiré d'Abraxas et vous lui dites : “Désolé, Mickie, mais mon millionnaire fou ne peut plus attendre. Alors à moins que tu préfères retourner en taule sur accusation de conspiration avec des inconnus pour tes petits complots à la con, accouche. Parce qu'il y a un beau paquet de fric à la clé si tu acceptes, et un lit très dur dans un espace très exigu si tu refuses.” C'est de l'eau dans la bouteille, là ?

– Oui, Andy, je crois. Je parie que vous en voulez. »

Pendel lui tendit la bouteille fournie par la direction pour revigorer les clients épuisés. Osnard but, s'essuya les lèvres d'un revers de main et passa son index potelé sur le goulot avant de la rendre à Pendel, qui décida qu'il n'avait pas soif. Il était écœuré, mais l'eau n'y pourrait rien, car sa nausée venait de son amitié complice avec son codétenu Abraxas, qu'Osnard lui suggérait de trahir. Et la dernière chose au monde que souhaitait Pendel à l'heure actuelle était de boire à une bouteille encore humide de la salive d'Osnard.

« Des bribes, des bribes, rien que des bribes, se plaignait Osnard, toujours monté sur ses grands chevaux. Et au total, ça nous donne quoi ? Du vent. C'est pour demain, ça va venir... Il nous manque la vue d'ensemble, Harry, le grand scoop qui nous échappe toujours. Londres le veut maintenant. Ils ne peuvent plus attendre, et nous non plus, vous me recevez ?

– Cinq sur cinq, Andy. Cinq sur cinq.

– Tant mieux », conclut Osnard de mauvaise grâce sur un ton semi-conciliant censé restaurer leur bonne amitié.

Et après Abraxas, il aborda un sujet encore plus cher à Pendel : son épouse Louisa.

*

* *

« Delgado fait son petit bonhomme de chemin dans le monde, vous avez vu ? commença innocemment Osnard. A en croire ce que j'ai lu dans la presse, c'est le grand manitou du comité de planification du canal, maintenant. Il ne pourrait pas aller plus haut sans se brûler la moumoute.

– Oui, j'ai vu ça, en effet.

– Où ?

– Ben, dans les journaux, quelle question !

– Les journaux ? »

C'était au tour d'Osnard de sourire, et à Pendel de rester sur la réserve.

« Ce n'est pas Louisa qui vous en a parlé, alors ?

– Pas avant l'annonce officielle. Ce n'est pas son genre. »

Ne t'approche ni de mon ami ni de ma femme, disaient les yeux de Pendel.

« Ah bon ? fit Osnard.

– Elle est discrète, et elle a le sens du devoir, je vous l'ai déjà dit.

– Elle sait que vous me voyez ce soir ?

– Bien sûr que non, enfin, vous me prenez pour un imbécile ?

– Elle doit bien avoir des soupçons, non ? Elle a dû remarquer des changements dans votre façon de vivre. Elle n'est pas aveugle.

– J'étends mes activités. C'est tout ce qu'elle sait et qu'elle a besoin de savoir.

– Oui, enfin, il y a beaucoup de façons d'étendre ses activités, et toutes ne sont pas agréables à une épouse.

– Elle ne se pose pas de questions.

– Ce n'est pas l'impression qu'elle m'a faite sur Anytime, Harry. Je l'ai trouvée plutôt préoccupée. Elle n'en faisait pas un drame, ce n'est pas son genre, mais elle m'a demandé si c'était normal pour un homme de votre âge.

– De quoi ?

– De rechercher la compagnie des autres vingt-quatre heures sur vingt-quatre mais pas la sienne. De courir à droite à gauche.

– Que lui avez-vous répondu ?

– Que je lui répondrai quand j'aurai quarante ans. C'est une femme formidable, Harry.

– Oui, en effet. Alors laissez-la tranquille.

– Je me suis juste dit qu'elle serait peut-être plus heureuse si vous pouviez la rassurer.

– Elle n'a pas besoin d'être rassurée.

– Enfin, moi, je voudrais bien qu'on se rapproche un peu plus du puits, c'est tout.

– Quel puits ?

– Le puits, la source, la fontaine de la connaissance, Delgado ! Elle adore Mickie, elle m'a dit qu'elle l'admirait. Elle vénère Delgado. L'idée qu'on brade le canal en douce l'insupporte. Pour moi, vu d'ici, elle est impec. »

Pendel avait de nouveau son regard fixe et maussade de détenu mais, sans remarquer ce repli sur lui-même, Osnard poursuivit à haute voix ses réflexions sur Louisa.

« C'est la plus belle source-née que j'aie jamais vue.

– Qui ça ?

– "Visez le canal, poursuivit Osnard. Tout repose sur le canal." Voilà ce qui obnubile Londres. Qui va le récupérer, à quelles fins ? Le Tout-Londres politique mouille son froc rayé à l'idée de savoir avec qui Delgado parle en secret. C'est une fille formidable, répéta-t-il les yeux fermés. Il n'y a pas mieux. Solide comme un roc, une poigne d'acier, loyale jusqu'à la mort. Une recrue parfaite.

– Mais pour quoi ?

– Vous arrondissez les angles, vous enrobez bien les choses, vous trouvez les mots justes, et ça passera comme une lettre à la poste ! enchaîna pensivement Osnard après une gorgée de scotch. Elle n'aura pas à s'impliquer activement, en plus. On ne lui demande pas d'aller poser une bombe au palais des Hérons, de coucher avec des étudiants et de sortir en mer avec les pêcheurs. Tout ce qu'elle aura à faire, c'est écouter et observer.

– Observer quoi ?

– Ne mentionnez même pas votre copain Andy. Vous ne l'avez pas fait pour Abraxas et les autres, alors pour elle non plus. Mettez l'accent sur les liens matrimoniaux, c'est ce qu'il y a de mieux. Une épouse doit respect et obéissance. Louisa vous refile ses informations, vous me les refilez, je les balance à Londres, c'est simple comme bonjour.

– Elle aime le canal, Andy, elle ne va pas le trahir. Ce n'est pas son genre.

– Mais elle ne va pas le trahir, bougre d'imbécile, elle va le sauver ! Elle prend bien Delgado pour un dieu vivant, non ?

– Elle est américaine, Andy. Elle le respecte, mais elle aime aussi son pays.

– Elle ne va pas non plus trahir l'Amérique, bordel ! Au contraire, elle va permettre à l'oncle Sam d'éviter le chômage, de garder ses troupes in situ et ses bases militaires ouvertes. Que demande le peuple ? En sauvant le canal des escrocs elle aide Delgado, et en nous communiquant toutes les conneries des Panaméens elle aide l'Amérique, parce que c'est autant de bonnes raisons pour les soldats américains de rester. Vous avez parlé ? J'ai mal entendu. »

C'était vrai, mais d'une voix étouffée au point d'en être inaudible. Alors, comme Osnard, Pendel se redressa et réessaya.

« Je vous ai demandé combien valait Louisa sur le marché, Andy. »

Osnard se réjouit de cette question pratique, qu'il avait d'ailleurs l'intention de soulever par la suite.

« Comme vous, Harry, kif-kif bourricot ! lança-t-il généreusement. Même salaire, mêmes primes. Pour moi, c'est une question de principe. Les femmes sont aussi efficaces que nous, même plus. Je le disais encore à Londres hier. C'est paye égale ou on ne marche pas. On peut doubler vos rentrées, Harry. Un pied dans l'opposition silencieuse et l'autre dans le canal. A la vôtre ! »

C'était un autre film à la télévision. Deux cow-girls déshabillaient un cow-boy au milieu d'un canyon tandis que leurs chevaux attachés détournaient le regard.

*

* *

Pendel parlait comme un somnambule, avec un débit lent et mécanique, plus pour lui-même que pour Osnard.

« Elle n'acceptera jamais.

– Pourquoi ?

– Elle a des principes.

– Nous les achèterons.

– Ils ne sont pas à vendre. Elle est comme sa mère. Plus on la pousse, plus elle se braque.

– Pourquoi la pousser ? Pourquoi ne pas la faire plonger de son propre gré ?

– Très drôle.

– "Je suis un héros, Louisa ! déclama Osnard un bras levé et l'autre main sur le cœur. Sois mon héroïne ! Marche à mes côtés ! Prends part à la croisade ! Sauve le canal ! Sauve Delgado ! Dénonce la corruption !" Vous voulez que j'essaie à votre place ?

– Non, ce ne serait pas recommandé.

– Pourquoi pas ?

– Eh bien, elle n'aime pas les Anglais. Elle me supporte parce que je viens d'un milieu décent, mais son opinion de la haute bourgeoisie anglaise rejoint celle de son père : ce sont des enfoirés et des fourbes sans le moindre scrupule, tous autant qu'ils sont.

– Il me semblait lui avoir bien plu.

– Et puis, elle ne cafarderait pas sur son patron. Jamais.

– Pour un beau paquet de fric ? Je me demande.

– L'argent ne l'intéresse pas, merci, rétorqua Pendel avec sa voix d'automate. Elle trouve que nous en avons largement assez, et au fond d'elle-même elle pense que c'est sale et que ça ne devrait pas exister.

– Bon, eh bien on paiera son salaire à son cher mari. Cash, pour qu'il n'apparaisse pas sur l'ardoise de l'emprunt. Vous vous occupez des comptes, elle de l'altruisme. On n'a même pas besoin de la mettre au courant. »

Pendel resta sans réaction à ce doux portrait du couple d'espions. Visage de marbre, regard fixé sur le mur, prêt pour le marathon.

*

* *

Sur l'écran, le cow-boy était allongé sur une couverture de cheval. Les cow-girls, toujours en bottes et stetson, debout de chaque côté, semblaient se demander comment s'y prendre pour l'emballer. Mais Osnard était trop occupé à fouiller dans sa mallette pour le remarquer, et Pendel contemplait le mur.

« Au fait, j'ai failli oublier ! s'exclama Osnard en étalant liasse après liasse les 7 000 dollars sur le lit à côté de l'insecticide, des carbones et du briquet. Vos primes. Désolé pour le retard. La faute à ces clowns de la comptabilité.

– Vous ne me devez aucune prime, dit Pendel en reportant à grand-peine son regard sur le lit. Ni à moi ni à personne.

– Mais si. Sabina, pour les préparatifs des étudiants les plus âgés. Alpha, pour les tractations commerciales de Delgado avec les Japs. Marco, pour les réunions nocturnes du président. Jackpot ! »

Pendel secouait la tête, perplexe.

« Trois sacs pour Sabina, trois sacs pour Alpha, un sac pour Marco, ça fait sept sacs en tout, insista Osnard. Recomptez.

– Pas besoin.

– Donc 10 000, récapitula Osnard en lui tendant un reçu et un stylo. 7 000 tout de suite et 3 000 pour l'aide aux veuves et aux orphelins, comme d'habitude. »

Pendel trouva en lui la force de signer mais laissa l'argent sur le lit, pour le regarder sans y toucher. Et tandis qu'aveuglé par la cupidité Osnard renouvelait sa campagne en faveur du recrutement de Louisa, Pendel se replongea dans l'ombre de ses pensées intimes.

*

* *

« Elle aime les fruits de mer, non ?

– Quel rapport ?

– Il n'y a pas un restaurant où vous l'emmenez pour faire la fête ?

– Si, la Casa del Marisco. Elle prend toujours les crevettes sauce Mornay et le flétan.

– Les tables sont bien espacées ? On a son intimité ?

– C'est là que nous allons pour les anniversaires et les grandes occasions.

– Une table en particulier ?

– En coin, près de la fenêtre. »

Osnard endossa le rôle du mari énamouré, les sourcils relevés et la tête penchée de côté pour plus de charme.

« "J'ai quelque chose à te dire, chérie. Il est temps que tu le saches. Je fais mon devoir. Je rapporte la vérité à des gens qui peuvent agir." Ça marcherait ?

– Peut-être, si elle aimait les violons.

– "Pour que ton cher père puisse trouver le repos de son âme. Et ta mère aussi. Pour tes idéaux, ceux de Mickie et les miens, même si j'ai dû les mettre en veilleuse par sécurité."

– Et qu'est-ce que je lui dis sur les enfants ?

– Que c'est pour leur avenir.

– Eh bien ils auront un bel avenir, quand on sera tous les deux en prison. Vous avez déjà vu les bras tendus par les fenêtres ? Je les ai comptés, un jour. C'est ce qu'on fait quand on a connu la taule. Vingt-quatre par fenêtre, sans parler du linge qui sèche, et il n'y a qu'une fenêtre par cellule.

– Vous m'obligez à durcir le jeu, Harry..., commença Osnard avec un soupir, comme s'il allait plus en souffrir que Pendel.

– Je ne vous oblige à rien. Personne ne vous oblige à rien.

– Je n'ai pas envie de vous faire ce coup-là, Harry.

– Eh bien alors, ne le faites pas.

– J'ai essayé d'y aller en douceur, mais sans succès. Alors je vais jouer franc-jeu.

– Ça m'étonne de vous.

– Les actes sont au nom de Harry et Louisa Pendel, donc vous êtes dans la même galère. Si vous voulez lever l'hypothèque sur la boutique et la ferme, Londres va exiger une contribution active de votre part à tous les deux. Sinon fini la love story, on ferme la pompe à fric et c'est la vente aux enchères. La boutique, la ferme, les clubs de golf, le 4 × 4, les enfants, bref, la catastrophe. »

Pendel mit un moment à relever la tête, le temps de digérer la peine de prison prononcée par le juge.

« Mais c'est du chantage, Andy.

– La loi du marché, mon vieux. »

Pendel se leva lentement et resta immobile, pieds joints et

tête baissée, à regarder les billets sur le lit avant de les rassembler dans leur enveloppe, qu'il rangea dans son sac avec les carbones et l'insecticide.

« J'aurai besoin de quelques jours, dit-il en regardant le plancher. Il faut bien que je lui parle, non ?

– Vous avez toutes les clés en main, Harry. »

Pendel se dirigea vers la porte, toujours tête baissée.

« Au revoir, Harry. La prochaine fois à l'endroit prévu, d'accord ? Allez, bonne chance. »

Pendel s'arrêta, puis se retourna. Son visage ne trahissait rien d'autre que l'acceptation passive de sa punition.

« A vous aussi, Andy. Et merci pour la prime, le whisky et vos suggestions concernant Mickie et ma femme.

– C'est un plaisir, Harry.

– Et n'oubliez pas de venir essayer votre veston en tweed. Résistant mais de bon goût. Il est temps que nous fassions de vous un autre homme. »

*

* *

Une heure plus tard, enfermé dans sa cage au bout de la chambre forte, Osnard parlait dans l'énorme combiné du téléphone secret en imaginant ses paroles digitalement recomposées dans l'oreille velue de Luxmore, arrivé tôt à son bureau londonien pour recevoir cet appel.

« D'abord la carotte, après le bâton, monsieur, déclara-t-il de cette voix de scout héroïque qu'il réservait à son maître. Je n'y suis pas allé de main morte, mais il hésite encore. Elle voudra, elle ne voudra pas, elle voudra peut-être… Il ne se prononce pas.

– Merde !

– C'est ce que je me suis dit.

– Bon, il joue la montre pour plus d'argent, c'est ça ?

– Ça m'en a tout l'air.

– Un enfoiré, ça ne se refait pas, Andrew.

– Il dit qu'il a besoin de temps pour la convaincre.

– Malin comme un singe. Du temps pour nous convaincre, oui ! Cette femme est à quel prix, Andy ? Ne m'épargnez pas. Après ce coup-là on lui serre la ceinture, nom d'une pipe !

– Il n'a pas avancé de chiffre, monsieur.

– Ben voyons ! C'est un négociateur. Il nous tient par les roubignolles et il le sait très bien. Vous avez une idée de combien, vous qui le connaissez ? Au pire ?

– Il est coriace, prévint Osnard après un silence censé dénoter une profonde réflexion.

– Mais je sais bien qu'il est coriace ! Ils le sont tous ! Vous savez qu'il est coriace, le dernier Étage aussi, Geoff aussi, et un certain investisseur privé de mes amis aussi. Il l'est depuis le début et plus ça va plus il le sera. Bon sang, si j'avais une meilleure solution je n'hésiterais pas. Pendant le conflit des Malouines, il y a un type qui nous a soutiré une fortune sans jamais rien nous fournir en échange.

– Il faut le payer aux pièces.

– Oui ?

– Une plus grosse avance ne fera que l'encourager à se reposer sur ses lauriers.

– Je suis totalement d'accord. Il nous rirait au nez. C'est leur genre, ça, ils nous exploitent et ils rigolent.

– D'un autre côté, de plus grosses primes le stimulent. Nous l'avons déjà constaté, ne serait-ce que ce soir.

– C'est vrai ?

– Vous devriez le voir fourrer le fric dans sa mallette.

– Oh mon Dieu.

– Oui, mais il faut reconnaître qu'il nous a donné Alpha, Bêta et les étudiants, qu'il a posé des jalons avec l'Ours, qu'il a presque mis Abraxas dans sa poche et qu'il a recruté Marco.

– Et nous l'avons rétribué chaque fois. Grassement. Et qu'avons-nous reçu en échange, au jour d'aujourd'hui ? Des promesses. Des nèfles. “Attendez le grand scoop.” Ça me rend malade, Andrew, vraiment malade.

– Je le lui ai fait comprendre avec une certaine énergie, si je puis me permettre, monsieur.

– Mais j’en suis bien convaincu, Andrew, s’attendrit Luxmore. Si je vous ai laissé entendre le contraire, j’en suis sincèrement désolé. Continuez, je vous prie.

– Ma conviction personnelle…, reprit Osnard très défiant.

– Il n’y a que ça qui compte, Andrew !

– … c’est qu’il faut marcher au rendement. S’il fournit, on paie. Même chose s’il nous fournit sa femme.

– Doux Jésus, Andrew ! Il vous a dit ça ? Il vous a vendu sa femme ?

– Pas encore, mais elle est sur le marché.

– En vingt ans de Service, Andrew, on n’a jamais vu un mari nous vendre sa femme pour des sous.

– Je suggère que nous lui donnions une prime pour chaque source secondaire recrutée, y compris sa femme, proposa Osnard avec ce débit plus lent et plus fluide qu’il avait en parlant argent. Une prime proportionnelle au salaire de la source secondaire, à la base. Et si elle mérite une prime, il touche aussi sa part.

– En plus ?

– Absolument. Il faut aussi résoudre la question de ce que Sabina doit verser à ses étudiants.

– Ne les gâtez pas trop, Andy ! Et Abraxas ?

– Si et quand son organisation nous donne le complot, la même commission de 25 % revient à Pendel sur la prime versée à Abraxas et son groupe.

– J’ai entendu “si et quand” ? répéta Luxmore après un silence. Que voulez-vous dire au juste, Andy ?

– Désolé, monsieur. Je ne peux pas m’empêcher de me demander si Abraxas ne nous mène pas en bateau. Ou alors Pendel. Pardonnez-moi, il est tard.

– Andrew.

– Oui, monsieur ?

– Écoutez-moi, Andrew, c'est un ordre. Il existe, ce complot. Ne perdez pas courage parce que vous êtes fatigué. Bien sûr qu'il y a un complot. Vous y croyez, moi aussi, un des plus grands faiseurs d'opinion au monde aussi. Intimement. Profondément. Les plus brillants cerveaux de la presse y croient, ou y croiront bientôt. Il y a un complot, un complot fomenté par un noyau dur de l'élite panaméenne, un complot qui vise le canal, un complot que nous allons mettre au jour ! Andrew ? fit-il d'un ton soudain inquiet. Andrew ?

– Monsieur ?

– Scottie, je vous prie, plus de "monsieur" entre nous. Avez-vous la conscience tranquille, Andrew ? Êtes-vous sous pression ? Vous sentez-vous bien ? Mon Dieu, je suis un vrai monstre, avec tout ça je ne vous demande jamais de vos nouvelles. Je ne manque pas d'influence au dernier Étage, ni de l'autre côté du fleuve à l'heure actuelle. Ça m'attriste de voir un jeune homme zélé et loyal ne rien demander pour lui-même en ces temps si matérialistes. »

Osnard émit le genre de rire embarrassé qu'émettent les jeunes gens zélés et loyaux quand ils sont embarrassés.

« J'ai surtout besoin de sommeil, si vous avez ça en stock.

– Eh bien, allez dormir, Andrew. Tout de suite. Pas de réveil, c'est un ordre. Nous avons besoin de vous.

– Merci monsieur, bonne nuit.

– Bonjour, Andrew. Et je ne plaisante pas. Au réveil, vous le reverrez, votre complot, il vous crèvera les yeux, et vous vous lèverez d'un bond pour aller le débusquer, je le sais. Il m'est arrivé la même chose, et nous sommes partis en guerre.

– Bonne nuit, monsieur. »

*

* *

Mais la journée du zélé jeune maître espion n'était pas terminée, loin de là. *Archivez tant que c'est frais*, les instructeurs lui avaient-ils enfoncé dans le crâne *ad nauseam*. De retour à sa chambre forte, il déverrouilla un curieux coffre en métal dont lui seul connaissait la combinaison et en sortit un cahier rouge relié à la main, l'équivalent d'un journal de bord, entouré par une sorte de ceinture de chasteté en fer verrouillée par un cadenas qu'il ouvrit. Il retourna dans son bureau, posa le cahier sur la table près de la lampe et de la bouteille de scotch, puis sortit ses notes et son magnétophone de son vieil attaché-case.

Le livre rouge lui était indispensable à la création de ses rapports. Ses pages ultra-secrètes recensaient à l'intention des agents de terrain toutes les lacunes informationnelles du QG à ce jour, connues sous le nom de « Trous noirs des analystes ». Selon la logique imparable d'Osnard, ce que les analystes ignoraient ils ne pouvaient le vérifier, et ce qu'ils ne pouvaient vérifier ils ne pouvaient le critiquer. Or, comme maints jeunes auteurs, il s'était découvert étonnamment sensible à la critique. Pendant deux heures sans interruption, il adapta, corrigea, affina et reformula jusqu'à ce que les derniers renseignements BOUCAN s'adaptent comme des chevilles parfaitement chantournées dans les Trous noirs des analystes. Un ton lapidaire, un scepticisme permanent, un doute souligné ici ou là ajoutaient à l'authenticité apparente. Enfin satisfait de son travail, il téléphona à Shepherd, l'employé du Chiffre, le convoqua à l'ambassade séance tenante et, partant du principe qu'un message a plus de poids quand on l'envoie à une heure indue plutôt que dans la journée, lui tendit un télégramme TOP SECRET BOUCAN encodé à la main pour transmission immédiate.

« Je suis désolé, Shep, mais je ne peux pas vous mettre au courant, dit-il comme un parachutiste avant une opération commando en voyant Shepherd reluquer les groupes de chiffres inintelligibles.

– Je comprends, Andy. La compartimentation, ça ne se discute pas.

– C'est ça. »

On va envoyer le vieux Shep, avait dit le chef du personnel. Il obligera le jeune Osnard à rester dans le droit chemin.

*

* *

Osnard conduisait, mais pas vers chez lui. Il allait quelque part sans savoir encore où, une grosse liasse de dollars coincée contre son téton gauche. Alors, ce sera quoi ? Des néons, des photos couleur de Noires nues dans des cadres éclairés, des enseignes en plusieurs langues annonçant LIVE EROTIC SEX. D'accord, mais je ne suis pas d'humeur, ce soir. Il poursuivit sa route. Maquereaux, dealers, flics, quelques pédés, tous en quête d'un sou ou deux. Des GI en uniforme, trois par trois. Il passa devant le club Costa Brava, spécialisé dans les jeunes putes chinoises. Merci, mes chéries, mais je les préfère plus âgées et plus expansives. Il conduisait toujours, se laissant guider par ses sens comme il aimait à le faire. Son vieux côté macho se réveillait. C'est simple, il faut tout essayer. Comment diable savoir si on a envie d'une chose tant qu'on ne se l'est pas payée ? Il repensa à Luxmore. *Le plus grand faiseur d'opinion du monde y croit...* Sûrement Ben Hatry. Luxmore en avait parlé une ou deux fois à Londres. Il s'était même permis des calembours. Notre *Ben*éfice mutuel. Le *Ben*i-oui-oui d'un certain baron de la presse patriote. *Vous n'avez rien entendu, M. Osnard. Je ne prononcerai plus jamais le nom de M. Hatry.* Bruit de succion. Quel con.

D'un coup de volant, Osnard traversa la chaussée, heurta le trottoir, monta dessus et se gara. Je suis diplomate, alors je vous emmerde tous ! *Casino et Club*, disait l'enseigne, et sur la porte *Prière de laisser les armes au vestiaire*. Deux videurs de trois mètres de haut en cape et képi surveillaient l'entrée. Des filles en minijupe et bas résille se déhanchaient au pied d'un escalier rouge. Mon genre d'endroit, on dirait.

*

* *

Il était 6 heures du matin.

« Merde à la fin, Andy, tu m'as fichu une de ces frousses ! avoua Fran avec animation quand il se coucha près d'elle. Qu'est-ce qui t'est arrivé, enfin ?

– Elle m'a épuisé. »

Mais visiblement, il venait de retrouver ses forces.

CHAPITRE 14

La rage qui s'était emparée de Pendel à sa sortie du motel borgne ne s'apaisa ni sur le trajet du retour, où il voyait rouge au volant de son 4 × 4, ni cette nuit-là, allongé dans son lit à Bethania, le cœur battant à tout rompre, ni à son réveil le lendemain matin, ni même le surlendemain. « J'aurai besoin de quelques jours », avait-il marmonné à Osnard. En fait, ce n'était pas les jours qu'il comptait, mais les années. Tous les mauvais tournants qu'il avait pris pour rendre service. Toutes les insultes qu'il avait essuyées pour la bonne cause, préférant se rabousiner que de pousser un *gevalt*, comme aurait dit l'oncle Benny. Tous les cris étranglés dans le fond de sa gorge avant même que d'en jaillir. Toute une vie de fureur rentrée débarquait impromptu parmi la troupe de personnages qui, faute d'une meilleure appellation, existaient sous le nom de Harry Pendel.

Sa rage le réveilla comme une sonnerie de clairon, le fit renaître et se fustiger d'un seul coup, rallia ses autres émotions à son drapeau – avec en tête du peloton amour, peur, indignation et désir de vengeance –, balaya la mince paroi qui avait séparé la réalité de la fiction dans son esprit. Elle cria « Assez ! » et « A l'attaque ! » sans admettre aucune défection. Mais attaquer quoi ? Et avec quelles armes ?

Nous voulons acheter votre ami, disait Osnard. *Sinon nous le renverrons en prison. La prison, vous connaissez, Pendel ?*

Oui, et Mickie aussi. Je suis allé le voir. Et il lui restait à peine assez de souffle pour dire bonjour.

Nous voulons acheter votre femme, disait Osnard. *Sinon nous la jetterons à la rue et vos enfants avec. La rue, vous connaissez, Pendel ?*

C'est de là que je viens.

Et ces menaces étaient de véritables armes, pas des chimères. Un pistolet braqué par Osnard sur la tempe de Pendel. D'accord, Pendel lui avait menti, si l'on pouvait parler de mensonge. Il lui avait raconté ce que celui-ci avait envie d'entendre et s'était donné beaucoup de mal pour y arriver, jusqu'à l'invention pure et simple. D'aucuns mentent parce que ça les excite, qu'ils se trouvent plus courageux ou plus malins que tous les humbles conformistes qui s'aplatissent et disent la vérité. Pendel, lui, mentait par conformisme. Pour donner chaque fois la réponse attendue, même si la vérité était ailleurs. Pour assumer toute la pression jusqu'au moment où il pouvait arrêter la machine et rentrer chez lui.

Mais la pression d'Osnard ne s'était pas relâchée.

*
* *

Pendel se réprimanda selon son numéro habituel. Rompu à l'autocritique, il s'arracha les cheveux et prit Dieu à témoin de ses remords. Je suis perdu ! C'est un jugement ! Je suis de retour en prison ! La vie est une prison, que je sois à l'ombre ou non ! Et tout est de ma faute ! Mais sa rage ne disparut pas pour autant. Il abandonna l'expiation chrétienne à la Louisa pour se tourner vers la terrible litanie du Grand Pardon que l'oncle Benny s'efforçait parfois de psalmodier devant un bock vide au pub : *Nous avons fait le mal, nous avons corrompu, nous avons ruiné... Nous sommes coupables, nous avons trahi... Nous avons volé, nous avons calomnié... Nous avons perverti et dévoyé... Nous avons usé de perfidie... Nous nous sommes écartés de la vérité, et la réalité n'existe que pour nous divertir... Nous nous cachons derrière les distractions et les jouets...* Mais la rage, refusant de le quitter, suivait Pendel partout tel un chat grand-guignolesque. Et lorsqu'il entreprit sans pitié l'exégèse historique de sa conduite méprisable depuis le tout début jusqu'à ce jour, sa rage détourna l'épée de sa poitrine pour la pointer vers ceux qui avaient perverti son humanité.

*

* *

Au commencement était le Verbe implacable, se dit-il. C'est Andy qui en a usé quand il a débarqué au magasin sans que je puisse lui résister tant la pression était forte, à cause des robes d'été mais aussi d'un certain Arthur Braithwaite, considéré comme le bon Dieu par Louisa et les enfants. Bon, d'accord, à proprement parler, Braithwaite n'a jamais existé. Pourquoi aurait-il dû ? Un dieu n'a pas forcément besoin d'exister pour accomplir son œuvre.

Bref, je me suis retrouvé à jouer les antennes paraboliques. Alors j'ai capté, j'ai entendu deux ou trois choses, et ce que mes oreilles n'ont pas vraiment entendu, je l'ai entendu dans ma tête, ce qui se comprend vu la pression exercée sur moi. Je suis une industrie de services, alors j'ai fourni un service. Qu'y a-t-il donc à y redire ? Par la suite, j'ai quelque peu enjolivé, c'est-à-dire que j'ai entendu beaucoup plus de choses et que je me suis amélioré, parce que l'espionnage, voyez-vous, c'est comme le commerce, comme le sexe, il faut s'améliorer sinon on n'aboutit à rien.

Alors je me suis lancé dans une phase d'écoute méthode Coué, pourrait-on dire. J'ai mis dans la bouche des gens les paroles qu'ils auraient prononcées s'ils y avaient pensé sur le coup. C'est une tendance très répandue, par ailleurs. En outre, j'ai photographié quelques petits papiers dans le porte-documents de Louisa. A contrecœur, mais Andy y tenait, et Dieu sait qu'il aime les photographies. Je n'ai rien volé, j'ai seulement regardé. Et, selon moi, tout le monde a le droit de regarder. Avec ou sans briquet en poche.

Ce qui s'est passé ensuite était entièrement de la faute d'Andy. Je ne l'ai pas encouragé, et je n'en ai pas eu l'idée le premier. Il m'a imposé de trouver des sources secondaires. Or ce sont des gens d'un tout autre calibre que l'informateur innocent, qui nécessitent ce que j'appellerais un bond en avant, outre des données solides sur leur état d'esprit. Mais je vais vous dire une bonne chose : les sources secondaires gagnent à être connues, contrairement à certains que je ne nommerai pas et qui ont pourtant un degré de réalité plus grand, car elles forment une famille secrète dont les membres ne répliquent jamais et n'ont pas de problèmes sauf si vous les leur imposez. Les sources secondaires, ça consiste à faire de vos amis ce qu'ils sont presque déjà, ou ce qu'ils aimeraient être mais ne seront jamais, à strictement parler. Ou encore, ce qu'ils n'aimeraient pas être mais qu'ils auraient très bien pu devenir, étant donné ce qu'ils sont.

Prenez Sabina, par exemple, pour laquelle Marta s'est plus ou moins inspirée d'elle-même, mais pas totalement. Prenez le fougueux étudiant de base qui fabrique des bombes en attendant son heure. Prenez Alpha, Bêta et quelques autres dont nous tairons l'identité pour raisons de sécurité. Prenez Mickie, son opposition silencieuse et sa conspiration indétectable – une trouvaille de génie, selon moi, sauf que tôt ou tard, et de préférence tôt, je vais devoir la détecter d'une façon qui satisfasse toutes les parties concernées à cause de la pression qu'exerce Andy sans le moindre remords. Prenez les gens qui vivent de l'autre côté du pont. Prenez le cœur même du Panama, introuvable hormis pour Mickie et quelques étudiants munis d'un stéthoscope. Prenez Marco, qui refusait d'accepter jusqu'à ce que, à mon instigation, sa femme lui parle sérieusement d'un nouveau congélateur, d'une deuxième voiture et d'une inscription à l'école Einstein que je pourrais éventuellement négocier pour le petit à condition que Marco joue le jeu et peut-être devrait-elle en rediscuter avec lui, non ?

De la platine, tout ça. Des fils épars que l'on ramasse ici et là, que l'on tisse et que l'on taille sur mesure.

*

* *

Donc, vous donnez corps à vos sources secondaires, vous tendez l'oreille à leur place, vous vous angoissez à leur place, vous faites des recherches et vous lisez des livres à leur place, vous écoutez Marta parler d'elles, vous les situez au bon endroit au bon moment et d'une façon générale vous les mettez en valeur avec leurs idéaux, leurs problèmes, leurs petites manies, comme mes vêtements mettent en valeur mes clients. Et bien sûr vous les payez, c'est normal. Une partie en liquide dans leur poche, le reste mis de côté pour les mauvais jours, ce qui leur évite d'en faire étalage, de se rendre ridicules et de s'exposer aux rigueurs de la justice. Le hic, c'est que mes sources secondaires ne peuvent pas mettre l'argent dans leur poche puisqu'elles ignorent l'avoir gagné et que certaines n'ont même pas de poches, alors je le mets dans la mienne. Mais c'est mérité, si l'on y réfléchit, parce que en fait elles ne l'ont pas gagné, cet argent. Moi, si. Donc c'est moi qui ramasse le liquide. Ou alors, Andy le vire pour moi sur son compte veuves et orphelins. Et comme les sources secondaires ne se doutent de rien, c'est ce que Benny aurait appelé une arnaque en douceur. Et puis, l'invention c'est la vie. On s'invente un soi-même, déjà.

Il est connu que les prisonniers ont une moralité bien à eux. Telle était celle de Pendel.

*

* *

S'étant ainsi fustigé et disculpé, il était en paix avec lui-même, sauf que le chat noir le regardait toujours d'un air hostile et que sa paix intérieure était une paix armée, une indignation constructive plus vive et lucide qu'il n'en avait jamais éprouvé au cours d'une vie pavée d'injustices. Il la sentait courir tel un fourmillement dans ses mains crispées, dans son dos, surtout au niveau des épaules, dans les hanches et les talons quand il arpentait sa maison ou son magasin. Ainsi survolté, il était capable de serrer les poings pour marteler les cloisons en bois du banc des accusés qui l'encerclaient mentalement à jamais et crier son innocence totale, ou presque :

Parce que je vais vous dire quelque chose, Votre Honneur, pendant qu'on y est, si vous pouviez effacer votre sourire condescendant : à escroc, escroc et demi. Et M. Andrew Osnard, du glorieux nirvana de Sa Majesté, il escroque, je le sens. Que lui le sente est une autre affaire, mais je pense que oui. Parfois, les gens n'ont pas conscience de leurs actes. Mais Andy me pousse. Il me pousse à être plus que je ne le suis, il recompte tout deux fois en prétendant qu'il ne le fait qu'une fois, et il est véreux, je sais ce que c'est, et Londres est encore pire que lui.

*

* *

Ce fut à ce stade de sa délibération que Pendel cessa de s'adresser à son créateur, à son juge ou à lui-même et fixa un regard noir sur le mur de son atelier, où il travaillait à un nouveau complet magique pour Mickie Abraxas, le complet qui lui ramènerait sa femme. Pendel aurait pu le tailler les yeux fermés, à force. Mais il avait les yeux bien ouverts, et la bouche aussi comme s'il manquait d'oxygène, ce qui n'était pas le cas dans cette pièce aux grandes fenêtres. Ne se sentant plus d'humeur mozartienne, il éteignit la chaîne d'une main et posa ses ciseaux de l'autre, sans détourner son regard fixé sur le même point du mur qui, contrairement à certains qu'il avait bien connus, n'était ni d'un gris pierreux, ni d'un vert sale, mais d'un blanc gardénia reposant qu'il avait longtemps cherché avec son décorateur.

Alors il parla. A haute voix. Un seul mot.

Pas à la manière d'Archimède. Ni avec une émotion évidente. Plutôt sur le ton des balances automatiques qui agrémentaient les gares de son enfance. D'une voix mécanique mais affirmative.

« Jonah », dit-il.

Harry Pendel tenait enfin sa sublime vision. Elle flottait devant lui en cet instant, intacte, superbe, fluorescente, parfaite. Et elle était là depuis le début, comprit-il, comme une liasse de billets dans sa poche arrière alors qu'il mourait de faim, se croyait fauché, luttait, délirait, poursuivait désespérément cette connaissance qui lui échappait toujours alors qu'il la possédait. Elle était là à portée de main, sa réserve secrète, dont il avait jusqu'ici oublié l'existence. Et elle s'étalait devant lui en Technicolor. Ma sublime vision, déguisée en mur. Ma conspiration qui a trouvé sa cause. La version originale intégrale, diffusée à la demande générale. Brillamment illuminée par la rage.

Et son nom est Jonah.

*

* *

C'est un an plus tôt, mais grâce au pont jeté à travers le temps par sa mémoire, c'est ici et maintenant sur le mur face à lui. Une semaine après la mort de Benny, deux jours après le début du premier trimestre de Mark à l'école Einstein, et un jour après que Louisa a repris son travail lucratif à la commission du canal. Pendel conduit son premier 4 × 4. Sa destination est Colón, le but de sa mission, double : faire sa visite mensuelle à l'entrepôt de textiles de M. Blüthner, et entrer enfin à la franc-maçonnerie.

Il roule vite, comme tous les conducteurs qui se rendent à Colón, à la fois par crainte des bandits et par anticipation des richesses de la zone franche qui les attend au bout de la route. Il porte un complet noir qu'il a enfilé dans la boutique pour ne pas soulever l'exaspération à la maison, et une barbe de six jours. Quand Benny était endeuillé par la mort d'un ami, il ne se rasait plus. Alors, Pendel ne peut qu'en faire autant en hommage à Benny. Il a même pris un feutre noir, mais il a l'intention de le laisser sur le siège arrière.

« C'est une irritation de la peau, explique-t-il à Louisa qui, pour sa tranquillité d'âme, n'a pas été informée du décès véritable de Benny puisqu'on lui a fait croire il y a quelques années déjà que Benny était mort seul et alcoolique et ne représentait donc plus une menace. Je crois que c'est cette nouvelle lotion suédoise après-rasage que je testais pour la boutique, ajoute-t-il, désireux de se faire plaindre.

– Harry, tu vas écrire à ces Suédois et leur dire que leur lotion est dangereuse, qu'elle ne convient pas à des peaux sensibles. C'est très inquiétant pour nos enfants. Ce n'est pas conforme à la réputation d'hygiène des Suédois et si les rougeurs persistent, colle-leur un procès aux fesses.

– J'ai déjà rédigé un brouillon », dit Pendel.

La franc-maçonnerie est la dernière volonté de Benny, exprimée en un gribouillis maladroit dans une lettre arrivée à la boutique après sa mort.

Harry, mon garçon, tu as vraiment été un pur trésor pour moi, sauf sur un point : la loge de Charlie Blüthner. Tu as un bon métier, deux enfants, et qui sait ce qui t'attend encore ? Mais la cerise sur le gâteau est là sous tes yeux et je ne comprends pas que tu ne l'aies pas mangée, depuis le temps. Charlie connaît absolument tout le monde au Panama. En plus, les bonnes œuvres et l'influence vont toujours de pair, et avec les maçons derrière toi, tu ne manqueras jamais de travail ni des choses essentielles. Charlie dit que la porte est toujours ouverte, sans compter qu'il a une dette envers moi. Bien sûr, pas aussi grosse que la mienne envers toi, mon garçon, tandis que je suis là dans le couloir à attendre mon tour qui n'est pas pour tout de suite à mon avis, mais ne dis rien à ta tante Ruth. Ce lieu est parfait si on aime les rabbins.

Affectueusement,

Benny.

*

* *

A Colón, M. Blüthner règne sur plus de deux mille mètres carrés de bureaux paysagers remplis d'ordinateurs, de secrétaires souriantes en chemisier à col montant et jupe noire, et c'est l'homme le plus respectable au monde après Arthur Braithwaite. Chaque matin à 7 heures, il monte à bord de l'avion de sa compagnie, et vingt minutes plus tard il atterrit sur l'aéroport France-Field de Colón au milieu des appareils aux couleurs vives des cadres colombiens de l'import-export qui sont venus faire un peu de shopping détaxé ou, s'ils sont trop occupés, y ont envoyé leur épouse. Chaque soir à 18 heures, il reprend l'avion en sens inverse, sauf le vendredi où il rentre à 15 heures, et pour Yom Kippour où sa société prend ses vacances annuelles et où il expie des péchés connus de lui seul et, jusqu'à il y a quelques jours, de l'oncle Benny.

« Harry.

– Monsieur Blüthner, c'est un plaisir, comme toujours. »

La même routine chaque fois. Le sourire énigmatique, la poignée de main rituelle, la respectabilité à toute épreuve, l'absence de référence à Louisa. Mais ce jour-là le sourire est plus triste, la poignée de main plus longue, et M. Blüthner porte une cravate noire du magasin.

« Votre oncle Benjamin était un grand monsieur, dit-il en tapotant l'épaule de Pendel de sa petite main fragile.

– Un géant, monsieur Blüthner.

– Votre affaire prospère, Harry ?

– J'ai cette chance, monsieur Blüthner.

– Cela ne vous inquiète pas que notre planète ne cesse de se réchauffer ? Bientôt personne n'achètera vos complets.

– Monsieur Blüthner, quand Dieu a inventé le soleil, il a eu la sagesse d'inventer l'air conditionné.

– Alors, ça vous plairait de rencontrer certains de mes amis ? » demande M. Blüthner avec un sourire entendu.

Le Blüthner de Colón est plus rapide en besogne que celui du côté Pacifique.

« Je ne comprends pas comment j'ai pu ajourner si longtemps », avoue Pendel.

En d'autres occasions, ils auraient emprunté l'escalier de service jusqu'au rayon des textiles pour que Pendel admire les nouveaux alpagas. Aujourd'hui, ils suivent des rues encombrées, M. Blüthner marchant en tête d'un pas vif, et arrivent en transpirant à grosses gouttes devant une porte anonyme. M. Blüthner tient une clé à la main, mais adresse d'abord un clin d'œil complice à Pendel.

« Ça ne vous dérange pas si on fait un sacrifice humain de jeune vierge, Harry ? Si on passe au goudron et aux plumes quelques *shvartzers* non plus ?

– Pas si c'est ce que Benny aurait souhaité que je fasse, monsieur Blüthner. »

Après un regard de conspirateur alentour, M. Blüthner introduit la clé dans la serrure et ouvre la porte d'une vigoureuse poussée. C'était il y a plus d'un an, mais c'est ici et maintenant. Sur le mur gardénia devant lui, Pendel revoit la porte s'ouvrir et la même obscurité totale l'attirer.

CHAPITRE 15

Encore tout ébloui par un soleil aveuglant, Pendel s'enfonça au cœur de la nuit à la suite de son hôte. Il le perdit de vue, s'immobilisa pour laisser ses yeux s'accoutumer à l'obscurité et sourit au cas où quelqu'un l'observerait. Qui allait-il rencontrer, et dans quel étrange accoutrement ? Il huma l'air mais, au lieu d'effluves d'encens ou de sang frais, ne sentit qu'une odeur de tabac froid et de bière. Peu à peu, les instruments de la chambre de torture se matérialisèrent devant ses yeux : des bouteilles derrière un bar, un miroir derrière les bouteilles, un barman asiatique d'âge canonique, un piano ivoire dont l'intérieur du couvercle relevé s'ornait de danseuses légères grossièrement peintes, des ventilateurs en bois ronronnant au plafond et un vasistas en hauteur muni d'une ficelle d'ouverture trop courte. Enfin, car ils rayonnaient moins, les compagnons de Pendel dans sa quête de la Lumière, qui ne portaient ni tuniques de mages ni chapeaux pointus, mais le triste uniforme de l'homme d'affaires panaméen : chemise blanche à manches courtes, pantalon dont la ceinture comprimait leur bedaine, et cravate dénouée décorée de choux-fleurs rouges.

Quelques visages lui étaient familiers, figures mineures du Club Unión. Dutch Henk, dont la femme venait de s'envoler à la Jamaïque avec ses économies et un batteur chinois, s'avança vers lui d'un air grave, un pichet d'étain givré dans chaque main – « Harry, notre frère, nous sommes fiers de te voir enfin arriver parmi nous », comme si Pendel avait dû traverser les polders pour les rejoindre. Olaf, un agent maritime suédois alcoolique, avec des verres de lunettes en cul de bouteille et un postiche en paille de fer, hurla avec ce faux parler oxfordien qu'il cultivait : « Je dis, frère Harry, vieille branche, c'est un plaisir, n'est-il pas ? » Hugo, prétendument ferrailleur, belge et vétéran du Congo, offrit à Pendel d'une main tremblotante « un petit quelque chose de votre vieux pays » dans une flasque d'argent.

Pas de jeune vierge enchaînée, pas de baril de goudron bouillant ni de *shvartzer* terrifié, mais toutes les autres raisons pour lesquelles Pendel n'avait pas adhéré jusque-là, les mêmes personnages jouant le même rôle dans la même pièce démodée : « Tu marches à quoi, frère Harry ? », et « Remplissons ton verre, mon frère », et encore « Pourquoi as-tu mis si longtemps à nous rejoindre, Harry ? ». C'est alors que M. Blüthner soi-même, en cape de hallebardier londonien ornée d'une lourde chaîne de maire, fit retentir deux sonneries enrouées d'un vieux cor de chasse anglais cabossé. Une porte à double battant s'ouvrit sur une file de serviteurs asiatiques qui entrèrent au pas de gymnastique en portant des plateaux à bout de bras aux accords de « Sois vainqueur, guerrier zoulou », entonné par M. Blüthner en personne qui, Pendel commençait à le comprendre, retrouvait une deuxième jeunesse grâce à ces frasques d'adolescent.

Ayant convié l'assemblée à table, M. Blüthner prit place au centre, Pendel à ses côtés, tous au garde-à-vous, pour écouter

Dutch Henk dire un long et obscur bénédicité dont le sens général était que la présente compagnie serait encore plus vertueuse si elle ingérait la nourriture offerte – prémisse que Pendel fut enclin à mettre en doute dès sa première bouchée du curry le plus décapant depuis que l'oncle Benny l'avait entraîné au coin de la rue goûter un peu celui de M. Khan pendant que ta tante Ruth fait ses dévotions chez les Filles de Sion, mon garçon.

A peine furent-ils assis que M. Blüthner se releva d'un bond pour faire deux annonces qui enchantèrent la compagnie : notre frère Pendel nous honore pour la première fois de sa présence – tonnerre d'applaudissements entrecoupé de joyeuses obscénités, tous étant maintenant quelque peu éméchés –, et j'ai également le plaisir de saluer un frère qu'on ne présente plus, alors applaudissez-le bien fort, je vous prie, notre sage errant, fidèle serviteur de la Lumière, explorateur des profondeurs et de l'inconnu, qui a pénétré dans plus de bouches d'ombre qu'aucun de nous autour de cette table – rires salaces –, le seul, l'unique, l'impayable, l'immortel Jonah, tout juste de retour d'une triomphale expédition de récupération d'épave dans les Indes orientales néerlandaises, dont vous avez peut-être eu des échos (cris : « Où ça ? »).

Et aujourd'hui sur son mur gardénia, Pendel revoit Jonah tel qu'il y a un an : le corps tassé, l'air revêche, le teint jaunâtre et des yeux de saurien, remplissant méthodiquement son assiette de toutes les bonnes choses à sa portée, piments rouges, poppadoms et chapattis épicés, chili haché, nan, plus une substance brun-rouge gluante et grumeleuse que Pendel avait déjà identifiée pour sa part comme du napalm brut. Et Pendel entend parler le sage errant. La sonorisation du mur gardénia est parfaite, même si Jonah éprouve des difficultés à couvrir le brouhaha ambiant d'histoires cochonnes et de toasts stupides.

La prochaine guerre mondiale aura lieu au Panama, disait

Jonah avec un fort accent australien, *la date est déjà fixée, et vous avez intérêt à le croire, mes salauds.*

*

* *

Le premier à contester cette affirmation fut un ingénieur sud-africain squelettique du nom de Piet.

« On a déjà donné, mon vieux Jonah. Tu ne te rappelles pas ce truc, là, l'opération Juste Cause ? George Bush qui jouait les gros bras... Des milliers de morts... »

Ce qui provoqua de vagues questions du type : « Et toi, papa, t'étais où pendant l'invasion ? » et des réponses du même tonneau, avant que ne fuse de toutes parts un tir croisé de saillies et de reparties, pour le bonheur candide de M. Blüthner dont le sourire ravi allait de l'un à l'autre des intervenants comme s'il assistait à un tournoi de tennis. Quant à Pendel, il n'entendait guère que les protestations véhémentes de son intestin, et lorsqu'il retrouva enfin une certaine lucidité, Jonah détaillait les défauts du canal : « La navigation moderne ne peut pas l'utiliser, ce foutu canal. Il est préhistorique, beaucoup trop étroit pour les supertankers et les porte-conteneurs. »

Quand Olaf le Suédois rappela à l'assemblée qu'il existait un projet d'installation de nouvelles écluses, Jonah traita l'information avec tout le mépris qu'elle méritait : « Bravo, mon gars, quel coup de génie ! De nouvelles écluses, ben tiens ! Fantastique, génial ! Où va la science, je me le demande. Tant qu'on y est, si on utilisait la vieille tranchée française, et puis un petit bout de la base des marines à Rodman. Et à la grâce de Dieu et des miracles de la technologie, un beau jour vers 2020 on se retrouvera avec un canal un poil plus large et un transit beaucoup plus long. Là, chapeau, bonhomme. Je me lève et je porte un toast au progrès du XXIe siècle, bordel ! »

Sans doute joignit-il le geste à la parole par-delà le nuage de fumée, car Pendel, en regardant la rediffusion haute-fidélité sur son mur gardénia, revoit Jonah bondir sur ses pieds sans pourtant paraître plus grand, puis lever sa chope avec emphase et y plonger son visage jaunâtre jusqu'à ses yeux de lézard, au point que Pendel doute qu'il refasse jamais surface, mais ces explorateurs des fonds marins ont du métier.

« L'oncle Sam s'en tamponne le coquillard qu'il y ait une écluse ou six ! reprit Jonah du même ton acéré de mépris total. Nos bons amis yankees, c'est le genre toujours plus, mais le canal, ça fait longtemps qu'ils le laissent crever. Je ne serais pas surpris d'apprendre que certains seraient carrément pour le faire sauter, même. Pourquoi auraient-ils besoin d'un canal opérationnel ? Ils ont déjà une ligne de transport rapide de San Diego à New York, non ? Leur canal à sec, qu'ils l'appellent. Géré par de braves crétins d'Américains et pas par une bande de métèques. Alors le reste du monde peut aller se faire foutre. Le canal est un symbole anachronique. Que les autres andouilles s'en servent – et toi je t'emmerde, sale Boche ! » ajouta-t-il à l'adresse d'un Dutch Henk somnolent qui avait osé douter de sa sagesse, alors qu'autour de la table d'autres têtes lasses se redressaient comme autant de tournesols cherchant en Jonah leur lumière.

M. Blüthner s'était à moitié levé de son siège, le buste collé à la table, pour ne pas perdre la moindre perle, le moindre mot de Jonah le sage errant, qui répliquait aux critiques.

« Mais non, je ne déconne pas, glandu d'Irlandais. Je te parle du pétrole, du pétrole des Japs, de l'huile lourde qu'ils ont pu raffiner. Je te parle de la domination du monde par les Jaunes, de la fin de notre civilisation à la mords-moi-le nœud, et même dans ton vert pays à la con ! »

Un petit malin lui demanda s'il voulait dire que les Japonais allaient inonder le canal de pétrole. Il ne daigna pas répondre.

« Mes bons amis, les Japonais ont extrait du brut bien avant de savoir l'utiliser. Ils l'ont stocké dans des mégaciternes et leurs meilleurs chercheurs se sont creusé la cervelle nuit et jour pour le décomposer. Et ils ont fini par mettre au point leur formule, alors gaffe. Accrochez-vous à vos couilles si vous les trouvez, messieurs, et rôtissez-vous le cul au soleil levant tant qu'il vous reste de la peau dessus. Parce que les Nippons l'ont trouvée, leur émulsion magique, alors votre bail sur ce coin de paradis expire dans cinq minutes chrono. On verse, on touille et banzaï, on a du pétrole comme les autres, des océans de pétrole. Et une fois qu'ils se seront construit un joli canal, ce qui va arriver en moins de temps qu'il n'en faut à un incontinent pour pisser un coup, ils pourront joyeusement inonder le monde avec leur foutu pétrole, et l'oncle Sam sera fou furieux. »

Une pause. De vagues grognements désapprobateurs s'élevèrent ici et là jusqu'à ce qu'Olaf le poète finisse par se dévouer pour poser l'inévitable question.

« Pardon, mais ça veut dire quoi "une fois qu'ils se seront construit un joli canal", Jonah ? C'est de la merde en barres, ça. A force de passer ton temps sous l'eau, tu as perdu le contact avec la surface. Le projet de construction, il n'a pas résisté à l'invasion. Avant, oui, les éminents experts américains, japonais et panaméens de la commission tripartite étudiaient les solutions de rechange, dont la nouvelle tranchée. Mais aujourd'hui, liquidée, la commission. Les Américains sont ravis, d'ailleurs, ils ne l'aimaient pas. Ils ne le montraient pas, mais ils étaient contre. Ils préfèrent de loin qu'on en reste là, avec peut-être quelques écluses en plus – la gestion des terminaux maritimes, ça fera de jolis profits pour leurs grandes entreprises. Je suis au courant, c'est mon métier. Le sujet est clos. Alors, va te faire foutre. »

Loin de s'avouer vaincu, Jonah exultait. Le regard fixé sur son mur gardénia, Pendel, comme M. Blüthner ce jour-là, tend l'oreille pour saisir chaque parole prophétique qui tombe des lèvres du grand homme.

« Bien sûr qu'ils n'aimaient pas cette putain de commission, Viking de mes deux, ils la détestaient, même ! Et bien sûr qu'ils veulent que leurs grosses entreprises implantées à Colón et à Panama administrent les terminaux maritimes ! Pourquoi les Yankees ont boycotté la commission après y avoir adhéré, à ton avis ? Et pourquoi ils ont envahi ce pays pourri, déjà, hein ? Pourquoi ils l'ont pilonné à mort ? Pour empêcher le vilain général de fourguer sa coke à l'oncle Sam ? Mon cul, oui ! Ils l'ont fait pour écraser l'armée panaméenne et foutre en l'air l'économie à un point tel que les Japonais ne pourraient plus acheter ce pays et se construire leur canal. Où est-ce qu'ils trouvent leur aluminium, les Japonais ? Tu ne sais pas, eh bien, je vais te le dire : au Brésil. Et leur bauxite ? Encore au Brésil. Et leur argile ? Au Venezuela ! fit-il avant d'enchaîner avec d'autres matières premières dont Pendel ignorait jusqu'à l'existence. Tu crois peut-être qu'ils vont les expédier par bateau à New York, et les propulser jusqu'à San Diego, et les transbahuter au Japon simplement parce que le canal est trop étroit pour eux ? Putain, tu les vois envoyer leurs superpétroliers faire le tour du cap Horn ? Tu les vois balancer leur purée dans un tuyau à travers l'isthme et vieillir le temps qu'elle gicle à l'autre bout ? Se tourner les pouces quand on fout une taxe de 500 dollars sur chaque bagnole japonaise qui arrive à Philadelphie, tout ça parce qu'ils ne peuvent plus les transporter par le canal ? Qui est le plus gros utilisateur du canal ? »

Un blanc, le temps de trouver un volontaire, qui déclara hardiment « les Yankees » et s'en repentit aussitôt.

« Les Yankees ? Sûrement, oui ! Et les pavillons de complaisance, c'est fait pour les chiens ? Ce qui se cache sous le joli nom bien rassurant de libre immatriculation, c'est pour qui ? Pour les Japs et les Chinois. Et les fils de putes qui vont construire la prochaine génération de bateaux à emprunter le canal, c'est ?

– Les Japonais », souffla une voix.

Un divin rayon de soleil s'infiltre par la fenêtre de l'atelier et se pose sur la tête de Pendel comme une blanche colombe. La voix de Jonah retentit. Les interjections grossières disparaissent comme autant d'appoggiatures inutiles.

« Le top du high-tech, les moins chers, les plus rapides, c'est qui ? Pas les grands noms américains, les Japs. Qui possède la meilleure machinerie lourde, les négociateurs les plus rusés, les ingénieurs les plus performants, la main-d'œuvre la plus qualifiée, les meilleurs organisateurs ? Qui rêve nuit et jour d'avoir le contrôle de la porte la plus prestigieuse du monde ? Quels experts et ingénieurs creusent en ce moment même à mille pieds sous l'estuaire du fleuve Caimito pour prélever des échantillons ? Vous croyez peut-être qu'ils ont renoncé parce que les Américains sont venus bousiller les lieux ? Vous croyez qu'ils vont se prosterner devant l'oncle Sam, s'excuser de leurs vilaines pensées hégémoniques sur le commerce international ? Les Japonais ? Vous croyez qu'ils vont s'arracher les kimonos à cause du bouleversement écologique que causerait la réunion de deux océans jusque-là totalement séparés ? Les Japs ? Alors que leur propre survie est en jeu ? Vous croyez qu'ils vont abandonner parce qu'on le leur a vivement conseillé ? Les Japonais ? Ce n'est plus de la géopolitique, c'est de la pyrotechnie. Tout ce qu'on fait, nous, c'est d'attendre que le bouquet final nous pète à la gueule. »

Quelqu'un demanda d'un ton embarrassé où se situaient les Chinois dans ce scénario, frère Jonah. C'était encore Olaf avec son parler oxfordien outrancier.

« Enfin, grands dieux, Jonah vieux frère, quoi ? Les Japonais détestent les Chinois, c'est bien connu, et inversement si je ne m'abuse. Pourquoi les Chinois laisseraient-ils les Japonais récolter la puissance, la gloire, et toute cette sorte de choses ? »

Pendel se rappelle que Jonah se fit alors tout sucre tout miel.

« Parce que les Chinetoques ont les mêmes aspirations que

les Japs, Olaf mon bon ami. Expansion, richesse, statut, admission dans tous les Conseils du monde, respect de l'homme jaune. Qu'est-ce que les Japs attendent des Chinois ? me demanderas-tu. Je m'en vais te l'expliquer. Un, ils veulent les avoir comme voisins. Deux, comme acheteurs de produits japonais. Et trois, comme main-d'œuvre bon marché pour manufacturer lesdits produits. Les Japs considèrent les Chinois comme une sous-race, et les Chinois leur retournent le compliment. Mais pour le moment, Chinois et Japonais sont frères de sang, et c'est nous, Olaf, nous les nigauds aux yeux ronds, qui sommes la cinquième roue du carrosse. »

*

*   *

Le reste des propos tenus par Jonah cet après-midi-là ne revenait pas très clairement à Pendel. Même le mur blanc gardénia n'était pas assez bien équipé pour réparer les dommages causés à sa mémoire par un mélange de napalm et de breuvages alcoolisés. Ce fut le fantôme de Benny à ses côtés qui improvisa le reste du message :

... Harry, mon garçon, je vais te parler franchement, comme toujours. C'est une gigantesque arnaque, un peu comme le type qui a fourgué la tour Eiffel à des acheteurs intéressés, un complot cinq étoiles assez énorme pour faire courir ton ami Andy chez son banquier. Pas étonnant que Mickie Abraxas soit resté shtoum *pour ses amis, parce que c'est de la dynamite, et en plus il leur doit bien ça. Harry, mon garçon, je te l'ai déjà dit et je te le répète, tu as plus de platine à toi tout seul que Paganini et Gigli réunis de vélocité. Il ne te manquait que de prendre le bon train, au bon arrêt, le bon jour, pour arriver le premier au lieu de rester comme les autres dans la file d'attente. Voilà qui est fait. Un canal dernier cri, d'une côte à l'autre au niveau de la mer, large de quatre cents mètres, construit par les Japonais, conçu dans le plus grand secret. Pendant ce*

temps-là, les Yankees parlent à tort et à travers de nouvelles écluses et laissent leur mafia de l'industrie lourde se tailler la part du lion, exactement comme dans le temps, sauf qu'ils se trompent de canal ; et les grands avocats et politiciens panaméens et le Club Unión se serrent les coudes, s'en mettent plein les poches, font un pied de nez à l'oncle Sam et pressent le citron japonais au maximum. Sans parler des Français roublards dont Andy te rebat les oreilles, plus une bonne pincée de narcodollars colombiens pour la touche sombre, et Harry, mon garçon, la conspiration des poudres c'est rien à côté, sauf que, cette fois, qui va te prendre les allumettes à la main ? Réponse : personne. Tu me demandes le prix, mon garçon ? Tu dis que les Japs ne peuvent pas s'offrir leur propre canal ? Et combien donc a coûté l'aéroport d'Osaka ? 30 milliards, mon garçon, selon des sources bien informées. Une bagatelle. Sais-tu combien un canal au niveau de la mer coûtera ? Trois fois l'aéroport d'Osaka, y compris les frais d'avocat et de timbres. Harry, c'est le genre de somme que ces gens-là laissent comme pourboire. Les accords, me demandes-tu ? Les engagements fermes de la part des Panaméens de ne pas gâcher le joli canal de l'oncle Sam ? Mais, mon garçon, il s'agit de l'ancien canal. Et les Panaméens jetteront leurs engagements fermes dedans.

★

★ ★

Le mur blanc gardénia a une dernière image en réserve.

Pendel et son hôte se font des adieux répétés sur le seuil du magasin de M. Blüthner.

« Tu veux que je te dise, Harry ?

– Oui, monsieur Blüthner ?

– Ce Jonah est un baratineur de première. Il ne connaît rien à l'orimulsion, et encore moins à l'industrie japonaise. Leur rêve d'expansion, à la rigueur, d'accord. Les Japonais ont toujours eu un truc avec le canal de Panama. Mais le problème, c'est que le jour où ils le contrôleront enfin, plus personne n'utilisera de gros bâtiments sur les océans, et plus personne n'aura besoin de pétrole, grâce aux nouvelles sources d'énergie, moins polluantes et meilleur marché. Quant aux minerais dont il a parlé, s'ils en ont vraiment besoin, ils les trouveront plus près de chez eux, conclut-il en hochant la tête.

– Mais, monsieur Blüthner, vous sembliez si heureux, là-bas.

– Je vais te dire pourquoi, Harry, dit M. Blüthner avec un sourire malicieux. En écoutant Jonah, j'entendais ton oncle Benny et je me rappelais à quel point il adorait une bonne arnaque. Bon, alors, tu te joins à notre petite confrérie ? »

Pour une fois, Pendel ne trouve pas les paroles que M. Blüthner veut l'entendre dire.

« Je ne me sens pas encore prêt, monsieur Blüthner, répond-il honnêtement. Il faut que je mûrisse. Je m'y efforce et j'y arriverai. Et quand je serai enfin prêt, je foncerai vous rejoindre. »

Et aujourd'hui il était prêt. Son complot se dessinait parfaitement, orimulsion ou pas. Le chat noir de la colère aiguisait ses griffes pour le combat.

CHAPITRE 16

Quelques jours, avait dit Pendel à Osnard, j'ai besoin de quelques jours. Le temps de faire renaître une considération réciproque, de resserrer les liens conjugaux. Le temps pour Pendel, époux et amant, de rétablir les ponts coupés entre lui et sa femme, de ne plus rien lui cacher, de l'entraîner à sa suite dans son monde secret, d'en faire sa confidente, son assistante, sa collègue espionne au service de son grand projet.

De même que Pendel s'est remodelé pour Louisa, il la remodèle à son tour pour affronter le monde. Désormais, plus de secrets entre eux. Ils savent tout, partagent tout, ils sont enfin unis, *Joe* principal et source secondaire, redevables l'un à l'autre et à Osnard, partenaires sincères unis dans une même entreprise. Ils ont tellement en commun : Delgado, leur source de renseignements sur le sort du vaillant petit Panama, Londres, leur exigeant donneur d'ordres, la civilisation anglo-saxonne à sauvegarder, des enfants à protéger, un réseau de brillantes sources secondaires à entretenir, un ignoble complot japonais à déjouer et un canal à sauver. Quelle femme digne de ce nom, quelle mère, quelle héritière des guerres de ses parents ne répondrait pas à l'appel, revêtant son imperméable et chaussant ses lunettes noires pour aller espionner sans merci les usurpateurs du canal ? Dorénavant, ce noble projet régira leur vie. Tout lui sera subordonné, chaque mot fortuit, chaque incident inopiné sera intégré à la trame du divin ouvrage mis au jour par Jonah, restauré par Pendel, mais dont maintenant Louisa est la vestale. Et c'est elle, avec l'aide de Delgado, qui se tiendra devant et brandira le flambeau.

Et si Louisa n'est pas à proprement parler consciente de son nouveau statut, elle ne peut qu'être impressionnée par la multitude de petits égards qui en découlent.

Ainsi, Pendel annule des rendez-vous sans importance, ferme le club le soir et rentre tôt chez lui pour former et observer son agent potentiel, étudier son comportement et collecter au jour le jour les détails de ses activités professionnelles, notamment ses relations avec son noble et révéré patron adoré Ernesto Delgado – bien trop surestimé aux yeux jaloux de Pendel.

Jusque-là, craint-il, il n'a aimé en sa femme qu'une sorte de concept, une balise morale face à sa propre complexité. Désormais, il va oublier l'amour conceptuel et chercher à la connaître pour elle-même. Après avoir secoué les barreaux de la prison conjugale pour essayer d'en sortir, il veut à présent y entrer. Aucun détail de la vie quotidienne de Louisa ne lui semble plus négligeable : la moindre remarque sur son employeur hors pair, ses allées et venues, ses appels téléphoniques, ses rendez-vous, ses conférences, ses marottes et ses manies, la moindre anomalie dans son train-train, le nom et le rang du visiteur le plus anodin qui traverse le bureau de Louisa pour rencontrer le grand homme – tous ces détails futiles auxquels Pendel ne prêtait qu'une oreille distraite deviennent des renseignements d'un tel prix qu'il doit refouler sa curiosité par crainte d'éveiller les soupçons de Louisa. Voilà aussi pourquoi il s'entoure de précautions infinies pour rédiger ses innombrables notes. Il se réfugie dans son bureau personnel – quelques factures à régler, chérie –, voire même aux toilettes – je me demande bien ce que j'ai pu manger. Tu crois que c'est le poisson ?

Et une facture remise en mains propres à Osnard le lendemain matin.

La vie sociale de Louisa le fascine presque autant que celle de Delgado. Les pathétiques réunions avec d'autres zoniers maintenant exilés dans leur propre pays, son adhésion à un forum progressiste que jusqu'à présent Pendel jugeait aussi progressiste qu'un groupe folklorique, la confrérie chrétienne coopérative à laquelle elle appartient par respect pour sa défunte mère – tous ces sujets passionnent aujourd'hui Pendel, qui les consigne dans son carnet de tailleur selon un code impénétrable de son invention, mélange d'abréviations, d'initiales et de pattes de mouche illisibles sauf pour l'œil averti. Car sans que Louisa le sache, sa vie est désormais étroitement liée à celle de Mickie. Ne serait-ce que dans la tête de Pendel, femme et ami voient leurs destinées s'unir à mesure que l'opposition silencieuse élargit ses frontières secrètes pour englober les étudiants dissidents, la conscience chrétienne et les Panaméens courageux qui vivent de l'autre côté du pont. Dans le plus grand secret naît une loge d'anciens zoniers dont les membres se réunissent par groupes de deux ou trois à Balboa la nuit tombée.

Jamais Pendel n'a été aussi proche d'elle lorsqu'ils sont séparés, ni aussi loin d'elle lorsqu'ils sont ensemble. Il est par moments choqué de se sentir supérieur à elle, mais comprend vite que c'est normal puisqu'il en sait bien davantage qu'elle sur sa vie, étant le seul à connaître son *alter ego* magique, l'intrépide espionne infiltrée dans le quartier général ennemi, avec pour cible la monstrueuse conspiration dont l'opposition silencieuse et son réseau de loyaux agents détiennent la clé.

Certes, il arrive que le masque de Pendel tombe et qu'il succombe à une vanité d'esthète. Il se dit qu'il lui accorde une faveur en touchant tout ce qu'elle fait de la baguette magique de son inventivité. Il la sauve. Il porte son fardeau pour elle. Il la protège physiquement et moralement des duperies et de leurs terribles conséquences. Il lui évite la prison. Il lui épargne la corvée quotidienne de rassembler mille pensées éparses. Il permet à ses idées et ses actes de fusionner en une heureuse et saine harmonie, au lieu, comme les siennes, de se torturer dans des cellules séparées sans jamais pouvoir communiquer, hormis par quelques murmures. Mais quand le masque se remet en place, Louisa redevient son courageux agent, sa compagne d'armes, éperdument vouée à sauver notre civilisation actuelle, si besoin est par des moyens illégaux, voire véreux.

*

* *

Soudain conscient de sa dette immense envers Louisa, Pendel la persuade de demander un jour de congé à Delgado pour aller faire un pique-nique matinal : nous seuls, rien que nous, Lou, en tête à tête, comme avant la naissance des enfants. Ayant chargé les Oakley du ramassage scolaire, il se reporte au temps où ils habitaient Calidonia et emmène Louisa à Gamboa, au sommet d'une charmante colline appelée Plantation Loop, à laquelle mène une route en lacets empierrée construite par l'armée américaine à travers une forêt dense jusqu'à une crête qui fait partie de la faille continentale entre le Pacifique et l'Atlantique. Il n'ignore pas la raison de son choix symbolique : l'isthme que nous protégeons, le petit Panama confié à notre vigilance. L'endroit est irréel, changeant, fouetté par des vents contraires, plus proche du paradis terrestre que du XXIe siècle malgré l'antenne sphérique de presque deux mètres de haut et d'un beige sale qui a motivé la construction de la route. Destinée à capter les conversations des Chinois, des Russes, des Japonais, des Nicaraguayens ou des Colombiens, elle est aujourd'hui officiellement sourde, sauf si par un reste instinctif de goût pour l'intrigue elle retrouve sa capacité d'écoute en présence de deux espions anglais cherchant à échapper aux tensions de leur dangereuse tâche quotidienne.

Au-dessus d'eux, des bandes de vautours et d'aigles traversent un ciel décoloré et immobile. Par une trouée entre les arbres, Pendel et Louisa peuvent suivre des yeux une vallée aux flancs de coteaux verdoyants jusqu'au golfe de Panama. Il n'est que 8 heures du matin mais, déjà en sueur, ils retournent au 4 × 4 boire du thé glacé dans une Thermos et manger des tartes aux fruits que Pendel a préparées la veille au soir et que Louisa adore.

« C'est la belle vie, Lou, affirme-t-il galamment une fois qu'ils sont assis côte à côte, mains enlacées, à l'avant du 4 × 4 dont le moteur tourne avec l'air conditionné à fond.

– De quoi tu parles ?

– De cette vie, de notre vie. Tout ce que nous avons entrepris a réussi. Les enfants, notre couple, tout est au beau fixe.

– Du moment que tu es heureux, Harry… »

Pendel décide que le moment est venu d'aborder le sujet qui lui tient à cœur.

« J'ai entendu une drôle d'histoire l'autre jour, au magasin, fait-il d'un ton amusé. Le vieux projet de canal japonais aurait été remis à l'ordre du jour. Tu en as eu vent, à la commission, ou pas ?

– Quel projet japonais ?

– Une nouvelle percée, au niveau de la mer, en passant par l'estuaire du Caimito. On parle de 100 milliards de dollars, si je ne m'abuse.

– Harry, je ne comprends pas pourquoi tu m'amènes sur cette colline si c'est pour me répéter des rumeurs à propos d'un canal japonais ! s'emporte Louisa. C'est un projet honteux, anti-écologique, anti-américain et anti-traité. Alors j'espère vivement que tu vas aller trouver ceux qui t'ont raconté ces absurdités et leur conseiller de ne pas colporter des bruits de couloir qui vont rendre encore plus difficile notre adaptation à l'avenir de notre canal. »

Un terrible sentiment d'échec s'empare de Pendel au point qu'il en pleure presque, mais fait aussitôt place à l'indignation. J'essayais de la prendre à mon bord, elle refuse. Elle préfère s'encroûter dans son ornière. Ne comprend-elle donc pas que ça marche à deux, un couple ? Soit on aide l'autre, soit on coule.

« A ce qu'on m'a dit, c'est ultra-secret, ce coup-ci, alors pas étonnant que tu ne sois pas au courant, dit-il d'un ton hautain. Il y a de gros bonnets panaméens dans le coup, mais ils restent *shtoum* et ont des réunions secrètes. Les Japs refusent toute contradiction au sujet du canal. Ton cher Ernie Delgado serait de la partie, lui aussi, ce qui ne me surprend guère, je dois dire. Il ne m'a jamais été aussi sympathique qu'à toi. Et le big boss aussi est dedans jusqu'au cou, ce qui explique les trous dans son emploi du temps pendant son voyage en Extrême-Orient. »

Silence de Louisa. Un très long silence, pendant lequel, croit-il, elle réfléchit à l'énormité de cette nouvelle.

« Le big boss ? répète-t-elle.

– Oui, le président.

– Du Panama ?

– Qui d'autre ? Celui des USA, peut-être ?

– Mais pourquoi "big boss" ? C'est comme ça que l'appelle M. Osnard. Harry, je ne comprends pas pourquoi tu l'imites. »

*

* *

« Elle est presque mûre, commenta Pendel le soir même par téléphone à voix basse, au cas où il serait sur écoute. C'est un gros coup. Elle se demande si elle sera à la hauteur. Il y a certains aspects de cette affaire qu'elle préfère ignorer.

– Quels aspects ?

– Elle ne veut pas le dire, Andy. Elle réfléchit. Elle a peur pour Ernie.

– Peur qu'il la démasque ?

– Non, peur de le démasquer, lui. Il palpe, comme tous les autres, Andy. Son image de M. Propre n'est qu'une façade. “Une partie de moi-même préfère ne pas savoir”, m'a-t-elle dit. Ce sont ses propres termes. Elle rassemble son courage. »

Le lendemain soir, sur les conseils d'Osnard, il l'emmena dîner à la Casa del Marisco, et choisit une table près de la fenêtre. Elle commanda un homard thermidor, ce qui le surprit.

« Harry, je ne suis pas de pierre. J'ai mes caprices. J'aime changer. Je suis un être humain, avec des sensations. Tu préfères que je prenne des crevettes et du flétan ?

– Lou, tout ce que je veux c'est que tu t'épanouisses à ton gré. »

Elle est mûre, jugea-t-il en la regardant attaquer son homard. Elle commence à entrer dans la peau du personnage.

« M. Osnard, j'ai le plaisir de vous annoncer que le deuxième complet que vous me réclamiez est prêt, annonça Pendel le lendemain matin en téléphonant cette fois depuis son atelier de coupe. Prêt, plié et emballé dans du papier de soie, à condition que j'en sois seul responsable. J'attends donc votre chèque.

– Bravo. Quand nous voyons-nous tous ensemble ? Je voudrais tant l'essayer.

– Impossible, monsieur. En tout cas, pas tous ensemble. Cela ne fait pas partie de nos méthodes. Comme je vous l'ai dit, je prends les mesures, je taille, j'ajuste, je fais tout moi-même.

– Ça veut dire quoi, ça ?

– Que je me charge aussi de la livraison. Personne d'autre n'intervient. Il y a vous et moi, mais pas de tierce personne directement impliquée. Je leur ai parlé, parlé, mais ils restent intraitables. Tout doit se faire par mon intermédiaire, sinon, l'affaire tombe à l'eau. C'est leur règle absolue, qu'on le veuille ou non. »

Ils se retrouvèrent au Coco Bar de l'El Panama. Pendel dut hurler pour couvrir l'orchestre.

« Je vous l'ai dit, Andy, chez Louisa c'est une question de morale. Elle est inflexible. Elle vous respecte, elle vous aime bien, mais ça s'arrête là. Faire honneur et obéir à son mari c'est une chose, c'en est une autre d'espionner ses employeurs pour le compte d'un diplomate anglais alors qu'elle est américaine, même si son patron trahit sa parole d'honneur. Appelez ça de l'hypocrisie, ou un truc de bonne femme. “Ne me parle plus jamais de M. Osnard, m'a-t-elle dit d'un ton sans appel. Ne l'amène pas ici, ne le laisse pas parler à mes enfants, il les contaminerait. Ne lui dis jamais que j'ai accepté de faire cette horrible chose à ta demande, ni que je suis entrée dans l'opposition silencieuse.” Je vous le dis tout net, Andy, aussi pénible que ce soit. Quand Louisa a quelque chose dans le crâne, rien ne peut l'en déloger. »

Osnard prit une poignée de noix de cajou, rejeta la tête en arrière, ouvrit grand la bouche, et enfourna.

« Londres ne va pas aimer.

– Il faudra bien qu'ils s'écrasent, non ?

– Oui, concéda-t-il après avoir réfléchi en mâchonnant.

– Et elle ne communiquera rien par écrit non plus, ajouta Pendel après coup. Pas plus que Mickie.

– Pas folle, la guêpe. On antidatera son salaire au début du mois. N'oubliez pas de noter toutes ses dépenses, voiture, chauffage, électricité, avec la date. Vous reprenez la même chose ou un petit remontant ? »

Louisa venait d'être recrutée.

*

* *

A son lever le lendemain matin, Pendel éprouva un sentiment de schizophrénie plus aigu que durant toutes ses années d'efforts et de rêves. Il n'avait jamais incarné autant de personnages. Certains étaient des étrangers, d'autres des surveillants et des récidivistes du temps de ses anciennes condamnations, mais tous marchaient avec lui dans la même direction et prenaient part à son grand dessein.

« Ça va être une semaine chargée, Lou, cria-t-il à travers le rideau de douche, donnant le coup d'envoi de sa nouvelle campagne. Des tas de visites à domicile, de nouvelles commandes en route. »

Louisa se lavait les cheveux, ce qu'elle faisait souvent depuis quelque temps, jusqu'à deux fois par jour. Et les dents au moins cinq fois.

« Tu vas jouer au squash, ce soir, chérie ? » demanda-t-il d'un ton très désinvolte.

Elle ferma le robinet de douche.

« Au squash, chérie, tu y vas, ce soir ?

– Tu veux que j'y aille ?

– Nous sommes jeudi. C'est la soirée club au magasin. Je croyais que tu jouais au squash tous les jeudis avec Jo-Ann.

– Tu tiens à ce que j'aille jouer au squash avec Jo-Ann ?

– Je me renseignais, c'est tout. Je n'y tiens pas. Je te le demandais. Je sais que tu aimes garder la forme, et ça se voit, d'ailleurs. »

Compter jusqu'à cinq. Deux fois.

« Oui, Harry, je vais jouer ce soir avec Jo-Ann.

– OK. Parfait.

– Après le travail, je vais revenir me changer ici et j'irai en voiture au club pour jouer avec Jo-Ann. On a retenu le court de 19 à 20 heures.

– Fais-lui mes amitiés. Elle est très gentille.

– Jo-Ann aime faire deux fois une demi-heure à la file. La première pour travailler son revers, et l'autre son coup droit. Bien sûr, pour sa partenaire, c'est l'inverse, à moins qu'elle soit gauchère, ce qui n'est pas mon cas.

– Compris.

– Et les enfants seront chez les Oakley, ajouta-t-elle pour clore son bulletin d'informations. Ils vont manger des chips bien grasses, boire du Coca-Cola qui attaque les dents, regarder des films violents à la télévision et camper sur le plancher insalubre des Oakley dans une perspective de réconciliation entre nos deux familles.

– Parfait. Merci.

– De rien. »

Elle rouvrit la douche et continua ses ablutions, qu'elle interrompit de nouveau.

« Et après le squash, comme c'est jeudi, je vais me consacrer à mon travail. Je vais organiser les rendez-vous du señor Delgado pour la semaine à venir et établir le planning.

– Formidable. Et son emploi du temps est chargé, m'a-t-on dit. Je suis très impressionné. »

Ouvrir le rideau de douche. Promettre à Louisa de dire la vérité, à l'avenir. Mais la vérité n'était plus la préoccupation de Pendel, à supposer qu'elle l'ait jamais été. En route pour l'école, il chanta en entier *My object all sublime* et les enfants le crurent gentiment timbré. En arrivant à sa boutique, il se sentit tel un étranger agréablement surpris. La nouvelle moquette bleue et les beaux meubles le ravirent, ainsi que le Coin du sportif élégant dans la cage en verre de Marta et le nouveau cadre reluisant autour du portrait de Braithwaite. Qui donc a fait tout cela ? Mais c'est moi. L'arôme du café de Marta qui s'échappait du club au premier l'enchanta, ainsi que le récent bulletin sur l'agitation estudiantine glissé dans le tiroir de son bureau. Dès avant 10 heures, la sonnette de l'entrée tintait, signal annonciateur d'inspiration.

*

* *

Les premiers à réclamer son attention furent le chargé d'affaires américain et son assistant blafard, venus essayer un nouveau smoking – un smok, comme disait le chargé. Sa Lincoln Continental blindée était garée devant le magasin, avec au volant un chauffeur à l'air rébarbatif, les cheveux en brosse. Le chargé d'affaires, un riche Bostonien plein d'humour qui avait passé sa vie à lire Proust et à jouer au croquet, aborda son sujet du jour : la question controversée du barbecue - feu d'artifice de Thanksgiving pour les familles américaines, cause d'éternelle angoisse chez Louisa.

« Nous n'avons pas d'alternative, Michael, affirmait le chargé de son accent traînant d'intellectuel bostonien tandis que Pendel marquait le col à la craie.

– Exact, répondit l'assistant blafard.

– Soit on les traite comme des adultes responsables, soit on les considère comme des sales gosses auxquels on ne peut pas se fier.

– Exact.

– Les gens réagissent bien au respect. Si je ne le pensais pas, je n'aurais pas consacré les plus belles années de ma vie à la mascarade de la diplomatie.

– Si vous pouviez plier le bras, monsieur, murmura Pendel en plaçant le tranchant de sa main sur le pli du coude du chargé d'affaires.

– Les militaires vont nous détester, remarqua l'assistant.

– Ces revers ne vont pas bâiller, Harry ? Ils me semblent un peu amples. Qu'en pensez-vous, Michael ?

– Un bon coup de fer et ils seront impeccables, monsieur, assura Pendel.

– Ils me semblent très bien, ajouta l'assistant.

– Et pour la longueur de manche, monsieur, comme elle est là ou un rien plus courte ?

– Je me demande.

– Au sujet des militaires ou de la manche ? » s'enquit l'assistant.

Le chargé secoua ses poignets d'un air critique.

« Ça va comme ça, Harry, vous pouvez y aller. Michael, je suis convaincu que si on laissait faire les gars d'Ancón Hill, il y aurait 5 000 hommes en tenue de combat de chaque côté de la route et des blindés pour amener les invités et les raccompagner. »

L'assistant eut un rire sinistre.

« Mais nous ne sommes pas des sauvages, Michael. Nietzsche n'est pas le modèle rêvé pour la seule superpuissance mondiale à l'aube du XXIe siècle. »

Pendel fit mettre le chargé de profil pour lui permettre de mieux admirer son dos.

« Et la longueur totale de veste, monsieur ? Un rien plus longue ou bien sommes-nous satisfait du résultat, si je puis me permettre ?

– Harry, nous sommes satisfait. C'est parfait. Excusez-moi d'avoir été un peu distrait, aujourd'hui. Nous essayons d'éviter une nouvelle guerre.

– Tous nos vœux vous accompagnent », dit Pendel d'un ton convaincu tandis que le chargé et son assistant redescendaient les marches sous la protection du chauffeur aux cheveux en brosse.

Pendel avait hâte de les voir partir. Un chœur angélique chantait à ses oreilles tandis qu'il griffonnait frénétiquement sur les pages secrètes à la fin de son carnet de mesures.

Les frictions entre les militaires et le personnel diplomatique américains atteignent un point critique, selon le chargé d'affaires américain. La pomme de discorde étant comment contrôler une insurrection estudiantine le jour où elle montrera le bout de son vilain nez. Selon les propres paroles du chargé, confiées dans le plus grand secret à notre informateur...

Que lui ont-ils dit ? Des bricoles. Qu'a-t-il entendu ? Des merveilles. Et ce n'était qu'un galop d'essai.

*

* *

« Docteur Sancho ! s'écria Pendel, ravi, en ouvrant grand les bras. Cela faisait si longtemps. Señor Lucullo, c'est un plaisir. Marta, où sont les victuailles ? »

Sancho, un chirurgien esthétique qui possédait plusieurs yachts et une riche épouse qu'il détestait, et Lucullo, un coiffeur très ambitieux, venaient tous deux de Buenos Aires. La dernière fois, ils avaient commandé des complets en mohair avec gilet croisé pour partir en Europe. Cette fois-ci, il nous faut absolument des smokings blancs pour le yacht.

« Alors, il n'y a pas péril en la demeure ? demanda Pendel en les débriefant l'air de rien autour d'un verre au premier étage. Pas de putsch dans l'air ? Comme je le dis toujours, l'Amérique du Sud est le seul endroit au monde où on peut tailler le costume d'un homme une semaine et voir sa statue le porter la semaine suivante. »

Pas de putsch dans l'air, confirmèrent-ils en riant.

« Mais, Harry, savez-vous ce que notre président a dit au vôtre quand ils se croyaient à l'abri des oreilles indiscrètes ? »

Non, Pendel ne le savait pas.

« Ils étaient trois présidents dans la même pièce, vous me suivez ? Celui du Panama, celui de l'Argentine et celui du Pérou. "Chez vous c'est chouette, les gars, dit le président panaméen. Vous pouvez briguer un second mandat. Mais au Panama, la réélection est interdite par la constitution." Alors notre président se retourne et dit : "Mon cher ami, c'est peut-être parce que je peux faire deux fois ce que vous ne pouvez faire qu'une seule fois !" Et alors le président du Pérou dit... »

Pendel ne le sut jamais. Le chœur des anges résonnait de

nouveau à ses oreilles tandis qu'il prenait note des tentatives détournées du président pro-nippon du Panama de garder le pouvoir jusqu'au XXIe siècle, comme l'avait confié cet hypocrite d'Ernie Delgado à sa secrétaire et assistante dévouée et irremplaçable, Louisa dite Lou.

*

* *

« Ces salauds de l'opposition ont envoyé une bonne femme me gifler pendant la réunion, hier soir ! annonça fièrement le député Juan Carlos tandis que Pendel soulignait à la craie les épaules de son queue-de-pie. Je ne l'avais jamais vue, cette salope. Elle sort de la foule, elle court vers moi toute souriante, il y a la télé, les journalistes, et voilà qu'elle me balance un crochet du droit. Que voulez-vous que je fasse ? Que je le lui rende devant les caméras ? Juan Carlos, le député qui tabasse les femmes ? D'un autre côté, si je laisse passer, on me traitera de pédé. Alors vous savez ce que j'ai fait ?

– Je suis curieux de l'apprendre, dit Pendel en rajoutant quelques centimètres à la taille pour faciliter l'ascension de Juan Carlos sur les sentiers de la gloire.

– Eh bien, je l'ai embrassée sur la bouche. Je lui ai roulé un patin. Elle avait une haleine fétide, la garce. Mais du coup, on m'adore. »

Pendel était ébloui, au comble de l'admiration.

« Dites-moi, Juan Carlos, j'ai cru comprendre qu'on allait vous confier la direction d'une importante commission parlementaire ? s'informa-t-il d'un ton sérieux. Je vais bientôt vous habiller pour votre inauguration présidentielle, si je comprends bien.

– Importante ? répéta Juan Carlos avec un rire gras. La commission pauvreté ? C'est la plus minable de toutes. Pas de fonds, pas d'avenir. On reste assis à se regarder et à déplorer le sort des pauvres, et après on va s'offrir un bon gueuleton. »

Au cours d'une autre conversation en tête à tête avec son assistante de confiance, Ernesto Delgado, président de la commission du canal et fervent partisan du traité top-secret panaméo-nippon, a signalé qu'un dossier confidentiel sur l'avenir du canal devrait être transmis à la commission pauvreté pour que Juan Carlos y jette un œil. Interrogé sur ce que la commission pauvreté pouvait bien avoir à faire avec les problèmes du canal, Delgado a répondu avec un sourire entendu qu'il ne faut jamais se fier aux apparences.

*

* *

Elle était à son bureau. Il se la représentait parfaitement en composant le numéro de sa ligne directe : le couloir luxueux au dernier étage du centre administratif, avec ses portes à claire-voie pour permettre la circulation de l'air ; la pièce spacieuse où elle travaillait, avec vue sur la vieille gare de chemin de fer entachée par l'enseigne du McDonald's qui rendait Louisa malade ; son bureau ultramoderne avec ordinateur et téléphone à la sonnerie discrète ; sa seconde d'hésitation avant de saisir le combiné.

« Je voulais juste savoir si tu avais envie de manger quelque chose de spécial, ce soir, ma chérie.

– Pourquoi ?

– Parce que je pourrais m'arrêter au marché sur le chemin du retour.

– Une salade.

– Quelque chose de léger après le squash, c'est bien ça, chérie ?

– Oui, Harry. Après le squash, j'ai envie d'un repas léger. Une salade, comme d'habitude.

– Tu es très occupée ? Ce cher Ernie court dans tous les sens ?

– Que veux-tu, au juste ?

– Seulement entendre ta voix, ma chérie. »

Le rire de Louisa le déconcerta.

« Tu ferais bien d'être bref, parce que dans deux minutes cette voix va servir d'interprète pour un groupe de capitaines de port très sérieux qui viennent de Kyoto, qui ne parlent pas un mot d'espagnol et guère plus d'anglais, mais qui ne veulent qu'une chose, c'est rencontrer le président du Panama.

– Je t'aime, Lou.

– J'espère bien, Harry. Maintenant, excuse-moi.

– Tu as bien dit Kyoto ?

– Oui, Harry, Kyoto. Au revoir. »

KYOTO, écrivit-il en majuscules avec ravissement. Quelle source secondaire ! Quelle femme ! Quel joli coup ! *Mais qui ne veulent qu'une chose, c'est rencontrer le président.* Et c'est ce qu'ils vont faire. Et Marco sera là pour les conduire dans les appartements privés de Sa Luminosité. Et Ernie laissera son halo au vestiaire pour les accompagner. Et Mickie en aura le compte rendu grâce à ses propres sources grassement rétribuées à Tokyo, Tombouctou et autres. Et le maître espion Pendel consignera ces propos mot pour mot.

*

* *

Entracte, le temps que Pendel, réfugié dans son atelier de coupe, parcoure la presse locale – il achète tous les journaux, ces jours-ci – et trouve la rubrique quotidienne des engagements officiels : *Aujourd'hui, le président reçoit.* Pas de capitaine de port de Kyoto ni de Japonais au menu. Excellent. L'entrevue était officieuse, secrète, hautement confidentielle. Marco a fait entrer par la porte de derrière des banquiers japonais taciturnes déguisés en capitaines de port qui disent ne pas parler un mot d'espagnol. Ajouter une seconde couche de peinture magique et multiplier le résultat à l'infini. Qui d'autre se trouvait là, en dehors du cauteleux Ernie ? Bon sang, Guillaume, bien sûr ! Le rusé bouffeur de grenouilles. Et le voilà, debout devant moi, tremblant comme une feuille !

« Bienvenue, monsieur Guillaume. Toujours aussi ponctuel ! Marta, un verre de whisky écossais pour monsieur. »

Originaire de Lille, le timide Guillaume à l'esprit vif est un conseiller géologue qui prélève des échantillons pour des prospecteurs. Il vient de passer cinq semaines à Medellín au cours desquelles, raconte-t-il d'une seule traite, la ville a enregistré douze enlèvements et vingt et un assassinats déclarés. Pendel, qui lui prépare un complet droit en alpaga fauve avec gilet et pantalon de rechange, oriente habilement la conversation sur la politique colombienne.

« Franchement, je n'en reviens pas que leur président ose encore se montrer ! déplore-t-il. Avec tous ces scandales, et la drogue ! »

Guillaume avale une gorgée de scotch et plisse les yeux.

« Harry, je remercie le bon Dieu tous les jours d'être un simple technicien. Je vais sur place, j'analyse le terrain, je fais mon rapport, je repars, je rentre chez moi, je dîne, je fais l'amour à ma femme, je suis en vie !

– Et en plus vous touchez de gros honoraires, lui rappelle amicalement Pendel.

– Oui, d'avance, reconnaît Guillaume, s'assurant nerveusement qu'il est bien en vie en se regardant dans la psyché. Avant tout, je le mets en banque. S'ils veulent me descendre, ils savent qu'ils gaspilleraient leur argent. »

Le seul autre participant à l'entrevue est l'éminent géologue français Guillaume Delassus. Ce consultant international free lance très discret, proche des décideurs du cartel de Medellín, est considéré dans certains milieux comme une éminence grise redoutable et le cinquième homme le plus dangereux du Panama.

Quant à savoir qui sont les quatre autres..., ajouta-t-il en lui-même tandis qu'il écrivait.

*

* *

Le rush de l'heure du déjeuner. Grosse demande pour les sandwichs au thon de Marta, qui court dans tous les sens en évitant le regard de Pendel. Fumée de cigarette et rires virils de Panaméens qui prennent du bon temps chez P & B. Ramón Rudd est accompagné d'un beau garçon. Bières frappées dans un seau à glace, bouteilles de vin enveloppées dans des chiffons humides, journaux locaux et étrangers, téléphones portables pour frimer. Dans son triple rôle de tailleur, d'hôte et de maître espion, Pendel court du salon d'essayage au club, s'arrête le temps de griffonner quelques notes innocentes dans son carnet, entend plus que ce qui est dit, et se souvient de plus encore que ce qu'il entend. La vieille garde amène de nouvelles recrues dans son sillage. On parle scandales, chevaux, argent, femmes, et parfois canal. Fracas à la porte d'entrée. Le niveau de bruit baisse pour remonter aux cris de « Rafi ! Mickie ! » quand le duo Abraxas-Domingo fait son habituelle entrée théâtrale, le célèbre couple de play-boys, une fois de plus réconciliés. Rafi avec ses chaînes en or, ses bagues en or, ses dents en or, ses chaussures italiennes, un manteau multicolore P & B jeté sur les épaules car il déteste ce qui est terne, n'aime que les vestes très voyantes, adore le rire, le soleil et la femme de Mickie.

Et Mickie, l'air maussade et malheureux, s'accroche désespérément à son ami Rafi comme s'il était tout ce qui lui reste après avoir tout perdu en buvant et en jouant. Les deux hommes descendent dans l'arène et se séparent, la foule entoure Rafi, et Mickie se dirige vers le salon d'essayage où l'attend son énième costume, qui devra être plus élégant que celui de Rafi, plus coloré, plus cher, plus léger, plus attrayant. Rafi, tu vas gagner la coupe d'or de la première dame, dimanche ?

Mais soudain, la cacophonie fait place à une seule voix tonitruante, désespérée, celle de Mickie Abraxas, qui sort du salon d'essayage pour annoncer à la compagnie que son nouveau complet, c'est de la merde.

Il le dit d'une façon, le répète d'une autre au visage de Pendel parce qu'il aurait préféré insulter Domingo mais, faute d'oser, s'en prend à un autre, puis le redit d'une troisième façon parce que la foule n'en attend pas moins de lui. Et Pendel, pétrifié juste devant lui, le temps que l'orage passe. N'importe quel autre jour il aurait esquivé l'attaque, plaisanté gentiment, offert un verre à Mickie, lui aurait suggéré de revenir quand il serait de meilleure humeur, l'aurait aidé à descendre les marches et poussé dans un taxi. Les deux compagnons de cellule ont déjà joué ce genre de scène, et le lendemain, Mickie se fait excuser en lui offrant des cadeaux coûteux, des orchidées, du vin, des objets précieux huaca, et de petits mots veules de remerciement et d'excuse remis en mains propres.

Mais s'attendre à la clémence de Pendel aujourd'hui, c'est compter sans le chat noir qui s'échappe et bondit sur Mickie griffes et crocs sortis pour le lacérer avec une férocité dont personne n'imaginait Pendel capable. Toute sa culpabilité accumulée d'avoir abusé de la fragilité de Mickie, de l'avoir calomnié, exploité, trahi, puni au pire de son humiliation larmoyante éclate en un feu roulant de paroles rageuses.

« Pourquoi je ne peux pas faire des costumes Armani ? lance-t-il plusieurs fois au visage de Mickie stupéfait. Pourquoi je ne peux pas faire des costumes Armani ? Bravo, Mickie, tu viens d'économiser 1 000 dollars. Alors fais-moi plaisir. Va chez Armani, achète-toi un complet et ne remets plus les pieds ici. Parce que Armani fait de plus beaux complets Armani que moi. La porte est là-bas. »

Totalement hébété, Mickie ne bouge pas. Comment un homme de sa corpulence pourrait-il acheter un complet Armani en prêt-à-porter ? Mais Pendel ne se contient plus. La honte, la rage et une prémonition désastreuse bouillonnent en son sein. Mickie, ma propre création, mon échec, mon camarade de prison, mon espion, qui vient dans ma propre maison sûre pour m'accuser !

« Tu veux que je te dise, Mickie ? Un complet de ma fabrication ne réduit pas un homme à un slogan, il englobe toute sa personnalité. Mais peut-être que tu n'y tiens pas. Peut-être qu'il n'y a rien à englober en toi. »

Rires dans l'assistance. Mickie est pour le moins difficile à englober, vu sa corpulence.

« Un complet de ma fabrication ne s'affiche pas vulgairement, Mickie. L'effet qu'il produit est dû à la ligne, à la coupe, au tombé, à l'œil américain. C'est une façon subtile de révéler le strict nécessaire sur toi, ce que le vieux Braithwaite appelait de la discrétion. Si quelqu'un remarque un de mes complets, je suis très ennuyé, car c'est la preuve qu'il y a un défaut quelque part. Mes costumes ne sont pas destinés à embellir les apparences, ni à faire de toi le plus bel homme de l'assistance. Ils n'affirment rien, ils suggèrent, ils sous-entendent. Ils encouragent les gens à venir vers toi. Ils t'aident à améliorer ta vie, payer tes dettes, jouer un rôle dans le monde. Parce que quand viendra mon tour de rejoindre le vieux Braithwaite dans le grand atelier du ciel, je veux partir en sachant qu'il y a des gens ici-bas qui se promènent dans la rue avec mes complets et qui, grâce à eux, ont une meilleure opinion d'eux-mêmes. »

Trop de choses enfermées en moi, Mickie. Il est temps que tu partages ce fardeau. Il reprend son souffle, a un léger hoquet, comme pour se retenir, puis se lance de nouveau, mais Mickie a pris les devants.

« Harry, murmure-t-il. Je te jure, c'est le pantalon, rien d'autre. J'ai l'air d'un vieillard avant l'âge, dedans. Épargne-moi toutes ces conneries philosophiques. Je les connais par cœur. »

Une sonnerie d'alarme retentit sans doute en Pendel. Il regarde tour à tour le visage éberlué de ses clients, puis Mickie, les yeux fixés sur lui, qui serre contre lui l'objet du litige comme jadis le pantalon orange trop grand de son uniforme de détenu par peur qu'on ne le lui vole, puis Marta, immobile telle une statue, la désapprobation et l'inquiétude imprimées sur son visage rafistolé. Il laisse retomber ses poings serrés le long de son corps et se redresse de toute sa hauteur pour se sentir plus à l'aise.

« Mickie, ce pantalon va être impeccable, affirme-t-il avec douceur. Je ne te voyais pas en pied-de-poule, mais tu as insisté et tu n'as pas tort. Tout le monde t'adorera dans ce pantalon. Et le veston avec. Mickie, écoute-moi bien. Il faut qu'un de nous deux soit responsable de ce complet. Alors, ce sera qui ?

– Doux Jésus », murmure Mickie en s'éloignant au bras de Rafi.

*

* *

La boutique se vida et retourna à l'engourdissement de l'après-midi, tandis que ses clients partaient vaquer à leurs occupations : il fallait faire de l'argent, rassurer épouses et maîtresses, signer des contrats, parier sur des chevaux, échanger des informations. Marta avait disparu elle aussi. Son heure pour étudier, aller se plonger la tête dans ses livres. De retour dans son atelier de coupe, Pendel mit du Stravinsky, débarrassa la table des patrons en papier kraft, du tissu, de la craie et des grands ciseaux. Il ouvrit son calepin aux dernières pages et l'aplatit à l'endroit où commençaient ses notes codées. S'il éprouvait des remords d'avoir agressé son vieil ami, il refusait d'y penser. Sa muse l'appelait.

D'un facturier à spirales, il détacha une feuille de papier réglé ornée du blason quasi royal de la maison Pendel & Braithwaite et rédigea de son écriture moulée une note à l'attention de M. A. Osnard pour la somme de 2 500 dollars à l'adresse de son appartement à Paitilla. Après avoir bien étalé la facture sur le dessus de la table, il prit un vieux porte-plume que la légende attribuait à Braithwaite et, d'une écriture désuète qu'il cultivait depuis longtemps pour habiller sa correspondance, ajouta les mots « en l'attente de votre prompt règlement », ce qui signifiait que la facture contenait plus qu'une simple demande d'argent. D'une chemise dans le tiroir de son bureau il sortit une feuille de papier blanc, non réglé, non filigrané, du paquet qu'Osnard lui avait donné, et la renifla comme à son habitude. Aucune odeur identifiable pour lui, sauf très vaguement du désinfectant utilisé à la prison.

Imprégné de substances magiques, Harry. Du papier carbone sans carbone à usage unique.

Et que faites-vous donc quand vous le recevez, Andy ?

Je le développe, idiot, qu'est-ce que vous croyez ?

Mais où ça, Andy ? Comment ?

Occupez-vous de vos oignons. Dans ma salle de bains. La ferme. Vous m'énervez.

Il posa avec précaution le carbone sur la facture, prit un crayon 2H qu'Osnard lui avait donné à cette intention et commença d'écrire aux accords de Stravinsky, qui finit par le lasser. Le Diable a toujours les meilleurs morceaux, comme disait tante Ruth. Il mit du Bach à la place, mais Louisa adorait Bach. Alors il éteignit la chaîne et se mit à l'œuvre dans un silence pesant, pour une fois. Sourcils froncés, le bout de la langue dardé, Mickie complètement oublié, il se laissa aller à sa platine sans oublier de guetter un pas suspect ou un bruit révélateur d'un espion derrière la porte. Son regard allant des hiéroglyphes dans son calepin au papier carbone, il inventait, regroupait, organisait, remaniait, parachevait, amplifiait démesurément, déformait, mettait de l'ordre dans le chaos. Il y avait tant à raconter en si peu de temps. Des Japs dans chaque placard. Les Chinois continentaux qui les soutenaient. A l'attaque, Pendel ! Tantôt au-dessus tantôt en dessous de la vérité. Tantôt génie, tantôt nègre dc son imagination, maître de son royaume des nues, à la fois prince et serviteur. Le chat noir toujours à ses côtés. Et, comme d'habitude, les Français quelque part dans l'intrigue. Une explosion, Harry, mon garçon, une explosion de la chair. Une soif de pouvoir, une valorisation, un déchaînement, une libération. Une mainmise sur le monde entier, une preuve de l'existence de Dieu, un règlement de comptes. Une créativité aussi honteuse qu'étourdissante, piller, voler, déformer, réinventer. Un adulte en extase, follement consentant, son expiation en suspens, le chat noir agitant furieusement la queue. Changer le carbone, froisser l'ancien et le jeter dans la corbeille à papier. Recharger et reprendre le tir nourri. Arracher les pages du calepin, les brûler dans la cheminée.

« Vous voulez un café ? » demanda Marta.

Le plus grand conspirateur du monde avait oublié de verrouiller la porte. Des flammes s'élevaient de l'âtre derrière lui. Du papier carbonisé attendait d'être réduit en cendres.

« Un café serait le bienvenu, merci. »

Elle referma la porte derrière elle d'un geste sec, sans sourire.

« Vous avez besoin d'aide ? demanda-t-elle à son retour en évitant de le regarder.

– Oui, fit-il après une profonde inspiration.

– C'est à quel sujet ?

– Si les Japonais projetaient en secret de construire un nouveau canal au niveau de la mer, s'ils avaient acheté en douce le gouvernement panaméen et que les étudiants viennent à l'apprendre, que feraient-ils ?

– Les étudiants d'aujourd'hui ?

– Oui, les vôtres. Ceux qui parlent aux pêcheurs.

– Ce serait l'insurrection. Ils descendraient dans la rue, attaqueraient le palais présidentiel, prendraient d'assaut l'Assemblée législative, bloqueraient le canal, appelleraient à la grève générale, demanderaient de l'aide aux pays voisins, lanceraient une croisade anticolonialiste dans toute l'Amérique latine, réclameraient un Panama libre. Et on brûlerait aussi tous les magasins japonais, on pendrait les traîtres, à commencer par le président. Cela vous suffit ?

– Merci, c'est parfait. Et de toute évidence, ils rameuteraient les gens qui vivent de l'autre côté du pont, ajouta-t-il après coup.

– Bien sûr. Les étudiants ne forment que l'avant-garde du mouvement prolétaire.

– Je suis désolé pour Mickie, murmura Pendel après une pause. Je n'ai pas pu me retenir.

– Quand on ne peut pas blesser ses ennemis, on blesse ses amis. Du moment que vous le savez…

– Je le sais.

– L'Ours a téléphoné.

– Pour son article ?

– Il n'a pas dit. Il veut vous voir. Très vite. Il se trouve à l'endroit habituel. Il avait un ton menaçant. »

CHAPITRE 17

Sur l'Avenida Balboa, la brasserie Boulevard Balboa offrait un décor dépouillé, avec un plafond bas en polystyrène et des néons de prison encastrés dans des lattes en bois. Elle avait été détruite par une explosion quelques années auparavant, mais plus personne ne savait pourquoi. Les grandes baies vitrées donnaient sur la mer par-delà l'Avenida Balboa. Devant une longue table, protégé par des gorilles en costume sombre et lunettes noires, un homme à la mâchoire carrée pontifiait face à une caméra de télévision. L'Ours était assis à sa propre table dans un coin désert de la brasserie à lire son propre journal. Il portait un blazer rayé P & B et un panama de la boutique à 60 dollars. Sa luisante barbe charbonneuse de pirate, qui semblait avoir été récemment shampouinée, était assortie à la monture noire de jais de ses lunettes.

« Vous m'avez téléphoné, Teddy, lui rappela Pendel après être resté une minute du mauvais côté du journal sans obtenir de réaction.

– A quel sujet ? demanda l'Ours en baissant son quotidien à contrecœur.

– Vous avez téléphoné, me voilà. Elle vous va bien, cette veste.

– Qui a racheté la ferme rizicole ?

– Un ami à moi.

– Abraxas ?

– Bien sûr que non.

– Pourquoi bien sûr que non ?

– Il est à court d'argent.

– D'après qui ?

– C'est lui qui le dit.

– Peut-être bien que vous le payez, qu'il travaille pour vous. Qu'est-ce que vous fricotez, avec Abraxas ? Vous faites dans le trafic de drogue, tous les deux, comme son père ?

– Teddy, vous avez perdu la tête.

– Comment avez-vous effacé l'ardoise, avec Rudd ? Qui c'est, ce fameux millionnaire fou ? C'est vraiment méchant, de ne pas avoir mis Rudd dans le coup. Et pourquoi avez-vous ouvert ce club débile au-dessus de la boutique ? Vous avez vendu à quelqu'un ? Qu'est-ce qui se passe ?

– Je suis tailleur, Teddy. Je fais des vêtements pour hommes et je m'agrandis. Alors, vous allez me faire un peu de publicité gratuite ? Il y a eu un article dans le *Miami Herald* récemment, je ne sais pas si vous l'avez vu.

– Laissez-moi vous expliquer les principes du journalisme, soupira l'Ours d'une voix monocorde depuis longtemps vide de compassion, d'humanité et de curiosité, à supposer qu'elle ait jamais été autre. Je me fais de l'argent de deux façons. Première possibilité, les gens me payent pour écrire des histoires, alors je les écris. J'ai horreur de ça, mais il faut bien que je mange, que je finance mes appétits. Deuxième possibilité, les gens me payent pour ne pas écrire certaines histoires. Ça, c'est beaucoup mieux pour moi : je n'ai rien à écrire et je gagne quand même mon fric. En me débrouillant bien, je touche plus pour ne rien écrire que pour écrire. Mais il y a aussi une troisième possibilité que je n'aime pas. J'appelle ça mon dernier recours. Je vais voir certaines personnes au gouvernement en leur proposant de leur vendre mes informations, mais ce n'est pas très satisfaisant.

– Pourquoi ?

– Je n'aime pas vendre à l'aveugle. Si je traite avec quelqu'un d'ordinaire, comme vous, comme lui là-bas, je sais que je peux casser sa réputation, son affaire ou son mariage, il le sait aussi, alors l'histoire a un certain prix, on peut trouver un arrangement, et c'est un processus commercial normal. Mais quand je vais voir les gens en place, continua-t-il en hochant très légèrement la tête d'un air navré, je ne sais pas ce que le tuyau vaut à leurs yeux. Certains sont malins, d'autres abrutis, alors on ne sait jamais s'ils sont déjà au courant sans le dire ou pas. Donc bluff, contre-bluff, ça prend un temps fou. Il arrive même qu'ils me menacent de chantage avec mon dossier personnel pour me faire taire. Je n'aime pas gâcher ma vie comme ça. Si vous voulez qu'on fasse affaire, vous me donnez une réponse rapide, vous m'économisez du temps, et moi je vous fais un bon prix. Puisque vous avez un millionnaire fou sous la main, j'en tiens forcément compte dans l'évolution objective de vos moyens financiers. »

Pendel eut l'impression de se construire un sourire en kit, d'abord un côté, puis l'autre, puis les joues et, quand il leur eut permis d'accommoder, les yeux, et enfin la voix.

« Teddy, je sens que vous êtes en train de me jouer l'arnaque classique. Vous me dites : “Sauvez-vous, sauvez-vous, l'affaire est éventée”, pour pouvoir squatter ma maison pendant que je serai en route vers l'aéroport.

– Vous travaillez pour les Américains ? Les gens que je connais au gouvernement n'apprécieraient pas. Un Anglais qui marche sur leurs plates-bandes, ils seraient impitoyables.

Quand ça vient d'eux, c'est différent, là ils trahissent leur propre pays. C'est leur choix, ils sont nés ici, c'est leur pays, ils en font ce qu'ils veulent, ils ont pris eux-mêmes la décision. Mais que vous, un étranger, vous débarquiez dans ce pays et que vous le trahissiez à leur place, ce serait une véritable provocation. Leur réaction serait imprévisible.

– Teddy, vous avez raison, je travaille pour les Américains et j'en suis fier. Le commandant en chef des forces américaines de l'hémisphère Sud aime les vestons droits tout simples, plus gilet et pantalon de rechange. Le chargé d'affaires, lui, c'est un smok en mohair et une veste en tweed pour ses vacances à North Haven. Vous n'avez rien de compromettant sur moi, Teddy, sinon vous ne me poseriez pas la question…, déclara-t-il en se levant, genoux tremblants. Et si vous n'avez rien, c'est qu'il n'y a rien à savoir. Tant qu'on parle argent, d'ailleurs, je vous serais reconnaissant de bien vouloir me payer cette jolie veste que vous portez pour que Marta puisse boucler ses comptes.

– Que vous puissiez baiser cette mulâtresse à la gueule cassée, ça me dépasse ! »

Pendel laissa l'Ours tel qu'il l'avait trouvé, la tête en arrière, la barbe en avant, à lire sa prose dans son journal.

*

* *

En arrivant chez lui, Pendel eut la mauvaise surprise de trouver la maison vide. C'est donc ça, ma récompense après une dure journée de labeur ? demanda-t-il aux murs. Un homme qui se tue au travail en menant deux activités de front doit s'occuper lui-même de son dîner ? Mais il y avait des consolations. L'attaché-case du père de Louisa était encore sur son bureau. Il l'ouvrit, en sortit un gros agenda de bureau à la couverture ornée des mots *E. Delgado* en lettres gothiques noires, et un dossier regroupant une correspondance sous l'intitulé « rendez-vous ». Sans se laisser distraire, même par la menace d'une révélation imminente de l'Ours, Pendel se força de nouveau à n'être plus qu'un espion. Le plafonnier était allumé en lumière d'ambiance. Il le poussa à pleine puissance, appuya le briquet d'Osnard contre son œil, ferma l'autre et visa par le minuscule objectif en évitant de mettre son nez et ses doigts devant.

*

* *

« Mickie a appelé, lui dit Louisa quand ils furent couchés.

– Où ça ?

– A mon bureau. Il va encore se tuer.

– Ah bon.

– Il dit que tu es devenu fou. Que quelqu'un t'a fait perdre tes esprits.

– Parfait.

– J'ai dit que j'étais bien d'accord avec lui », ajouta-t-elle en éteignant la lampe de chevet.

*

* *

C'était dimanche soir, le troisième casino de leur tournée, mais Andy n'avait toujours pas mis Dieu à l'épreuve, alors qu'il se l'était juré devant Fran. Elle l'avait à peine vu du week-end, hormis quelques courtes heures de sommeil et une frénésie de sexe au petit matin avant qu'il ne coure au bureau. Il avait passé son temps à l'ambassade, avec Shepherd en pull shetland et tennis noires pour lui apporter café et serviettes chaudes – du moins se l'imaginait-elle. Un peu injuste, le coup des tennis noires, parce qu'elle n'avait jamais vu Shepherd ainsi chaussé, mais par sa servilité empressée il lui rappelait un prof de gym à la pension qui en portait.

« Il y a un gros arrivage de matériau BOUCAN, s'était borné à expliquer Andy. Il faut que j'en fasse un rapport. Grosse pression, c'est pour avant-hier, etc.

– Et les Boucaniers en profiteront quand ?

– Londres verrouille. Matériau trop sensible pour usage local tant que les analystes ne l'auront pas aseptisé. »

Les choses en étaient restées là jusqu'à il y a deux heures, quand Andy l'avait emmenée impromptu dans un restaurant grand luxe sur le front de mer où, en éclusant une bouteille de champagne hors de prix, il avait décidé qu'il était temps de mettre Dieu à l'épreuve.

« J'ai hérité du magot de ma tante la semaine dernière. C'est une somme ridicule qui ne servira à personne, alors il n'y a pas le choix, il faudrait que Dieu la double. »

Il était d'humeur massacrante. Nerveux, l'œil aux aguets, prompt à s'emporter, il cherchait les ennuis.

« Vous jouez des morceaux à la demande ? hurla-t-il sur la piste de danse à l'intention du chef d'orchestre.

– Tout ce que madame voudra, señor.

– Pourquoi pas le chant du départ ? suggéra Andy, que Fran avait déjà entraîné hors de portée d'oreille.

– Andy, ce n'est pas une mise à l'épreuve de Dieu, c'est un appel au meurtre », le gourmanda-t-elle alors qu'il réglait la note avec des billets de 50 dollars humides sortis de la poche intérieure d'une nouvelle veste en lin confectionnée par son tailleur local.

*

* *

Dans le premier casino, il prit place à la grande table en simple observateur, avec une Fran protectrice derrière lui.

« Tu as une couleur préférée ? demanda-t-il par-dessus son épaule.

– Ce n'est pas à Dieu d'en décider ?

– Nous, on s'occupe de la couleur et Dieu de la chance, c'est comme ça que ça marche. »

Il but encore du champagne mais ne misa pas. Ils le connaissent, songea-t-elle soudain comme ils partaient. Il est déjà venu. Elle le sentait à leur expression, leur sourire complice, leurs « à bientôt ».

« Boulot boulot », lâcha-t-il quand elle aborda le sujet.

Au deuxième casino, un vigile eut le tort de vouloir les fouiller. Les choses se seraient envenimées si Fran n'avait sorti sa carte diplomatique. Une fois encore, Andy observa le jeu sans y prendre part, tandis que deux femmes à l'autre bout de la table tentaient d'attirer son regard, une des deux allant jusqu'à s'écrier : « Hou hou, Andy ! »

« Boulot boulot », répéta-t-il.

Le troisième casino se trouvait dans un hôtel dont Fran n'avait jamais entendu parler, dans un mauvais quartier de la ville qu'on lui avait dit d'éviter, chambre 303 au troisième étage, on frappe et on attend. Un énorme gorille fouilla Andy, qui cette fois ne protesta pas et conseilla même à Fran de le laisser vérifier le contenu de son sac à main. A leur entrée dans la seconde pièce, les croupiers se raidirent, les conversations s'interrompirent, un profond silence tomba et les têtes se tournèrent, ce qui n'était guère surprenant vu qu'Andy avait demandé 50 000 dollars en plaques de 500 et 1 000, pas les petites merci, vous pouvez les ranger.

L'instant d'après, elle se retrouvait debout derrière Andy, lui-même assis près du croupier – ou plutôt de la croupière, une pute en robe au décolleté plongeant, grassouillette et sensuelle, aux lèvres charnues, aux ongles rouges taillés en griffes au bout de ses petites mains agiles – et la roulette tournait, et clle s'arrêta, et Andy avait gagné 10 000 dollars sur le rouge. D'après les calculs que fit ensuite Fran, il joua huit ou neuf coups, après être passé du champagne au scotch. Il doubla ses 50 000 dollars, visiblement le but qu'il avait fixé à Dieu, puis s'accorda un dernier coup pour rire et récolta 20 000 de plus. Il demanda un sac où ranger ses gains et un taxi devant la porte, jugeant stupide de se promener dans la rue avec 120 000 dollars en liquide, et Shepherd n'aurait qu'à venir chercher la bagnole demain ou la revendre, il ne l'aimait pas de toute façon.

Mais la séquence de ces événements resta floue dans l'esprit de Fran, alors obnubilée par le souvenir de son tout premier gymkhana : son poney, qui évidemment s'appelait Misty, avait franchi le premier obstacle sans problème, puis s'était emballé et avait parcouru six kilomètres sur la grand-route à deux voies vers Shrewsbury, Fran accrochée à son cou, sans que personne ne semble s'en soucier sauf elle.

*

* *

« L'Ours est passé chez moi hier soir, dit Marta après avoir fermé derrière elle la porte de l'atelier de coupe. Il a amené un de ses amis policiers. »

C'était le lundi matin. Assis à sa table de travail, Pendel mettait la touche finale à un ordre de bataille de l'opposition silencieuse. Il posa son crayon 2H.

« Pourquoi ? Qu'est-ce qu'ils te reprochent ?

– Ils voulaient des renseignements sur Mickie.

– De quel genre ?

– Pourquoi il vient si souvent à la boutique, pourquoi il vous appelle à des heures indues.

– Et qu'est-ce que tu leur as dit ?

– Ils veulent que je vous espionne », ajouta-t-elle.

CHAPITRE 18

Si l'envoi par la station Panama des premiers renseignements estampillés BOUCAN DEUX avait porté son génial père spirituel londonien Scottie Luxmore à des sommets exceptionnels d'autosatisfaction, ce matin son euphorie avait fait place à une vive anxiété. Sa démarche était deux fois plus rapide que d'habitude, sa jovialité d'Écossais ne perçait plus dans sa voix enrouée et son regard nerveux s'égarait au-delà du fleuve vers le nord-ouest, où l'attendait son destin.

« *Cherchez la femme*[1], mon vieux Johnny, conseilla-t-il au jeune et hâve successeur d'Osnard au poste ingrat d'assistant personnel de Luxmore. Dans notre métier, chaque femme vaut cinq hommes au bas mot. »

Johnson, qui comme son prédécesseur avait maîtrisé l'art primordial de la flagornerie, se pencha en avant sur son siège pour montrer à quel point il était captivé.

« Elles sont perfides, Johnny, courageuses, menteuses de

1. En français dans le texte. *(NdT)*

nature. Pourquoi pensez-vous qu'elle ait exigé de travailler exclusivement *via* son mari ? se plaignit-il d'un ton chagrin. Elle savait pertinemment qu'elle allait lui voler la vedette. Et il se serait retrouvé où ? Sur le trottoir. Au rebut. Renvoyé. Elle n'aurait pas laissé faire ça ! s'exclama-t-il en s'essuyant les paumes des mains sur son pantalon. Un seul salaire au lieu de deux, et son époux ridiculisé au passage ? Non, pas notre Louisa. Pas notre BOUCAN DEUX ! »

Ses yeux s'étrécirent comme s'il venait de reconnaître quelqu'un à une fenêtre éloignée, mais il n'en interrompit pas sa péroraison pour autant.

« Je savais ce que je faisais, et elle aussi. Ne sous-estimez jamais l'intuition féminine, Johnny. Il a atteint ses limites, il a fait son temps.

– Qui ça ? Osnard ? suggéra Johnson qui, six mois après avoir été affecté aux basques de Luxmore, ne voyait toujours pas venir de nomination sur le terrain.

– Mais non, Johnny, le mari, BOUCAN UN ! rétorqua Luxmore irrité en tiraillant du bout des doigts un côté de sa barbe. D'accord, au début son travail semblait très prometteur. Mais il n'a pas d'amplitude de vision, ils n'en ont jamais. Pas d'envergure, pas de perspective historique. Des potins, du réchauffé, tout pour couvrir ses arrières. Tôt ou tard nous l'aurions laissé tomber, je m'en rends compte. Et elle l'a senti aussi, parce qu'elle le connaît par cœur, son mari, elle connaît ses limites mieux que nous, et elle connaît sa force à elle.

– Les analystes trouvent gênant qu'il n'y ait aucune corroboration extérieure, osa Johnson, incapable de laisser passer une occasion de s'attaquer à Osnard. Pour Sally Morpurgo, le matériau BOUCAN DEUX est ampoulé plus qu'éclairé. »

La pique atteignit Luxmore dans le virage, alors qu'il attaquait sa cinquième longueur de moquette. Il afficha un large sourire impénétrable totalement dénué d'humour.

« Vraiment ? Mlle Morpurgo est sans conteste une femme très intelligente.

– Oui, je trouve.

– Mais les femmes sont plus sévères vis-à-vis des autres femmes que nous les hommes. A juste titre, d'ailleurs.

– C'est vrai, je n'y avais pas pensé.

– Elles ont aussi tendance à se montrer jalouses, ou plutôt envieuses, ce contre quoi nous sommes naturellement immunisés, nous les hommes, n'est-ce pas, Johnny ?

– Sans doute, oui, enfin, sûrement.

– Quelle est au juste l'objection de Mlle Morpurgo ? demanda Luxmore d'un ton ouvert aux critiques pertinentes.

– Eh bien, euh..., commença Johnson en regrettant de ne pas avoir tenu sa langue. Elle constate que dans tout ce déluge quotidien d'informations, comme elle dit, il n'y a pas de source collatérale. Rien. Pas d'écoutes, pas de collaboration alliée, pas un mot des Américains, pas d'allées et venues, pas de satellite, pas d'activités diplomatiques inhabituelles. Zéro sur toute la ligne, qu'elle dit.

– C'est tout ?

– Pas tout à fait, non.

– Ne m'épargnez rien, Johnny.

– Elle trouve que jamais dans toute l'histoire de l'espionnage on n'avait payé autant pour si peu, que c'en devient absurde. »

Si Johnson avait espéré saper la confiance de Luxmore en Osnard et son travail, il fut déçu. L'Écossais bomba le torse et sa voix recouvra son ton professoral.

« Johnny, commença-t-il avec un petit bruit de succion, ne vous êtes-vous jamais dit que de nos jours une information non infirmée vaut ce que valait jadis une information confirmée ?

– Non, je dois dire que non.

– Pensez-y donc un moment, je vous prie. Il faut un sacré

talent pour échapper aux yeux et aux oreilles de la technologie moderne, Johnny, vous ne trouvez pas ? Des cartes de crédit aux billets d'avion, des appels téléphoniques aux fax en passant par les banques et les hôtels, on ne peut pas acheter une bouteille de whisky au supermarché sans que le monde entier le sache. Dans ces conditions, "aucune trace", c'est presque une preuve de culpabilité. Les hommes de terrain en sont conscients. Ils savent ce que ça implique de n'être ni vu, ni entendu, ni reconnu.

– Je vous crois, monsieur.

– Les hommes de terrain ne souffrent pas des mêmes déformations professionnelles que les planqués de ce service, Johnny. Ils n'ont pas la mentalité bunker, eux, ils ne croulent pas sous les détails et les informations superflues. Ils voient la forêt, pas l'arbre qui cache la forêt. Et en l'occurrence ils voient une coalition est-sud d'une ampleur inquiétante.

– Pas Sally, persista Johnson se décidant à voler le bœuf avec l'œuf. Ni Moo, d'ailleurs.

– Moo ?

– Son assistant. »

Le sourire de Luxmore demeura compréhensif et bienveillant. Lui aussi était homme à voir les forêts et pas l'arbre au premier plan.

« Retournez donc votre question, Johnny, et vous aurez votre réponse. Pourquoi y a-t-il une opposition silencieuse au Panama s'il n'y a rien à quoi s'opposer ? Et les clandestins dissidents – pas la racaille, Johnny, mais des hommes de conscience issus des classes aisées –, pourquoi attendent-ils en coulisse s'il n'y a rien à attendre ? Pourquoi cette nervosité chez les pêcheurs ? Ce sont des gens subtils, Johnny, ne sous-estimez jamais les hommes de la mer. Pourquoi le représentant du président panaméen à la commission du canal prône-t-il une politique en public et son contraire en privé, si l'on en croit son agenda ? Pourquoi vit-il une vie en surface et une autre entre deux eaux ? Pourquoi brouille-t-il les pistes, pourquoi discute-t-il à des heures indues avec d'hypocrites capitaines de port japonais ? Pourquoi cette agitation chez les étudiants ? Que sentent-ils dans l'air ? Qui leur murmure des choses à l'oreille dans les cafés et les discothèques ? Pourquoi le mot “trahison” passe-t-il de bouche en bouche ?

– J'ignorais. »

Depuis quelque temps déjà, Johnson constatait avec perplexité que les informations brutes arrivées du Panama se bonifiaient après leur passage par le bureau de son patron. A sa décharge, il n'avait pas un accès illimité à l'information, et encore moins aux sources d'inspiration de Luxmore qui, lorsqu'il préparait ses célèbres résumés en une page pour ses mystérieux planificateurs-applicateurs, faisait monter une pile de dossiers des archives top secrètes, puis s'enfermait tout le temps de la rédaction. Or, quand Johnson se débrouillait ingénieusement pour y jeter un coup d'œil, ces dossiers traitaient de l'histoire ancienne, par exemple, du conflit de Suez en 1956, et non des événements actuels ou à venir.

Luxmore essayait toutes ses idées sur Johnson, qui commençait à comprendre que certains hommes ne peuvent pas réfléchir sans un public.

« C'est ça qui est le plus difficile à déceler pour un service comme le nôtre, Johnny. Sentir le tremblement de terre avant la première secousse, entendre la *vox populi* avant ses premières paroles. L'Iran de Khomeyni, l'Égypte à la veille de Suez, la perestroïka et l'effondrement de l'empire du Mal, Saddam, un de nos meilleurs clients… Qui les a sentis venir, Johnny ? Qui les a vus à l'horizon comme autant de nuages noirs ? Pas nous. Et Galtieri, et la poudrière des Malouines ? Mon Dieu ! Chaque fois, le puissant vilebrequin du Renseignement arrive à percer tous les mystères sauf celui qui compte : le facteur humain ! clama-t-il en accordant son pas au rythme de sa grandiloquence. Mais ce coup-ci, nous percerons le mystère qui compte. Nous sommes en avance sur l'événement, nous avons les souks sur écoute, nous captons l'humeur de la foule, ses objectifs inavoués, ses détonateurs cachés. Nous pouvons anticiper, déjouer le cours de l'histoire, lui tendre une embuscade… »

Il décrocha le téléphone presque avant qu'il ait eu le temps de sonner. Ce n'était que son épouse, pour savoir s'il n'avait pas encore mis les clés de sa voiture à elle dans sa poche à lui avant de partir au travail. Luxmore reconnut sèchement son crime, raccrocha, rajusta sa veste et reprit son marathon.

*

* *

Ils avaient choisi l'appartement de Geoff sur décision de Ben Hatry. Après tout, Geoff Cavendish était sa chose, même s'ils évitaient de le crier sur les toits, sans compter que Geoff se trouvait à l'origine du projet. C'est lui qui avait élaboré la stratégie, et Ben Hatry qui avait dit allons-y, bordel, selon sa façon habituelle de s'exprimer – en tant que grand baron de la presse britannique, patron d'innombrables journalistes terrifiés, il avait une répulsion instinctive pour sa langue maternelle.

C'est Cavendish qui avait échauffé l'imagination de Hatry, pour autant qu'il en fût pourvu, Cavendish qui avait conclu l'accord avec Luxmore, l'avait encouragé, avait stimulé son budget et son *ego*, Cavendish qui, avec le feu vert de Hatry, avait organisé les premiers déjeuners et réunions informelles dans des restaurants de luxe à proximité du Parlement, fait pression sur les bons députés sans impliquer Hatry, déplié la carte pour leur montrer où ce foutu pays se trouvait et où menait le canal, parce que au moins la moitié d'entre eux n'en avaient qu'une idée assez floue, Cavendish qui avait discrètement sonné le tocsin dans la City et chez les compagnies pétrolières, et flatté sans grand effort les crétins du parti conservateur, impérialistes, eurosceptiques, racistes, pan-xénophobes et ignares infantiles confondus.

C'est Cavendish qui avait évoqué la vision d'une croisade pré-électorale de dernière minute, phénix renaissant des cendres du parti conservateur pour devenir foudre de guerre, généralissime en scintillante armure jusqu'alors trop grande pour lui, Cavendish qui avait débité à l'opposition la même salade assaisonnée différemment – ne vous inquiétez pas, les enfants, on ne vous demande pas de vous opposer à quoi que ce soit ni même de prendre position, simplement ne soulevez pas de vagues et dites que ce n'est pas le moment de faire tanguer le noble navire britannique, même s'il vogue droit dans la mauvaise direction, avec des illuminés à la barre et plus de voies d'eau qu'une passoire des trous.

C'est encore Cavendish qui avait suscité une certaine inquiétude chez les multinationales, propagé des rumeurs quant aux éventuels ravages sur l'industrie, le commerce et la livre sterling, Cavendish qui nous avait ouvert les yeux, comme il disait – c'est-à-dire transformé la rumeur en certitude grâce à l'ingénieuse manipulation de chroniqueurs indépendants, extérieurs à l'empire Hatry et donc en principe épargnés par son effroyable réputation, Cavendish qui avait fait publier des articles de suivi dans des journaux éminents mais indigents au point de devoir renvoyer l'ascenseur, articles ensuite démesurément gonflés par de plus grands quotidiens et ainsi de suite jusqu'en haut de la pyramide, ou en bas dans les colonnes des tabloïds, les éditoriaux des infâmes journaux dits de qualité, les émissions nocturnes de débat public à la télévision sur les chaînes de Hatry, mais aussi sur leurs rivales – car rien n'est plus prévisible que la propension des médias à répéter leurs inventions comme des perroquets et leur hantise de se faire doubler par la concurrence, peu importe que l'histoire soit vraie ou non parce que franchement, mes chéris, de nos jours dans la presse on n'a plus ni le personnel, ni le temps, ni l'envie, ni l'énergie, ni la culture, ni le sens minimal des responsabilités pour vérifier nos sources au-delà de couper-coller les textes des autres fumistes sur le sujet et de les ressasser comme parole d'évangile.

Et c'est toujours Cavendish, ce brave gaillard de gentleman-farmer anglais habitué à la vie en plein air, avec sa voix aristocratique de commentateur de cricket par beau temps, qui, toujours grâce à des intermédiaires régalés d'un bon dîner, avait si efficacement diffusé la précieuse doctrine de Ben Hatry (*après l'heure c'est plus l'heure !*), clé de voûte de ses pressions, tirages de ficelles et autres intrigues transatlantiques, l'idée de base étant, aussi brutale et intéressée puisse-t-elle paraître vue de l'extérieur, et même de l'intérieur : puisque les États-Unis ne pourront pas rester la seule et unique superpuissance mondiale plus de dix ans au maximum, après quoi rideau, s'il faut une grosse opération chirurgicale quelque part, alors pour notre survie et la survie de nos enfants et la survie de l'empire Hatry qui tient à la gorge les cœurs et les esprits des tiers- et quart-mondes : *Faites-le maintenant, tant qu'on est en position de force, nom de Dieu ! Assez tergiversé ! Chacun sa part de butin et pas de quartier ! Quoi qu'il arrive, fini les chichis, les concessions, les excuses et le dégonflage.*

Et si cela obligeait Ben Hatry à coucher avec ces allumés de l'extrême droite américaine et leurs frères de sang européens, et si en prime cela lui attirait les bonnes grâces de l'industrie de l'armement – eh ben, merde ! dirait-il élégamment, il n'était pas un de ces enfoirés de politicards, il était réaliste, il se contrefoutait des idées de ses alliés tant qu'ils avaient assez de bon sens pour ne pas se balader dans les couloirs de la communauté internationale en disant aux Japs, aux nègres et aux bougnoules : « Pardon d'être américain, blanc, bourgeois et libéral, monsieur, et pardon d'être si grand et fort et puissant et riche, mais nous croyons en la dignité et l'égalité de tous les enfants de Dieu, et auriez-vous l'amabilité de me permettre de m'agenouiller pour vous lécher le cul, s'il vous plaît ? »

Tel était le tableau inlassablement dépeint par Ben Hatry à ses lieutenants, mais dans l'intérêt sacré de notre mission ici-bas de diffusion objective de l'information, ça reste entre nous les enfants sinon je vous botte les fesses.

*

* *

« Ne comptez pas sur moi, Ben Hatry avait-il dit la veille à Cavendish de sa voix monocorde, lui qui parfois parlait sans remuer les lèvres, lui qui parfois était écœuré par ses propres machinations, par la médiocrité humaine. A vous deux, mes salauds, vous vous en sortirez très bien, persifla-t-il.

– Comme vous voulez, patron. C'est triste, mais enfin… »

Conformément aux prévisions de Cavendish, Ben Hatry avait fini par venir, en taxi parce qu'il se méfiait de son chauffeur, et dix minutes en avance pour lire un résumé des conneries que Cavendish envoyait aux gens de Van depuis quelques mois – « conneries » signifiant prose, chez lui –, jusqu'au rapport explosif en une page d'un de ces branleurs de l'autre côté du fleuve – ni signature, ni provenance, ni en-tête. Le pompon, selon Cavendish, le graal, les joyaux de la Couronne, patron, les gens de Van en étaient hystériques, d'où la réunion d'aujourd'hui.

« Quel est l'enfoiré qui a pondu ça ? demanda Hatry, toujours soucieux de rendre à César ce qui lui appartenait.

– Luxmore, patron.

– Ce connard qui a foutu en l'air les Malouines à lui tout seul ?

– Tout juste.

– Le moins qu'on puisse dire, c'est qu'il n'a jamais suivi d'atelier d'écriture. Et c'est vrai, tout ça ? s'enquit-il après avoir relu le rapport, ce qu'il ne faisait jamais.

– Plus ou moins, patron, en partie…, dit un Cavendish toujours judicieusement modéré dans ses jugements. Je ne suis pas sûr de la durée de vie de ces infos, alors il ne faudrait pas que les gars de Van soient trop durs à la détente.

– Ouais, enfin au moins ils pourront pas merder, cette fois ! dit Hatry après lui avoir rendu le rapport et salué d'un sinistre signe de tête Tug Kirby, finement surnommé par Cavendish le troisième couteau, qui venait de faire son entrée en coup de vent dans la pièce sans essuyer ses grands pieds et jetait des regards furieux alentour en quête d'un ennemi.

– Les Yankees sont déjà arrivés ? rugit-il.

– Ils ne vont pas tarder, Tug, le rassura Cavendish.

– Ils seraient en retard à leur propre enterrement, ces cons. »

*
* *

Un des atouts de l'appartement de Cavendish était sa position stratégique au cœur de Mayfair, à deux pas de l'entrée de service du Claridge, dans une impasse protégée par des grilles et des gardes où vivaient moult grosses légumes, diplomates et lobbyistes, avec l'ambassade d'Italie à l'autre bout. Il y régnait pourtant une plaisante atmosphère d'anonymat. Que l'on soit balayeur, traiteur, coursier, majordome, gorille, ganymède ou maître de l'univers, personne ne s'en souciait. Et Geoff, lui, était le « portier » de service. Il savait atteindre les gens influents et les fédérer. Geoff, on pouvait le charger de tout et se tourner les pouces, ce que faisaient d'ailleurs à cette minute trois Anglais et leurs deux invités américains venus incognito participer à un repas qui par accord tacite n'avait pas lieu, une sorte de buffet sans le témoignage d'aucun serveur, saumon tiède arrivé en avion de la propriété écossaise des Cavendish, œufs de caille, fromages, fruits, et pour finir un excellent pudding confectionné par la vieille nounou de Geoff.

Le tout arrosé de thé glacé et autres boissons sans alcool,

car les nouvelles valeurs puritaines de Washington voyaient en l'absorption de vin au déjeuner la marque du Diable.

Table ronde pour ménager les susceptibilités, beaucoup d'espace pour les jambes, sièges confortables, téléphones débranchés, Cavendish soignait le confort de ses invités. Filles à gogo sur demande, Tug était bien placé pour le savoir.

*

* *

« Le vol était potable, Elliot ? demanda Cavendish.

– Oh, je suis au paradis des voyageurs, Geoff. C'est simple, j'adore ces petits coucous instables. Northolt, c'était formidable. J'adore. Le trajet en hélicoptère jusqu'à Battersea, épique. Très jolie, la centrale électrique. »

Avec Elliot, impossible de savoir s'il usait de sarcasme ou si c'était là son comportement habituel. Trente et un ans, originaire de l'Alabama, avocat, journaliste, boute-en-train partout sauf dans l'arène, il avait son propre billet dans le *Washington Times*, où il s'attaquait nommément à des personnages plus connus que lui jusqu'alors. Il était maigre, cadavérique, dangereux, binoclard, et avait un visage tout en os.

« Vous couchez sur place ou vous repartez ce soir, Elliot ? grogna Tug Kirby, l'air de préférer la seconde option.

– Malheureusement nous rentrons aussitôt après le déjeuner, Tug.

– Vous n'allez pas présenter vos hommages à l'ambassade ? » lança Tug avec un sourire niais.

C'était une blague, or il n'en faisait pas souvent. Le Département d'État était bien le dernier endroit au monde à prévenir de la visite d'Elliot et du colonel qui, assis à ses côtés, mâchait son saumon selon le nombre réglementaire de bouchées.

« Nous n'y avons aucun ami, Tug, expliqua-t-il ingénument. Il n'y a que des tantes, là-bas. »

Dans les allées du pouvoir, on appelait Tug Kirby « le ministre cumulard », surnom que lui avaient valu ses multiples aventures sexuelles, mais surtout sa ribambelle de postes de consultant et de directeur. Il n'y avait pas une seule compagnie d'armement dans tout le pays ou au Moyen-Orient qui n'avait acheté Tug Kirby ou ne s'était fait acheter par lui, disaient les esprits malins. Comme ses invités, il avait un pouvoir assez inquiétant, plus de larges épaules rembourrées, de gros sourcils noirs qu'on eût dit postiches, des yeux de taureau méchants et stupides, de grosses pognes prêtes à la bagarre même quand il mangeait.

*

* *

« Alors, Dirk, quelles nouvelles de Van ? » lança Hatry à l'autre bout de la table.

Il donnait libre cours à son charme légendaire et irrésistible. Son sourire communicatif enchanta le colonel, après tant de temps passé dans les nuages, et même Cavendish se réjouit de voir son patron de si bonne humeur.

« Le général Van vous transmet ses salutations, monsieur ! aboya le colonel comme devant une cour martiale. Et il tient à vous remercier, vous et vos assistants, pour le soutien logistique inappréciable et les encouragements que vous lui prodiguez sans relâche depuis quelques mois ! ajouta-t-il les épaules en arrière et le menton rentré.

– Eh bien, dites-lui de ma part que nous sommes tous foutrement déçus qu'il ne se présente pas à la présidence, déclara Hatry avec un sourire radieux. C'est vraiment trop con que le seul homme bien de tous les États-Unis n'ait pas les couilles d'y aller. »

Sans se laisser affecter par les provocations badines de Hatry, auxquelles les précédentes réunions l'avaient habitué, le colonel lui répondit en ponctuant ses courtes phrases saccadées par des hochements de tête, les yeux écarquillés et le regard aux abois.

« Le général Van a la jeunesse pour lui, monsieur. Il pense à long terme. Il est fin stratège. Il lit beaucoup. Il est réfléchi. Il sait attendre son heure. D'autres auraient déjà épuisé leurs munitions, mais pas lui. Non, monsieur. Quand viendra l'heure de s'attaquer à la présidence, le général sera en première ligne. A mon avis, c'est le seul homme en Amérique qui saura s'y prendre. Oui, monsieur. »

Moi, j'obéis ! disaient ses yeux d'épagneul. Hors de ma route ! disait sa mâchoire. A le voir assis là au garde-à-vous avec ses cheveux en brosse, il était facile d'oublier qu'il ne portait pas l'uniforme, et difficile de ne pas s'interroger sur sa santé mentale. Leur santé mentale à tous. Les formalités étaient soudain terminées. Elliot consulta sa montre et lança à Tug Kirby un regard grossièrement appuyé, le colonel dénoua sa serviette de son cou et s'en tamponna les lèvres avant de l'abandonner sur la table comme un bouquet fané, Kirby s'alluma un cigare.

« Ça vous ferait chier d'éteindre cette horreur, Tug ? » demanda poliment Hatry.

Kirby, à qui il arrivait d'oublier que Hatry avait des dossiers secrets sur lui, écrasa son havane. Cavendish demanda qui prenait du sucre dans son café, et quelqu'un désirait-il de la crème ? C'était enfin une réunion, et non plus un festin. Cinq hommes qui se détestaient cordialement, assis autour d'une table XVIIIe bien cirée et unis par un grand idéal.

*

* *

« Vous y allez, oui ou merde ? dit Ben Hatry, qui n'était pas réputé pour ses préambules.

– On voudrait bien, Ben, ça c'est sûr, dit Elliot, le visage fermé comme une porte de prison.

– Mais alors qu'est-ce qui vous en empêche, bordel ? Vous avez les preuves, vous dirigez le pays, qu'est-ce que vous attendez ?

– Van voudrait passer à l'attaque, et Dirk ici présent aussi, pas vrai, Dirk ? En avant la fanfare, hein, Dirk ?

– Ça oui, souffla le colonel en secouant la tête, mains jointes.

– Mais alors allez-y, nom de Dieu ! s'exclama Tug Kirby.

– Le peuple américain est derrière nous, poursuivit Elliot sans relever l'intervention. Il ne le sait peut-être pas encore, mais ça viendra. Il voudra récupérer ce qui lui appartient de droit et n'aurait jamais dû être cédé. Personne ne nous arrête, Ben. Nous avons le Pentagone avec nous, la volonté, les hommes entraînés, la technologie, le Sénat, le Congrès, le parti républicain, le choix de la politique extérieure. Et nous tenons les médias en temps de guerre. La dernière fois, c'était mainmise totale, cette fois ce sera encore plus total. Personne ne nous arrête sauf nous-mêmes, Ben. Voilà la vérité. »

Il y eut un moment de silence, que Kirby fut le premier à rompre.

« Il faut toujours un peu de courage pour sauter le pas, grommela-t-il. Thatcher n'hésitait jamais. Les autres, là, ils ne font que ça. »

Le silence retomba.

« Et c'est comme ça qu'on perd des canaux », commenta Cavendish sans faire rire personne.

Nouveau silence.

« Vous savez ce que Van m'a dit l'autre jour, Geoff ? demanda Elliot.

– Quoi donc, mon vieux ?

– Tous les gens ont leur idée sur le rôle que doit jouer l'Amérique, surtout quand ils ne sont pas américains. En général, ils n'ont pas de rôle à eux. En général, ce sont des branleurs.

– Le général Van est profond, remarqua le colonel.

– Bon, alors quoi ? » dit Hatry.

Mais Elliot prenait son temps, les mains croisées sur la poitrine comme s'il portait un gilet et fumait un cigare dans sa plantation.

« Il faut qu'on se trouve un détonateur pour intervenir, Ben, une accroche..., avoua-t-il en journaliste à son confrère. On a un état de fait, mais pas de flagrant délit. Pas de nonnes américaines violées, pas de bébés américains massacrés. Des on-dit, des peut-être, et les rapports de vos agents, que nos agences n'ont pas encore corroborés, mais ça nous paraît normal. Ce n'est pas le moment de briser les cœurs d'artichauts du Département d'État ou d'afficher les posters "Touche pas à mon Panama !" sur les grilles de la Maison-Blanche. C'est le moment d'agir fort et de nous concilier l'opinion publique après coup. Elle fera ça très bien, l'opinion publique. On peut l'y aider, d'ailleurs, et vous aussi, Ben.

– J'ai dit que je le ferais, je le ferai.

– Oui, mais vous ne pouvez pas nous fournir notre détonateur. Vous ne pouvez pas violer des nonnes ou massacrer des bébés pour nous.

– N'en soyez pas si sûr, Elliot ! s'esclaffa Kirby d'une manière déplacée. Vous ne connaissez pas notre Ben aussi bien que nous, pas vrai, les gars ? »

Mais au lieu d'applaudissements, tout ce qu'il obtint fut un froncement de sourcils peiné du colonel.

« Mais bien sûr que vous avez un putain de détonateur ! rétorqua Ben Hatry.

– A savoir ? demanda Elliot.

– Les démentis, bordel !

– Quels démentis ?

– Mais les démentis de tout le monde. Les Panaméens vont

démentir, les Français aussi, et les Japonais avec. Donc ce sont des menteurs, comme Castro dans le temps. Castro dément qu'il a des fusées russes, et hop ! vous y allez. Les conspirateurs du canal démentent tout complot, et hop ! rebelote.

– Oui, Ben, mais il y en avait des fusées, et des photos pour le prouver, objecta Elliot. On l'avait, notre flagrant délit, mais pas dans le cas présent. Là, le peuple américain a vraiment vu la justice en marche, ce que les belles paroles n'ont jamais remplacé et ne remplaceront jamais. On a besoin d'un flag, et le président aussi, sinon, il ne bougera pas.

– Vous n'auriez pas quelques diapos d'ingénieurs japonais avec des fausses barbes en train de creuser un deuxième canal à la lumière de leurs lampes-torches, par hasard, Ben ? ironisa Cavendish.

– Je vous emmerde, rétorqua Hatry sans élever le ton car il se faisait toujours entendre. Bon alors, qu'est-ce que vous allez faire, Elliot ? Attendre que les Japs organisent une séance photo à midi le 31 décembre de l'an de grâce 1999 ou quoi ?

– Il nous manque une accroche émotionnelle qui passera bien à la télé, Ben, répéta Elliot imperturbable. La dernière fois, coup de pot, les Bataillons de la Dignité de Noriega ont violenté des Américaines dans les rues de Panama, sinon on n'aurait pas pu bouger. On avait la drogue, on l'a montée en épingle. On avait l'attitude déplaisante de Noriega, on l'a montée en épingle. On avait sa laideur, on l'a montée en épingle, parce que le délit de sale gueule ça compte pour beaucoup de gens, alors on a joué là-dessus aussi. On avait sa sexualité et ses tendances vaudou. On a joué la carte Castro. Mais il a fallu que d'honnêtes Américaines se fassent agresser par des soldats hispaniques irrespectueux au nom de la dignité avant que le président se sente obligé d'envoyer nos gars sur place pour leur apprendre les bonnes manières.

– J'ai entendu dire que vous aviez arrangé le coup, dit Hatry.

– Même si c'était vrai, ça ne passerait pas deux fois », répliqua Elliot en balayant la suggestion d'un revers de main.

Ben Hatry implosa. Essai souterrain. Pas de blast, car il était bien isolé. Juste un sifflement haute pression quand il expulsa air, frustration et colère en une bouffée.

« Mais putain de bordel de Dieu, ce canal vous appartient, Elliot !

– Fut un temps où l'Inde vous appartenait, Ben. »

Hatry ne daigna même pas répondre. A travers les voilages, il fixait un point sans intérêt.

« Il nous faut un détonateur, répéta Elliot. Pas de détonateur, pas d'intervention. Le président ne bougera pas. Point final. »

*

* *

Il fallut Geoff Cavendish, son élégance et sa beauté virile, pour ramener lumière et joie dans la réunion.

« Eh bien, messieurs, il me semble que nous avons beaucoup de points de convergence. Le choix du calendrier reviendra au général Van, tout le monde est d'accord. Si nous en discutions un peu ? Tug, je vous vois piaffer, là. »

Hatry, que l'idée de devoir écouter Kirby consternait encore plus, s'était approprié la fenêtre et les voilages.

« Cette opposition silencieuse..., commença Kirby. Le groupe Abraxas, vous avez une opinion là-dessus, Elliot ?

– Pourquoi, je devrais ?

– Et Van ?

– Il les aime bien.

– Plutôt surprenant de sa part, non? dit Kirby. Vu qu'Abraxas est anti-américain.

– Abraxas n'est ni un pantin ni un client, répondit calmement Elliot. Si nous mettons sur pied un gouvernement provisoire au Panama en attendant de pouvoir organiser des élections en toute sécurité, Abraxas est un atout maître pour nous. Les libéraux ne peuvent pas hurler à l'empire colonialiste, et les Panaméens non plus.

– Et s'il ne fait pas l'affaire, vous pourrez toujours crasher son avion, c'est ça ? » ironisa Hatry.

*

* *

« Bref, ce que je veux dire, Elliot, c'est qu'Abraxas est notre homme, reprit Kirby. Pas le vôtre. Notre homme de par son propre choix. Donc son opposition est à nous aussi. C'est nous qui la contrôlerons, nous qui l'équiperons, nous qui la conseillerons. Ne l'oublions pas, et surtout Van. Ça sentirait très mauvais pour le général Van s'il s'avérait qu'Abraxas touchait des beaux dollars de l'oncle Sam ou que ses opposants étaient équipés d'armes américaines. On ne voudrait pas coller à ce pauvre type une étiquette de collabo yankee dès le départ, quand même. »

Le colonel eut une idée. Ses yeux s'écarquillèrent et se mirent à briller, son sourire se fit angélique.

« Et si on opérait sous pavillon de complaisance, Tug ? On a bien quelques appuis, dans le coin. On peut se débrouiller pour qu'Abraxas ait l'air de se fournir au Pérou, au Guatemala, à Castroland, n'importe où ! C'est du tout cuit !

– C'est nous qui avons déniché Abraxas, c'est nous qui l'équipons, répéta fermement Tug Kirby, qui avait de la suite dans les idées. Nous avons un as de l'intendance sur place. Si vous voulez allonger du fric, vous serez les bienvenus, mais vous passez par nous. Rien sur le terrain, rien en direct. Nous manipulons Abraxas, nous l'équipons, il est à nous. Et ses étudiants, ses pêcheurs et toute la bande avec. Nous gérons le terrain, conclut-il en tapant sur la table XVIIIe de ses jointures énormes au cas où son message ne serait pas bien passé.

– A supposer que…, dit Elliot au bout d'un moment.

– Que quoi ? demanda Kirby.

– Que nous y allions. »

Soudain Hatry détacha son regard de la fenêtre et fit volte-face pour regarder Elliot.

« J'exige la première exclusivité, dit-il. Mes caméras et mes scribouilleurs sont de la première vague, mes gars courent derrière les étudiants et les pêcheurs en exclusivité. Tous les autres montent dans la soute à bagages avec les pièces de rechange.

– Organisez carrément l'invasion entre Anglais, Ben ! railla Elliot. Ça vous gagnerait peut-être les élections. Une intervention de sauvetage pour protéger des ressortissants britanniques ? Il doit bien y en avoir un ou deux qui traînent, au Panama.

– Content que vous ayez soulevé la question, Elliot », dit Kirby.

Nouvel angle d'attaque. A l'exception de Hatry, tous avaient les yeux rivés sur Kirby, soudain très tendu.

« Pourquoi donc, Tug ? demanda Elliot.

– Il est temps que nous discutions de ce que notre homme peut espérer de tout ça, rétorqua Kirby en rougissant. Notre homme, c'est-à-dire notre leader, notre pantin, notre mascotte.

– Qu'est-ce que vous voulez, Tug ? Qu'il siège au conseil de guerre du Pentagone avec Van ? se gaussa Elliot.

– Ne soyez pas ridicule.

– Vous voulez des troupes anglaises à bord d'hélicoptères américains, ne vous gênez pas.

– Non, merci. C'est votre turf, là-bas. Mais nous voulons un certain crédit.

– Combien, Tug ? A ce qu'on dit, vous êtes dur en affaires.

– Pas ce genre de crédit. Du crédit moral. »

Elliot et Hatry sourirent, comme si la moralité se négociait.

« Notre homme occupera le devant de la scène, annonça Tug Kirby en comptant sur ses doigts. Notre homme s'enveloppera dans le drapeau, et votre homme applaudira, Rule Britannia et merde à Bruxelles. La relation privilégiée devra être évidente aux yeux du monde, d'accord, Ben ? Visites à Washington, poignées de main, grande pompe, que des mots gentils pour notre homme. Et votre homme viendra à Londres dès que vous l'aurez acquis à notre cause. Ça fait longtemps qu'il nous snobe et ça ne passe pas inaperçu. Bien tuyautée, la presse de qualité aura vent du rôle joué par les Renseignements britanniques. On vous donnera le texte, pas vrai, Ben ? Le reste de l'Europe est hors du coup, et les bouffeurs de grenouilles en disgrâce, comme d'habitude.

– Laissez-moi régler ces conneries, intervint Hatry. Il ne vend pas des journaux, lui. Moi, si. »

Ils se séparèrent comme des amants après une scène, inquiets d'avoir dit ce qu'il ne fallait pas, de ne pas avoir dit ce qu'il fallait, de ne pas s'être fait comprendre. Dès qu'on rentre, on en parle à Van pour avoir son avis, dit Elliot. Le général Van pense à long terme, confirma le colonel. Le général Van est un visionnaire. Il a les yeux rivés sur la nouvelle Jérusalem. Il sait attendre son heure.

« Filez-moi un gorgeon ! » dit Hatry.

*

*   *

Les Anglais restèrent tous les trois à siroter leur whisky.

« Sympathique petite réunion, commenta Cavendish.

– Quelle bande d'enfoirés ! rétorqua Kirby.

– Achetez l'opposition silencieuse, ordonna Hatry. Assurez-vous qu'elle sait parler et tirer. Ils sont réglos, ces étudiants ?

– Imprévisibles, patron. Des maoïstes, des trotskistes, des

pacifistes, beaucoup sur le retour. Ils peuvent se ranger d'un côté ou de l'autre.

– On s'en contrefout d'où ils se rangent, ces cons. Payez-les et lâchez-les dans la nature. Van veut un détonateur, il en rêve et il n'ose pas le demander. Pourquoi pensez-vous que cet enfoiré a envoyé ses grouillots au lieu de se déplacer ? Peut-être que les étudiants nous le fourniront, notre détonateur. Où est le rapport de Luxmore ? »

Cavendish le lui tendit et il le lut pour la troisième fois avant de le lui rendre.

« Comment elle s'appelle, déjà, la bonne femme qui nous écrit nos articles catastrophistes ? »

Cavendish cita un nom.

« Filez-lui ça, dit Hatry. Dites-lui que je veux un coup de projecteur sur les étudiants. Qu'elle les associe aux pauvres et aux opprimés, qu'elle fasse passer le communisme à l'arrière-plan. Et qu'elle en rajoute sur l'opposition silencieuse qui voit en l'Angleterre son modèle démocratique pour le Panama du XXIe siècle. Je veux une logique de crise. “La terreur envahit les rues du Panama”, ce genre de conneries. Premières éditions du dimanche. Et contactez Luxmore. Dites-lui qu'il est temps qu'il sorte ses putains d'étudiants du pieu. »

*

* *

Luxmore ne s'était jamais vu confier mission si périlleuse. A la fois exalté et terrifié – mais il faut dire que l'étranger le terrifiait depuis toujours –, désespérément, héroïquement seul, il avait en poche, dans la veste de rigueur, un passeport imposant qui enjoignait à tous les étrangers d'accorder un sauf-conduit à Mellors, messager bien-aimé de la reine. Calées sur le siège de première voisin, deux grosses serviettes en cuir noir à large bandoulière scellées à la cire et frappées du sceau royal. Sa fonction d'emprunt lui imposait de ne pas dormir ni boire, et de constamment garder les serviettes à l'œil et à portée. Aucune main impure ne devait souiller les bagages d'un messager de la reine. Tout contact humain était prohibé, quoique par nécessité opérationnelle il avait exempté de ce diktat une brave hôtesse de la British Airways. Au beau milieu de l'Atlantique sud, il avait eu soudain une envie pressante. Il s'était levé par deux fois pour l'assouvir mais s'était fait doubler par un passager sans bagages. Par mesure d'urgence, il avait réussi à convaincre l'hôtesse de lui réserver une toilette vide le temps qu'il parcoure en crabe la travée, encombré de ses fardeaux qui cognaient au passage des Arabes assoupis ou des chariots à boissons.

« Vous devez avoir des secrets bien lourds, là-dedans ! » commenta-t-elle plaisamment quand il fut arrivé à bon port.

Luxmore fut ravi de reconnaître à son accent une compatriote écossaise.

« D'où venez-vous, ma chère ?

– D'Aberdeen.

– Formidable, ça alors !

– Et vous ? »

Il faillit entamer une description détaillée de ses origines écossaises, mais se souvint que selon son faux passeport Mellors était né à Clapham. Sa gêne s'accentua quand elle lui tint la porte le temps qu'il répartisse l'espace entre lui et ses bagages. En regagnant sa place, il passa en revue les passagers pour repérer d'éventuels terroristes, et ne vit personne qui lui inspirât confiance.

L'appareil amorça la descente. Mon Dieu ! songea Luxmore, l'angoisse de sa mission le disputant à sa peur de l'avion et à la hantise d'être démasqué. Imaginez qu'on se crashe en mer, et les serviettes avec. L'Amérique, Cuba, la Russie et la Grande-Bretagne envoient aussitôt des secours par bateau ! Qui était donc le mystérieux Mellors ? Pourquoi ses serviettes ont-elles sombré au fond de l'océan ? Pourquoi n'a-t-on retrouvé aucun papier flottant à la surface ? Pourquoi personne ne vient-il réclamer son corps ? Pas de veuve, d'enfant, de parent proche ? Les serviettes sont repêchées. Le gouvernement de Sa Majesté aurait-il l'amabilité d'expliquer leur extraordinaire contenu à un monde stupéfait ?

« Alors c'est Miami, cette fois ? demanda l'hôtesse en le voyant rassembler ses affaires. Je parie que vous serez content de pouvoir prendre un bon bain chaud quand vous serez débarrassé de votre barda. »

Luxmore baissa le ton au cas où les Arabes surprendraient ses propos. Cette brave Écossaise méritait de savoir la vérité.

« Je vais au Panama », murmura-t-il.

Mais elle l'avait déjà abandonné, trop occupée à demander aux passagers de redresser leur siège et de boucler leur ceinture.

CHAPITRE 19

« Le prix d'accès au green est fonction du grade, expliqua Maltby en choisissant un fer moyen pour son coup d'approche à quatre-vingts mètres du drapeau, soit une journée de route à son rythme. Les simples soldats ne paient presque rien, les ambitieux de plus en plus cher à mesure qu'ils grimpent dans la hiérarchie. Il paraît que le général ne peut même pas se le permettre. Moi, je me suis arrangé, crâna-t-il avec un sourire chafouin. Je suis sergent. »

Il frappa la balle qui, stupéfaite, courut se réfugier dans l'herbe mouillée soixante mètres plus loin. Il bondit à sa suite et Stormont lui emboîta le pas, ainsi que le vieux caddie indien en chapeau de paille chargé d'une collection de clubs antédiluviens dans un sac moisi.

Impeccablement entretenu, le superbe terrain d'Amador est idéal pour les piètres golfeurs comme Maltby. Coincé entre une base américaine immaculée des années 20 et la plage limitrophe de l'entrée du canal, sur une route rectiligne et déserte surveillée dans leur guérite par un soldat américain et un policier panaméen aussi morts d'ennui l'un que l'autre, il n'est guère fréquenté que par les militaires et leurs épouses. A l'horizon El Chorillo, au-delà les gratte-ciel menaçants de Punta Paitilla aux contours adoucis ce matin par des dégradés de masses nuageuses, et au large les îles, le chenal, l'inévitable file de navires encalminés attendant leur tour de passer sous le pont des Amériques.

Mais pour les piètres golfeurs l'attrait majeur du lieu réside dans ces tranchées herbeuses rectilignes enfouies à dix mètres au-dessous du niveau de la mer, anciennes infrastructures du canal qui aujourd'hui servent de couloirs aux balles mal frappées. Le piètre golfeur peut faire un hook ou un slice, tant qu'il s'en remet à leurs soins les tranchées le lui pardonnent. Il lui suffit d'y engager la balle et de laisser faire.

« Et Paddy, ça va ? demanda Maltby en repositionnant discrètement sa balle du bout de son soulier craquelé. Sa toux se calme ?

– Pas vraiment, dit Stormont.

– Aïe. Que disent les médecins ?

– Pas grand-chose. »

Maltby rejoua. La balle traversa le green à toute vitesse pour disparaître de nouveau, et il se précipita à sa suite. La pluie se remit à tomber, comme toutes les dix minutes, sans que Maltby ne semble s'en rendre compte. L'effrontée s'était logée au beau milieu d'un îlot de sable humide. Le vieux caddie sélectionna le club approprié.

« Vous devriez lui offrir des vacances, conseilla Maltby avec désinvolture. En Suisse ou ailleurs, dans un coin à la mode. Le Panama est tellement insalubre, on ne sait même plus par où les microbes attaquent. Et merde ! »

Tel un insecte préhistorique, sa balle avait déguerpi dans une verte pampa touffue. Sous des trombes d'eau, Stormont regarda son patron s'acharner dessus en décrivant de grands moulinets jusqu'à ce qu'elle revienne de mauvaise grâce sur le green. Suspens, puis cri triomphal quand il rentra un long putt. Il a pété les plombs, songea Stormont, il a fini par devenir fou. Maltby lui avait téléphoné à une heure du matin alors que Paddy commençait à s'endormir : Nigel, j'aimerais bavarder un peu si c'est possible. On pourrait en profiter pour se dégourdir les jambes, qu'en dites-vous ? Comme vous voulez, monsieur.

« Bon, enfin à part ça, tout va plutôt bien à l'ambassade, ces temps-ci, reprit Maltby en se dirigeant vers la tranchée suivante. A part la toux de Paddy et cette pauvre vieille Phoebe. »

A savoir Phoebe, son épouse pas si pauvre ni vieille... Maltby n'était pas rasé. Un pull-over gris, miteux et détrempé pendait sur ses épaules comme une cotte de mailles dont il aurait perdu les chausses. Mais enfin, pourquoi ne s'offre-t-il pas une tenue imperméable ? s'étonna Stormont tandis que la pluie lui dégoulinait dans le cou.

« Phoebe n'est jamais contente, disait Maltby. Je ne comprends pas pourquoi elle est revenue. Je la méprise, elle me méprise, les enfants nous méprisent tous les deux. Je ne vois pas pourquoi on se fatigue. Ça fait des années qu'on n'a pas baisé, Dieu merci d'ailleurs. »

Stormont observait un mutisme consterné. Pas une fois en dix-huit mois depuis qu'ils se connaissaient Maltby ne s'était confié à lui. Et tout soudain, pour des raisons inconnues, leur effroyable intimité ne connaissait plus de limites.

« Vous avez bien divorcé, vous ! se plaignait Maltby. Et l'histoire a fait grand bruit, si je me souviens bien. Mais vous vous en êtes remis, vos enfants vous parlent, et le Foreign Office ne vous a pas foutu à la porte.

– Il s'en est fallu de peu.

– Enfin, bref, je voudrais que vous en touchiez un mot à Phoebe. Ça lui ferait le plus grand bien. Dites-lui que vous êtes passé par là et que ce n'est pas si terrible qu'on le dit. Son problème, c'est qu'elle ne sait pas communiquer avec les gens autrement qu'en les menant à la baguette.

– Peut-être vaudrait-il mieux que ce soit Paddy qui lui parle. »

Maltby ne fléchit pas les genoux pour placer la balle sur son tee, remarqua Stormont. Il se plia simplement en deux puis se redressa sans cesser de parler.

« Non, honnêtement, je préférerais que ce soit vous, dit-il en feignant de s'attaquer à la balle. Phoebe s'inquiète à mon sujet, voyez-vous. Elle sait qu'elle peut s'en sortir seule, mais elle me voit déjà pendu au téléphone pour lui demander comment faire cuire un œuf, et elle a bien tort. Moi, j'installerais une fille superbe chez moi et je lui ferais cuire des œufs à longueur de journée. »

Il frappa la balle, qui s'envola au-delà de la tranchée salvatrice. Un temps satisfaite de sa trajectoire droite, elle se ravisa, vira à gauche et se perdit dans les rideaux de pluie.

« Crotte ! » s'exclama l'ambassadeur, faisant montre d'une richesse lexicale que Stormont n'aurait pas soupçonnée.

Le déluge virait au cataclysme. Abandonnant la balle à son sort, ils se replièrent dans un kiosque à musique militaire face à des maisons pour officiers mariés disposées en arc de cercle, tandis que le vieux caddie lui préférait l'abri douteux d'un bosquet de palmiers sous lequel il se posta, le torrent de pluie dégoulinant sur son chapeau.

« Enfin, autant que je sache, à part ça notre petite équipe se porte bien, reprit Maltby. Pas de querelles, moral au beau fixe, cote fabuleuse au Panama, des renseignements fascinants qui déboulent dans tous les sens, que peuvent demander de plus nos maîtres ?

– Pourquoi ? Que demandent-ils ? »

Sans se laisser bousculer, Maltby poursuivit son propre chemin tortueux.

« J'ai eu de longues discussions avec toutes sortes de gens hier soir sur la ligne secrète d'Osnard, annonça-t-il d'un ton nostalgique. Vous l'avez essayée, vous ?

– Non.

– Un truc affreux, tout rouge, relié à une lessiveuse du temps de la guerre des Boers, mais on peut dire tout ce qu'on veut. Très impressionnant. Et ils étaient tous si gentils. Enfin, je ne les connais pas, mais ils avaient l'air charmants. Une conversation conférence, on passait notre temps à s'excuser de s'interrompre. Un homme du nom de Luxmore va arriver, un Écossais qu'il faut appeler Mellors. Comme je ne suis pas censé vous le dire, je m'empresse de le faire : Luxmore-Mellors nous apporte des nouvelles capitales. »

La pluie s'était arrêtée tout net, mais Maltby ne semblait pas l'avoir remarqué. Le caddie, toujours recroquevillé sous ses palmiers, fumait un gros joint.

« Vous pourriez peut-être le laisser partir, si vous ne comptez plus jouer », suggéra Stormont.

Ils réunirent quelques dollars humides et renvoyèrent le caddie au club-house avec le barda de Maltby, avant de prendre place sur un banc sec en bordure du kiosque pour regarder s'écouler les flots dans cet éden de feuilles et de fleurs qu'illuminait un soleil radieux.

*

* *

« Il a été décidé – et le passif n'est pas de moi, Nigel –, il a été décidé, donc, que le gouvernement de Sa Majesté apportera en sous-main son soutien et son aide matérielle à l'opposition silencieuse panaméenne. Rien d'officiel, bien sûr. Luxmore-Mellors vient nous expliquer comment nous y prendre. D'après ce que j'ai compris, ils ont une sorte de manuel, style *Comment renverser un gouvernement étranger en dix leçons*, dont il faudra s'inspirer. Je ne sais pas si on me demandera de recevoir MM. Domingo et Abraxas dans mon jardin potager en pleine nuit ou si ce sera à vous de le faire. Non que j'aie un jardin potager mais, me semble-t-il, c'est dans le sien que feu lord Halifax rencontrait toutes sortes de gens. Qu'est-ce qu'il y a ? Vous me regardez d'un drôle d'œil.

– Ce ne serait pas du ressort d'Osnard ?

– En tant qu'ambassadeur, je n'ai pas insisté pour qu'il participe. Ce garçon a déjà assez de responsabilités comme ça. Il est jeune, il n'a pas beaucoup de galon, or il faut un homme d'expérience pour rassurer les opposants. Certains sont des gens comme nous, mais d'autres sont de vieux prolétaires, des dockers, des pêcheurs, des fermiers... Il vaut beaucoup mieux nous charger d'eux nous-mêmes. Sans compter cette mystérieuse bande d'étudiants poseurs de bombes, très délicat ça, alors nous nous en chargerons aussi. Je vous y vois très bien. Quelque chose vous tracasse, Nigel ? Je vous sens troublé.

– Pourquoi ne nous envoient-ils pas d'autres agents ?

– Oh, c'est inutile, je trouve. Quelques visiteurs de marque peut-être, comme Luxmore-Mellors, mais pas de permanents. Il ne faudrait pas trop grossir les rangs de l'ambassade, cela ferait jaser. Je le leur ai dit, d'ailleurs.

– Ah bon ? s'étonna Stormont.

– Oui, oui. Avec deux personnes d'expérience comme vous et moi, pas besoin d'effectifs supplémentaires. J'ai bien insisté. J'ai dit qu'il était hors de question de venir nous encombrer, j'ai usé de mon autorité, j'ai fait valoir que nous étions des hommes d'expérience. Vous auriez été fier de moi. »

Stormont crut déceler une lueur nouvelle dans l'œil de son patron, comme une première étincelle de désir.

« Nous allons avoir besoin d'une foule de choses, poursuivit Maltby avec l'enthousiasme d'un écolier devant un nouveau train électrique. Des radios, des voitures, des planques, des messagers, et puis du matériel, des mitrailleuses, des mines, des lance-roquettes, des tonnes d'explosifs, cela va de soi, des détonateurs, bref, un véritable arsenal. De nos jours, m'a-t-on dit, c'est indispensable pour une opposition silencieuse digne de ce nom. Et attention, m'a-t-on dit aussi, tout ça en double. Vous n'ignorez pas à quel point les étudiants sont négligents. Donnez-leur une radio un matin, elle sera couverte de graffitis avant l'heure du déjeuner. Et je suis sûr que l'opposition silencieuse ne vaut pas mieux. Vous serez heureux d'apprendre que toutes les armes viendront de chez nous. Une grande société anglaise s'est engagée à les fournir, sympa, non ? Le ministre Kirby en dit le plus grand bien. Elle a déjà fait ses preuves en Iran, ou était-ce en Irak ? Sans doute les deux… Et Gully ne jure que par cette compagnie, ce qui tombe bien. Au fait, le Foreign Office a agréé ma suggestion de le promouvoir sur-le-champ au statut de Boucanier. Osnard est en train de lui faire prêter serment.

– Votre suggestion ? répéta Stromont l'air ahuri.

– Oui, Nigel, j'ai décidé que vous et moi étions faits pour l'intrigue. Je vous ai dit un jour que je brûlais de participer à un complot britannique, eh bien, voilà, le clairon secret a retenti. Je suis certain qu'aucun de nous ne déméritera. Réjouissez-vous, Nigel. Vous ne semblez pas saisir toute la portée de ce que je vous dis. Notre ambassade est sur le point de faire un grand bond en avant. Ce trou à rats diplomatique va devenir le nouveau poste à la mode. Du jour au lendemain, à nous les promotions, les décorations, les attentions flatteuses. Ne me dites pas que vous mettez en doute la sagesse de nos supérieurs. Ce serait fort malvenu.

– J'ai seulement l'impression qu'on brûle les étapes, objecta sans grande conviction Stormont, qui avait peine à accepter cet ambassadeur nouvelle version.

– Mais non, enfin, de quoi parlez-vous ?

– De la logique, pour commencer.

– Vraiment ? fit Maltby d'un ton glacial. Et où précisément détectez-vous un manque de logique ?

– Eh bien, par exemple, l'opposition silencieuse. Personne n'en a jamais entendu parler sauf nous. Pourquoi n'a-t-elle rien fait ? Aucune fuite dans la presse, aucune déclaration ?

– Mais mon cher ami, s'indignait déjà Maltby, comme son nom l'indique, c'est sa nature d'être silencieuse. Elle garde ses opinions pour elle en attendant son heure. Abraxas n'est pas un poivrot, c'est un héros de bravoure, un révolutionnaire secret au service de Dieu et du peuple. Domingo n'est pas un dealer de drogue à la libido démesurée, c'est un guerrier altruiste qui défend la démocratie. Quant aux étudiants, que vous dirai-je ? Rappelez-vous comment nous étions. Nigauds, changeants, on disait blanc un jour, noir le lendemain. Nigel, vous filez un mauvais coton. Le Panama vous déprime. Il serait temps que vous emmeniez Paddy en Suisse. Ah, au fait, j'allais oublier, M. Luxmore-Mellors nous apporte les lingots d'or, ajouta-t-il comme pour boucler un rapport administratif. On ne peut plus faire confiance aux banques et aux coursiers privés, pas dans le monde obscur de l'intrigue où vous et moi allons pénétrer, Nigel, alors il se fait passer pour un messager de la reine et il nous les apporte par la valise diplomatique.

– Pardon ?

– Des lingots, Nigel. Apparemment, c'est ce qu'on donne aux oppositions silencieuses, de nos jours, plutôt que des dollars, des livres ou des francs suisses. Logique, d'ailleurs. Vous vous voyez financer une opposition silencieuse en livres sterling ? Elles se dévalueraient avant le premier putsch avorté. En outre, m'a-t-on dit, les oppositions silencieuses coûtent cher ! fit-il du même ton détaché. Quelques millions, ça ne va plus très loin, pas quand on veut acheter le futur gouvernement en prime. Les étudiants, d'accord, on peut leur serrer un peu la ceinture, mais rappelez-vous à quelle vitesse on s'endettait à leur âge. Il faudra soigner l'intendance sur les deux fronts, et je pense que nous sommes à la hauteur, pas vous, Nigel ? Pour moi, c'est un défi, l'occasion rêvée en milieu de carrière, un eldorado diplomatique sans avoir à explorer la jungle à la sueur de nos fronts. »

*

* *

Maltby réfléchissait. Assis près de lui lèvres pincées, Stormont ne l'avait jamais vu si détendu. Quant à lui-même, il ne savait plus, il ne comprenait plus. A l'abri d'un soleil toujours radieux dans l'ombre du kiosque à musique, il se sentait comme un condamné à perpétuité qui n'arrive pas à croire que la porte de sa cellule est grande ouverte. Les masques tombaient – mais en avait-il porté un ? Qui avait-il cru tromper sinon lui-même en laissant Osnard soumettre l'ambassade à sa spécieuse alchimie ? « Tu es mauvaise langue », avait-il reproché à Paddy, qui trouvait la mariée BOUCAN un peu trop belle, surtout maintenant que commençait à se dessiner le personnage d'Andy.

« Une ambassade n'est pas faite pour l'évaluation, Nigel, philosophait Maltby. Nous pouvons avoir une opinion, ça c'est autre chose, et la connaissance du terrain, bien sûr, même si elle ne cadre pas toujours avec les instructions de nos supérieurs. Nous sommes doués de vue, d'ouïe et d'odorat, mais nous ne disposons pas de kilomètres d'archives, d'ordinateurs, d'analystes et de dizaines de charmantes jeunes débutantes qui courent dans les couloirs, hélas. Nous n'avons pas la vue d'ensemble, ni les données à l'échelle mondiale. Surtout dans une petite ambassade de seconde zone comme la nôtre. Nous sommes des ploucs, et ce n'est pas vous qui me contredirez.

– Vous leur avez dit ça, aussi ?

– Tout à fait, sur le téléphone magique d'Osnard. Les mots prennent un tel poids dans une atmosphère de secret, vous ne trouvez pas ? Je leur ai dit : "Nous avons conscience de nos limites, du côté routinier de notre travail. BOUCAN est une de ces rares occasions où nous bénéficions d'une ouverture sur le monde extérieur, et nous en sommes heureux et fiers. Il n'est ni convenable ni opportun qu'une minuscule ambassade chargée de capter l'ambiance d'un pays et d'y propager les idées de son gouvernement se voie obligée d'émettre un jugement objectif sur des questions qui dépassent ses capacités."

– Qu'est-ce qui vous a fait dire ça ? s'étrangla Stormont.

– BOUCAN, quelle question ! Le Foreign Office m'a reproché mon manque d'enthousiasme sur la dernière livraison... et le vôtre, du même coup. "Vous voulez de l'enthousiasme ? ai-je dit. Oh, ça, j'en ai à revendre. Andrew Osnard est un type charmant, consciencieux à l'extrême. Quant à l'opération BOUCAN, pour nous elle est édifiante, enrichissante, admirable, nous la soutenons, elle revitalise notre petite communauté. Il n'empêche que nous n'aurions pas la prétention de lui affecter une place dans le grand ordre des choses. Ça, c'est l'affaire de vos analystes et de nos supérieurs."

– Ils l'ont bien pris ?

– Ils étaient ravis. Comme je le leur ai dit, Andy est un très chic type et il plaît beaucoup aux femmes. C'est un atout pour notre ambassade, ajouta-t-il avant de s'interrompre en laissant planer le doute, puis de reprendre un ton plus bas. Bon, d'accord, peut-être qu'il ne joue pas vraiment huit, peut-être qu'il triche par-ci par-là, mais c'est humain. En tout cas, et cela n'a rien à voir avec vous, ni moi, ni personne à l'ambassade, sauf peut-être Andy, les renseignements BOUCAN sont un ramassis de sornettes. »

*

* *

Stormont n'avait pas usurpé sa réputation de garder son sang-froid en période de crise. Il resta un instant crispé – il souffrait du dos, surtout par temps humide, et le banc de teck était dur –, à contempler la file de bateaux impuissants, le pont des Amériques, la vieille ville et son horrible pendant moderne de l'autre côté de la baie. Puis il décroisa les jambes et les recroisa sans savoir s'il assistait à la fin inexpliquée de sa carrière ou au commencement d'une nouvelle vie dont le cours restait à préciser.

Maltby, lui, se vautrait dans une sérénité de confessionnal. Le dos bien calé, sa longue tête caprine appuyée contre un montant en fer du kiosque, il poursuivit d'un ton magnanime.

« Mais qui invente tout ça ? Mystère, pour vous comme pour moi. BOUCAN ? Mme BOUCAN ? Les mystérieuses sources secondaires, Abraxas, Domingo, Sabina ou cet odieux journaliste qui traîne toujours là-bas, Teddy Machinchose ? Ou bien Andrew lui-même et tout le reste n'est que vanité ? Il est jeune, il a pu se faire rouler par les autres. D'un autre côté, il est malin, retors. Non, d'ailleurs, il est pourri jusqu'au trognon. C'est un enfoiré de première.

– Je croyais que vous l'aimiez bien.

– Mais oui, je l'aime beaucoup, et je ne retiens pas sa fourberie contre lui une seconde. Beaucoup de gens trichent, mais c'est parce qu'ils jouent mal, comme moi, tellement mal que j'en ai vu s'excuser. Moi-même j'ai bien failli le faire une ou deux fois..., ajouta-t-il avec un sourire piteux en regardant deux gros papillons jaunes qui avaient décidé de prendre part à la conversation. Mais Andy est un gagnant, voyez-vous. Et les gagnants qui trichent sont des enfoirés. Comment s'entend-il avec Paddy ?

– Elle l'adore.

– Oh là là, pas trop quand même, j'espère ? Il s'envoie Fran, même si ça me fait mal de le dire.

– N'importe quoi ! s'emporta Stormont. Ils s'adressent à peine la parole.

– Parce qu'il se l'envoie en douce, oui. Ça fait des mois que ça dure. Il lui a complètement tourné la tête.

– Mais comment diable pouvez-vous savoir ça ?

– Mon cher ami, je ne peux pas la quitter des yeux, vous avez dû le remarquer. J'épie ses moindres gestes. Je l'ai même suivie. Je ne crois pas qu'elle m'ait repéré, et pourtant les soupirants secrets espèrent toujours que leur proie les remarquera. Elle est allée de son appartement chez Osnard et n'en est pas ressortie. Le lendemain matin à 7 heures, j'ai prétexté un télégramme urgent et j'ai appelé chez elle. Pas de réponse. C'est on ne peut plus clair.

– Et vous n'avez rien dit à Osnard ?

– Pourquoi donc ? Fran est un ange, Osnard un enfoiré, moi un obsédé. Ça nous mènerait où ? »

Une nouvelle averse s'abattit sur le toit du kiosque, et il fallut plusieurs minutes avant que le soleil réapparaisse.

« Qu'avez-vous l'intention de faire ? bougonna Stormont, éludant toutes les questions qu'il n'osait se poser.

– Vous avez dit “de faire”, Nigel ? répéta Maltby redevenu lui-même, aussi cassant, pédant et distant que dans le souvenir de Stormont. Mais à quel sujet ?

– BOUCAN, Luxmore, l'opposition silencieuse, les étudiants, les gens qui vivent de l'autre côté de ce pont, là, quels qu'ils soient, Osnard, la fumisterie BOUCAN si c'en est bien une, le ramassis de sornettes, comme vous dites.

– Mon cher ami, on ne nous demande pas de faire quelque chose. Nous ne sommes que les serviteurs d'une cause plus noble.

– Mais si Londres gobe tout cru ce que vous pensez être des conneries…

– Continuez, dit Maltby, se penchant en avant comme à son bureau, le bout des doigts joints, l'air borné.

– Eh bien, il faut le leur dire, affirma Stormont.

– Pourquoi ?

– Pour éviter qu'ils se fassent mener en bateau. Tout peut arriver.

– Mais Nigel, je croyais que nous étions d'accord là-dessus : nous ne sommes pas censés évaluer. »

Un oiseau olivâtre aux plumes luisantes avait envahi leur domaine pour quémander des miettes.

« Je n'ai rien pour toi, se désola Maltby. Vraiment rien. Oh zut, s'exclama-t-il en retournant ses poches sans résultat. Une autre fois. Reviens demain. Non, après-demain, à la même heure. Nous avons un maître espion qui débarque. »

*

* *

« En ces circonstances, Nigel, notre devoir, à l'ambassade, est de fournir le soutien logistique, poursuivit Maltby d'un ton sec et pragmatique. Vous êtes bien d'accord ?

– Je pense, oui, acquiesça Stormont sans conviction.

– D'aider quand on peut, d'applaudir, d'encourager, de réconforter, d'alléger le fardeau de ceux qui font un créneau.

– Qui montent au créneau, rectifia distraitement Stormont. Si c'est ça que vous voulez dire.

– Oui, merci. Pourquoi je m'emmêle les pinceaux chaque fois que je veux utiliser une métaphore actuelle ? J'ai dû penser à un des blindés de Gully, payés en lingots d'or.

– Sûrement. »

Maltby fit porter sa voix comme pour atteindre un public invisible autour du kiosque.

« Dans cet esprit de collaboration totale, donc, j'ai indiqué à Londres – et vous me soutiendrez, j'en suis sûr – qu'Andrew Osnard, aussi brillant soit-il, n'a pas assez d'expérience pour manipuler de grosses sommes en liquide ou en lingots. Pour sa tranquillité d'esprit et celle des récipiendaires de cet argent, mieux vaut lui adjoindre un trésorier-payeur. En tant qu'ambassadeur, je me suis porté volontaire. Londres a compris toute la sagesse de cette proposition, qui échappera sans doute à Osnard mais il est mal placé pour protester, surtout que c'est vous et moi qui allons reprendre la liaison avec l'opposition silencieuse et les étudiants. Les fonds secrets sont très durs à gérer, c'est bien connu, et il est quasiment impossible d'en retrouver la trace s'ils tombent entre de mauvaises mains. Raison de plus pour tenir les cordons de la bourse tant que nous en aurons la charge. J'ai demandé que la chancellerie soit équipée d'un coffre-fort comme celui d'Osnard. L'or et le reste y seront stockés, nous seuls en détiendrons les deux clés. Quand Osnard aura besoin d'une grosse somme, il pourra venir nous présenter sa demande, et si la somme entre dans le budget prévu, vous et moi irons ensemble sortir l'argent et le remettre en mains propres à qui de droit. Êtes-vous riche, Nigel ?

– Non.

– Moi non plus. Votre divorce vous a ruiné ?

– Oui.

– C'est ce que je pensais. Et ce sera pareil pour moi. Phoebe a de gros besoins, ajouta-t-il avec un coup d'œil à Stormont, dont le visage tourné vers le Pacifique restait de marbre. C'est absurde, la vie, reprit Maltby pour alimenter la conversation. Nous voici à l'âge mûr, sains de corps et d'esprit, nous avons commis quelques erreurs, nous les avons reconnues, nous en avons tiré la leçon, il nous reste encore quelques belles années avant la sénilité... Seule ombre au tableau : nous sommes fauchés. »

Le regard de Stormont, fixé sur la mer, se leva vers les nuages ouatés qui s'étaient formés au-dessus des îles lointaines. Il lui sembla y voir de la neige et Paddy, guérie de sa toux, qui remontait gaiement le sentier vers le chalet en rapportant les commissions du village.

« Ils veulent que je sonde les Américains, dit-il comme un robot.

– Qui ça ? demanda aussitôt Maltby.

– Londres, répondit Stormont de la même voix détimbrée.

– A quelle fin ?

– Découvrir ce qu'ils savent sur l'opposition silencieuse, les étudiants, les réunions secrètes avec les Japonais. Je dois tâter le terrain mine de rien, lancer des ballons d'essai, leur tendre des perches, bref, toutes ces conneries qu'ils vous demandent de faire pendant qu'eux se tournent les pouces à Londres. Ni le Département d'État ni la CIA n'ont eu accès aux informations d'Osnard, apparemment, et je suis censé déterminer s'ils ont des données indépendantes.

– C'est-à-dire s'ils sont au courant ?

– En quelque sorte.

– Qu'est-ce que je peux détester les Américains ! s'indigna Maltby. Ils sont convaincus que tous les pays vont se liquéfier aussi vite que le leur, mais ça prend des centaines d'années pour bien faire. Regardez-nous.

– Supposons que les Américains ne soient au courant de rien. Supposons qu'aucune information n'ait filtré, du moins chez eux.

– Supposons qu'il n'y a rien derrière, surtout.

– Il peut y avoir une part de vérité, s'entêta vaillamment Stormont.

– Sur le principe qu'une pendule cassée donne l'heure exacte une fois toutes les douze heures, je vous l'accorde, il peut y avoir une part de vérité, dit Maltby avec mépris.

– Que ce soit vrai ou non, supposons que les Américains y croient, persista Stormont. Qu'ils tombent dans le panneau, si vous voulez, comme Londres.

– Quel Londres ? Pas le nôtre, en tout cas. Et puis, jamais les Américains n'y croiront, enfin, pas les vrais Américains. Avec leur technologie de pointe, ils prouveront que c'est des sornettes, ils nous diront merci, dont acte, et ils passeront le tout à la déchiqueteuse.

– Les gens ne font jamais confiance à leur propre technologie, s'obstina Stormont. Les services secrets, c'est comme les examens, on pense toujours que le voisin en sait plus.

– Nigel, l'interrompit Maltby avec toute l'autorité de sa fonction, permettez-moi de vous rappeler que nous ne sommes pas censés évaluer. La vie nous a donné une occasion unique de nous épanouir dans notre travail en étant utiles à des gens que nous estimons. Un avenir pavé d'or nous attend. Toute hésitation est criminelle, dans ce cas. »

Le regard toujours droit devant lui malgré le départ des nuages réconfortants, Stormont visualisa son avenir tel qu'il s'était dessiné jusqu'à aujourd'hui : Paddy mourant à petit feu de sa toux sans qu'il puisse lui offrir de meilleurs soins que ceux d'un système de santé publique délabré, la retraite anticipée dans le Sussex avec une pension de misère, la disparition de tous ses rêves sans exception, et la mort de l'Angleterre qu'il avait tant aimée.

CHAPITRE 20

Ils étaient allongés tout habillés sur une pile de tapis que les finisseuses kunas stockaient dans leur atelier en prévision d'un éventuel afflux de cousins, tantes et oncles de San Blas. Au-dessus d'eux pendaient des rangées de complets en attente de boutonnières. Seule source de lumière, la lucarne diffusait le rougeoiement de la ville. Aucun bruit hormis les échos de la circulation sur la Vía España et les murmures de Marta à l'oreille de Pendel. Son visage défiguré enfoui dans son cou, elle tremblait, et lui aussi. Ils formaient un seul être glacé, terrifié. Deux enfants dans une maison déserte.

« Ils vous ont accusé de fraude fiscale. J'ai répondu que vous payiez tous vos impôts, et j'ai ajouté : "Je suis bien placée pour le savoir, c'est moi qui tiens les comptes", dit-elle avant de s'interrompre pour lui permettre un éventuel commentaire. Ils ont aussi prétendu que vous fraudiez sur la part patronale. Et moi : "Je m'occupe des cotisations sociales, tout est en ordre." Après, ils m'ont dit de ne pas poser de questions, qu'ils avaient un dossier sur moi, et que ce n'était pas parce que j'avais été tabassée une fois que j'étais intouchable, ajouta-t-elle en rapprochant sa tête de celle de Pendel. Je ne leur avais rien demandé, pourtant. Ils ont dit aussi qu'ils mentionneraient dans mon dossier que j'avais des posters de Castro et de Che Guevara sur les murs de ma chambre. Et que je fréquentais de nouveau des étudiants gauchistes. Je leur ai dit que non, et c'est vrai. Ils vous ont accusé d'être un espion, et Mickie aussi. Son alcoolisme serait une simple couverture. C'est de la folie. »

Elle avait terminé, mais Pendel mit un certain temps à le comprendre. Au bout de quelques instants, il se laissa rouler sur elle et pressa à deux mains sa joue contre la sienne, leurs deux visages n'en faisant plus qu'un.

« Ont-ils dit quelle sorte d'espion ?

– Pourquoi ? Il y en a plusieurs ?

– Oui. Des vrais. »

Le téléphone se mit à sonner.

*

* *

Qu'un téléphone sonne au-dessus de sa tête était inhabituel pour Pendel, surtout qu'il était branché sur une ligne qu'il avait toujours crue intérieure. Puis il se rappela que les Indiennes kunas passaient leur vie au bout du fil, y exprimaient leurs joies et leurs peines, buvaient la moindre parole sortie de la bouche de leurs époux, amants, pères, patrons, enfants, chefs de tribu et innombrables relations aux problèmes personnels insolubles. Au bout d'un moment – une éternité selon son estimation arbitraire, en fait le temps de quatre sonneries –, il remarqua que Marta n'était plus dans ses bras mais debout, en train de reboutonner pudiquement son chemisier avant de répondre, et de lui demander s'il était là ou pas, comme à son habitude en cas d'appel importun. Cette fois il prit une décision soudaine, se leva et se retrouva tout près d'elle.

« Moi j'y suis, pas toi », lui glissa-t-il avec autorité à l'oreille.

Ce n'était ni une ruse ni un artifice, mais un pur instinct protecteur. Par précaution, il s'interposa entre Marta et le téléphone. A la lueur rosâtre qui filtrait par le vasistas et à travers laquelle perçaient maintenant quelques étoiles, il regarda l'appareil sonner comme pour en deviner le message. Imaginez le pire danger, avait dit Osnard au cours de leurs séances d'entraînement. Il y réfléchit et jugea que le pire danger était Osnard. Alors il pensa à lui, puis à l'Ours, à la police et enfin à Louisa, qui n'avait jamais quitté ses pensées.

Mais Louisa n'était pas un danger. C'était une victime qu'il avait façonnée longtemps auparavant, en collaboration avec sa mère, son père, Braithwaite, l'oncle Benny, les sœurs de la Charité et tous ceux qui composaient ce personnage qu'il était devenu. Elle représentait moins un danger qu'une preuve vivante de la fausseté et de la dérive de leur relation, qu'il s'était pourtant donné tant de mal à structurer, mais là résidait son erreur : on ne devrait jamais structurer des relations ; d'un autre côté, comment faire autrement ?

A court d'idées, Pendel tendit la main vers le combiné et le souleva au moment même où Marta lui prenait son autre main, pressait ses doigts contre ses lèvres entrouvertes et les mordillait tendrement en guise de réconfort. Ragaillardi, il se redressa au lieu de se rabousiner, le combiné contre l'oreille, et parla en espagnol d'une voix haute, claire, presque joyeuse, pour prouver qu'il lui restait de la combativité au-delà de sa soumission permanente aux circonstances.

« Pendel & Braithwaite, bonsoir ! Que pouvons-nous faire pour vous ? »

Si son ton enjoué était inconsciemment censé désarmer tout adversaire, peine perdue car la fusillade avait commencé. Les premières salves l'atteignirent avant même la fin de sa phrase : un crescendo savant d'explosions isolées mêlé au crépitement de mitraillettes et de grenades, aux brefs sifflements triomphants des ricochets. Pendant quelques secondes, Pendel crut que c'était de nouveau l'invasion, et que cette fois il avait décidé de rester à El Chorillo auprès de Marta, qui lui embrassait la main pour le remercier. Par-dessus la fusillade résonna l'inévitable plainte des victimes piégées dans un abri de fortune, qui accusaient, protestaient, maudissaient, suppliaient, s'étranglaient d'horreur et d'indignation, réclamaient réparation et pardon divin, jusqu'à peu à peu n'en faire plus qu'une seule, celle d'Ana, la *chiquilla* de Mickie Abraxas, l'amie d'enfance de Marta, la seule femme au Panama capable de le supporter, de le laver, de nettoyer ses souillures quand il avait trop bu et de l'écouter divaguer.

Dès l'instant où Pendel reconnut Ana il sut ce qu'elle allait lui dire, alors même qu'en bonne conteuse elle gardait le meilleur pour la fin. En conséquence il ne passa pas le téléphone à Marta mais le garda contre son oreille, préférant encaisser les coups que de la voir frappée comme il avait dû s'y résigner le jour où les Batdingues l'avaient empêché d'intervenir pendant qu'ils la massacraient.

*

* *

Quoi qu'il en soit, le monologue d'Ana empruntait d'innombrables voies, et Pendel avait bien du mal à s'y retrouver.

« Ce n'est même pas la maison de mon père, il me l'a juste prêtée parce que je lui ai menti, et encore il n'était pas très chaud, mais je lui ai dit que je viendrais avec mon amie Estella, personne d'autre, Estella qui était avec Marta et moi à l'école catholique, c'était un mensonge, surtout pas Mickie, et la maison appartient à un contremaître de l'usine pyrotechnique, la Negra Vieja, à Guararé où ils fabriquent toutes les pièces d'artifice pour toutes les fêtes au Panama, mais là c'est la fête de Guararé, et mon père est un ami du contremaître, il a été son témoin à son mariage, et le contremaître a dit installez-vous chez moi pendant la fête, moi je passerai ma lune de miel à Aruba, mais mon père n'aime pas les feux d'artifice alors il m'a dit que je pouvais y aller à sa place du moment que je n'amenais pas cette sous-merde de Mickie, alors je lui ai menti et j'ai dit que non bien sûr, que j'amènerais Estella, mon amie d'école qui est la *chiquilla* d'un négociant en bois de David, parce qu'à Guararé, pendant cinq jours, on voit des corridas, des danses et des feux d'artifice comme nulle part au Panama ou dans le reste du monde. Mais ce n'est pas Estella que j'ai amenée, c'est Mickie, parce qu'il avait vraiment besoin de moi, il était tellement terrifié et déprimé et euphorique en même temps, à dire que les flics étaient cinglés de le menacer comme du temps de Noriega, de l'accuser d'espionnage pour le compte des Anglais, tout ça parce qu'il s'était saoulé à Oxford pendant deux trimestres scolaires et s'était laissé convaincre de diriger un club anglais au Panama. »

Et là, Ana se mit à rire si fort que Pendel dut lui soutirer des bribes de récit à force de patience, mais le nœud de l'histoire était clair, elle n'avait jamais vu Mickie aussi exalté et déprimé à la fois, il pleurait à chaudes larmes et l'instant d'après il riait, il blaguait, et mon Dieu mon Dieu pourquoi a-t-il fait ça ? Et mon Dieu mon Dieu qu'est-ce qu'elle allait bien pouvoir raconter à son père ? Qui allait nettoyer les murs, le plafond, Dieu merci c'était du carrelage pas du parquet, au moins il avait eu la décence de faire ça dans la cuisine, 1 000 dollars minimum pour repeindre, et son père qui était un catholique pur et dur avec des idées bien à lui sur le suicide et les hérétiques, d'accord Mickie avait bu, ils avaient tous bu, qu'est-ce qu'on fait pendant les fêtes on boit on danse on baise on regarde le feu d'artifice, ce qu'elle faisait d'ailleurs quand elle avait entendu les coups de feu derrière elle, et où avait-il bien pu dégotter ça, il n'avait jamais eu de revolver, même s'il parlait souvent de se faire sauter la cervelle, il avait dû l'acheter après la visite des flics, ils l'avaient accusé d'être un grand espion, ils lui avaient rappelé la fois où on l'avait jeté en prison, ils lui avaient juré que ça serait pareil et tant pis s'il n'était plus un beau garçon, les vieux taulards ne font pas les difficiles, elle hurlait, riait, baissait la tête et fermait les yeux jusqu'au moment où elle s'était retournée pour voir qui avait lancé une roquette, et là elle avait vu les dégâts, dont une partie sur sa robe neuve, et Mickie étendu à l'envers sur le sol.

Et au milieu de tout cela, Pendel se demandait obstinément ce que pouvait signifier « à l'envers » pour le corps déchiqueté de son ami, compagnon de cellule et dirigeant élu d'une opposition maintenant silencieuse à jamais.

*

* *

Il reposa le combiné et l'invasion s'arrêta net, les victimes cessèrent de gémir. Ne restait plus qu'à nettoyer les dégâts. Pendel avait noté l'adresse à Guararé avec un crayon 2H sorti de sa poche. Une ligne fine et dure, mais lisible. Après quoi, il se soucia de trouver de l'argent pour Marta, et se rappela la liasse de billets de 50 dollars d'Osnard dans la poche arrière droite de son pantalon. Il la tendit à Marta, qui la prit probablement sans savoir ce qu'elle faisait.

« C'était Ana, lui dit-il. Mickie s'est suicidé. »

Mais elle le savait déjà, bien sûr. Leurs deux visages tout près l'un de l'autre, ils avaient écouté d'une même oreille, elle avait reconnu la voix de son amie dès la première seconde et seule la force de l'amitié qui liait Pendel à Mickie l'avait empêchée de lui arracher l'appareil des mains.

« Ce n'est pas de votre faute, affirma-t-elle avant de le répéter à plusieurs reprises pour qu'il se l'enfonce dans le crâne. Il l'aurait fait de toute façon, même si vous aviez cherché à l'en dissuader, vous m'entendez ? Il n'avait pas besoin de motif. Il se suicidait à petit feu. Écoutez-moi.

– Je t'écoute, je t'écoute. »

Il ne dit pas « si, c'est de ma faute », parce que cela ne servait à rien. Marta se mit soudain à trembler, comme atteinte de malaria, et s'il ne l'avait pas serrée contre lui elle se serait écroulée, façon Mickie à l'envers sur le sol.

« Je veux que tu partes à Miami demain, dit-il se rappelant un hôtel dont lui avait parlé Rafi Domingo. Descends au Grand Bay, sur Coconut Grove. Ils ont un excellent déjeuner-buffet, ajouta-t-il bêtement sans toutefois oublier les conseils d'Osnard sur la solution de secours : S'il n'y a plus de chambre, demande au moins au concierge si tu peux passer prendre des messages. Ils sont très aimables. Dis que tu connais Rafi.

– Ce n'est pas de votre faute, répétait-elle en larmes à présent. Ils l'ont trop tabassé en prison. C'était un enfant. On peut frapper des adultes, pas des enfants. Il était grassouillet, il avait la peau sensible.

– Je sais. On a tous la peau sensible. On ne devrait jamais se battre. Personne. »

Mais son attention s'était reportée sur la file de complets en attente de finitions, parce que le plus large, le plus voyant de tous était le costume pied-de-poule en alpaga avec pantalon de rechange dont Mickie avait dit qu'il lui donnait l'air d'un vieillard avant l'âge.

« Je viens avec vous, dit-elle. Je me rendrai utile, je m'occuperai d'Ana. »

Il secoua la tête. Vigoureusement. Il la prit par les bras et secoua de nouveau la tête. Je l'ai trahi. Toi non. Je l'ai promu dirigeant sans écouter tes conseils. Il essayait de formuler ces pensées, mais elles devaient déjà être inscrites sur son visage, parce que Marta s'écarta de lui, se dégagea de son étreinte comme si ce qu'elle voyait lui déplaisait.

« Marta, tu m'écoutes ? Écoute-moi et cesse de me regarder comme ça.

– Oui.

– Merci pour les étudiants et tout le reste, insista-t-il. Merci pour tout. Merci. Je suis désolé.

– Vous aurez besoin d'essence », fit-elle en lui rendant 100 dollars.

Ils restèrent là un moment à échanger des billets de banque tandis que leur monde s'écroulait autour d'eux.

« Ce n'est pas la peine de me remercier, fit-elle d'un ton grave et nostalgique. Je vous aime. Le reste m'importe peu. Même Mickie. »

Elle semblait avoir longuement médité ces paroles. Son corps se détendit et l'amour brillait à nouveau dans ses yeux.

*

* *

Ce soir-là à la même heure, dans l'aile est de l'ambassade britannique, Calle 53 à Marbella, Panama. La réunion d'urgence des Boucaniers élargis était commencée depuis une heure. Dans les sinistres quartiers d'Osnard, sans aération ni fenêtre, Francesca Deane avait peine à se persuader que rien n'avait changé dans l'ordonnancement du monde. L'heure est la même dehors qu'ici, peu importe que nous soyons là à comploter avec un calme et une logique absolus d'armer et de financer un groupe supersecret de bourgeois panaméens dissidents connus sous le nom d'opposition silencieuse, de recruter des étudiants militants, de renverser le gouvernement en place au Panama, et d'instituer un comité d'administration provisoire chargé de sauver le canal des noirs desseins d'une conspiration est-sud.

Une réunion secrète, ça vous change un homme, songeait Fran, seule femme présente, en étudiant à la dérobée les visages réunis autour de la table trop petite. Il n'y a qu'à voir les épaules crispées, les muscles de la mâchoire, les vilaines ombres autour des yeux, les regards plus vifs, plus avides… Je suis comme un Noir isolé dans une assemblée de Blancs. Son regard effleura Osnard sans le voir, mais elle se rappela le message muet de la croupière dans le troisième casino : *Alors, tu es sa maîtresse. Eh bien moi, je vais te dire quelque chose, ma petite chérie. Ton mec et moi on a fait ensemble des choses que tu n'imagines même pas dans tes rêves les plus cochons.*

Les hommes en réunion secrète vous traitent comme une femme qu'ils sauvent d'un incendie, songeait Fran. Quoi qu'ils vous aient fait, ils s'attendent à ce que vous les trouviez parfaits. Je devrais être sur le seuil de la fermette, en longue robe blanche, nos enfants serrés contre ma poitrine, à les regarder partir à la guerre, à leur dire : coucou, c'est moi, Fran, je suis le repos du guerrier victorieux. Les hommes en réunion secrète ont un teint cireux et un air coupable sous l'éclairage blafard et rasant. Et ce truc en acier gris sur des pieds Meccano qui fredonne comme un peintre en bâtiment sur son échelle, pour protéger nos propos des oreilles indiscrètes ! Les hommes en réunion secrète ont une odeur corporelle différente. Ce sont des hommes en chaleur.

*

* *

Fran était aussi exaltée qu'eux, mais si son excitation la rendait sceptique, la leur les faisait se raidir face à un Dieu virulent, en l'occurrence un petit barbu du nom de Mellors avec un accent écossais prononcé assis à l'autre bout de la table tel un dîneur solitaire et nerveux, qui donnait du « messieurs » à l'assemblée comme si exceptionnellement ce soir Fran était élevée au rang des hommes. Il n'arrivait pas à croire, messieurs, qu'il n'avait pas fermé l'œil en vingt heures et se sentait pourtant capable de remettre ça.

« Je ne soulignerai jamais assez, messieurs, l'importance vitale sur un plan national et dirai-je même géopolitique qu'accordent à cette opération les plus hautes sphères du gouvernement de Sa Majesté », leur assurait-il entre des échanges de vue sur divers sujets, par exemple, déterminer si les forêts tropicales du Darién seraient une bonne cache pour quelques milliers de fusils semi-automatiques, ou s'il valait mieux envisager un lieu un peu plus central par rapport à la maison et au bureau. Et les hommes présents d'avaler tout ça, parce que c'était monstrueux mais confidentiel, donc pas monstrueux. Rasez-lui sa barbe ridicule, à l'Écossais ! leur conseilla-t-elle intérieurement. Sortez-le d'ici. Prenez-lui sa sacoche. Et obligez-le à répéter tout ça dans le bus pour Paitilla. Vous verrez bien si vous croyez encore un seul mot de ce qu'il raconte.

Mais bien sûr ils n'en firent rien. Ils le croyaient. Ils l'admiraient. Ils le vénéraient. Il n'y avait qu'à regarder Maltby, son Maltby à elle, son ambassadeur retors, drôle, pédant, malin, marié et malheureux, qui se sentait en danger dans les taxis, dans les couloirs, le parfait sceptique voulait-il lui faire croire, et qui pourtant s'était écrié *Dieu qu'elle est belle !* en la voyant plonger dans sa piscine, Maltby assis comme un sage écolier à la droite de Mellors, l'encourageant d'un sourire mielleux, hochant sa longue tête de haut en bas comme ces oiseaux sur le comptoir des bars qui boivent de l'eau dans des chopes sales en plastique, et incitant Nigel Stormont plutôt maussade à se ranger à son avis.

« Vous êtes d'accord avec tout ça, hein, Nigel ? s'exclamait Maltby. Bien sûr, je m'en doutais. Adjugé, Mellors. »

Ou bien : « On leur donne l'or et eux achètent les armes par l'intermédiaire de Gully. C'est bien plus simple que de les livrer directement. Et plus facile à démentir. D'accord, Nigel ? D'accord, Gully ? C'est bon, Mellors. »

Ou encore : « Non, non, monsieur Mellors, merci, mais nous n'avons pas besoin d'un agent supplémentaire. Nigel et moi sommes tout à fait capables de nous livrer à des petites magouilles, n'est-ce pas, Nigel ? Et Gully n'est pas né de la dernière pluie. Qu'est-ce que c'est que quelques centaines de mines antipersonnel entre amis, hein Gully ? Fabriquées à Birmingham, en plus. Il n'y a pas mieux. »

Et Gully qui minaudait, qui tamponnait sa moustache avec son mouchoir, qui remplissait avidement son carnet de commandes alors que Mellors faisait glisser vers lui ce qui ressemblait à une liste de courses, les yeux levés au ciel histoire de ne pas voir ce qu'il était en train de faire, précisant dans un souffle : « Avec l'accord total du ministre », sous-entendu : moi, je n'y suis pour rien.

« Notre seul problème, Mellors, c'est de restreindre le cercle des initiés au strict nécessaire, martela Maltby. Ce qui signifie mettre la main sur tous les gens susceptibles de découvrir le pot aux roses par hasard, comme notre jeune ami Simon ici présent », un regard en coin vers Simon Pitt assis à côté de Gully, l'air traumatisé, « et les menacer de les envoyer à vie aux galères s'il leur échappe la moindre indiscrétion. Compris, Simon ? Hein, compris ?

– Compris », approuva Simon sous la torture.

Un Maltby différent, dont Fran avait soupçonné l'existence sans le connaître, parce qu'il était sous-employé et sous-estimé. Un autre Stormont aussi, qui regardait dans le vide d'un air renfrogné dès qu'il parlait et approuvait tout ce que disait Maltby.

Peut-être un autre Andy, aussi ? Ou est-ce le même qu'avant, mais je ne l'avais pas vu sous ce jour ?

L'air de rien, elle laissa son regard se poser sur lui.

★

★ ★

Un autre homme. Ni plus grand, ni plus gros, ni plus mince. Seulement plus lointain. Si lointain qu'elle avait du mal à le reconnaître de l'autre côté de la table. Elle comprit soudain que cet éloignement remontait à la soirée au casino et s'était accentué avec la nouvelle de l'arrivée imminente de Mellors.

« Qui a besoin de ce petit merdeux ici ? lui avait-il demandé d'un ton agressif comme s'il la rendait responsable d'avoir fait appel à ce maudit bonhomme. BOUCAN ne veut pas le voir. Et BOUCAN DEUX non plus. Elle ne veut même pas me voir, moi. Aucun des deux ne veut le voir. Je le lui ai déjà dit.

– Alors redis-le-lui.

– C'est mon putain de territoire, ici. Pas le sien. Ma putain d'opération secrète. Qu'est-ce qu'il vient foutre là-dedans ?

– Ça t'ennuierait de ne pas me hurler dessus ? C'est ton patron, Andy. C'est lui qui t'a affecté ici, pas moi. Les directeurs régionaux ont le droit de surveiller leurs ouailles. Même dans ton service, j'imagine.

– Foutaises », répliqua-t-il.

Sur quoi il emballa calmement les affaires de Fran, et lui dit de veiller à ne pas laisser traîner de sales petits poils dans la baignoire.

« Tu as peur qu'il découvre quoi, au juste ? demanda-t-elle d'un ton glacial. Ce n'est pas ton amant, que je sache. Et tu n'as pas fait vœu de chasteté, que je sache. Bon, tu as reçu une femme ici, et alors ? Ce n'est pas forcément moi.

– Ça, c'est vrai.

– Andy !

– Je n'aime pas qu'on m'espionne, c'est tout », fit-il d'un ton maussade avec un vague geste de repentir.

Mais lorsqu'elle éclata de rire à ce mot malheureux, il prit les clés de voiture de Fran sur la console, les lui colla dans la main et la conduisit *manu militari* avec ses bagages jusqu'à l'ascenseur. Ils avaient réussi à s'éviter toute la journée, jusqu'à maintenant où ils étaient bien obligés de se retrouver assis face à face à la même table dans cette sinistre geôle blanche, Andy l'air furibond, Fran lèvres serrées, réservant ses sourires à l'étranger qui, à sa profonde indignation, ne cessait de flatter Andy et de s'en remettre à lui d'une manière totalement écœurante.

« Mais ces propositions vous semblent-elles valables à vous, Andrew ? insistait Mellors avec un petit bruit de succion. A vous la parole, mon jeune Osnard. Enfin, c'est votre œuvre, tout ça ! C'est vous qui êtes aux commandes, ici, vous la vedette – si j'excepte la présence de Son Excellence. Pour l'homme de terrain, que dis-je, pour l'homme de pointe, ne vaut-il pas mieux être dégagé de toutes les contraintes administratives, franchement, Andrew ? Personne autour de cette table ne veut nuire à votre fabuleux travail. »

Opinion à laquelle Maltby apporta son soutien enthousiaste, suivi peu après par Stormont avec moins d'enthousiasme. La question ici débattue était le système des deux clés pour contrôler les finances de l'opposition silencieuse, mission qui revenait plutôt de l'avis général à des officiers supérieurs.

Alors pourquoi Andy semblait-il si abattu à l'idée qu'on le décharge d'un tel fardeau ? Pourquoi n'était-il pas reconnaissant à Maltby et Stormont de se mettre en quatre pour le soulager de ce travail ?

« A vous de décider, messieurs », marmonna-t-il d'un air revêche avec un mauvais regard en coin à Maltby avant de retomber dans son silence boudeur.

Lorsque se posa la question de savoir comment persuader Abraxas, Domingo et les autres opposants silencieux de traiter directement avec Stormont pour les finances et la logistique, Andy manqua presque de piquer une colère.

« Pourquoi ne prenez-vous pas le contrôle de tout ce foutu réseau, pendant que vous y êtes ? explosa-t-il, le visage cramoisi. Gérez-le depuis la chancellerie pendant les heures de bureau, cinq jours par semaine, ça réglera tout. Ne vous gênez surtout pas.

– Andrew, Andrew, allons, pas d'éclat de ce genre ici, je vous prie ! s'écria Mellors comme une poule qui a trouvé un couteau. Nous formons une équipe, Andrew, non ? Tout ce qu'on propose, c'est un coup de main, les conseils de gens avisés, une sage influence sur une opération brillamment menée, n'est-ce pas, monsieur l'ambassadeur ? » Bruit de succion, front soucieux de père inquiet, ton apaisant proche de la supplique. « Ces gens de l'opposition vont jouer serré avec nous, Andrew. Il va falloir prendre des engagements définitifs du tac au tac, beaucoup de décisions immédiates lourdes de conséquences. Une vraie gageure, Andrew, pour un jeune comme vous. Mieux vaut laisser les détails de ce genre entre les mains expertes d'hommes d'expérience. »

Andy faisait la tête, Stormont avait toujours le regard fixé dans le vide, mais cette crème de Maltby se crut obligé d'ajouter quelques paroles de réconfort.

« Mon cher ami, vous ne pouvez pas vous mettre toute cette opération sur le dos tout seul. Dans mon ambassade, on partage toutes les tâches, n'est-ce pas, Nigel ? Personne ne veut vous voler vos espions. Vous aurez toujours à vous occuper de votre réseau. Briefings, débriefings, paiements, etc. Tout ce que nous voulons, c'est votre fameuse opposition. Normal, non ? »

Pour la plus grande gêne de Fran, Andy refusa cette main aimablement tendue. Ses petits yeux brillants allèrent de Maltby à Stormont pour revenir sur Maltby. Il marmonna quelques mots que personne ne saisit, tant mieux sans doute. Il eut un rictus amer et hocha la tête d'un air mortifié.

Restait un dernier rituel symbolique à accomplir. Mellors se leva, plongea sous la table et reparut avec deux sacoches en cuir noir, une sur chaque épaule, semblables à celles que transportent les messagers de la reine.

« Andrew, veuillez nous ouvrir la chambre forte », ordonna-t-il.

Tout le monde se leva, y compris Fran. Shepherd se rendit à la chambre forte, déverrouilla la grille à l'aide d'une longue clé de cuivre et la poussa, révélant ainsi une porte en acier massif avec en son centre un cadran noir. Sur un signe de tête de Mellors, Andy s'avança et, avec une expression de haine contenue que Fran fut heureuse de n'avoir jamais vue auparavant, fit pivoter le cadran à plusieurs reprises jusqu'à ce que la serrure cède. Même alors, il fallut un mot d'encouragement de Maltby pour qu'il se décide à ouvrir la porte et, avec une courbette ironique, invite l'ambassadeur et le premier conseiller à le précéder. Toujours debout à la table, Fran aperçut à côté d'un énorme téléphone rouge relié à une sorte d'aspirateur reconstitué un coffre-fort en acier muni de deux serrures. Son père, le juge, en avait un semblable dans son dressing.

« Une pour chacun, maintenant », entendit-elle Mellors dire d'un ton léger.

Pendant un instant, elle se retrouva dans la chapelle de son ancienne école, agenouillée au premier rang à regarder un groupe de jeunes prêtres séduisants, le dos pudiquement tourné vers elle, occupés à de mystérieux préparatifs pour célébrer sa première communion. Mais peu à peu elle revint à la scène présente pour voir Andy, sous le regard vigilant de Mellors, remettre à Maltby et à Stormont une clé à longue tige plaquée argent. Petit impair, qui fit sourire tout le monde sauf Andy, quand chacun des hommes essaya la serrure de l'autre, puis Maltby laissa échapper un joyeux : « Ça y est ! » et la porte du coffre s'ouvrit.

Mais le regard de Fran s'était détourné du coffre pour se porter sur Andy, et elle le vit regarder d'un œil effaré les lingots d'or que Mellors sortait un à un de ses sacs à bandoulière et tendait à Shepherd qui les entassait comme des jonchets. Le visage défait d'Andy la fascinait pour la dernière fois, car il lui révélait tout ce qu'elle voulait ou ne voulait pas savoir sur lui.

Il s'était fait prendre la main dans le sac, découvrait-elle, et si elle devinait pour quel motif, elle n'était pas sûre que ceux qui l'avaient confondu en aient vraiment conscience. Elle savait maintenant que c'était un menteur, avec ou sans l'excuse de sa profession. Elle connaissait l'origine des 50 000 dollars joués sur le rouge. C'était là sous ses yeux, avec la porte ouverte. Elle comprenait parfaitement sa fureur à l'idée de donner les clés. Au bout du compte, elle préféra ne plus regarder, en partie parce que sa vue s'était brouillée sous le coup de l'humiliation et du dégoût d'elle-même, mais aussi parce que la silhouette disgracieuse de Maltby se pencha vers elle pour lui demander avec un sourire avide si elle ne considérerait pas comme une injure à la création qu'il l'invite au Pavo Real manger un petit œuf dur.

« Phoebe a décidé de me quitter, annonça-t-il fièrement. Nous allons divorcer très vite. Nigel prend son courage à deux mains pour le lui annoncer, parce que si ça vient de ma bouche, elle ne le croira pas. »

Fran s'accorda un temps de réflexion, son premier réflexe étant de décliner tout net. Mais elle finit par prendre conscience d'un certain nombre de choses à retardement. Entre autres, que depuis des mois elle était touchée par l'admiration que lui vouait Maltby et heureuse de la présence dans sa vie d'un homme qui la désirait éperdument. Aussi, l'adoration timide de Maltby était devenue pour elle un soutien inestimable alors qu'elle avait conscience de partager la vie d'un homme amoral dont l'absence de honte et de scrupules l'avait d'abord attirée puis lui avait répugné, et dont l'intérêt pour elle avait été purement opportuniste et charnel, ce qui par contrecoup l'avait amenée à rêver de la dévotion maladroite de son ambassadeur.

Ayant ainsi mûrement abouti à cette conclusion, Fran se dit qu'il y avait longtemps qu'une invitation ne lui avait fait autant plaisir.

*
* *

Affalée sur l'établi des finisseuses, Marta contemplait la liasse de billets que Pendel lui avait mise dans la main. Son ami Mickie est mort, songeait-elle. Il croit que c'est lui qui l'a tué, et il n'a peut-être pas tort. La police enquête sur lui, mais il veut que j'aille me prélasser sur une plage à Miami, que je déjeune au buffet du Grand Bay et que je m'achète des vêtements en l'attendant là-bas. Que je sois heureuse, que je croie en lui, que je me dore au soleil et que je me fasse refaire le visage. Et si possible, que je me trouve un compagnon, un beau garçon, un Harry Pendel par procuration qui me ferait l'amour à sa place pour que lui puisse rester fidèle à Louisa. Il est comme ça. On peut trouver que c'est un esprit compliqué, ou au contraire très simple. Harry nourrit un rêve pour chacun. Harry rêve nos vies à notre place, et il se trompe chaque fois. Moi, premièrement, je ne veux pas quitter le Panama. Je veux rester ici, mentir à la police, m'asseoir à son chevet comme il l'a fait pour moi, trouver ce qui a mal tourné pour lui et résoudre le problème. Je veux lui dire de se relever, de soigner son jeu de jambes, parce que tant qu'on reste à terre, la seule chose à laquelle on pense, c'est la prochaine raclée. Alors que debout on redevient un *mensch*, le mot qu'il emploie pour décrire quelqu'un de bien. Et de toute façon, je ne peux pas quitter le Panama, parce que la police m'a confisqué mon passeport pour m'inciter à espionner Pendel.

7 000 dollars.

Elle les avait comptés sur l'établi à la clarté de la lucarne au-dessus d'elle. 7 000 dollars sortis de sa poche revolver qu'il lui avait fourrés dans la main comme si c'était de l'argent sale après la mort de Mickie – tiens, prends ça, c'est l'argent d'Osnard, l'argent de Judas, l'argent de Mickie, maintenant il est à toi. On pourrait croire qu'un homme qui entreprend ce qu'Harry a dû entreprendre garderait cet argent pour lui en cas de besoin. Payer les pompes funèbres. Payer la police. Payer la *chiquilla*. Mais non. Harry venait à peine de reposer le combiné qu'il sortait la liasse de sa poche, pressé de se débarrasser de chaque billet honteux. De qui tenait-il cet argent ? avait demandé la police à Marta.

« Tu n'es pas bête, Marta. Tu sais lire, tu peux faire des études, fabriquer des bombes, troubler l'ordre public, organiser des manifs. Qui lui a donné cet argent ? Mickie Abraxas ? Il travaille pour Abraxas, et Abraxas travaille pour les Anglais, c'est ça ? Qu'est-ce qu'il lui donne en échange ?

– Je n'en sais rien. Mon patron ne me dit rien. Sortez de chez moi.

– Il te baise, hein ?

– Non, il ne me baise pas. Il vient me voir parce que j'ai des migraines et des vomissements. C'est mon patron et il était avec moi quand on m'a rossée. C'est un homme généreux, et un mari heureux. »

Non, il ne me baise pas. Cela du moins était vrai, même s'il lui en coûtait davantage de leur confier cette précieuse vérité que de leur débiter de simples mensonges. Non, monsieur l'agent, il ne me baise pas. Non, monsieur l'agent, je ne le lui demande pas. On reste allongés sur mon lit, je pose ma main sur son entrejambe tout chaud, mais à l'extérieur seulement, il glisse une main dans mon chemisier et la referme sur un seul sein, c'est tout ce qu'il se permet, même s'il sait bien qu'il pourrait me prendre à son gré, parce que je suis déjà toute à lui, mais la honte le ronge, il y a plus de honte en lui que de péchés. Voilà, et je lui raconte des histoires, par exemple, ce que nous pourrions être si nous étions encore jeunes et courageux, comme avant qu'on me réduise le visage en bouillie à coups de matraque. Et ça, c'est l'amour.

Elle sentit de nouveau des élancements dans le crâne et eut la nausée. Elle se leva, serrant à deux mains la liasse d'argent. Elle ne pouvait rester une minute de plus dans l'atelier des femmes kunas. Elle suivit le couloir jusqu'à la porte de son bureau et, tel un touriste lors d'une visite guidée un siècle plus tard, resta sur le seuil et fit l'inventaire en écoutant son propre commentaire :

Voilà où la métisse Marta faisait les comptes pour le tailleur Pendel. Là-bas, sur les étagères, les livres de sociologie et d'histoire qu'elle étudiait à ses moments perdus pour essayer de s'élever dans l'échelle sociale et réaliser ainsi les rêves de son défunt père le menuisier. En tant qu'autodidacte, Pendel le tailleur tenait à ce que tous ses employés, et en particulier la métisse Marta, se perfectionnent au maximum de leurs possibilités. Voici le coin cuisine où Marta préparait ses fameux sandwichs, dont tous les hommes en vue du Panama parlaient avec émotion, y compris Mickie Abraxas, le célèbre espion suicidaire. Le sandwich au thon était sa spécialité, mais au fond de son cœur elle aurait voulu les empoisonner, tous autant qu'ils étaient, excepté Mickie et son patron Pendel. Là-bas dans un coin derrière le bureau, c'est l'endroit même où en 1989 le tailleur Pendel, après avoir fermé la porte, se sentit suffisamment transporté pour prendre Marta dans ses bras et lui avouer son amour éternel. Il lui proposa d'aller dans un motel borgne, mais elle préféra l'emmener chez elle, et c'est en cours de route qu'elle fut défigurée par des Batdingues et marquée à vie. C'est son camarade étudiant Abraxas qui soudoya le médecin, un lâche, tellement effrayé à l'idée de perdre sa riche clientèle qu'il ne pouvait empêcher ses mains de trembler. C'est d'ailleurs ce même docteur qui par la suite eut la prudence de dénoncer Abraxas, un acte qui le mena tout droit à sa perte.

Refermant la porte sur son propre fantôme, Marta suivit le couloir jusqu'à l'atelier de coupe de Pendel. Je vais laisser l'argent dans son tiroir en haut à gauche. La porte était entrebâillée et la lumière allumée, ce qui ne surprit pas Marta. Encore récemment, son Harry était un homme d'une rigueur exemplaire, mais ces dernières semaines la trame compliquée de ses trop nombreuses vies l'avait déboussolé. Marta poussa la porte. Nous sommes maintenant dans la salle de coupe du tailleur Pendel, considérée par ses clients et ses employés comme le Saint des Saints. Personne n'avait le droit d'entrer sans frapper ou en son absence – sauf apparemment sa femme Louisa, installée au bureau de son mari, ses lunettes sur le nez, une pile de vieux calepins à portée de main, ainsi qu'un paquet de crayons et un livre de commandes, et une bombe d'insecticide devant elle, ouverte par le fond tandis qu'elle jouait avec le briquet gravé prétendument offert à Harry par un riche Arabe, bien que la maison P & B n'ait pas de riches Arabes dans ses registres.

*

* *

Elle portait une robe d'intérieur légère en coton rouge et apparemment rien d'autre, car quand elle se pencha en avant, elle révéla ses seins nus. Elle allumait et éteignait le briquet en souriant à Marta derrière la flamme.

« Où est mon mari ? » demanda Louisa.

Clic.

« Il est parti à Guararé, répondit Marta. Mickie Abraxas s'est suicidé pendant la fête.

– Je suis désolée.

– Moi aussi, et votre mari aussi.

– Enfin, c'était prévisible. Ça fait cinq ans que nous sommes prévenus », fit remarquer Louisa raisonnablement.

Clic.

« Il était effondré, dit Marta.

– Mickie ?

– Non, votre mari.

– Pourquoi mon mari a-t-il un carnet de facturation spécial pour les commandes de M. Osnard ? »

Clic.

« Je ne sais pas. Je ne comprends pas, moi non plus.

– Vous êtes sa maîtresse ?

– Non.

– Il en a une ? »

Clic.

« Non.

– C'est de l'argent à lui que vous avez dans la main ?

– Oui.

– Pourquoi ? »

Clic.

« Il me l'a donné, répondit Marta.

– Pour la baise ?

– Pour que je le garde. Il l'avait dans sa poche quand il a appris la nouvelle.

– D'où vient cet argent ? »

Clic, et une flamme éclaira l'œil gauche de Louisa de si près que Marta se demanda pourquoi son sourcil ne prenait pas feu, et le déshabillé rouge avec.

« Je ne sais pas, répondit Marta. Certains clients paient en liquide. Il ne sait pas toujours quoi en faire. Il vous aime. Il aime sa famille plus que tout au monde. Il aimait Mickie, aussi.

– Aime-t-il quelqu'un d'autre ?

– Oui.

– Qui ça ?

– Moi.

– C'est bien l'adresse de M. Osnard ? demanda-t-elle en examinant un morceau de papier. Torre del Mar, à Punta Paitilla ? »

Clic.

« Oui », confirma Marta.

La conversation était terminée, mais Marta ne s'en aperçut pas tout de suite parce que Louisa continuait de battre le briquet en souriant à la flamme. Il fallut encore quelques clics et quelques sourires pour que Marta comprenne que Louisa avait bu, comme son propre frère quand la vie lui semblait trop dure. Pas l'ivrogne joyeux ni l'ivrogne titubant, l'ivrogne aux idées claires, parfaitement lucide. Louisa était ivre de tout ce qu'elle avait compris et avait voulu noyer dans l'alcool. Et complètement nue sous sa robe d'intérieur.

CHAPITRE 21

Le même soir à 1 h 20, on sonna à la porte d'Osnard, qui avait recouvré ses esprits depuis une heure déjà. Dans un premier temps, mortifié par sa défaite, il avait nourri de noirs desseins pour se débarrasser de son invité détesté : le balancer par-dessus le balcon pour qu'il s'écrase sur le toit du Club Unión douze étages plus bas et gâche la soirée de tous les clients, le noyer sous la douche, verser du liquide vaisselle dans son whisky – « Euh, eh bien, Andrew, si vous insistez, mais juste un tout petit doigt, alors », bruit de succion quand il expire. Et sa fureur ne se limitait pas à Luxmore :

Maltby ! Mon ambassadeur, mon partenaire de golf, nom de Dieu ! Le représentant de la reine, la (pas si) fine fleur de la diplomatie britannique, et il m'escroque comme un pro, putain de merde !

Stormont ! La probité même, le perdant-né, le dernier rempart de la civilisation, l'ulcéreux, le fidèle caniche de Maltby, qui encourage son maître par des hochements de tête et des grognements, avec la bénédiction de Son Éminence Luxmore !

Coup monté ou coup foiré ? ne cessait de se demander Osnard. Maltby avait-il joué sur les mots en parlant de « partage équitable » et de « ne pas tout garder pour soi » ? Maltby, ce fat au sourire suffisant, piquer dans la caisse ? Cet enfoiré n'aurait même pas su comment s'y prendre. Oublie ça, s'enjoignit Osnard avec un certain succès. Son pragmatisme inné se réveilla, il abandonna ses pensées vengeresses et s'appliqua plutôt à sauver les meubles. Le bateau fait eau mais ne coule pas, se dit-il. Je suis toujours l'argentier de BOUCAN. Maltby a raison.

« Vous préférez autre chose, monsieur, ou vous continuez au whisky ?

– Andrew, je vous en prie, appelez-moi Scottie, voulez-vous ?

– Je vais essayer », promit Osnard.

Il emprunta la baie vitrée pour aller au bar dans le salon lui resservir une dose industrielle qu'il rapporta sur le balcon. Le décalage horaire, le whisky et le manque de sommeil finissaient par atteindre Luxmore, jugea Osnard en étudiant froidement la figure avachie de son patron dans la chaise longue. Sans compter l'humidité – la chemise en flanelle trempée, les filets de sueur dans la barbe. Et sans compter sa terreur d'être coincé là en terrain ennemi sans son épouse pour s'occuper de lui – ses yeux hagards s'élargissaient à chaque bruit de pas, chaque sirène de police, chaque braillement dont les canyons entre les immeubles de Punta Paitilla leur renvoyaient l'écho. Le ciel était pur comme de l'eau de roche et piqueté d'étoiles scintillantes. Une lune de braconnier dessinait un chemin de lumière entre les bateaux à l'ancre dans l'entrée du canal. Comme souvent, aucune brise ne soufflait de la mer.

« Vous m'avez demandé si le bureau central pouvait faire quelque chose pour aider la station, monsieur, rappela Osnard à Luxmore avec embarras.

– Vraiment, Andrew ? fit Luxmore en se redressant d'un

coup sur son siège. Eh bien, ma foi, allez-y, Andrew, n'hésitez pas. Enfin, je constate avec plaisir que vous vous débrouillez déjà très bien, ajouta-t-il de façon assez déplaisante, avec un large geste du bras qui embrassait la vue et le grand appartement. Attention, n'allez pas y voir une critique. Au contraire, je vous lève mon verre. A votre cran ! A votre flair ! A votre jeunesse ! Des qualités que nous admirons tous. A votre santé ! » Slurp. « Vous avez une belle carrière devant vous, Andrew. Eh oui, les choses sont plus faciles qu'à mon époque, on vous sert tout sur un plateau. Vous savez combien ça coûte, au pays, maintenant ? Vous aurez de la chance si vous récupérez de la monnaie sur un billet de 20 livres.

– C'est au sujet de cette maison sûre dont je vous ai parlé, monsieur, lui rappela Osnard à la façon d'un héritier angoissé au chevet de son père mourant. Les hôtels borgnes et les motels louches, ça va un temps, mais je me suis dit qu'un de ces appartements qu'ils ont retapés dans la vieille ville donnerait une plus grande portée à l'opération. »

Luxmore était branché en mode émission, pas réception.

« Et tous ces prétentieux qui vous ont soutenu ce soir, Andrew. Mon Dieu, c'est rare de voir un tel respect accordé à un jeune homme. Quand cette affaire sera réglée, il y a une médaille à la clé pour vous. Une certaine petite dame de l'autre côté du fleuve pourrait bien se sentir obligée de vous signifier sa gratitude. »

Il marqua une pause, le temps de contempler la baie d'un œil perplexe comme s'il y avait vu la Tamise.

« Andrew ! dit-il soudain en se réveillant.

– Monsieur ?

– Ce Stormont, là.

– Oui ?

– Il s'est fourré dans un sale pétrin à Madrid. Il a eu une liaison avec une demi-mondaine, je crois qu'il a fini par l'épouser, même. Méfiez-vous de lui.

– Très bien.

– Et d'elle, Andrew.

– Très bien.

– Vous n'auriez pas une petite femme à vous, ici? demanda-t-il, badin, avec des coups d'œil espiègles sous le sofa et derrière les rideaux. Une Sud-Américaine bien chaude planquée quelque part ? Ne répondez pas, d'ailleurs. A votre santé ! Gardez-la pour vous, vous avez bien raison.

– A vrai dire, monsieur, j'ai été trop débordé », avoua Osnard avec un sourire chagrin.

Mais il refusait d'abandonner, au cas où la mémoire subliminale de Luxmore enregistrerait au moins certaines données. « Voyez-vous, à mon avis, dans l'idéal il faudrait plutôt viser deux planques. Une pour le réseau, qui serait évidemment ma responsabilité personnelle et exclusive. La meilleure solution, c'est de passer par un holding aux îles Caïman. Et une seconde maison, plus adaptée à la représentation, mais avec un droit d'accès très restreint, qu'on mettrait à disposition de l'équipe d'Abraxas et à plus long terme des étudiants, si c'est envisageable sans nuire à la compartimentation, ce qui pour l'instant me paraît difficile. Et mieux vaudrait sans doute que je m'en occupe aussi, du moins pour l'achat et tous les détails de couverture, même si au bout du compte c'est à l'ambassadeur et Stormont qu'en revient l'usage exclusif. Franchement, je ne crois pas qu'ils aient notre expérience. Et nous ne pouvons pas nous permettre de prendre un tel risque. J'aimerais votre avis là-dessus. Pas forcément maintenant, ça peut attendre. »

Un bruit de succion à retardement lui signala que son directeur régional le suivait encore, quoique d'un peu loin. Osnard tendit le bras, prit le verre vide de la main de Luxmore et le posa sur la table en céramique.

« Alors, qu'en pensez-vous, monsieur? Un appartement comme ici pour l'opposition ? C'est un quartier à la mode mais où on a son anonymat, bien situé par rapport au centre financier, personne ne sera trop dépaysé. Et puis une seconde maison à codiriger dans la vieille ville ? »

Depuis quelque temps déjà il songeait à pénétrer le florissant marché immobilier du Panama.

« En gros, dans la vieille ville, on en a pour son argent. Et une adresse, ça se paye. Pour un bel appart, genre duplex retapé par un architecte décorateur, aujourd'hui il faut compter environ 50 000. En haut de gamme, une maison de douze pièces avec petit jardin, entrée de service, vue sur la mer, vous mettez un demi-million, c'est dans la poche, et au bout de deux-trois ans, vous la revendez le double, à condition que personne n'aille toucher à l'ancien bâtiment du Club Unión – vous savez, Torrijos l'avait transformé en club pour les sans-grade tellement il était ulcéré qu'on n'ait pas voulu de lui comme membre. Je m'arrangerai pour savoir où en est le projet avant qu'on saute le pas.

– Andrew !

– Je suis là. »

Bruit de succion. Les yeux se fermèrent puis se rouvrirent soudain.

« Euh, dites-moi quelque chose, Andrew.

– Volontiers, Scottie. »

Luxmore tourna la tête pour faire face à son subordonné.

« La sainte-nitouche anglaise, là, avec les gros roberts et le regard aguichant, qui nous a honorés de sa présence à la petite réunion, ce soir...

– Oui, monsieur ?

– Ce ne serait pas ce qu'on appelait une allumeuse, de mon temps, par hasard ? Parce que je n'ai jamais vu une jeune femme accaparer autant l'attention d'un grand... Andrew, pour l'amour de Dieu ! Qui cela peut-il être à cette heure ? »

Osnard ne connaîtrait jamais l'opinion de Luxmore sur Fran. La sonnerie de la porte d'entrée se fit insistante, puis insupportable. Avec un air de petit rongeur affolé, Luxmore se renfonça au plus profond de son fauteuil.

*

* *

Les instructeurs n'avaient pas fait erreur en vantant les aptitudes d'Osnard aux arts du secret. Quelques doses de whisky n'avaient nullement endormi ses réflexes, et au contraire la perspective d'une scène avec Fran les aiguisait. Si elle venait se réconcilier sur l'oreiller, elle avait choisi le mauvais homme et le mauvais moment – ce qu'il se faisait fort de lui dire en termes choisis. Et déjà elle pouvait commencer par arrêter de défoncer sa putain de sonnette.

Pour la forme, Osnard somma Luxmore de ne pas bouger, puis il traversa la salle à manger pour atteindre l'entrée en refermant toutes les portes derrière lui et colla son œil au judas de sa porte. La lentille était couverte de condensation. Il sortit un mouchoir de sa poche, l'essuya et découvrit un œil embué, de sexe incertain, qui le regardait tandis que la sonnerie hurlait toujours comme une alarme incendie. Quand l'œil s'écarta, Osnard reconnut Louisa Pendel, quasiment nue à l'exception de lunettes à monture d'écaille, debout sur une jambe pour enlever une chaussure dans l'intention de tambouriner avec sur la porte.

*

* *

Louisa ne se rappelait plus quelle goutte d'eau avait fait déborder le vase, et peu lui importait. A son retour du squash elle avait trouvé la maison vide, les enfants étant allés coucher chez les Rudd. Elle détestait les savoir au contact de Ramón, qu'elle considérait comme l'une des pires ordures du Panama.

Cela ne tenait pas tant à sa misogynie qu'à sa façon de sous-entendre qu'il en savait plus qu'elle sur Harry, tout en mal, et à sa façon de se fermer comme une huître, à l'instar de Harry, quand elle parlait de la ferme rizicole, alors que c'était son argent à elle qui en avait permis l'achat.

Rien de tout cela n'expliquait pourtant sa réaction à son retour du squash, sa crise de larmes irraisonnée quand si souvent ces dix dernières années elle avait eu des raisons de pleurer mais s'y était refusée. Elle l'attribua donc à une sorte de désespoir accumulé, exacerbé par une grande vodka-glace avant la douche parce qu'elle en avait eu envie. Après la douche, elle scruta son corps dénudé de 1,80 mètre dans le miroir de la chambre.

Soyons objectifs. J'oublie ma taille une minute. J'oublie ma jolie sœur Emily avec ses tresses dorées, son cul de playmate, ses seins à se damner et sa liste de conquêtes plus longue que l'annuaire téléphonique de Panama. Si j'étais un homme, est-ce que oui ou non j'aurais envie de coucher avec cette femme ? Elle supposa que oui, mais sur quels critères ? Elle n'avait d'autre référence que Harry.

Elle se reposa la question différemment. Si j'étais Harry, est-ce que j'aurais encore envie de coucher avec moi après douze ans de mariage ? Réponse : à en juger par son attitude récente, non. Trop fatigué. Trop pressé. Trop conciliant. Trop coupable. D'accord, il était toujours coupable, la culpabilité était son fort. Mais ces temps-ci, il l'affichait carrément : je suis un vaurien, un paria, un criminel, je ne te mérite pas, bonne nuit.

Séchant ses larmes de la main qui ne tenait pas son verre, elle continua à parader dans sa chambre, à s'étudier, à prendre des poses. Emily en avait, de la chance : qu'elle joue au tennis, monte à cheval, nage ou nettoie la vaisselle, elle aurait été incapable de faire un geste disgracieux si elle avait essayé. Même une femme aurait frôlé l'orgasme rien qu'à la regarder. Louisa essaya des tortillements obscènes. Dans le genre pute il n'y a pas pire. Un désastre. Trop noueuse. Aucune fluidité. Mauvais déhanchements. Trop vieille, même quand j'étais jeune. Trop grande. Écœurée, elle alla dans la cuisine et, toujours nue, se servit résolument une autre vodka, sans glace cette fois.

Et c'était un vrai désir de boire, pas juste « tiens, si je me prenais un petit verre ? », parce qu'il lui fallut ouvrir une bouteille neuve, donc trouver un couteau pour découper le sceau, or ce n'est pas le genre de choses que l'on fait quand tout naturellement, presque par hasard, on se verse un petit remontant pendant que votre mari s'envoie sa maîtresse.

« Je l'emmerde ! » dit-elle à haute voix.

La bouteille venait du nouveau stock clientèle de Harry. Déductible, avait-il précisé.

« Déductible de quoi ? avait-elle demandé.

– Des impôts.

– Harry, je refuse que ma maison serve de bar duty free. »

Sourire coupable. Désolé, Lou. Ça se fait. Je ne voulais pas t'offenser. Je ne le ferai plus. Et on s'aplatit, et on rampe.

« Je l'emmerde ! » répéta-t-elle, ce qui lui fit du bien.

Et j'emmerde Emily aussi, parce que si je n'avais pas eu à la concurrencer, jamais je n'aurais choisi la droiture morale et la réprobation systématique. Jamais je n'aurais préservé ma virginité si longtemps que c'en est devenu un record mondial, juste pour montrer à quel point j'étais pure et sérieuse comparée à ma sœur si belle et délurée ! Jamais je ne serais tombée amoureuse de tous les prêtres de moins de quatre-vingt-dix ans qui montaient en chaire à Balboa pour nous enjoindre de nous repentir de nos péchés et surtout de ceux d'Emily. Jamais je ne me serais érigée en Miss Perfection, arbitre des fautes de chacun, quand mon seul désir était qu'on me touche, qu'on m'admire, qu'on me gâte, qu'on me baise comme toutes les autres filles du coin.

Et j'emmerde la ferme rizicole, aussi. Ma ferme rizicole à

moi, où Harry ne veut plus m'emmener parce qu'il y a installé une sale *chiquilla* – voilà, ma chérie, tu te mets à la fenêtre et tu guettes mon retour. Je t'emmerde. Une gorgée de vodka, puis une deuxième, puis une longue lampée, ça fait du bien par où ça passe, bon Dieu ! Ainsi revigorée, elle retourna dans la chambre pour reprendre ses déhanchements avec plus d'abandon. Et ça, c'est érotique ? Allez, dis-moi ! Et ça ? Bon, alors regarde-moi ça ! Personne pour lui répondre. Personne pour applaudir, rire, s'exciter. Personne pour boire avec elle, lui faire la cuisine, l'embrasser dans le cou, la calmer. Pas de Harry.

Pas mal les seins, quand même, pour quarante ans. Mieux que ceux de Jo-Ann à poil. Pas aussi bien que ceux d'Emily, mais ça il n'y a pas que moi. A leur santé ! A mes seins ! Allez les seins, on se remonte, je suis en train de vous porter un toast. Elle tomba assise sur le lit, le menton dans les mains. Le téléphone sonna sur la table de chevet de Harry.

« Va te faire foutre ! » conseilla-t-elle.

Pour mieux faire passer le message, elle souleva le combiné de deux centimètres, hurla « Va te faire foutre ! » et raccrocha.

Mais quand on a des enfants, on finit toujours par répondre.

*

* *

« Allô, ouais, c'est qui ? » cria-t-elle quand il resonna.

C'était Naomi, le ministre panaméen de la Désinformation, qui s'apprêtait à partager quelque ragot avec elle. Parfait. Cette conversation n'avait que trop attendu.

« Naomi, je suis ravie de t'avoir, parce que je voulais t'écrire et tu viens de m'économiser le timbre. Je ne veux plus jamais te voir, Naomi. Non, non, Naomi, écoute-moi. Si un jour tu passes par le parc Vasco Nuñez de Balboa et que tu vois mon mari allongé par terre en train de se faire sucer par l'éléphant nain de chez Barnum, je te serais reconnaissante d'en parler à tes vingt meilleures amies mais pas à moi. Je ne veux plus entendre ta putain de voix jusqu'à ce que les poules panaméennes aient des dents. Bonne nuit, Naomi. »

Son verre à la main, Louisa enfila une robe d'intérieur rouge que Harry lui avait offerte récemment – trois gros boutons, décolleté ajustable selon l'humeur –, alla chercher un burin et un marteau dans le garage et traversa la cour jusqu'au bureau de Harry, qu'il fermait à clé depuis quelque temps. Ciel superbe. Cela faisait des semaines qu'elle n'avait pas vu un ciel superbe. Les étoiles dont on parlait à nos enfants, dans le temps. Voilà l'épée d'Orion dans la ceinture, Mark. Et voilà les sept sœurs, Hannah, celles que tu rêves d'avoir. La nouvelle lune jolie comme un cœur.

C'est là qu'il lui écrit, songea-t-elle en s'approchant de la porte de son royaume. A ma chère *chiquilla*, c/o la ferme rizicole de mon épouse. Postée à la fenêtre embuée de sa salle de bains, Louisa l'avait observé pendant des heures, en ombre chinoise à son bureau, la tête penchée et la langue tirée pour rédiger ses lettres d'amour. Et pourtant l'écriture n'était pas son fort, car Arthur Braithwaite, le plus grand saint de tous les temps, avait négligé cet aspect de l'éducation de son fils adoptif.

La porte, fermée à clé comme prévu, ne posa pas de difficulté. En tapant franchement dessus avec un bon marteau, en le levant le plus haut possible avant de l'abattre sur le crâne d'Emily, ce que Louisa avait rêvé de faire pendant toute son adolescence, cette porte n'était qu'un tas de merde, comme tant de choses en ce bas monde.

*

* *

L'obstacle surmonté, Louisa se précipita sur le bureau et fracassa le tiroir du haut avec trois grands coups de marteau et de burin avant de s'apercevoir qu'il n'était pas verrouillé. Elle en fouilla le contenu. Factures, esquisses d'architecte pour le Coin du sportif élégant. On ne peut pas réussir dès le premier essai, pas moi en tout cas. Elle passa au deuxième tiroir, fermé à clé, qui céda au premier assaut. Contenu beaucoup plus réjouissant. Essais inachevés sur le canal, journaux érudits et coupures de presse, résumés d'une écriture fleurie de tailleur par Harry.

Qui c'est, cette fille pour qui il fait tout ça, nom de Dieu ? Harry, je te parle. Écoute-moi, s'il te plaît. Qui est cette femme que tu as installée dans ma ferme rizicole sans mon accord et que tu as besoin d'impressionner avec ton vernis d'érudition ? Pour qui est ce sourire bovin et rêveur que tu as, ces temps-ci – je suis l'élu, je suis béni, je marche sur les eaux ? Et les larmes – merde, Harry, pour qui sont ces larmes terrifiantes qui se forment dans tes yeux sans jamais couler ?

La rage et la frustration s'emparant de nouveau d'elle, elle fracassa un autre tiroir et se figea. Nom de Dieu ! Du fric ! Beaucoup, beaucoup de fric ! Tout un tiroir bourré de fric. Des billets de 100, de 50, de 20, jetés là dans le tiroir comme de vieux tickets de parking. 1 000, 2 000, 3 000. Il fait des hold-up. Mais pour qui ?

Pour sa maîtresse ? Elle lui fait payer ses faveurs ? Pour l'emmener au restaurant sans que ça apparaisse dans les comptes du ménage ? Pour l'entretenir sur un grand pied dans ma ferme rizicole achetée avec mon héritage ? Louisa cria son prénom à plusieurs reprises, pour lui demander poliment d'abord, puis lui ordonner de répondre parce qu'il restait muet, et enfin pour le maudire parce qu'il n'était pas là.

« Tu fais chier, Harry Pendel ! Merde, merde, merde et merde ! T'es rien qu'un traître, bordel de merde ! »

Dorénavant, c'était merde par-ci et bordel par-là, les mots de son père quand il avait trop bu. Louisa éprouva une certaine fierté filiale à l'idée de jurer comme son putain de père, maintenant qu'elle était imbibée elle aussi, ou pas loin.

« *Hé, Lou, ma chérie, viens là. Mais où est la Titan ?* » Il l'appelait ainsi d'après la marque de l'immense grue allemande du port de Gamboa. « *Un vieux monsieur n'a même plus le droit à un peu d'attention de la part de sa fille, alors ? Un petit bisou, quand même ! T'appelles ça un bisou ? Va te faire voir ! Je t'emmerde, tu m'entends ? Merde !* »

Des notes, essentiellement sur Delgado. Des versions falsifiées de certains propos qu'Harry avait soutirés à Louisa lors de ces dîners qu'il aimait à lui préparer. Mon Delgado. Mon substitut paternel adoré. Ernesto, l'honnêteté faite homme, et mon mari qui écrit des saletés de notes à son sujet. Pourquoi ? Parce qu'il est jaloux de lui. Il l'a toujours été. Il croit que j'aime Ernesto plus que lui. Il croit que j'ai envie de coucher avec Ernesto. En-têtes : *Les maîtresses de Delgado*. Quelles maîtresses ? Ce n'est pas le genre d'Ernesto. *Delgado et le big boss*. Revoilà le big boss de M. Osnard. *Opinions de Delgado sur les Japonais*. Ernesto en a peur. Il pense qu'ils veulent son canal, et il a raison. Elle explosa de nouveau, mais cette fois à haute voix : « Putain de merde, Harry Pendel, je n'ai jamais dit ça, tu inventes tout ! Pour qui ? Pour quoi ? »

Une lettre inachevée, sans destinataire. Un brouillon qu'il aurait dû jeter.

> *Je pense qu'il vous plaira d'apprendre une petite anecdote intéressante sur notre Ernie que Louisa a entendue par hasard au travail hier et qu'elle a jugé bon de me rapporter...*

Jugé bon ? Je n'ai pas jugé bon. Je lui ai raconté un potin de bureau ! Mais pourquoi il faudrait qu'une épouse juge bon avant de raconter un potin à son mari, sous leur propre toit, sur un homme droit et innocent qui ne veut que le bien du Panama et du canal, bordel ? Jugé bon, mon cul ! Et toi à qui ça plaira d'apprendre ce que nous jugeons bon de nous dire dans notre propre maison, je t'emmerde ! T'es une sale garce. Une salope qui m'a piqué mon mari et ma ferme rizicole.

Sabina !

*
* *

Louisa avait enfin trouvé le nom de la garce. En lettres capitales soignées, parce que c'était ce qui donnait le moins de mal à Harry. SABINA, écrit petit, joli avec une bulle autour. SABINA et après, entre parenthèses, GAUCHE ÉTUDIANTE. Tu es donc Sabina, tu es une gauche étudiante, gauche ça m'étonnerait, et tu travailles pour des \$ US – du moins apparemment, parce qu'il y a *travaille pour USA* entre guillemets, et tu te fais 500 dollars par mois plus les primes quand tu te surpasses. Tout était là, présenté sous forme d'organigramme, comme Mark avait appris à Harry à en faire. Avec un graphique, fini les idées linéaires, papa. On peut les mettre n'importe comment dans des grands ballons qui flottent. On peut les prendre isolément ou ensemble, c'est super chouette. Une flèche partait de la bulle Sabina pour mener tout droit à un H, signature napoléonienne de Harry quand il s'y croyait. Alors que la flèche d'Alpha, qu'elle venait de découvrir, passait par Bêta, puis par Marco (B. Boss) avant d'atteindre H. La flèche de l'Ours visait aussi H, mais sa bulle à lui était dessinée d'un trait ondulé, comme si elle était sur le point d'exploser.

Et *Mickie* avait une bulle personnelle, et il était qualifié de *supremo de l'OS*, et sa flèche le reliait pour l'éternité à la bulle de Rafi. Notre Mickie ? Notre Mickie est le supremo de l'OS ? Et il n'a pas moins de six flèches qui partent de sa bulle pour aller à *Armes, Informateurs, Pots-de-vin, Communications, Cash, Rafi*. Notre Rafi ? Notre Mickie et ses appels hebdomadaires en pleine nuit pour nous annoncer son énième suicide ?

Elle poursuivit la perquisition, décidée à trouver les lettres de cette salope de Sabina à Harry. Si elle lui avait écrit, il avait forcément gardé les lettres. Il n'arrivait même pas à jeter une boîtes d'allumettes vide ou un jaune d'œuf en trop, un héritage de son enfance miséreuse. Louisa retournait tout à la recherche des lettres de Sabina. Sous son argent ? Sous une latte de plancher ? Dans un livre ?

Nom de Dieu, l'agenda de Delgado. Ou plutôt un agenda de Delgado version Harry. Pas le vrai, une contrefaçon rédigée au crayon à mine dure, sans doute en recopiant mes papiers. Les vrais rendez-vous de Delgado selon le vrai horaire, et des faux quand il n'en avait pas de vrais :

Réunion à minuit avec les « capitaines de port » jap., en présence du big boss incognito... trajet secret en voiture avec l'ambassadeur de Fr., la mallette de billets change de mains... rencontre un émissaire du cartel colombien de la drogue à 23 h dans le nouveau casino de Ramón... organise dîner privé en dehors de la ville avec « capitaines de port » jap., officiels panam. et big boss...

Mon Delgado fait tout ça ? Mon Ernesto Delgado touche des bakchichs de l'ambassadeur français ? Il fricote avec les cartels colombiens de la drogue ? Harry, t'es cinglé ou quoi ? Pourquoi racontes-tu tous ces odieux mensonges sur mon patron ? Et à qui ? Qui te paie ces calomnies ?

« Harry ! » hurla-t-elle, à la fois outrée et désespérée. Mais ce ne fut qu'un murmure couvert par la sonnerie du téléphone.

*

* *

Recourant cette fois à la ruse, Louisa décrocha et écouta sans rien dire, même pas « je ne veux plus jamais te voir bordel ».

« Harry ? » fit une voix de femme étranglée, épuisée, suppliante.

C'est elle. Longue distance. Elle appelle de la ferme rizicole. De gros bruits de coups en fond sonore. Ils doivent être en train de démolir le moulin.

« Harry ? Dis quelque chose ! » cria la voix de femme.

Une garce d'Espagnole. Papa disait toujours qu'il fallait s'en méfier. Elle pleurniche. C'est elle. Sabina. Elle a besoin de Harry. Ce n'est pas la seule.

« Harry, aide-moi, j'ai besoin de toi ! »

Attends. Tais-toi. Ne lui dis pas que tu n'es pas Harry. Écoute la suite. Bouche cousue. Combiné collé à l'oreille. Parle, salope ! Dis qui tu es, au lieu de soupirer, au lieu de t'étouffer. Allez, Sabina ma cocotte, parle. Dis : « Viens me baiser, Harry. » Dis : « Je t'aime, Harry. » Dis : « Où est mon fric ? Pourquoi tu le caches dans un tiroir ? C'est moi, Sabina, la gauche étudiante, qui t'appelle de la ferme. Je me sens si seule. »

D'autres grands bruits. Une pétarade de moto ? Une beigne, une claque ? Je repose le verre de vodka. Je hurle à pleins poumons en espagnol classique, comme mon Américain de père : « Qui est à l'appareil ? Répondez ! »

Attends. Pas de résultat. Des sanglots mais pas de mots. On repasse à l'anglais : « Laissez mon mari tranquille, vous m'entendez, Sabina, espèce de salope ? Je vous emmerde, Sabina ! Et fichez le camp de ma ferme ! »

Toujours rien.

« Je suis dans son bureau, Sabina. Je suis en train de chercher vos cochonneries de lettres ! Ernesto Delgado n'est pas corrompu, vous m'entendez ? C'est un mensonge. Je travaille pour lui. Ce sont les autres qui sont corrompus, pas Ernesto. Dites quelque chose ! »

Encore des coups, des bruits au bout du fil. Qu'est-ce que c'est, nom de Dieu, une nouvelle invasion ? La salope pleure, c'est pathétique, et elle coupe. Je me vois raccrocher brutalement, comme dans un bon film. Je m'assieds. Je regarde le téléphone. J'attends qu'il resonne. Il ne se passe rien. Peut-être bien que je l'ai écrabouillée, la tête de ma sœur, finalement. Ou quelqu'un d'autre s'en est chargé. Pauvre petite Emily. Je t'emmerde. Louisa se lève. Louisa tient debout. Et une gorgée de whisky pour s'éclaircir les idées ! Mission accomplie. Dur pour toi, Sabina, mon mari est fou. Tu dois passer de mauvais moments, toi aussi. Ça t'apprendra. On peut se sentir assez seule dans une ferme rizicole.

Des étagères de livres. Nourritures spirituelles. C'est juste ce qu'il faut pour des esprits perplexes. Cherche les lettres de la salope dans les livres. De nouveaux livres dans d'anciens endroits, d'anciens livres dans de nouveaux endroits. Explique. Pour l'amour de Dieu, Harry, explique. Dis-moi, Harry. Parle-moi. Qui est Sabina ? Qui est Marco ? Pourquoi inventes-tu des histoires sur Rafi et Mickie ? Pourquoi salis-tu Ernesto ?

Un temps d'observation et de réflexion. Louisa Pendel, en robe d'intérieur rouge à trois boutons et rien en dessous, fait la revue des livres de son mari en bombant les seins et les fesses. Elle se sent très nue. Plus que nue. Nue et sexy. Elle voudrait un autre enfant. Elle voudrait avoir les sept sœurs de Hannah, toutes les sept du moment qu'aucune ne devient une Emily en grandissant. Elle voit défiler les livres de son père sur l'histoire du canal, depuis l'époque où les Écossais ont englouti la moitié de leur richesse nationale dans une tentative de colonisation du Darién. Elle les ouvre un à un, les secoue si fort que la reliure craque, et les jette par-dessus son épaule. Aucune lettre d'amour.

Des livres sur le capitaine Morgan et ses pirates qui ont mis à sac la ville de Panama et l'ont brûlée, il n'en reste que les ruines où on emmène les enfants pique-niquer. Mais pas de lettres d'amour de Sabina ni d'autres femmes. Pas de lettres d'Alpha, de Bêta, de Marco ni de l'Ours, ni d'une gauche étudiante bien roulée qui reçoit un salaire suspect des États-Unis. Des livres sur l'époque où le Panama appartenait à la Colombie. Mais elle a beau les lancer contre le mur, aucune lettre d'amour.

*

* *

Louisa Pendel, future mère des sept sœurs de Hannah, est agenouillée, pliée en trois, nue sous la robe d'intérieur dans laquelle il ne m'a jamais baisée, à lire l'historique de la construction du canal en regrettant d'avoir hurlé sur cette pauvre femme dont elle n'a pas trouvé les lettres d'amour et qui n'était sans doute pas Sabina de toute façon et qui n'appelait pas de la ferme rizicole. Des récits d'hommes ayant existé comme George Goethals et William Crawford Gorgas, des hommes aussi respectables et méthodiques que fous, des hommes fidèles à leur femme au lieu d'écrire des lettres où ils « jugeaient bon » de noircir la réputation de son patron ou de cacher des liasses de billets dans leur bureau fermé à clé, sans parler des piles de lettres que je n'arrive pas à trouver. Des livres que son père lui avait fait lire dans l'espoir qu'elle construirait un jour son putain de canal à elle.

« Harry ? hurla-t-elle à pleine voix pour lui faire peur. Harry ? Où as-tu foutu les lettres de cette pauvre garce ? Harry, je veux savoir. »

Des livres sur les traités du canal. Des livres sur la drogue et « où va l'Amérique latine ? ». Où va mon mari, oui. Et où va ce pauvre Ernesto, si Harry s'en mêle. Louisa s'assied et parle à son mari sur un ton calme et raisonnable destiné à ne pas l'humilier. Crier ne sert plus à rien. Elle lui parle d'un être humain à un autre, depuis le fauteuil à armature de teck qu'occupait son père quand il essayait de la faire monter sur ses genoux.

« Harry, je ne comprends pas ce que tu fabriques dans ton bureau soir après soir, quelle que soit l'heure à laquelle tu rentres à la maison. Si tu écris un roman sur la corruption, une autobiographie ou une histoire du métier de tailleur, je crois que tu devrais me le dire, parce que après tout nous sommes mariés. »

Harry se rabousine, comme il dit quand il plaisante sur la feinte humilité du tailleur.

« C'est pour les comptes, Lou, tu comprends. On n'a pas la platine dans la journée, avec la porte d'entrée qui n'arrête pas de sonner.

– Les comptes de la ferme ? »

Elle tape de nouveau au-dessous de la ceinture. La ferme rizicole est un sujet tabou dans la maison, et elle devrait se plier à cette règle : Ramón restructure les finances, Lou. Angel va peut-être passer à la trappe, Lou.

« Non, de la boutique, murmure Harry en bon pénitent.

– Harry, je sais y faire. J'avais de très bonnes notes en maths. Je peux t'aider quand tu veux.

– Non, Lou, tu vois, il ne s'agit pas que de comptabilité, répond-il en secouant la tête. C'est un travail plus créatif, sur des projections de chiffres.

– C'est pour ça que tu as noirci de notes les marges de *The Path Between the Seas* de McCullough, pour que personne ne puisse plus jamais le lire sauf toi ?

– Ah, euh, oui, Lou, tu as raison, c'est fou ce que tu es observatrice ! dit-il avec une gaieté artificielle. J'envisage de faire agrandir certaines des vieilles gravures, vois-tu, pour donner une touche un peu canal au club. Et peut-être chercher quelques antiquités pour cultiver l'atmosphère.

– Harry, tu m'as toujours dit qu'à de rares exceptions près, comme Ernesto Delgado, les Panaméens se fichent du canal, et je suis bien d'accord. Ce n'est pas eux qui l'ont construit, c'est nous. Ils n'ont même pas fourni la main-d'œuvre. Les ouvriers sont venus de Chine, d'Afrique, de Madagascar, des Caraïbes et d'Inde. Et Ernesto est un homme bien. »

Mon Dieu ! songea-t-elle. Pourquoi je parle comme ça ? Pourquoi je suis une mégère bigote et criarde ? Facile. Parce que Emily est une pute.

*

* *

Elle s'assit au bureau de Harry, la tête dans les mains, désolée d'avoir fracassé les tiroirs, d'avoir hurlé sur cette pauvre femme éplorée, d'avoir nourri une fois encore de vilaines pensées au sujet d'Emily. Plus jamais de ma vie je ne reparlerai comme ça à quelqu'un, décida-t-elle. Plus jamais je n'infligerai aux autres la punition que je mérite. Je ne suis ni ma salope de mère, ni mon enfoiré de père, ni une garce de zonière parfaite et pieuse. Et d'accord c'était le stress, l'influence de l'alcool, mais je suis vraiment désolée d'avoir pu insulter une sœur pécheresse, même si c'est la maîtresse de Harry et si c'est elle je vais la tuer. Dans un tiroir qu'elle avait négligé, elle découvrit un autre chef-d'œuvre inachevé :

Andy, vous serez heureux d'apprendre que notre nouvel arrangement satisfait pleinement toutes les parties, surtout les dames. Comme tout dépend de moi, L est en paix avec sa conscience rapport au vilain Ernie, et puis, c'est plus sûr pour l'ensemble de la famille que ça reste entre nous deux.
Je continuerai à la boutique.

Et moi donc, songea Louisa dans la cuisine en s'en resservant un petit pour la route. L'alcool ne l'affectait plus, découvrait-elle. Ce qui l'affectait, c'était Andy alias Andrew Osnard qui, à la lecture de ce message, venait soudain de supplanter Sabina comme objet de son intérêt.

Mais il n'y avait là rien de nouveau.

Elle s'intéressait à M. Osnard depuis l'excursion à Anytime, où elle avait cru comprendre que Harry souhaitait qu'elle couche avec Osnard pour soulager sa propre conscience quoique, d'après ce qu'elle savait de la conscience de Harry, tirer un coup avait peu de chances de résoudre le problème.

Elle avait dû appeler un taxi par téléphone, parce qu'il y en avait un devant la porte et que la sonnette retentissait.

*

* *

Osnard se détourna de la porte d'entrée et traversa la salle à manger pour rejoindre le balcon, où Luxmore était toujours assis en position quasi fœtale, trop apeuré pour parler ou bouger. Ses yeux injectés de sang étaient écarquillés, sa lèvre supérieure crispée en un rictus par la peur découvrait deux incisives jaunies entre sa barbe et sa moustache, sans doute celles qui produisaient son petit bruit de succion quand il voulait souligner un joli tour de phrase.

« Je reçois une visite surprise de BOUCAN DEUX, l'informa calmement Osnard. Il y a un petit problème. Vous feriez mieux de partir vite.

– Andrew, je suis un officier supérieur. Bon sang, mais qu'est-ce que c'est que ces coups de boutoir ? Elle va réveiller les morts.

– Je vais vous cacher dans le placard. Quand vous m'entendrez fermer la porte de la salle à manger derrière elle, prenez l'ascenseur jusqu'au hall d'entrée, donnez un dollar au concierge et dites-lui de vous appeler un taxi pour le El Panama.

– Mon Dieu, Andrew !

– Quoi ?

– Ça va aller, vous ? Écoutez-la. C'est un pistolet qu'elle

utilise ? Nous devrions appeler la police. Andrew, juste un mot.

– Quoi ?

– Je peux faire confiance au chauffeur de taxi ? On entend dire des choses sur ces gens-là. Des cadavres dans le port... Je ne parle pas espagnol, moi, Andrew. »

Osnard aida Luxmore à se lever, le conduisit dans le vestibule, le fit entrer dans le placard qu'il referma, ôta l'entrebâilleur de la porte d'entrée, débloqua les verrous, tourna la clé et ouvrit. Le martelage cessa, mais pas la sonnerie.

« Louisa, dit-il en lui enlevant le doigt de sur la sonnette. Quelle bonne surprise ! Où est Harry ? Entrez donc. »

*

* *

Il la prit par le poignet pour l'entraîner dans l'entrée et ferma la porte sans la verrouiller ni tourner la clé. Ils se retrouvèrent face à face, tout près l'un de l'autre. Il tenait la main de Louisa armée de la chaussure au-dessus de leurs têtes comme s'ils s'apprêtaient à danser une valse à l'ancienne. Louisa lâcha la chaussure sans rien dire, mais il sentit son haleine, qui lui rappela celle de sa mère quand elle lui imposait un baiser. A travers le tissu rouge très fin de sa robe, il sentait ses seins et son mont de Vénus.

« A quel jeu vous jouez avec mon mari ? Qu'est-ce que c'est que ces conneries qu'il vous raconte sur Delgado, les pots-de-vin des Français, les magouilles avec les cartels de la drogue ? Qui est Sabina ? Qui est Alpha ? »

Malgré sa virulence, elle parlait d'une voix incertaine qui n'avait ni la puissance ni l'assurance nécessaires pour porter jusqu'au placard à vêtements. Avec son sens inné de la faiblesse des autres, Osnard perçut immédiatement la peur en elle : peur de lui, peur pour Harry, peur de l'interdit, et surtout, peur d'apprendre des choses si terribles qu'elle ne pourrait jamais les oublier. Mais Osnard, lui, venait de les apprendre. Par ses questions, Louisa avait répondu à toutes celles qu'il se posait, signaux non décryptés qui s'accumulaient dans les recoins de sa conscience depuis quelques semaines :

Elle ne sait rien. Harry ne l'a pas recrutée. C'est une arnaque.

Elle allait répéter sa question, la développer ou en poser une autre, mais Osnard ne pouvait pas prendre un tel risque à portée d'oreille de Luxmore. Il lui plaqua une main sur la bouche, lui baissa son bras levé, le replia derrière son dos, lui fit faire demi-tour, l'obligea à aller dans la salle à manger avec une seule chaussure, et claqua d'un coup de pied la porte derrière eux. Arrivé au centre de la pièce, il s'arrêta, la serrant toujours contre lui. Dans la mêlée, deux des boutons de sa robe s'étaient défaits et avaient dénudé ses seins. Il sentait le cœur de Louisa battre contre le bras avec lequel il la tenait, et elle respirait par lentes goulées profondes. La porte d'entrée se referma sur Luxmore. Osnard entendit bientôt la sonnette de l'ascenseur qui arrivait et le soupir asthmatique des portes coulissantes avant la descente. Il ôta sa main couverte de salive de la bouche de Louisa et la posa sur son sein, dont il sentit la pointe se durcir. Toujours debout derrière elle, il lui lâcha le bras, qui retomba langoureusement, et l'entendit murmurer quelque chose tandis qu'elle enlevait sa deuxième chaussure.

« Où est Harry ? demanda-t-il sans desserrer son étreinte.

– Il est parti chercher Abraxas. Il est mort.

– Qui est mort ?

– Ben Abraxas, tiens, quelle question ! Si Harry était mort, il n'aurait pas pu aller le chercher.

– Où est-il mort ?

– A Guararé. Ana dit qu'il s'est tiré une balle dans la tête.

– Ana ?

– La maîtresse de Mickie. »

Il posa sa main droite sur l'autre sein et se prit une touffe de cheveux châtains dans la bouche quand elle frotta sa tête contre son menton et ses fesses contre son entrejambe. Il la fit se retourner à moitié, lui embrassa la tempe et la pommette, lécha la sueur qui ruisselait sur son visage et la sentit trembler plus fort. Elle referma ses lèvres sur sa bouche en une grimace, leurs langues se rencontrèrent, il aperçut des larmes dans ses yeux levés vers lui et l'entendit murmurer : « Emily. »

« Qui est Emily ?

– Ma sœur. Je vous ai parlé d'elle sur l'île.

– Qu'est-ce qu'elle vient foutre là-dedans ?

– Elle habite à Dayton dans l'Ohio et elle s'est envoyé tous mes amis. Connaissez-vous la honte ?

– Pas vraiment, non. Ma honte s'est épuisée quand j'étais encore môme. »

Soudain, elle tirait d'une main les pans de sa chemise et plongeait l'autre gauchement dans son pantalon Pendel & Braithwaite en murmurant des paroles incompréhensibles qu'il ne souhaitait pas comprendre. Il tendit la main vers le troisième bouton, mais elle lui écarta la main d'un geste impatient et enleva sa robe d'intérieur par la tête. Il ôta ses chaussures, puis en un seul mouvement pantalon, caleçon et chaussettes trempés de sueur, et enfin sa chemise sans la déboutonner. Nus, face à face, ils se jaugèrent comme deux lutteurs avant le combat. Il la prit à bras-le-corps, la souleva, l'emmena dans sa chambre et la jeta sur le lit, où elle se mit aussitôt à l'attaquer à grands ciseaux de jambes.

« Attends, nom de Dieu ! » ordonna-t-il en la repoussant.

Puis il la prit très lentement, délibérément, en utilisant tous leurs talents conjugués. Pour la faire taire. Pour resserrer les rangs. Pour l'attirer dans mon camp avant le début de la bataille. Parce que je me suis fait un principe de ne jamais décliner une offre raisonnable. Parce que j'ai envie d'elle depuis le premier jour. Parce que baiser la femme d'un ami est toujours assez intéressant.

*
* *

Louisa était allongée dos à lui, la tête sous les oreillers, les genoux repliés sur son ventre, le drap remonté jusqu'au nez. Elle avait fermé les yeux, plus pour mourir que pour dormir. Elle avait dix ans, elle était consignée dans sa chambre à Gamboa, rideaux tirés, pour se repentir d'avoir découpé le nouveau chemisier d'Emily avec une paire de ciseaux de couturière sous prétexte qu'il était osé. Elle voulait se lever, emprunter une brosse à dents, s'habiller, se coiffer, partir, mais chacune de ces actions impliquait d'admettre la réalité du lieu et de l'heure, le corps nu d'Osnard dans le lit à ses côtés, le fait qu'elle n'avait rien à se mettre sinon une petite robe d'intérieur rouge aux boutons arrachés – où l'avait-elle laissée, au fait ? –, une paire de chaussures plates censées ne pas souligner sa haute taille – elles étaient où, d'ailleurs ? – et une migraine si atroce qu'elle était prête à exiger de se faire conduire à l'hôpital, où elle pourrait revivre la nuit précédente depuis le début, sans vodka, sans casser le bureau de Harry si tel était bien le cas, sans Marta, sans la boutique, sans la mort de Mickie, sans les calomnies de Harry sur Delgado, sans Osnard, sans tout ça. Elle était allée deux fois aux toilettes, dont une pour vomir, mais avait chaque fois réintégré le lit pour essayer d'effacer tout ce qui s'était passé. Et voilà qu'Osnard parlait au téléphone, et elle pourrait empiler tous les coussins du monde sur sa tête, impossible de ne pas entendre son affreux accent anglais traînant à quarante centimètres de son oreille, ni la voix d'un Écossais endormi et surpris à l'autre bout de la ligne, comme les derniers messages transmis par une radio défectueuse.

« Désolé, monsieur, mais il y a de mauvaises nouvelles.

– Mauvaises ? Que se passe-t-il ? fit l'Écossais en se réveillant.

– C'est au sujet de notre bateau grec.

– Notre bateau grec ? Quel bateau grec ? De quoi parlez-vous, Andrew ?

– Notre vaisseau amiral, monsieur. Le vaisseau amiral de la Ligne Silencieuse. »

Longue pause.

« J'ai compris, Andrew ! Le Grec, bon Dieu ! Pigé. De mauvaises nouvelles ? Pourquoi ? Que se passe-t-il ?

– Apparemment, il aurait chaviré, monsieur.

– Chaviré ? Chaviré quoi ? Comment ?

– Coulé..., dit Osnard en marquant une pause pour bien se faire comprendre. Sombré. Quelque part dans l'ouest. Les circonstances exactes ne sont pas déterminées. J'ai envoyé un auteur se renseigner. »

Nouveau silence perplexe à l'autre bout, qui faisait écho à celui de Louisa.

« Un auteur ?

– Un auteur célèbre.

– Ah, d'accord ! Compris. L'ancien auteur de best-sellers. Tout à fait. N'en dites pas plus. Coulé comment, Andrew ? Coulé par le fond, vous voulez dire ?

– D'après les premiers rapports, il ne reprendra plus jamais la mer.

– Mon Dieu, mon Dieu ! Qui a fait le coup, Andrew ? Je suis sûr que c'est cette femme, je la crois capable de tout, surtout depuis hier soir.

– Nous manquons de détails pour l'instant, monsieur.

– Et son équipe ? Non, zut, son équipage, les silencieux... Ils ont coulé aussi ?

– Nous attendons des nouvelles. Il vaudrait mieux que vous retourniez à Londres comme prévu, monsieur. Je vous appellerai là-bas. »

Il raccrocha et arracha l'oreiller de la tête de Louisa qui, même les yeux fermés, n'arrivait pas à échapper à la vue de son jeune corps replet étendu près d'elle et de son pénis turgescent au repos.

« Je ne vous ai rien dit, d'accord ? » exigeait-il.

Elle se détourna. Pas d'accord.

« Votre mari est un type courageux. Il a des ordres stricts de ne jamais vous en parler. Il ne le fera jamais, et moi non plus.

– Courageux, comment ça ?

– Les gens lui disent des choses, et il nous les rapporte. Ce qu'on ne lui dit pas, il va le chercher au prix de grands risques. Récemment, il a découvert un truc énorme.

– C'est pour ça qu'il a photographié mes papiers ?

– Nous avions besoin de l'agenda de Delgado. Il y a des trous dans son emploi du temps.

– Mais non, il n'y a pas de trous. Il va à la messe, ou il s'occupe de sa femme et de ses enfants. Il a un fils à l'hôpital, Sebastian.

– C'est ce qu'il vous dit.

– C'est la vérité, alors ne me servez pas vos salades. Harry fait ça pour l'Angleterre ?

– L'Angleterre, l'Amérique, l'Europe, le monde libre civilisé, bref...

– Alors c'est un con. Et l'Angleterre aussi, et le monde libre civilisé aussi. »

Il lui fallut du temps et des efforts, mais elle finit par arriver à s'appuyer sur un coude, se retourner et le regarder.

« Je ne crois pas un traître mot de ce que vous venez de me dire, affirma-t-elle. Vous n'êtes qu'un sale escroc anglais avec des mensonges plein la bouche, et Harry est complètement siphonné.

– Ne me croyez pas, alors. Mais bouclez-la.

– C'est n'importe quoi. Il invente tout. Vous inventez tout. Tout le monde déconne à pleins tubes. »

Le téléphone sonnait de son côté du lit, un autre poste qu'elle n'avait pas remarqué, relié à un mini-magnétophone près de la lampe de chevet. Osnard roula par-dessus elle sans ménagement pour décrocher. A peine l'eut-elle entendu dire « Harry » qu'elle se boucha les oreilles, ferma les yeux et afficha un rictus de dégoût. Mais une de ses mains dut mal faire son travail, ct une de ses oreilles entendit la voix de son mari malgré le brouhaha de cris d'horreur qui se déchaînait dans sa tête.

« Mickie a été assassiné, Andy, annonçait Harry d'une voix ferme et assurée au débit rapide. Un job de professionnel, apparemment, c'est tout ce que je sais pour l'instant. Mais à ce qu'on dit ce n'est qu'un début, donc il faut que toutes les parties concernées prennent des précautions. Rafi est déjà parti pour Miami, et je préviens les autres selon la procédure établie. Je suis inquiet pour les étudiants. Je ne sais pas comment on va les empêcher de rameuter la flottille.

– Où êtes-vous ? »

Il y eut un silence pendant lequel Louisa aurait pu elle aussi poser des questions à Harry, comme : « Tu m'aimes encore ? », « Me pardonneras-tu ? », « Si je ne te le dis pas, remarqueras-tu que je ne suis plus la même ? », ou « A quelle heure rentres-tu ce soir ? Tu veux que je fasse les courses et qu'on prépare le dîner ensemble ? ». Elle essayait encore d'en sélectionner une quand la communication fut interrompue. Osnard se trouvait au-dessus d'elle, appuyé sur les coudes, ses joues flasques pendant au-dessus de son visage, sa petite bouche humide entrouverte, mais sans intention apparente de lui refaire l'amour – pour la première fois depuis qu'elle le connaissait, il semblait perdu.

« Qu'est-ce que c'était, ça ? demanda-t-il d'un ton brusque, comme si c'était de sa faute.

– Harry, répondit-elle bêtement.

– Lequel ?

– Le vôtre, je suppose. »

Il poussa un soupir et se laissa retomber sur le dos à côté d'elle, les mains derrière la tête comme s'il s'accordait une petite sieste sur une plage de nudistes. Puis il redécrocha le téléphone, pas celui de Harry, l'autre, et après avoir composé un numéro, demanda à parler au señor Mellors dans la chambre numéro tant.

« Ça a l'air d'être un meurtre, dit-il sans préambule à l'Écossais de tout à l'heure, devina-t-elle. Les étudiants pourraient bien rompre les rangs... L'émotion est très vive... Il était très respecté... C'est un coup de professionnel. On attend d'autres détails. Qu'entendez-vous par "détonateur", monsieur ? Je ne comprends pas. Un détonateur pour quoi ? Non, bien sûr, d'accord. Dès que possible, monsieur. Tout de suite. »

Il consacra un moment à ressasser toutes sortes de choses dans sa tête, à en juger par ses grognements ou le rire sinistre qu'il émettait parfois. Puis il s'assit soudain au bord du lit, se leva et alla chercher dans la salle à manger ses vêtements en boule. Il récupéra la chemise de la veille et l'enfila.

« Où allez-vous ? lui demanda-t-elle sans obtenir de réponse. Qu'est-ce que vous faites ? Andrew, je ne comprends pas comment vous pouvez vous lever, vous habiller et me laisser plantée là sans vêtements, sans nulle part où aller et sans vous occuper de ma... »

Elle ne trouvait plus ses mots.

« Désolé, ma fille, c'est un peu brusque, mais il faut que je mette les bouts, et toi aussi. C'est le moment de rentrer.

– De rentrer ? Où ça ?

– Toi à Bethania, moi dans la verte Angleterre. C'est la règle de la maison. Quand un *Joe* est zigouillé sur le terrain, l'officier traitant se casse vite fait. On ne passe pas par la case départ, on ne touche pas les 200 livres. On rentre au bercail fissa. »

Il refaisait son nœud de cravate devant la glace, menton relevé, moral retrouvé. Pendant un bref instant, Louisa crut percevoir un certain stoïcisme en lui, une acceptation de sa défaite qui, en n'y regardant pas de trop près, aurait pu passer pour de la magnanimité.

« Dites adieu à Harry pour moi, vous voulez bien ? Un grand talent. Mon successeur le contactera. Ou pas, ajouta-t-il, toujours en bras de chemise, avant d'ouvrir un tiroir pour en sortir un jogging qu'il jeta sur le lit. Vous feriez mieux d'enfiler ça pour le taxi. Quand vous serez rentrée, vous le brûlez et vous dispersez les cendres. Restez planquée quelques semaines. Au pays, les copains sont en train de sortir les peintures de guerre. »

*

* *

Hatry le magnat de la presse était en train de déjeuner quand la nouvelle arriva. Assis à sa table habituelle au Connaught, il dégustait des rognons au bacon arrosés du bordeaux de la maison en exposant ses opinions sur la nouvelle Russie, à savoir que plus ces enfoirés s'entre-déchiraient, plus il était content.

Par un charmant hasard, son interlocuteur n'était autre que Geoff Cavendish, et le messager n'était autre que le jeune Johnson, le successeur d'Osnard auprès de Luxmore, qui avait pêché vingt minutes plus tôt le message explosif envoyé par l'ambassadeur Maltby en personne dans la pile de courrier reçu qui s'accumulait sur le bureau de Luxmore pendant son déplacement éclair au Panama. Johnson, un officier de renseignements ambitieux, mettait bien évidemment un point d'honneur à parcourir les papiers de Luxmore dès qu'il en avait l'occasion.

Et ô merveille, Johnson n'avait personne à consulter que lui-même au sujet de ce message. Non seulement tout le dernier Étage était parti déjeuner, mais avec Luxmore sur le chemin du retour, il n'y avait personne dans le bâtiment à être autorisé BOUCAN en dehors de Johnson. Aiguillonné par l'excitation et l'ambition, il téléphona aussitôt au bureau de

Cavendish pour s'entendre dire qu'il déjeunait avec Hatry, puis au bureau de Hatry pour s'entendre dire qu'il déjeunait au Connaught. Jouant le tout pour le tout, il réquisitionna d'avance la seule voiture disponible avec chauffeur. Pour ce péché d'orgueil et d'autres, on lui réclamerait des comptes par la suite.

« Monsieur, je suis l'assistant de Scottie Luxmore, dit-il dans un souffle à Cavendish, qu'il jugea le plus sympathique des deux hommes qui le regardaient assis à leur table. J'ai un message assez important pour vous du Panama, monsieur, j'ai bien peur qu'il ne puisse pas attendre. J'ai pensé qu'il valait mieux ne pas vous le lire par téléphone.

– Asseyez-vous, ordonna Hatry, avant de dire au serveur : Une chaise. »

Johnson s'assit. Il allait remettre à Cavendish le message de Maltby décodé quand Hatry le lui arracha des mains et déchira l'enveloppe, si violemment que les autres clients, intrigués, se retournèrent. Hatry lut le message en diagonale et le passa à Cavendish, qui le lut à son tour, ainsi sans doute qu'au moins un des serveurs qui s'affairaient à disposer le couvert de Johnson pour essayer de donner l'apparence d'un client ordinaire à ce jeune joggeur trempé de sueur en veston sport et pantalon de flanelle grise – tenue qui lui attirait des regards réprobateurs du directeur du grill-room, mais après tout c'était vendredi et Johnson avait prévu de passer le week-end dans le Gloucestershire chez sa mère.

« C'est ce qu'on attendait, non ? demanda Hatry à Cavendish, la bouche encore pleine de rognons à moitié mâchés. On peut y aller.

– En effet, confirma Cavendish, ravi. Nous tenons notre détonateur.

– On informe Van ? demanda Hatry en sauçant son assiette avec un bout de pain.

– Eh bien, euh, à mon avis, Ben, le mieux, vu les circonstances, c'est de laisser notre ami Van l'apprendre par vos journaux, dit Cavendish d'une voix chantante. Veuillez m'excuser, ajouta-t-il à l'intention de Johnson en lui marchant sur les pieds. Je dois absolument passer un coup de fil. »

Il s'excusa également auprès du serveur et, dans sa hâte, emporta sa serviette damassée. Peu après, Johnson se fit renvoyer sans que personne ne sache au juste pourquoi – officiellement pour avoir promené dans tout Londres un texte décodé avec les noms de code en clair ; officieusement pour avoir fait montre d'une précipitation inexcusable dans le monde du secret. Mais sa faute la plus grave fut sans doute son irruption au grill du Connaught en veston de sport.

CHAPITRE 22

Pour aller au festival du feu d'artifice de Guararé dans la province panaméenne de Los Santos, qui fait partie d'une minuscule péninsule à la pointe sud-ouest du golfe de Panama, Harry Pendel emprunta une route qui passait devant la maison de l'oncle Benny dans Leman Street où régnait une odeur de charbon brûlé, devant l'orphelinat des sœurs de la Charité, plusieurs synagogues de l'est londonien et une série d'établissements pénitentiaires anglais honteusement surpeuplés, placés sous le haut patronage de Sa Majesté la reine. Tous ces édifices et bien d'autres se dressaient dans l'obscurité de la jungle de chaque côté, sur la chaussée sinueuse et défoncée devant lui, au sommet des collines qui se profilaient sur un ciel étoilé et sur le plan gris acier du Pacifique à la pure clarté d'une nouvelle lune.

Sa conduite sur cette route périlleuse n'était pas facilitée par les cris des enfants à l'arrière du 4 × 4 qui réclamaient chansons et imitations, et les recommandations empressées de sa pauvre épouse qui résonnaient à ses oreilles même dans les tronçons les plus déserts : ralentis, attention à ce cerf, à ce singe, à ce chevreuil, à ce cheval mort, à cet iguane vert de un mètre de long, à cette famille de six Indiens sur la même bicyclette, Harry je ne comprends pas pourquoi tu dois conduire à plus de cent à l'heure alors que tu as rendez-vous avec un mort, et si c'est que tu as peur de rater le feu d'artifice, je te rappelle que le festival dure cinq nuits et cinq jours, que c'est le premier soir et que si nous n'arrivons que demain, les enfants comprendront très bien.

A cela s'ajoutaient le long monologue déchirant d'Ana, l'indéfectible patience de Marta ne lui demandant jamais rien qu'il ne puisse lui donner, et l'imposante présence lugubre de Mickie affalé sur le siège du passager à ses côtés, son épaule se laissant mollement aller contre lui à chaque virage ou nid-de-poule, et la triste rengaine lui demandant pourquoi il ne faisait pas des complets à la Armani.

Ses sentiments à l'égard de Mickie étaient terribles, accablants. Il savait que dans tout le Panama, de toute sa vie il avait eu un seul et unique ami, et il venait de le tuer. Il ne faisait plus de différence entre le Mickie qu'il avait aimé et celui qu'il avait inventé, sinon que le premier était meilleur et le second un hommage raté, un acte de vanité de la part de Pendel : faire un champion de son meilleur ami pour montrer à Osnard quelles importantes fréquentations il avait. En réalité, Mickie avait été un héros de son propre chef, sans avoir besoin de la platine de Pendel. Mickie avait eu le courage de ses opinions au bon moment et s'était farouchement élevé contre la tyrannie, ce qui lui avait valu corrections, incarcération et le droit de se saouler à jamais, d'acheter autant d'élégants complets que nécessaire pour effacer la rugosité et la puanteur de l'uniforme pénitentiaire. Ce n'était pas de sa faute s'il était faible alors que Pendel le décrivait comme un homme fort, ou s'il avait renoncé au combat alors que les affabulations de Pendel le prétendaient encore actif. Si seulement je lui avais fichu la paix, songeait Pendel. Si seulement je n'avais pas joué avec lui avant de le détruire tant je me sentais coupable.

A une station au pied d'Ancón Hill, il avait fait le plein d'essence pour le restant de ses jours et donné un dollar à un mendiant noir chenu avec une oreille dévorée par la lèpre, une bête sauvage ou une épouse déçue. A Chame, par pure inattention, il avait forcé un barrage douanier, et à Penonomé il avait repéré deux lynx qui le suivaient, collés à son feu arrière gauche – les lynx étant de jeunes et sveltes policiers vêtus de cuir noir entraînés à l'américaine qui montent à deux sur une moto, sont armés de mitraillettes et connus pour être courtois envers les touristes et tuer les voyous, les drogués et les assassins – mais aussi, semblait-il ce soir, les espions anglais meurtriers. Le lynx à l'avant conduit l'engin et celui à l'arrière se charge des exécutions, lui avait expliqué Marta, comme il s'en souvint au moment où ils arrivèrent à sa hauteur et qu'il vit le reflet panoramique de son propre visage flotter entre les halos des réverbères dans le noir lisse de leurs visières. Puis il se rappela que les lynx n'opéraient qu'à Panama et se demanda si ceux-là s'offraient une petite virée, ou s'ils l'avaient suivi pour le flinguer en toute intimité. Il n'eut pas la réponse à sa question, car lorsqu'il reporta son regard vers eux, ils avaient disparu dans les ténèbres d'où ils avaient surgi, et il se retrouvait seul sur la route défoncée et sinueuse, avec des chiens morts dans le faisceau de ses phares et la jungle si dense de chaque côté qu'on ne distinguait pas le tronc des arbres mais seulement des murailles noires et les yeux des animaux dont les échanges d'insultes entre espèces lui parvenaient par le toit ouvrant. A un moment il vit une chouette crucifiée à un poteau électrique tel un martyr, la poitrine et l'intérieur des ailes tout blancs, les yeux grands ouverts. Mais Pendel ne sut jamais si elle faisait partie d'un cauchemar récurrent ou en était l'ultime incarnation.

Il dut s'assoupir quelques instants et prendre un mauvais tournant, car lorsqu'il rouvrit les yeux il se trouvait deux ans auparavant à Parita pendant des vacances, en pique-nique avec Louisa et les enfants sur une pelouse entourée de maisons à un étage avec des vérandas surélevées et des piédouches en pierre pour monter et descendre de cheval sans salir les belles chaussures propres. A Parita, une vieille sorcière en capuchon noir avait raconté à Hannah qu'en ville on mettait de jeunes boas constrictors sous les tuiles des toitures pour qu'ils chassent les souris, et du coup Hannah n'avait voulu entrer dans aucune maison, même pour manger une glace ou faire pipi. Elle était si effrayée qu'ils ne purent assister à la messe comme prévu mais durent rester dehors, à faire des signes amicaux à un vieux bonhomme dans le clocher blanc qui actionnait le bourdon d'un bras et répondait à leurs gestes de l'autre, ce qui, somme toute en convinrent-ils, était plus amusant que le service. Et lorsqu'il eut terminé de carillonner, il imita pour eux au ralenti un orang-outan, se balançant à une poutre en fer puis s'épuçant les aisselles, la tête, l'entrejambe, et mangeant ses puces à mesure qu'il en trouvait.

Au passage à Chitré, Pendel se rappela l'élevage de crevettes qui pondaient leurs œufs dans le tronc des mangroves, et Hannah avait demandé si elles tombaient enceintes avant. Puis il se souvint aussi d'une charmante horticultrice suédoise qui leur avait parlé d'une orchidée baptisée la petite prostituée de la nuit, parce qu'elle n'avait aucune odeur le jour, mais la nuit personne n'aurait osé la rapporter à la maison.

« Harry, inutile d'expliquer cela aux enfants. Ils sont déjà bien assez exposés à ce genre de choses comme ça. »

Mais l'interdit de Louisa ne servit guère, car toute la semaine Mark appela Hannah sa *putita de noche* jusqu'à ce que Pendel lui ordonne d'arrêter.

Après Chitré, ce fut la zone des combats : tout d'abord le ciel rougeoyant, puis le grondement de l'artillerie et la lueur des fusées éclairantes à mesure qu'il franchissait un barrage de police après l'autre sur la route de Guararé.

*

* *

Pendel marchait, et des gens vêtus de blanc le menaient à la potence. Il était agréablement surpris de se sentir réconcilié avec la mort. Si c'était à refaire, il insisterait pour qu'on donne le rôle principal de sa vie à un autre acteur. Il allait au gibet avec des anges à ses côtés, les anges de Marta, il les avait reconnus tout de suite, le véritable cœur du Panama, les gens qui habitaient de l'autre côté du pont, n'acceptaient ni ne distribuaient des pots-de-vin, faisaient l'amour à ceux qu'ils aimaient, engendraient et ne se faisaient pas avorter, d'ailleurs en y réfléchissant Louisa les admirerait aussi, si seulement elle arrivait à se libérer de son carcan – mais était-ce possible pour quiconque ? Nous naissons dans une prison, tous autant que nous sommes, condamnés à vie dès la seconde où nous ouvrons les yeux, ce qui peinait tant Pendel chaque fois qu'il regardait ses propres enfants. Mais ces enfants-là étaient différents, c'étaient des anges, et quel bonheur de les rencontrer aux dernières heures de sa vie. Il n'avait jamais douté que le Panama renferme plus d'anges au mètre carré, plus de crinolines blanches et de coiffes fleuries, d'épaules superbes, d'odeurs de cuisine, de musique, de danses, de rires, d'ivrognes, de policiers véreux et de feux d'artifice mortels qu'aucun autre coin de paradis vingt fois plus grand, et tous étaient là pour l'escorter. Il était très heureux d'entendre des orchestres jouer, de voir des tournois de danse folklorique avec des Noirs dégingandés à l'œil de velours, en blazer et souliers blancs, dont les mains plates pétrissaient amoureusement l'air autour des hanches ondulantes de leur partenaire. Heureux aussi de constater que le portail de l'église était grand ouvert, ce qui permettait à la Sainte Vierge d'être aux premières loges pour voir de gré ou de force la bacchanale à l'extérieur. A l'évidence, les anges étaient décidés à ce qu'elle ne perde pas le contact avec la vie quotidienne dans toute sa crudité.

Il marchait lentement, du pas des condamnés, bien au milieu de la rue, sourire aux lèvres parce que tout le monde souriait et parce qu'un gringo malpoli qui ne sourirait pas au milieu d'une foule de fêtards *mestizo* indo-espagnols d'une incroyable beauté serait une espèce menacée. Marta avait raison, ces gens étaient les plus beaux, les plus honnêtes, les plus innocents du monde, Pendel l'avait déjà remarqué. Mourir parmi eux serait un privilège. Et il exigerait d'être enterré de l'autre côté du pont.

Il demanda son chemin à deux reprises, et on lui indiqua chaque fois une direction différente. La première fois, un groupe d'anges l'envoya dignement au milieu de la place, où il se retrouva la cible mouvante de salves de fusées à ogives multiples tirées à hauteur d'homme depuis les fenêtres et les porches des quatre côtés. Tout en se protégeant il en rit et multiplia les sourires pour montrer qu'il prenait bien la plaisanterie, mais ce fut miracle s'il atteignit l'autre côté de la place avec ses deux yeux, oreilles et couilles intacts et pas une seule brûlure, car les fusées n'avaient rien d'une plaisanterie et n'étaient accueillies par aucun rire. C'étaient des missiles chauffés au rouge, à grande vitesse initiale, crachant du feu et tirés à bout portant sur les ordres d'une amazone rousse et cagneuse au visage taché de son, en short effrangé, qui s'était autoproclamée chef artilleur d'une unité bien armée et qui traînait ses fusées mortelles comme une longue guirlande derrière elle, tout en bondissant et en gesticulant de façon obscène. Elle fumait – allez donc savoir quoi –, et entre deux bouffées hurlait des ordres à ses troupes réparties autour de la place : « Arrachez-lui la bite, envoyez le gringo au tapis ! » Une autre bouffée de cigarette, suivie d'un nouvel ordre. Mais Pendel était un brave homme et les autres des anges.

La seconde fois qu'il demanda son chemin, on lui indiqua une rangée de maisons en bordure de la place, avec des vérandas occupées par des *rabiblancos* trop bien habillés qui s'encanaillaient, leurs BMW rutilantes garées à côté. En passant devant chacune des vérandas bruyantes, Pendel se disait : je te connais, tu es le fils ou la fille d'Untel, Dieu comme le temps passe ! Mais après réflexion leur présence ici ne le gênait guère, et peu lui importait qu'ils le reconnaissent, parce que la maison où Mickie s'était suicidé se trouvait à quelques portes de là sur la gauche, et du coup il concentrait toutes ses pensées sur un ancien codétenu, un obsédé sexuel nommé Spider qui s'était pendu dans sa cellule pendant que Pendel dormait à quelques pas de lui, et Spider était le seul cadavre que Pendel avait côtoyé de près. Ce fut donc en quelque sorte la faute de Spider si Pendel, distrait, se retrouva au beau milieu d'un cordon de police improvisé constitué par une voiture, un cercle de badauds et une vingtaine de policiers qui ne sortaient sûrement pas tous de la voiture mais qui, selon leur habitude au Panama, s'étaient agglutinés comme des mouettes autour d'un bateau de pêche au premier relent d'agitation ou de profit dans l'air.

Le centre d'attraction était un vieux paysan hébété assis sur le bord du trottoir, son chapeau de paille coincé entre les genoux, le visage enfoui dans les mains, qui hurlait sa plainte en éclats rageurs comme un gorille. Faisaient cercle autour de lui une dizaine de conseillers, de spectateurs, d'experts, y compris plusieurs ivrognes accotés les uns aux autres pour ne pas tomber, et une vieille femme, sans doute son épouse, qui approuvait bruyamment son homme dès qu'il lui donnait l'occasion de placer un mot. Comme les policiers n'avaient pas l'intention d'ouvrir un passage dans la foule et encore moins dans leurs rangs, Pendel n'eut d'autre choix que de devenir lui-même un badaud, mais sans se mêler à la discussion. Le vieil homme avait été gravement brûlé, ce qui se voyait dès qu'il ôtait les mains de son visage pour avancer ou réfuter un argument. Un large carré de peau avait été arraché de sa joue gauche, et la blessure s'étendait jusque dans l'ouverture de sa chemise sans col. La police proposait de l'emmener à l'hôpital du coin où on lui ferait une injection, que tous s'accordaient à considérer comme le remède approprié en cas de brûlure.

Mais le vieil homme ne voulait ni piqûre ni remède. Il préférait encore la souffrance à l'injection, risquer la septicémie ou toute autre séquelle plutôt que de se faire emmener à l'hôpital par les policiers. Tout simplement parce que c'était un vieil alcoolo, que ce festival était probablement son dernier et que, comme chacun le savait, après une injection il était interdit de boire jusqu'à la fin des festivités. En toute connaissance de cause, avec son créateur et sa femme pour témoins, il avait donc décidé de dire aux flics que leur injection ils pouvaient se la mettre dans le cul, et qu'il préférait se saouler à mort, ce qui en plus lui ferait oublier la douleur. Il serait donc très content que tout le monde se tire de là s'il vous plaît, y compris la police, et si on voulait vraiment lui rendre service, le mieux était de lui apporter à boire, à lui et à sa femme, une bouteille de *seco* serait particulièrement appréciée.

Pendel écouta tout cela avec attention, devinant la présence d'un message à chaque parole, aussi confuse qu'en fût la signification. Petit à petit, la police s'éloigna, et la foule aussi. La vieille femme s'assit à côté de son mari, passa un bras autour de son cou, et Pendel monta les marches de la seule maison de la rue aux lumières éteintes, tout en se disant : je suis déjà mort, je suis aussi mort que toi, Mickie, alors ne va pas croire que ta mort m'effraie.

*

* *

Il frappa en vain, mais comme des têtes se tournaient vers lui dans la rue puisqu'on ne frappe jamais avant d'entrer pendant le festival, il s'arrêta et se rencogna dans l'ombre du porche. La porte était fermée mais pas verrouillée. Il tourna la poignée et entra. Sa première pensée fut qu'il se retrouvait à l'orphelinat juste avant Noël et qu'il jouait un des rois mages dans la pièce de la Nativité, lanterne et bâton en main, coiffé d'un vieux feutre marron que quelqu'un avait donné aux pauvres – sauf que dans cette maison les acteurs n'étaient pas à leurs marques et qu'on avait enlevé l'enfant Jésus.

Une salle carrelée tenait lieu d'étable. Les feux d'artifice sur la place y projetaient un halo dansant de points lumineux. Il y avait une femme drapée dans un châle, penchée sur un berceau, les mains jointes en prière sous son menton, qui était Ana, éprouvant sans doute le besoin de se couvrir la tête en présence de la mort. Mais le berceau n'en était pas un. C'était Mickie, à l'envers comme elle l'avait annoncé, le visage à plat sur le sol et les fesses en l'air, une carte du Panama à la place d'une oreille et d'une joue, et l'arme à côté de lui, pointée de façon accusatrice vers l'intrus, comme pour expliquer inutilement au monde ce que le monde savait déjà : Harry Pendel, tailleur, marchand de rêves, inventeur de personnages et de lieux d'évasion, avait assassiné sa propre création.

*
* *

A mesure que ses yeux s'accoutumaient aux lueurs mouvantes des feux d'artifice, des fusées et des réverbères de la place, Pendel commença à distinguer l'affreux gâchis laissé par Mickie en se faisant sauter la cervelle : des restes éclaboussant le carrelage, les murs et des endroits surprenants telle une commode grossièrement décorée de joyeux pirates avec leurs catins. Et ce fut ce qui l'incita à adresser ses premières paroles à Ana, plutôt empreintes d'esprit pratique que de sympathie : « Il faut mettre quelque chose pour masquer les fenêtres. »

Elle ne répondit pas, ne bougea pas, ne tourna même pas la tête, ce qui lui fit penser qu'elle était morte elle aussi, victime innocente de Mickie. Elle avait essayé de le rendre heureux, l'avait nettoyé, avait partagé son lit, et il l'avait tuée : tiens, voilà pour ta peine. L'espace d'un instant, Pendel en voulut à Mickie, l'accusant de violence envers lui-même, mais aussi envers sa femme, sa maîtresse, ses enfants et son ami Harry Pendel.

C'est alors qu'il se souvint de sa propre responsabilité dans cette affaire et du personnage de grand résistant et d'espion dont il avait affublé Mickie. Il essaya d'imaginer ce que Mickie avait dû éprouver lorsque la police était venue lui annoncer qu'il allait retourner en prison. L'évidence de sa culpabilité balaya toute réflexion trop accommodante sur l'inopportunité du suicide de Mickie.

Il toucha l'épaule d'Ana, qui ne bougea toujours pas. Mû par son vieux fond d'homme de spectacle, il décida que cette femme avait besoin qu'on lui remonte le moral. Il plaça ses mains sous ses aisselles, la remit debout et la tint contre lui, mais elle était aussi glacée et rigide que Mickie devait l'être. A l'évidence, elle était restée si longtemps dans la même position à le veiller que l'immobilité de ce corps au repos l'avait gagnée. A en juger par les rares fois où Pendel l'avait rencontrée, c'était une fille insouciante, drôle et pétulante de nature, qui n'avait jamais dû contempler si longtemps une chose aussi immobile. Au début elle avait hurlé, déliré, fulminé, supposa Pendel au souvenir de leur conversation téléphonique, et après avoir déchargé sa bile était tombée dans une sorte de prostration près du cadavre. A mesure qu'elle se calmait, elle s'était figée comme une statue de glace, ce qui expliquait pourquoi son corps était aussi rigide, pourquoi elle claquait des dents et ne pouvait répondre à Pendel au sujet des fenêtres.

Il chercha pour elle quelque chose à boire mais ne trouva que trois bouteilles de whisky vides et une bouteille de *seco* à demi pleine qu'il ne jugea pas un remède approprié. Alors il la mena jusqu'à un fauteuil en osier, la fit asseoir, dénicha des allumettes, alluma le gaz et mit à chauffer une casserole d'eau. Quand il se retourna, il s'aperçut qu'elle fixait de nouveau Mickie du regard. Il alla prendre le dessus-de-lit dans la chambre et en recouvrit la tête de Mickie, sentant pour la première fois l'odeur âcre et tiède du sang par-dessus les relents de cordite, de cuisine et de fumée qui provenaient de la véranda tandis que les feux d'artifice continuaient d'éclater et de siffler sur la place, et que les filles hurlaient quand les garçons faisaient exploser à la dernière seconde des pétards à leurs pieds. Il suffisait à Pendel et Ana de détourner les yeux du corps de Mickie pour jouir du spectacle par les portes-fenêtres.

« Sortez-le d'ici, marmonna-t-elle de son fauteuil avant d'ajouter, beaucoup plus fort : Mon père me tuera. Sortez-le d'ici. C'est un espion anglais. Ils l'ont dit. Et vous aussi vous en êtes un.

– Calmez-vous », lui dit Pendel surpris de s'entendre ainsi parler.

Et brusquement Harry Pendel changea, non pour devenir un autre mais simplement lui-même enfin, un homme conscient de sa propre force. Dans un sublime instant d'illumination, par-delà la tristesse, la mort, la passivité, il conçut la grandiose validation de sa vie d'artiste, un acte d'harmonie, de défi, de vengeance et de réconciliation, un saut majestueux dans un univers où les frustrantes limites de la réalité étaient repoussées par la vérité infinie du rêve du créateur.

*

* *

Cette renaissance de Pendel dut avoir un certain retentissement sur Ana qui, après quelques gorgées de café, reposa sa tasse et vint l'aider. D'abord remplir une cuvette d'eau, y ajouter un désinfectant, aller chercher un balai, une serpillière, des rouleaux d'essuie-tout, des torchons, du détergent et une brosse à récurer, puis allumer une bougie et la poser par terre pour que la flamme ne soit pas visible de la place, où un nouveau feu d'artifice tiré en l'air cette fois, et non sur des gringos de passage, annonçait l'élection d'une reine de beauté, qui avançait sur son char avec une mantille blanche, une couronne de fleurs de poirier blanches, des épaules blanches, des yeux brillants de fierté, une fille d'une beauté si fascinante et rayonnante qu'Ana et Pendel interrompirent un instant leur tâche pour la regarder passer avec sa suite de demoiselles d'honneur et de pages bondissants, au milieu de monceaux de fleurs qui auraient suffi à enterrer mille fois Mickie.

Puis ils reprirent leur travail, frottant, lavant jusqu'à ce que l'eau désinfectée de la bassine devienne noire dans la pénombre et qu'il faille la changer, et la rechanger. Mais Ana s'échinait avec cette bonne volonté que Mickie lui avait toujours reconnue – une chic fille aussi insatiable au lit qu'au restaurant, disait-il –, et peu à peu le nettoyage, le récurage lui firent l'effet d'une catharsis, et elle se mit à bavarder gaiement comme si Mickie était sorti un instant chercher une autre bouteille ou boire un scotch vite fait avec un voisin sur l'une des vérandas éclairées à côté de chez eux, où en ce moment même des fêtards applaudissaient et criaient de joie au passage de la reine de beauté – comme si Mickie ne gisait pas sur le ventre au milieu de la pièce, tête recouverte par le dessus-de-lit, fesses en l'air, main toujours tendue vers le revolver que Pendel, à l'insu d'Ana, avait glissé dans un tiroir pour un usage ultérieur.

« Regardez, vite, c'est le ministre », s'écria Ana.

Un groupe de notables en *panabrisas* blancs venait d'arriver au milieu de la place, entourés par d'autres hommes portant des lunettes noires. Voilà ce que je vais faire, se dit Pendel. Je vais prendre des airs officiels comme eux.

« Il nous faut des bandages. Cherchez une trousse de secours. »

Comme il n'y en avait pas, ils taillèrent des lanières dans un drap de lit.

« Et il faudra aussi que j'achète un couvre-lit neuf », dit-elle.

Pendel fouilla la veste d'intérieur magenta P & B posée sur une chaise, en retira le portefeuille de Mickie et tendit à Ana une liasse de billets, de quoi s'offrir un dessus-de-lit neuf et un peu de bon temps.

« Comment va Marta ? demanda Ana en glissant l'argent dans son corsage.

– Très bien, répondit joyeusement Pendel.

– Et votre femme ?

– Très bien aussi, merci. »

*

* *

Pour emmailloter la tête de Mickie, ils durent l'asseoir à son tour dans le fauteuil en osier, qu'ils recouvrirent d'abord de serviettes. Quand Pendel retourna le cadavre, Ana eut juste le temps de courir aux toilettes où elle vomit, porte ouverte, une main en l'air derrière elle doigts écartés comme pour se cacher pudiquement. Pendant ce temps, Pendel se pencha vers Mickie et se souvint à nouveau de Spider auquel il avait dû faire un bouche-à-bouche dont il savait l'inutilité totale, même si les gardiens coupables criaient à Pendel d'essayer encore et encore, bordel !

Mais Spider n'avait jamais été un ami de la stature de Mickie, ni un premier client, ni le prisonnier du passé de son père, ni un prisonnier politique de Noriega, et on ne l'avait pas tabassé pour ses opinions pendant sa détention. Spider n'avait pas été trimballé dans toute la prison comme un tas de chair fraîche destiné à repaître les psychopathes. Spider avait disjoncté parce qu'il avait toujours sauté deux filles par jour et trois le dimanche, et que la perspective de passer cinq ans sans baiser lui avait paru une mort à petit feu. Et il s'était pendu, s'était souillé et avait sorti la langue, ce qui rendait le bouche-à-bouche encore plus ridicule, alors que Mickie s'était rayé de ce monde, en laissant un côté de lui intact si l'on faisait abstraction du trou noir, et l'autre en une épouvantable bouillie dont on ne pouvait faire abstraction.

*

* *

Mais en tant qu'ancien détenu et victime de la trahison de Pendel, Mickie fit preuve d'un entêtement à la mesure de sa corpulence. Il se fit plus lourd lorsque Pendel le prit sous les aisselles en déployant de gros efforts pour le bouger puis pour l'empêcher de s'écrouler à nouveau alors qu'il était à demi debout. Il fallut aussi beaucoup de rembourrage et de bandages pour que les deux côtés de son visage semblent d'un volume à peu près identique, mais Pendel y parvint. Quand Ana revint il la mit aussitôt au travail, lui confiant le soin de serrer le nez de Mickie pour pouvoir faire passer les bandages au-dessus et au-dessous et lui permettre de respirer, ce qui était aussi ridicule que d'essayer de faire respirer Spider, mais dans le cas présent du moins il y avait une raison. En posant les bandages de biais, Pendel réussit à laisser un œil à découvert pour que Mickie y voie, parce que lorsqu'il avait appuyé sur la détente, Mickie avait gardé un œil grand ouvert avec une expression de réelle surprise. Pendel appela ensuite Ana à l'aide pour le traîner dans le fauteuil jusqu'à la porte d'entrée.

« Les gens de ma ville ont un gros problème, lui avoua Ana dans un élan de confidences. Leur prêtre est homo et ils le détestent, alors que le prêtre de la ville voisine baise toutes les filles et ils l'adorent. C'est ça les petites villes, il y a souvent des problèmes humains. »

Elle s'arrêta pour reprendre son souffle avant de poursuivre ses efforts.

« Ma vieille tante est une personne très stricte, enchaîna-t-elle. Elle a écrit à l'évêque pour se plaindre en disant que les prêtres qui baisent ne font pas de bons prêtres ! dit-elle avec un rire charmant. L'évêque lui a répondu : "Essayez de dire ça à mes ouailles, vous verrez leur réaction."

– Ce doit être un bon évêque, dit Pendel en riant lui aussi.

– Vous pourriez être prêtre, vous ? demanda-t-elle tout en poussant le fauteuil. Mon frère est très très croyant, et il m'a dit : "Ana, je voudrais bien devenir prêtre." "Tu es fou", je lui ai répondu. Il n'a jamais connu de fille. C'est ça son problème. Au fond, il est peut-être gay.

– Refermez la porte derrière moi et ne l'ouvrez pas jusqu'à mon retour, d'accord ?

– D'accord, je verrouille la porte.

– Je frapperai trois petits coups et un fort, compris ?

– Je m'en souviendrai, vous croyez ?

– J'en suis sûr. »

Et comme elle semblait déjà plus en forme, il eut l'idée de parachever le traitement en la faisant se retourner pour admirer leur beau travail : des murs bien propres ainsi que le sol et les meubles, et, à la place d'un amant mort, un simple rescapé des feux d'artifice de Guararé assis stoïquement près de la porte sous un bandage de fortune, son bon œil ouvert en attendant que son vieux copain revienne avec le 4 × 4.

*

* *

Pendel conduisit au pas entre les anges, qui tapèrent sur l'aile comme sur la croupe d'un cheval en criant : « Allez, hue, gringo ! » et jetèrent des pétards sous le châssis, tandis que deux garçons sautaient sur le pare-chocs arrière. Il y eut une tentative pour faire asseoir une reine de beauté sur le capot, mais sans succès car elle avait peur de salir sa belle robe blanche et Pendel ne l'y encouragea pas, jugeant le moment mal choisi pour prendre quelqu'un en stop. Cela mis à part, le voyage se déroula sans incident, et il en profita pour peaufiner son projet car, comme Osnard le lui avait répété au cours des séances d'entraînement, le temps passé en préparatifs n'est jamais perdu, le principe étant de considérer une opération clandestine du point de vue de chacun des participants en se demandant : que va-t-il faire ? que va-t-elle faire ? où iront-ils tous quand ce sera terminé ? etc.

Il frappa trois petits coups et un fort, sans résultat. Il recommença et entendit un joyeux « j'arrive ! ». Quand Ana ouvrit la porte, seulement à moitié à cause de Mickie assis derrière dans son fauteuil, il remarqua à la lumière de la place qu'elle avait brossé ses cheveux qui lui tombaient dans le dos, enfilé un chemisier propre qui découvrait ses épaules comme celles des autres anges, et ouvert les portes de la véranda pour laisser entrer l'odeur de cordite et faire partir celle du sang et du désinfectant.

« Il y a un bureau dans votre chambre, lui dit-il.

– Oui, et alors ?

– Allez voir s'il y a du papier à lettres et un crayon ou un stylo. Préparez-moi une pancarte avec “*ambulancia*” écrit dessus pour que je la colle sur le tableau de bord du 4 × 4.

– Vous allez vous faire passer pour une ambulance ? Ça, c'est génial. »

Pendant qu'elle s'éclipsait dans la chambre comme une adolescente au cours d'une soirée, Pendel sortit le revolver de Mickie du tiroir et le glissa dans la poche de son pantalon. Il ne connaissait rien aux armes et celle-ci était légère, mais très efficace, comme en témoignait le trou dans la tête de Mickie. Puis, réflexion faite, il choisit dans le tiroir un couteau de cuisine à dents de scie qu'il enveloppa dans de l'essuie-tout avant de le cacher. Ana revint, triomphante. Elle avait déniché un cahier à dessin pour enfants et des crayons de couleur. Le seul ennui, c'est que dans son enthousiasme elle avait oublié le I à la fin, ce qui donnait AMBULANCA. Sinon la pancarte rendait bien. Il la lui prit et alla au 4 × 4, où il la plaça sur le tableau de bord et alluma les feux de détresse en réponse aux conducteurs coincés derrière lui dans la rue qui klaxonnaient pour lui faire dégager le chemin.

A cet instant, le sens de l'humour vint à la rescousse de Pendel. En remontant les marches, il se retourna vers la foule hostile à laquelle il adressa un sourire, joignant les mains pour implorer leur indulgence, puis il leva un doigt pour demander qu'on lui accorde une minute, ouvrit grand la porte et alluma la lumière de l'entrée pour éclairer Mickie, la tête entourée de bandages excepté un œil. A cette vue, huées et klaxons s'apaisèrent.

« Mettez-lui son veston sur les épaules quand je le soulèverai, dit-il à Ana. Non, attendez. »

Pendel prit la position de l'haltérophile, se répéta qu'il était aussi costaud que perfide et cruel, qu'il avait de la force dans les cuisses, les fesses, le ventre et les épaules, et qu'à maintes reprises il avait déjà dû ramener Mickie chez lui en le portant, sauf qu'aujourd'hui Mickie ne transpirait pas, ne disait pas qu'il allait vomir, et ne demandait pas qu'on le ramène en prison, ce qui dans son langage signifiait chez sa femme.

Ces pensées en tête, Pendel le prit à bras-le-corps et le hissa sur ses pieds, mais les jambes n'étaient guère solides et, pis encore, la chaleur humide de la nuit n'avait pas favorisé la rigidité du cadavre qui s'affaissait. Il revint donc à Pendel de se raidir pour deux quand il aida son ami à franchir le seuil puis, s'appuyant d'un bras sur la balustrade en fer et rassemblant toutes les forces que son Dieu lui avait données, à descendre la première des quatre marches jusqu'au 4 × 4. La tête de Mickie reposait sur son épaule, et il sentait l'odeur du sang à travers les bandages. Ana avait jeté le veston sur les épaules de Mickie, et Pendel se demandait maintenant pourquoi il lui avait lancé cet ordre, sauf que c'était un très beau veston et qu'il ne supportait pas l'idée qu'elle le donne au premier mendiant venu. Il voulait que ce veston joue un rôle dans la glorification de Mickie, parce que c'est là notre but, Mickie – troisième marche –, nous partons sur les sentiers de la gloire, et tu seras le plus beau de tous, le héros le mieux habillé que les filles aient jamais vu.

« Allez-y, ouvrez la portière », dit-il à Ana.

Sur quoi Mickie, dans un de ses habituels et imprévisibles accès d'indépendance, décida de prendre la tête des opérations, en l'occurrence en se laissant chuter de la dernière marche vers la voiture. Mais Pendel n'avait pas d'inquiétude à se faire. Deux jeunes gens attendaient déjà bras écartés, réquisitionnés par Ana, qui avait le chic de mobiliser les jeunes gens rien qu'en sortant dans la rue.

« Allez-y doucement, leur ordonna-t-elle. Il est peut-être évanoui.

– Il a les yeux ouverts, remarqua l'un des deux, commettant la classique erreur de déduction selon laquelle si l'on voit un œil c'est que l'autre est à sa place.

– Penchez-lui la tête en arrière », ordonna Pendel.

Mais ce fut lui qui s'en chargea, sous le regard inquiet des autres. Il abaissa l'appuie-tête du siège du passager, y cala la tête de Mickie, boucla la ceinture autour de son énorme ventre, ferma la portière, remercia les garçons, exprima d'un signe sa reconnaissance aux conducteurs qui attendaient derrière lui et sauta derrière le volant.

« Retournez au festival », dit-il à Ana.

Mais il n'avait plus d'autorité sur elle. Redevenue elle-même, elle pleurait toutes les larmes de son corps en affirmant que Mickie n'avait jamais rien fait dans sa vie pour mériter les persécutions de la police.

*
* *

Pendel conduisait lentement, au gré de son humeur. D'ailleurs, Mickie méritait le respect, comme aurait dit l'oncle Benny. Sa tête roulait de droite et de gauche dans les virages et tressautait au passage des nids-de-poule. Seule la ceinture de sécurité empêchait son corps de s'écrouler côté conducteur, comme cela avait dû être le cas à l'aller d'ailleurs, sauf que Pendel ne l'imaginait même pas avec un œil ouvert. Il suivait les panneaux indicateurs vers l'hôpital, ses feux de détresse toujours allumés, assis bien droit comme les ambulanciers qui roulaient à toute allure dans Leman Street sans même se pencher dans les virages.

Alors qui êtes-vous au juste ? lui demandait Osnard, mettant sa couverture à l'épreuve. Un docteur gringo attaché à l'hôpital, voilà qui je suis, répliqua-t-il. Et j'ai un malade dans un état critique, alors ne m'embêtez pas.

Aux postes de contrôle, les policiers s'écartèrent pour le laisser passer, et l'un d'eux alla jusqu'à arrêter la circulation en sens inverse par respect à l'égard du grand blessé. Geste inutile, d'ailleurs, car Pendel ne prit pas le tournant vers l'hôpital mais continua tout droit vers le nord, sur la route par laquelle il était venu, vers Chitré où les crevettes pondent des œufs dans le tronc des mangroves, vers Sarigua où les orchidées étaient de petites prostituées. Il y avait eu beaucoup de circulation quand il était arrivé à Guararé, se souvenait-il, mais au retour il n'y en avait plus. A la clarté d'une nouvelle lune dans un ciel dégagé, ils roulaient seuls tous les deux, Mickie et lui. Quand il tourna à droite en direction de Sarigua, une Noire qui courait pieds nus, l'air affolé, lui adressa un geste suppliant pour qu'il la prenne à bord, et il se sentit honteux de refuser. Mais les espions en mission dangereuse ne prennent pas d'auto-stoppeurs, s'était-il déjà dit à Guararé. Il poursuivit son chemin, remarquant que le sol devenait blanc à mesure que la route grimpait.

Il connaissait d'avance le lieu idéal. Mickie, comme Pendel, adorait la mer. De fait, en passant sa vie en revue il prit conscience à retardement que la mer avait eu une influence apaisante sur ses nombreux dieux guerriers, raison pour laquelle le Panama lui avait été particulièrement bénéfique jusqu'à l'arrivée d'Osnard. « Harry, mon garçon, tu peux te garder Hong Kong, Londres et Hambourg, je m'en fiche ! Benny l'avait-il assuré en lui montrant l'isthme sur un atlas de poche Philip's un jour de visite à la prison. Mais où peux-tu prendre le bus et voir la grande muraille de Chine d'un côté, la tour Eiffel de l'autre ? » De la fenêtre de sa cellule, Pendel n'avait vu ni l'une ni l'autre, mais des mers de bleus différents de chaque côté, et l'évasion dans les deux sens.

Une vache, tête baissée, barrait la route et Pendel dut freiner. Mickie glissa bêtement en avant, et son cou passa sous la ceinture de sécurité. Pendel la déboucla et laissa le corps s'effondrer par terre. Mickie, je te parle. J'ai dit que j'étais navré, non ? La vache s'écarta de mauvaise grâce. Des pancartes vertes indiquaient une réserve naturelle. Pendel se rappelait l'ancien campement tribal, les grandes dunes, les rochers blancs dont Hannah disait que c'étaient des coquillages échoués, et puis la plage. La route devint une simple piste aussi droite qu'une *via* romaine, bordée d'une haute muraille de haies qui, à certains endroits, formaient voûte comme des mains jointes en prière et à d'autres s'écartaient, lui laissant voir ce ciel parfaitement immobile que l'on trouve au-dessus des mers étales. La nouvelle lune essayait de se faire plus grosse, et une brume d'un blanc virginal s'accrochait à ses pointes. Des myriades d'étoiles dessinaient des traînées de poudre d'argent.

La piste s'arrêtait là, mais Pendel continua, confiant dans les incroyables possibilités d'un 4 × 4. Des cactus géants se dressaient de chaque côté tels des soldats camouflés. Halte-là ! Sortez ! Mettez vos mains sur le toit ! Vos papiers ! Il continua d'avancer malgré une pancarte lui intimant l'ordre de s'arrêter. Il songea alors aux empreintes de pneus. Ils pourront identifier la voiture. Mais comment ? En examinant les pneus de tous les 4 × 4 du Panama ? Il songea aussi aux empreintes de pas. Mes chaussures. Ils identifieront mes chaussures. Mais comment ? Il se souvint des lynx. Il se souvint de Marta. Ils ont dit que vous étiez un espion, et que Mickie en était un aussi. Je l'ai dit moi aussi. Il se souvint de l'Ours. Il se souvint des yeux de Louisa, trop effrayée pour lui poser la seule question pertinente : Harry, es-tu devenu fou ? Les gens sains d'esprit sont plus fous que nous ne l'imaginons, se dit-il. Et les fous plus censés que certains d'entre nous voudraient le croire.

Il freina lentement sans quitter le sol des yeux, qu'il voulait bien dur. Gagné. De la roche blanche poreuse, comme du corail inerte vierge de toute empreinte de pas depuis des millions d'années. Il descendit, laissant les phares allumés, alla à l'arrière du 4 × 4 prendre le câble de remorque qu'il utilisait pendant les pluies. Il chercha vainement le couteau de cuisine et commençait à paniquer lorsqu'il se souvint de l'avoir glissé dans la poche du veston de Mickie. Il coupa plus d'un mètre de corde, alla ouvrir la portière avant droite, tira le cadavre et le déposa doucement sur le sol, à plat ventre mais pas les fesses en l'air, parce que le voyage l'avait quelque peu abîmé et qu'il reposait plus sur le côté que sur sa grosse bedaine.

Puis il ramena les bras de Mickie dans le dos et lui attacha les poignets, un double nœud, mais professionnel. Pendant tout ce temps, pour ne pas devenir fou, il ne pensait qu'à des détails pratiques. La veste. Qu'auraient-ils fait de la veste ? Il alla la chercher dans le 4 × 4 et l'étala sur le dos de Mickie, comme une cape, comme il aurait pu la porter. Puis il sortit le revolver de sa poche et, à la lueur des phares, chercha le cran de sûreté. Bien sûr il l'avait trimballé tout ce temps-là en position de tir, tel que Mickie l'avait laissé, évidemment. Après s'être fait sauter la cervelle, il pouvait difficilement remettre le cran de sûreté.

Pendel recula ensuite légèrement la voiture par rapport au corps sans trop savoir pourquoi, d'ailleurs, sinon qu'il ne voulait pas d'une lumière aussi vive sur l'acte qu'il allait commettre. Il préférait accorder à Mickie une certaine intimité pour l'occasion, dans une sorte de sanctuaire naturel, même s'il était plutôt rudimentaire pour ne pas dire primitif, ici, au beau milieu d'un campement indien vieux de onze mille ans, jonché de pointes de flèches et de silex taillés que Louisa permettait aux enfants de ramasser à condition de les remettre en place après parce qu'il n'en resterait plus un seul si tous les gens qui venaient ici en prenaient un, ici, dans un désert créé par la main de l'homme, au milieu de mangroves, si salin que même le sol était mort.

*

* *

Après avoir déplacé la voiture, Pendel revint près du corps, s'agenouilla et défit avec douceur les bandages jusqu'à ce que le visage de Mickie ressemble à ce qu'il était sur le carrelage de la cuisine, peut-être un rien plus âgé, un rien plus propre, et l'air plus héroïque, du moins dans l'imagination de Pendel.

Mon vieux Mickie, ta tête va être exposée où elle le mérite, dans la galerie des martyrs du palais présidentiel, dès que le Panama sera libéré de tout ce qui te déplaisait, dit-il à Mickie in petto. *En outre, Mickie, je suis vraiment désolé que tu m'aies connu, parce que personne ne mérite ça.*

Il aurait voulu prononcer quelques mots, mais toutes ses pensées étaient intérieures. Il jeta un dernier regard alentour et, ne voyant personne pour protester, il tira deux coups avec autant de tendresse que s'il avait euthanasié un animal malade, une balle sous l'omoplate gauche et une sous la droite. *Overdose de plomb, Andy*, pensa-t-il en se rappelant son dîner avec Osnard au Club Unión. *Trois coups de feu, la signature du pro : une balle dans la tête, deux dans le corps, et le résultat éclaboussé à la une de tous les journaux.*

*
* *

Au premier coup il pensa : celui-là c'est pour toi, Mickie.

Et au second : celui-là est pour moi.

Mickie avait déjà tiré lui-même le troisième, et pendant quelques instants Pendel resta là, immobile, l'arme à la main, écoutant la mer et le silence de l'opposition de Mickie.

Puis il enleva la veste et la rapporta à la voiture. Il conduisit environ vingt mètres avant de la jeter par la fenêtre, comme tout tueur professionnel qui découvre avec rage qu'après avoir ficelé et tué sa victime et l'avoir jetée dans un lieu désert approprié, il a oublié la foutue veste dans la voiture, celle qu'il portait quand je l'ai tué, alors il la jette dehors.

De retour à Chitré, il sillonna les rues désertes en quête d'une cabine téléphonique qui ne soit pas occupée par des ivrognes ou des amoureux. Il voulait que son ami Andy soit le premier à apprendre la nouvelle.

CHAPITRE 23

L'inexplicable dégraissage à l'ambassade britannique au Panama dans les jours précédant l'opération « Passage protégé » déclencha une petite tempête dans la presse anglaise et internationale, puis un débat plus large sur le rôle joué en coulisse par la Grande-Bretagne dans l'invasion américaine. L'Amérique latine était unanime. LE LAQUAIS DE L'AMÉRIQUE ! clamait le journal d'opinion panaméen *La Prensa* au-dessus d'une photographie vieille d'un an d'une poignée de main entre un ambassadeur Maltby penaud et le commandant en chef des forces américaines de l'hémisphère Sud lors d'une réception. En Angleterre, l'opinion se divisa tout d'abord selon des lignes prévisibles. Si la presse Hatry voyait derrière cet exode diplomatique une « opération de soutien orchestrée de main de maître dans la plus pure tradition de l'espionnage » et un « arrière-plan secret qui jamais ne devra être révélé », la concurrence hurlait TRAITRES ! et accusait le gouvernement de frayer avec les pires éléments de la droite américaine, d'exploiter les « faiblesses présidentielles » en pleine année électorale, de surfer sur la vague d'hystérie anti-japonaise, et d'appuyer les ambitions coloniales américaines aux dépens des liens de la Grande-Bretagne avec l'Europe, tout cela afin de requinquer un Premier ministre pathétique et discrédité à l'approche des élections en flattant les plus bas instincts de l'opinion anglaise.

Tandis que la presse Hatry publiait à la une des photographies couleur du Premier ministre nimbé de gloire à Washington – LE DOUX LION ANGLAIS MONTRE LES CROCS –, la concurrence récusait les « fantasmes d'impérialisme par procuration » de la Grande-Bretagne sous le gros titre LES FAITS ET LES MENSONGES ou LA HONTE DE L'EUROPE, et comparait les « accusations fallacieuses portées contre les gouvernements panaméen et japonais » avec les grossières inventions qu'avait jadis publiées la presse Hearst pour justifier la pugnacité des États-Unis avant la guerre hispano-américaine.

Mais quel rôle l'Angleterre avait-elle joué au juste ? Comment, si tel était bien le cas, ce dont doutait un éditorial du *Times* intitulé ABSENCE DE COMPLICITÉ, les Anglais s'étaient-ils empêtrés dans le bourbier américain ? Tous les regards se tournèrent à nouveau vers l'ambassade britannique au Panama, s'interrogeant sur ses liens démentis avec un ancien étudiant d'Oxford, ex-victime de Noriega et célèbre rejeton de la classe politique panaméenne, Mickie Abraxas, dont le corps « mutilé » avait été retrouvé dans un terrain vague près de la ville de Parita après avoir été « torturé et froidement assassiné », prétendument par une unité spéciale rattachée à l'équipe présidentielle. Ce fut la presse Hatry qui révéla l'histoire et la grossit, les chaînes de télévision Hatry qui la reprirent, et bientôt les journaux anglais de tous bords sortaient leur article sur Abraxas, de NOTRE HOMME AU PANAMA à LE HÉROS SECRET A-T-IL SERRÉ LA MAIN DE LA REINE ? en passant par LE 007 ANGLAIS ÉTAIT UN

GROS POIVROT. Une enquête plus modérée et donc remarquée, publiée dans un journal de qualité indépendant à petit tirage, révéla que la veuve d'Abraxas avait été discrètement sortie du Panama quelques petites heures après la découverte du corps de son époux, et se reposerait actuellement dans une maison sûre à Miami sous la protection d'un certain Rafael Domingo, éminent Panaméen très proche du défunt.

La prompte contre-expertise de trois médecins légistes panaméens, selon lesquels Abraxas était un alcoolique invétéré qui s'était tiré une balle en pleine tête dans une crise de dépression après avoir bu un litre de scotch, fut accueillie avec tout le mépris qu'elle méritait. Un tabloïd Hatry résuma l'impression générale : FOUTAISES, SEÑORES ! Le chargé d'affaires britannique, M. Simon Pitt, déclara à la presse que « M. Abraxas n'avait aucun lien formel ou informel avec notre ambassade ni avec aucune légation anglaise officielle au Panama », ce qui parut ridicule lorsqu'il fut découvert qu'Abraxas avait été président de la Société culturelle anglo-panaméenne, poste dont il avait dû démissionner « pour raisons de santé ». Un expert en affaires d'espionnage expliqua aux non-initiés les pratiques habituelles : ayant été « repéré » comme agent anglais potentiel par des officiers du Renseignement sur le terrain, Abraxas aurait reçu l'ordre de couper les ponts avec l'ambassade pour protéger sa couverture, et la procédure habituelle aurait été d'échafauder un « désaccord » avec l'ambassade pour « mettre des distances » entre Abraxas et ses officiers traitants. M. Pitt démentit tout désaccord, et il se pouvait donc qu'Abraxas ait payé de sa vie ce manque d'imagination de la part du Renseignement anglais. Selon des sources bien informées, la police panaméenne s'intéressait depuis quelque temps à ses activités. Un haut responsable de l'opposition osa paraphraser Oscar Wilde en disant que la mort d'un homme pour une cause ne suffit pas à la légitimer, ce qui lui valut d'être mis en pièces par les tabloïds, dont une publication Hatry qui promit à ses lecteurs des révélations choquantes sur la sordide vie sexuelle de ce député.

Puis un beau matin, les projecteurs revinrent comme un seul homme sur ce qui serait désormais surnommé LE TRIPLÉ PANAMÉEN, c'est-à-dire les trois diplomates britanniques qui, pour citer un commentateur, avaient « quitté en douce le périmètre de l'ambassade avec épouses, armes et bagages à la veille du terrible raid aérien américain » – et qu'ils aient été quatre dont une femme ne constituait pas une raison suffisante pour se priver d'un bon titre. L'explication fournie à leur départ par l'infortunée porte-parole désignée du Foreign Office déclencha l'hilarité générale :

« M. Andrew Osnard n'appartient pas aux Affaires étrangères. Il a été engagé sous contrat comme expert hautement qualifié sur le canal de Panama. »

La presse se délecta de ses hautes qualifications : Eton, les courses de lévriers et le karting à Oman.

QUESTION : Pourquoi Osnard a-t-il quitté le Panama sans préavis ?

RÉPONSE : Le contrat de M. Osnard à ce poste avait expiré.

Q : Parce que Mickie Abraxas avait expiré aussi ?

R : Sans commentaire.

Q : Osnard est-il un espion ?

R : Sans commentaire.

Q : Où se trouve Osnard à l'heure actuelle ?

R : Nous ne sommes pas au fait de ses déplacements.

Pauvre femme. Le lendemain, la presse se fit fort d'éclairer sa lanterne grâce à une photographie d'Osnard-sans-commentaire sur les pistes skiables de Davos, en compagnie d'une beauté mondaine deux fois plus âgée que lui.

« L'ambassadeur Maltby a été rappelé à Londres pour consultation peu avant le lancement de l'opération Passage protégé. La date de son retour n'était qu'une coïncidence. »

Q : Peu avant ? C'est-à-dire ?

R (de la même pauvre porte-parole) : Peu avant.

Q : Avant qu'il se fasse la malle ou après ?

R : C'est une question ridicule.

Q : Quelles relations Maltby entretenait-il avec Abraxas ?

R : Nous n'avons connaissance d'aucune relation entre eux.

Q : Le Panama était une affectation assez peu glorieuse pour un homme du calibre intellectuel de Maltby, non ?

R : Nous tenons la république du Panama en très haute estime. M. Maltby a été considéré comme l'homme qu'il fallait pour ce poste.

Q : Où se trouve-t-il actuellement ?

R : L'ambassadeur Maltby est en congé longue durée pour motifs personnels.

Q : Pourriez-vous préciser la nature de ces motifs ?

R : Je viens de le faire. Motifs personnels.

Q : Personnels de quel ordre ?

R : A notre connaissance, M. Maltby vient de faire un héritage et envisage une nouvelle carrière. C'est un homme érudit.

Q : C'est une autre façon de dire qu'on l'a viré ?

R : Certainement pas.

Q : Ou qu'on a acheté son silence ?

R : Merci d'avoir assisté à cette conférence de presse.

On alla dénicher Mme Maltby, bouliste réputée, dans sa maison de Wimbledon, mais elle eut la sagesse de ne pas révéler où se trouvait son mari :

« Non, non. Allez, partez tous. Vous ne tirerez rien de moi. Je vous connais bien, vous les journalistes. Vous êtes des sangsues, vous inventez tout. On vous a bien vus, aux Bermudes, lors du voyage de la reine. Non, je n'ai aucune nouvelle de lui, ce qui ne me surprend pas, d'ailleurs. Il a sa vie et j'ai la mienne. Oh, je suppose qu'il me téléphonera un jour, s'il arrive à se rappeler le numéro et qu'il trouve la monnaie. Je ne dirai rien de plus. S'il était espion ? Ne soyez pas complètement ridicules. Vous pensez que je ne m'en serais pas aperçue ?

Abraxas ? Jamais entendu parler. On dirait un nom de club de sport. Ah si, je me souviens. C'est le rustre qui m'a vomi dessus le soir de la fête en l'honneur de l'anniversaire de la reine. Un homme affreux. Que voulez-vous dire par intimes, bougre d'imbécile ? Vous n'avez pas vu les photos ? Elle a vingt-quatre ans, il en a quarante-sept et c'est un euphémisme. »

JE VAIS ARRACHER LES YEUX DE LA FILLE DU JUGE, DIT L'ÉPOUSE DÉLAISSÉE DU DIPLOMATE. Un reporter intrépide affirmait avoir retrouvé la trace du couple à Bali. Un autre, réputé pour ses sources secrètes, les situait dans une demeure luxueuse sur une colline du Montana que la CIA met à la disposition des « agents » qui ont mérité sa gratitude.

« Mlle Francesca Deane a démissionné des Affaires étrangères pendant son affectation au Panama. C'était une excellente diplomate, et nous regrettons cette décision prise pour raisons personnelles. »

Q : Les mêmes raisons que Maltby ?

R (de la même porte-parole, blessée mais pas achevée) : Question suivante ?

Q : Ça veut dire sans commentaire ?

R : Ça veut dire question suivante ou sans commentaire, quelle différence ? Pouvons-nous en revenir à des choses plus importantes ?

Q (d'un journaliste latino-américain traduite par un interprète) : Francesca Deane était-elle la maîtresse de Mickie Abraxas ?

R : Mais de quoi parlez-vous ?

Q : Beaucoup de gens au Panama la rendent responsable de la rupture du couple Abraxas.

R : Enfin, je ne vais pas commenter des on-dit !

Q : Beaucoup de gens au Panama pensent aussi que Stormont, Maltby, Deane et Osnard constituaient un commando de terroristes anglais bien entraîné auquel la CIA avait confié la mission d'infiltrer le gouvernement démocratique du Panama pour le faire imploser !

R : Elle est accréditée, cette journaliste ? Quelqu'un la connaît ? Excusez-moi, vous pourriez montrer votre carte de presse au vigile, je vous prie ?

*

* *

Le cas de Nigel Stormont ne fit pas beaucoup de vagues. LE DON JUAN DU FOREIGN OFFICE PART AU VERT, titre suivi d'une resucée de sa liaison tapageuse avec l'épouse d'un ancien collègue de l'ambassade britannique à Madrid, ne survécut pas aux éditions du matin. L'admission de Paddy Stormont dans un service de cancérologie suisse et l'habileté qu'il mit à manipuler la presse coupa court à toute autre spéculation. Au fil des jours, Stormont fut arbitrairement relégué au rang de second couteau. Ce qui apparaissait à présent comme un inextricable complot anglais de grande envergure avait permis, dans les termes de l'éditorialiste Hatry le mieux payé, de « sauver la mise aux Américains et de prouver que l'Angleterre à majorité conservatrice avait toute sa place dans la noble alliance atlantique, que ses soi-disant partenaires européens décident ou non de rester près de la ligne de touche ».

La participation à l'invasion d'une minuscule force anglaise symbolique, qui passa totalement inaperçue hors de la Grande-Bretagne, fut cause de joie nationale. Les grandes églises sortirent leur bannière de St George et les enfants qui ne faisaient pas déjà l'école buissonnière eurent droit à un jour de congé. Quant à Pendel, la seule mention de son nom fit l'objet d'un ordre de motus généralisé observé par tous les journaux et toutes les télévisions patriotes du pays. Tel est le destin des agents secrets dans le monde entier.

CHAPITRE 24

C'était la nuit. Ils mettaient de nouveau le Panama à sac, incendiaient tours et taudis, terrorisaient femmes, enfants et animaux à coups de canon, égorgeaient les hommes dans les rues, opération terminée au petit matin. Sur son balcon comme la dernière fois, Pendel regardait sans penser, entendait sans ressentir, se rabousinait sans courber l'échine, confessait ses fautes sans remuer les lèvres, comme l'oncle Benny avait expié les siennes devant sa chope vide, mot pour mot du texte sacré :

Notre puissance ne connaît pas de limites, et pourtant nous n'arrivons pas à nourrir un enfant affamé, à loger les réfugiés... Notre savoir est démesuré, mais nous fabriquons les armes qui causeront notre destruction... Nous vivons en bordure de nous-mêmes, effrayés par les ténèbres qui nous habitent... Nous avons fait le mal, corrompu, détruit, nous avons commis des fautes et des trahisons.

Louisa hurlait de nouveau à l'intérieur, mais Pendel ne s'en souciait pas. Il écoutait les cris aigus et indignés des chauves-souris qui tournoyaient dans l'obscurité alentour. Il les aimait autant que Louisa les détestait, or il redoutait les gens qui nourrissent une haine démesurée quel qu'en soit l'objet, parce qu'on ne sait jamais jusqu'où cela peut les mener. Une chauve-souris c'est laid, donc je la déteste. Tu es laid, donc je vais te tuer. La beauté était une tyrannie, avait-il décrété, et peut-être pour cette raison, bien qu'étant un artisan de belles choses par son métier, avait-il toujours considéré la laideur de Marta comme une force bénéfique.

« Rentre vite ! criait Louisa. Rentre tout de suite, Harry, pour l'amour de Dieu. Tu te crois invulnérable, ou quoi ? »

Il aurait bien voulu rentrer, parce que, au fond, c'était un bon père de famille ; mais l'amour de Dieu lui importait peu ce soir, et il ne se considérait pas non plus comme invulnérable. Bien au contraire. Il se jugeait porteur d'une blessure sans remède. Quant à Dieu, Il ne réussissait pas mieux que les autres à terminer ce qu'Il avait entrepris. Alors au lieu de rentrer, Pendel préféra traîner sur le balcon, loin des regards réprobateurs et trop avertis de ses enfants, des vifs reproches de sa femme et du souvenir indélébile du suicide de Mickie, à regarder les chats du voisinage traverser en rangs serrés sa pelouse de gauche à droite. Trois tigrés et un roux, et à la clarté des fusées au magnésium qui se consumaient sans s'éteindre, on voyait bien leur vraie couleur alors que la nuit tous les chats sont gris.

D'autres sujets préoccupaient Pendel au milieu du carnage et du vacarme. Par exemple, la façon dont Mme Costello, au numéro 12, jouait sur le piano de l'oncle Benny, comme Pendel l'eût fait lui-même s'il avait hérité de l'instrument et su en jouer. Être capable de se raccrocher à un morceau de musique quand on est mort de peur, voilà une façon fabuleuse de se ressaisir. Et la concentration de cette femme était stupéfiante. Même de loin il l'imaginait, les yeux clos, les lèvres égrenant comme un rabbin en prière le nom des notes qu'elle jouait sur le clavier, comme l'oncle Benny jadis quand tante Ruth mettait ses mains dans le dos et bombait la poitrine pour chanter.

Et puis il y avait les Mendoza au numéro 7, dont la Mercedes bleu métallisé adorée descendait la côte parce que Pete Mendoza, soulagé de rentrer chez lui avant le début de l'attaque, avait oublié de serrer le frein à main. Et la voiture s'en était aperçue. Je suis libre, se disait-elle. Ils ont laissé la porte de la cellule ouverte. Je n'ai qu'à me mettre en route. Et c'est ce qu'elle fit, d'abord pesamment comme Mickie, et comme lui aussi peut-être avec l'espoir d'une collision fortuite qui changerait le cours de sa vie, mais désespérée, elle s'emballa et Dieu seul savait où elle allait atterrir et à quelle vitesse, ou quels dommages indirects elle risquait de causer avant de s'arrêter, ou bien encore si un maniaque de la sur-ingénierie allemande n'avait pas programmé dans un de ses circuits la séquence du berceau d'un film russe dont Pendel avait oublié le titre.

Tous ces détails négligeables étaient d'une grande importance pour Pendel. Comme Mme Costello, il pouvait fixer son esprit sur eux, alors que le bombardement depuis Ancón Hill et les manœuvres d'approche successives des hélicoptères de combat lui étaient trop familiers, appartenaient à la réalité quotidienne si tant est qu'elle se présente ainsi : un pauvre petit garçon apprenti tailleur allume des incendies pour le bénéfice de son ami et de ses supérieurs, après quoi il regarde le monde s'envoler en fumée. Et tout ce à quoi l'on croyait tenir n'était que futilité.

Non, Votre Honneur, je n'ai pas déclenché cette guerre.

Oui, Votre Honneur, je vous l'accorde, il se peut que j'aie composé l'hymne, mais si je puis me permettre, avec tout le respect que je vous dois, celui qui compose l'hymne ne déclenche pas forcément la guerre.

« Harry, je ne comprends pas pourquoi tu restes dehors quand ta famille te supplie de rentrer la rejoindre. Non, Harry, pas dans une minute. Tout de suite. Nous voulons vraiment que tu rentres, s'il te plaît, pour nous protéger. »

Oh Lou, oh doux Jésus, je voudrais vraiment de tout mon

cœur pouvoir aller les retrouver. Mais je dois effacer le mensonge même si, je le jure, je ne sais trop ce qu'est la vérité. Je dois à la fois rester et partir, et en cet instant même, je ne peux rester.

Il n'y avait pas eu d'alerte, mais il est vrai que le Panama est toujours en état d'alerte. Tiens-toi bien, mon petit, sinon... Souviens-toi que tu n'es pas un pays mais un canal. D'ailleurs, quel besoin y avait-il de prévenir ? Un berceau-Mercedes bleu sans bébé dedans qui s'emballe prévient-il avant de dévaler quelques chemins en lacets pour aller percuter un groupe de fuyards ? Bien sûr que non. Un stade de football prévient-il avant que ses tribunes s'effondrent en faisant des centaines de morts ? Un meurtrier prévient-il sa victime que la police va venir lui demander s'il est un espion anglais, et s'il aimerait passer une ou deux semaines avec quelques sérieux durs dans la taule la mieux fournie du Panama ? Quant à un avertissement explicite relatif à une action humaine – « Nous allons vous bombarder » ou « Nous allons vous trahir » –, pourquoi alarmer tout le monde ? Un avertissement n'aiderait pas les pauvres, puisqu'ils ne pourraient rien y faire, sauf ce que Mickie avait fait. Quant aux riches, ils n'avaient pas besoin d'avertissement puisque le principe acquis en cas d'invasion du Panama était que les riches ne couraient aucun danger, ce que Mickie avait toujours dit, sobre ou pas.

Il n'y eut donc pas d'avertissement, et les hélicoptères de combat arrivèrent de la mer comme d'habitude, mais sans rencontrer de résistance cette fois parce qu'il n'y avait pas d'armée. El Chorillo avait donc choisi la voie de la sagesse en se rendant avant l'arrivée des avions, signe que la ville se soumettait finalement et que Mickie, en adoptant la même conduite anticipée, n'avait pas tort non plus, même si le résultat faisait un peu désordre. Un immeuble semblable à celui de Marta s'écroula de lui-même, rappelant à Pendel Mickie à plat ventre. Une école primaire en préfabriqué s'incendia. Le mur d'un asile de vieillards se perça d'un trou presque de la taille de celui dans le crâne de Mickie. Après quoi, on flanqua la moitié de ses pensionnaires à la rue, pour qu'ils puissent s'occuper de l'incendie comme les gens l'avaient fait à Guararé, c'est-à-dire en n'y prêtant pas attention. Et beaucoup avaient intelligemment commencé à fuir avant même d'avoir une raison valable – une sorte d'exercice d'évacuation – et à hurler avant d'avoir été touchés. Et tout cela, songeait Pendel par-dessus les cris de Louisa, avait eu lieu avant que le premier signe de perturbation dans le ciel atteigne son balcon à Bethania et que les premières secousses ébranlent le placard à balais sous l'escalier, où Louisa s'était réfugiée avec les enfants.

« Papa ! » C'était Mark, cette fois. « Papa, rentre, s'il te plaît.

– Papa, papa, papa ! » Hannah à présent. « Je t'aime. »

Non, Hannah. Non, Mark. L'amour on en reparlera plus tard, s'il vous plaît, et hélas je ne peux pas rentrer. Quand un homme met le feu aux poudres et tue son meilleur ami par-dessus le marché, envoie sa maîtresse qui ne l'est pas à Miami pour lui épargner d'autres amabilités de la police, bien qu'il sache en la voyant détourner son regard qu'elle ne partira pas, il renonce à toute idée de jouer les protecteurs.

« Harry, ils ont tout calculé. C'est réglé comme du papier à musique. C'est de la haute technologie. Leurs nouvelles armes peuvent viser une fenêtre de leur choix à une distance de plusieurs kilomètres. Ils ne bombardent plus les civils. Je t'en prie, rentre. »

Mais malgré lui Pendel ne pouvait pas se réfugier à l'intérieur, parce que ses jambes le lâchaient une fois de plus. Chaque fois qu'il mettait le feu aux poudres ou tuait un ami, elles refusaient de marcher, comme il le constatait à présent. Et puis un violent embrasement illuminait le ciel au-dessus d'El Chorillo, couronné par un nuage de fumée noire – quoique pas vraiment, gris comme les chats, mais rougeoyant dans le bas à cause des flammes et argenté en haut à cause des fusées au magnésium. L'œil de feu était dans le ciel et regardait Pendel, qui restait cloué sur place sans pouvoir s'en détourner. Il était comme hypnotisé et pensait à Mickie.

« Harry, je veux savoir où tu vas, s'il te plaît. »

Moi aussi, se dit-il. Pourtant, la question de Louisa le surprit, jusqu'à ce qu'il se rende compte qu'en effet il marchait, pas vers Louisa et les enfants mais en s'éloignant d'elle et de leur honte, sur une route bitumée qui descendait la colline, suivant à grandes enjambées la direction que la Mercedes-berceau de Pete avait prise de son propre chef, bien qu'en lui-même il ait envie de faire demi-tour, de remonter la colline en courant et de serrer femme et enfants dans ses bras.

« Harry, je t'aime. Même si tu as fait quelque chose de mal, j'ai fait pire. Harry, je me fiche de ce que tu es, de qui tu es, de ce que tu as fait, et à qui. Harry, reste ici. »

Il marchait à grands pas, ses talons percutant douloureusement la pente raide. Mais le fait de descendre et de perdre de la hauteur rend plus difficile, encore plus difficile, toujours plus difficile la décision de faire demi-tour. Descendre la colline avait beaucoup d'attrait. En outre, il avait la route à lui tout seul car, en général pendant une invasion, ceux qui ne sont pas dehors pour se livrer au pillage restent chez eux et essaient de joindre leurs amis par téléphone, ce qu'il les voyait faire au passage derrière les fenêtres éclairées. Parfois ils y parvenaient d'ailleurs, parce que leurs amis, comme eux-mêmes, habitaient dans des quartiers où le service public reste assuré en période de guerre. Mais Marta ne pouvait joindre personne. Marta vivait parmi des gens qui, ne serait-ce que par l'esprit, habitaient de l'autre côté du pont, et pour lesquels la guerre représentait un obstacle sérieux, voire tragique, au déroulement de leur vie quotidienne.

Il avançait toujours, avec le désir inassouvi de faire demi-tour. Complètement hébété, il cherchait un moyen de muer sa profonde lassitude en sommeil, et peut-être la mort servait-elle à cela, après tout. Il aurait aimé faire quelque chose de durable, comme sentir le visage de Marta sur son cou et un de ses seins dans sa main, mais le problème c'est qu'il se jugeait inapte à la vie en société et préférait sa propre compagnie à toute autre pour la bonne raison qu'il causait moins de dégâts lorsqu'il était à l'isolement, comme le lui avait dit le juge à juste titre, ainsi d'ailleurs que Mickie à plus juste titre encore.

Il ne s'intéressait absolument plus aux complets, les siens ou ceux des autres. La ligne, la coupe, le tombé, l'œil américain ne le préoccupaient plus. Les gens doivent porter ce qui leur plaît, et les meilleurs d'entre eux n'ont guère de choix, comme il l'avait remarqué. Beaucoup étaient très bien avec un jean et une chemise blanche, ou une robe fleurie qu'ils lavaient et mettaient à tour de rôle toute leur vie. Beaucoup n'avaient pas la moindre idée de ce que signifiait l'œil américain. Comme ces gens qui le dépassaient en courant, les pieds en sang, la bouche grande ouverte, l'écartant de leur chemin en criant « Au feu ! » et hurlant comme leurs enfants. Hurlant « Mickie ! » et « Salaud de Pendel ! ». Il chercha Marta dans le tas mais ne la vit pas ; elle avait sans doute décidé qu'il était trop ignoble, trop abject. Il chercha la Mercedes bleu métallisé des Mendoza au cas où elle aurait décidé de changer de camp et de rallier la foule terrifiée, mais n'en trouva pas trace. Il vit une bouche d'incendie amputée en son milieu qui déversait des flots de sang noir dans la rue. Il vit Mickie à plusieurs reprises sans que celui-ci lui adresse le plus petit signe de tête.

Il continua sa marche et s'aperçut qu'il était déjà loin dans la vallée, celle qui devait mener jusqu'à la ville. Mais lorsque l'on marche seul au milieu d'une route qu'on emprunte quotidiennement en voiture, il est difficile de retrouver les points de repère habituels, surtout lorsqu'ils sont éclairés par des fusées et que l'on est bousculé par des fuyards terrifiés. Toutefois sa destination ne lui posait pas problème. C'était Mickie, c'était Marta. C'était le cœur de la boule de feu orange dont l'œil ne le perdait pas de vue durant sa marche, lui ordonnait d'avancer, lui parlait avec les voix de tous les bons voisins panaméens qu'il n'était pas trop tard pour lui de rencontrer. Et sans nul doute là où il se rendait, personne ne lui demanderait jamais plus d'embellir les apparences, ni ne prendrait ses affabulations pour la terrible réalité.

REMERCIEMENTS

Aucun de ceux qui m'ont aidé pour ce livre n'est responsable de ses défauts.

Au Panama, je dois d'abord remercier l'éminent romancier américain Richard Koster qui, avec une superbe générosité d'esprit, a tout fait pour m'ouvrir des portes et m'a donné de nombreux conseils avisés. Alberto Calvo n'a jamais été avare de son temps ni de ses encouragements. Roberto Reichard a été d'une utilité et d'une hospitalité sans pareilles et, une fois le manuscrit achevé, a fait preuve d'un don inné pour la relecture. Guillermo Sanchez au cœur de lion, fléau de Noriega et encore aujourd'hui vigilant défenseur du Panama honnête à *La Prensa*, m'a fait l'honneur de lire le manuscrit final et de me donner son approbation, ainsi que Richard Wainio de la commission du canal de Panama, qui a su rire aux passages où d'autres que lui auraient pâli.

Andrew et Diana Hyde ont sacrifié des heures de leur temps précieux, malgré les jumeaux, sans jamais chercher à percer mes motivations, et m'ont évité quelques gaffes embarrassantes. Le docteur Liborio García-Correa et sa famille m'ont adopté et guidé vers des lieux et des gens que je n'aurais pas pu atteindre autrement. Je serai éternellement reconnaissant au docteur García-Correa pour les recherches qu'il a infatigablement accomplies, et pour les magnifiques excursions que nous avons faites ensemble, notamment à Barro Colorado. Sarah Simpson, propriétaire gérante du restaurant Pavo Real, m'a préparé d'excellents petits plats. Hélène Breebaart, qui dessine de superbes vêtements pour de superbes Panaméennes, m'a gentiment donné des conseils sur la façon d'aménager ma boutique de tailleur pour hommes. Et le personnel du Smithsonian Tropical Research Institute m'a fait passer deux jours inoubliables.

Mon tableau des membres de l'ambassade britannique au Panama n'est que pure invention. Les diplomates anglais et leurs épouses que j'ai rencontrés au Panama sont tous compétents, efficaces et respectables. Ils seraient bien les derniers au monde à fomenter de perfides complots ou voler des lingots d'or, et ils n'ont rien de commun, Dieu merci, avec les personnages fictifs dépeints dans ce livre.

A Londres, je remercie Rex Cowan et Gordon Smith pour leurs conseils sur les ascendances en partie juives de Pendel, et Doug Hayward de Mount Street W, qui m'a fourni ma première ébauche de Pendel le tailleur. Si jamais vous passez à la boutique de Doug pour lui faire prendre vos mesures un jour, il vous recevra probablement assis dans son fauteuil près de la porte. Il y a un vieux canapé confortable, une table basse recouverte de livres et de magazines, mais pas de portrait du grand Arthur Braithwaite au mur, hélas, et il ne tolère guère la conversation dans son salon d'essayage, où l'atmosphère est à l'efficacité et au sérieux. Pourtant, si par un soir d'été dans sa boutique vous fermez les yeux, vous pourrez peut-être entendre le lointain écho de la voix de Harry Pendel chantant les louanges de l'alpaga ou des boutons en corozo.

En ce qui concerne les goûts musicaux de Harry Pendel, je suis redevable à un autre grand tailleur, Dennis Wilkinson de chez

L. G. Wilkinson dans St George Street. Quand il coupe, Dennis n'aime rien tant que verrouiller sa porte au monde extérieur et de passer ses œuvres classiques préférées. Quant à Alex Rudelhof, il m'a fait pénétrer les arcanes de la prise de mesures.

Enfin, ce livre n'aurait jamais vu le jour sans Graham Greene. Après la lecture de *Notre homme à La Havane*, l'idée d'un mythomane du Renseignement ne m'a jamais quitté.

John le Carré

RÉALISATION : PAO ÉDITIONS DU SEUIL
IMPRESSION : S.N. FIRMIN-DIDOT AU MESNIL-SUR-L'ESTRÉ
DÉPÔT LÉGAL : SEPTEMBRE 1997. N° 30936 (39567).